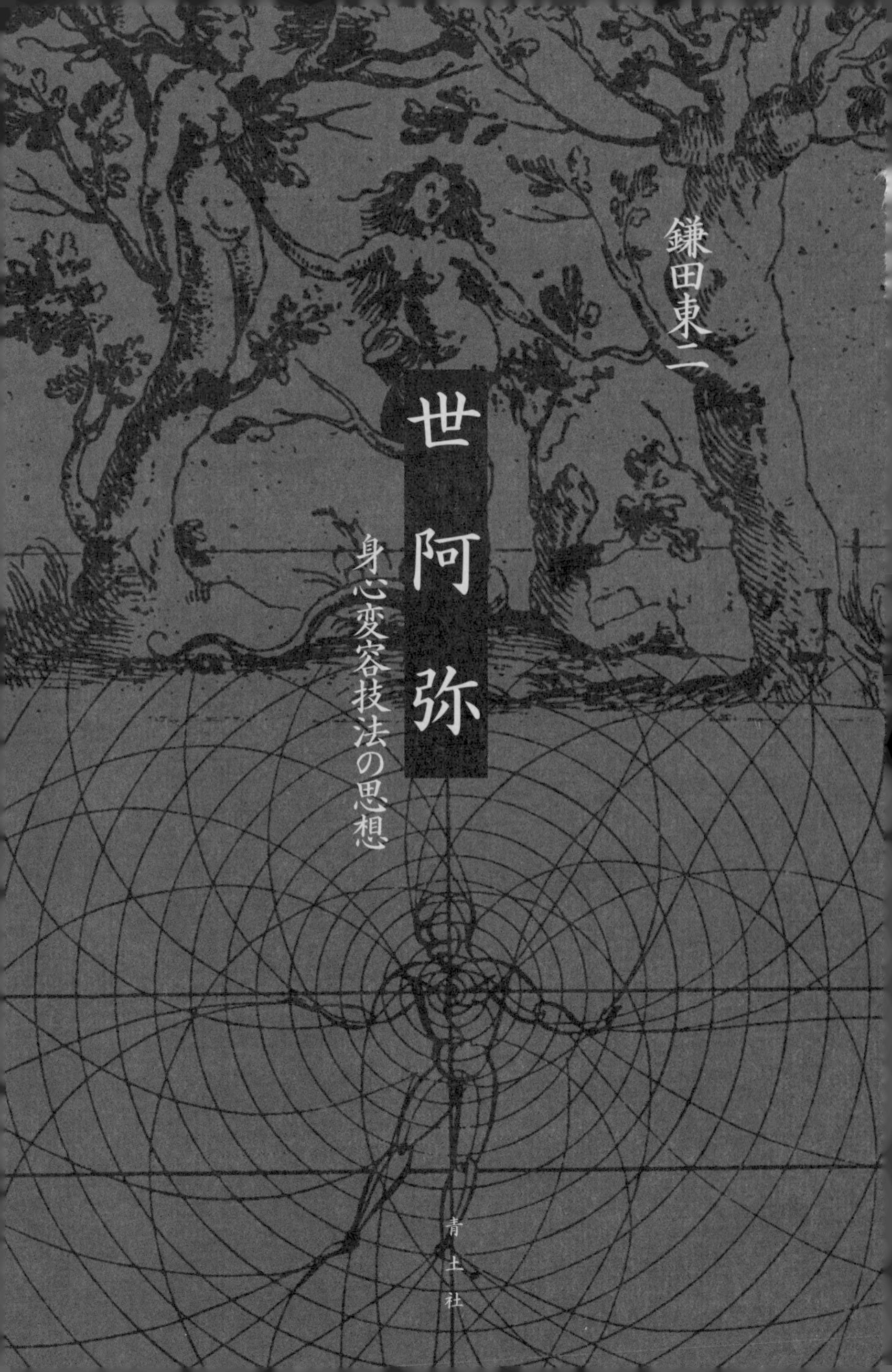
鎌田東二
世阿弥
身心変容技法の思想
青土社

世阿弥　目次

第八章　トランス身体の探究——宗教における行と身体　285

世阿弥　身心変容技法の思想

序章

中世の再発見

——スパイラル史観と現代大中世論

能を観るたびに驚嘆する。この抽象性は何だ！　と。こんなアヴァンギャルドがあっていいものか！　と。これほど過激に断捨離・削除の美学を徹底した演劇は演劇史上皆無だった！　と。この極度の抽象性を楽しめた室町文化の教養の高さは半端ではない！　と。ただただ、凄い！　と感嘆するのみである。

もちろん、現在の能の上演形式や演目がそのまま世阿弥時代のものと同じであるわけではない。テンポも世阿弥時代の方がだいぶ速かったと言われているし、囃子方の編成も現在のような能管・小鼓・大鼓（大皮）・太鼓（締太鼓）の四人囃子の編成であったかもよくわからない。そもそも、世阿弥時代に「のど」などの特殊な構造を持つ能管（能の横笛）が発明され、演奏されていたかどうかも、確証はない。

だが、そのような不確かさはあるとしても、能の類例を見ない音曲と舞の独創性は、世阿弥時代から引き継がれたものだと確信できる。世阿弥は、父観阿弥や近江猿楽や田楽などを肥やしにしながら、独自の「花」や「妙」という「幽玄」美学の歌舞音曲の世界を構築した。

世阿弥は、次男元能に語った『申楽談義』の中で、「世尊云く、昨日の定法は今日の不定法なり」と諭している。昨日までの決まった形式や様式の「定法」は、今日の「不定法」で、何の役にも立たないかもしれない。だから、基本はしっかりと修練しつつも、何事にもとらわれず、場や人や状況によって演じ方を変え、「面白さ」や「珍しさ」を引き出すことができなければならない。つまりは、そのスマートでエレガントな「臨機応変力」こそが「花」であると主張したのだ。

　だから、世阿弥の能楽理論書はみな秘伝・秘書であるが、実に戦略的であり、リアリスティックだ。「秘すれば花」などという世に知られた言説も、単なる神秘主義ではない。徹底リアリズムである。それは、一種の「恋の駆け引き」や「言語ゲーム」のように、不在や非在や秘在や隠在を絶妙に組み合わせながら成り立っている。

　貴人か田舎人か、玄人か大衆か、朝か夜か、陰陽二元の組合せや配列・調合・調和がどうなっているか、その「塩梅」の確認チェックに余念がない。いつも、ピンと気を張り、駆け引きに応じながら、間合いや距離を測っている。その「場」の状況や環境に即応するよういつも気を配り、スイッチ・オンし、スタン・バイしている。その「全方位外交」は実に見事である。学ぶところ、大であり、かつ応用範囲も広い。

　この稀代のリアリストが、しかし、三代将軍足利義満の五男の六代将軍足利義教に見放されてからは、そのリアリズムの対極であるかのような神秘主義や象徴主義に振れていく。というよりも、もともと世阿弥の中に内蔵されていたエゾテリックな感覚が禅の言説や踊念仏などの密教性を孕んだ念仏に触発されながら頭をもたげていったと言った方がよいかもしれない。

　本書『世阿弥』は、そんな世阿弥のラディカリズムの一端を現代に再現し再発見し再布置化するようなパースペクティブ（遠近法）の中に置いてみたい。その際のキーワードは、「身心変容」、あるいは「身心変容技法」、もしくは「ワザ学」と「超越」である。そもそも、演技とは自己を変えることである。それまでの自分とは違った形態や行動や雰囲気にシフトすることである。「変容・変態・変身」。英語で言えば、「トランスフォーメーション（transformation）」や「メタモルフォーゼ（metamorphose）」。

それがどのように発生し、コントロールできるか。世阿弥はその問題に真正面から格闘している。そこから多くを学びとりたい。

ともあれ、世阿弥に倣って、わたしもできるかぎり、「全方位外交」で世阿弥と世阿弥が提唱した「申楽」（能）を見つめてみたい。その際、世阿弥が生きた時代をどうとらえるかは、重要なパースペクティブの基軸となるので、最初にそのあたりを概説しておきたい。

近年わたしは、一つの仮説として、「スパイラル史観」という歴史観を提唱している。そして、その「スパイラル史観」に基づく今日的状況を「現代大中世論」として問題提起している。

この「スパイラル史観」＝「現代大中世論」という歴史観は、古代と近代、中世と現代に共通の問題系が噴出しているとして、近代と現代を古代と中世の問題系の螺旋形拡大再生産の時代と見て取る史観である。

古代と近代の共通項とは、巨大国家の確立、すなわち帝国の時代の到来であった。古代帝国と近代国民国家の確立の中で覇権を争い、中央集権的な国家体制の確立を見、植民地支配を含む「帝国化」の過程が進んだのが古代と近代の特性である。

それに対して、中世と現代には、二重権力や多重権力に分散し、権力と社会体制の混乱が深刻化する。日本では、十一世紀（一〇五二年）に「末法の世」に入り、十二世紀以降、源平の合戦や南北朝の乱や応仁の乱などの戦争が続き、朝廷・天皇と幕府・征夷大将軍という二重権力体制が進行した。西欧においても十字軍の戦乱により教会と封建諸侯に権力分散していった。

このように、政治的に見れば大混乱期ではあったが、しかしながら、この時代は、宗教や霊性・スピリチュアリティが自覚的に捉えられた時代で、それを鈴木大拙は「日本的霊性」の発現期と見た。

日本では一向一揆などが起こり、現代の「パワースポット」ブームにも該当するような蟻の熊野詣や西国三十三ヶ所などの聖地霊場巡りが流行した。

同時に、この時代に、「無縁・無常」が時代的キーワードともなっている。政治経済や文化面だけでなく、自然そのものが繰り返し猛威を振るい、対策を講じがたい疾病が流行する。そんな「乱世」に突入したのが十二世紀以降の「乱世＝武者の世」（慈円『愚管抄』）としての中世である。そのような「乱世」も深まる南北朝期のさ中に世阿弥が「申楽」（能）を編成していったことを片時も忘れてはならない。

「現代大中世論」は、四つの「チ縁」の崩壊現象として現われ、その崩壊から再建への志向と課題として特徴づけられる。この四つの「チ縁」とは、「地縁・血縁・知縁・霊縁」である。この四種「チ縁」が乱れ、崩れてくる。

たとえば、現代、限界集落を抱える地域共同体やコミュニティの崩壊が指摘され、「地方消滅」や「寺院消滅」の警鐘が鳴らされている。家族の絆の希薄化と崩壊が否応なく進行している。知識や情報の横溢と揺らぎと不確定さも半端ではない。

加えて、「葬式は要らない」とか「無縁社会」と呼ばれるような、先祖祭祀や祖先崇拝などの観念や紐帯や儀礼が意味と力を持たなくなった状況がある。物質的基盤から霊的・スピリチュアルなつながりまで、すべてのレベルで「チ縁」が崩落し、新たな効果的な再建策やグランドデザインを生み出せないでいるのが今日的状況であるといえる。

このように、「現代大中世論＝スパイラル史観」というパースペクティブから見ると、古代と近代、中世と現代に共通の問題系が噴出している。先に述べたように、この時代に、「無縁・無常・無情」

が時代的キーワードとなり、地震・津波・噴火など、自然災害が頻発し、病者や死者が増大する。それが中世~現代的「乱世」の現実である。

だが、故網野善彦は『無縁・公界・楽――日本中世の自由と平和』（平凡社、一九七八年）の「無縁」論で、「無縁」概念を「自由」や「公界」と「楽」と絡めつつ、その積極的肯定的意味を掘り起こした。「無縁」が駆け込み寺や四条河原など治外法権的なアジールであり、権力的な主従関係や税の取り立てなどから切り離された中世的な「自由と平和」を孕んでいることをポジティブに描き出すことで、「暗い」中世像を野生的な力とアルス（技芸）の時代として一新した。

その網野的な観点を敷衍するならば、中世社会においては、それまでの律令体制的な社会的「縁」から「自由」になって「法外」な活動を展開することが可能となる。それは確かに、一方では、社会秩序の混乱であり戦乱でありアウトローであり社会破壊である。だが、もう一方では、活動の「自由」と「新縁の構築」を生み出す社会改革となる。そうした「新縁の結び方」を創出・提唱したのが、葬儀に関わった遁世僧や法然や親鸞や一遍などの念仏層や日蓮や道元らのいわゆる「鎌倉新仏教」や唯一宗源神道を提唱した吉田兼倶であったといえる。

とすれば、「無縁」にも、消極的無縁と新しい縁の構築＝新縁結びにつながる創造的・積極的無縁があるということになる。網野が洞察した「自由」と「新縁結び」に連動するような「無縁」の一面もしっかりと見通しつつ、「無縁社会」を捉え直し、中世や現代の社会相（層）を考えなければならない。これまでの悪しき縁やしがらみから「自由」になって新しい社会づくりを志す人びとは最初「悪党」視されるが、そのような「悪党」こそが新しい時代の「世直し」の担い手にもなり得るという「無縁社会論」のパラドクシカルな全体構造を見据えつつ、「絆」や「つながり」や「有縁」のありようを構想する必要がある。

中世「自由」民は、同時に、「無縁者」、つまり、故郷を失い、家族を喪い、どこにも行き場のないホームレス自由民でもあり、中には不治の病に冒されている病者も多くいたが、しかしそんな「無縁」や「無常」や「自由」の中から新しい救済や安心を生み出す鎌倉新仏教や鎮魂の芸能としての「申楽」（能）や茶道や華道が生まれてきた。

わたしが世阿弥の『風姿花伝』を初めて読んだのは卒業論文を書いた二十代の始めであった。わたしは故あって、「神秘主義」をテーマとした卒論と「音楽美学」をテーマとして卒論の二つをほぼ同時期に書いた。だがその時は、世阿弥の「秘すれば花」などの言説を、リアリズムとしてではなく、神秘主義として読んだ。理解は浅く、一面的だった。

それからおよそ四十年余。二〇〇九年からわたしは京都大学こころの未来研究センターで「世阿弥研究会」を組織し、観世流能楽師の河村博重師らとともに、月二回、世阿弥の全著作を読む講読会を始めた。初期の『風姿花伝』から始め、中期の『花習』『音曲声出口伝』『至花道』『人形』『能作書』『花鏡』『曲付次第』『風曲集』『遊楽習道風見』『五位』と進み、後期の『九位』『六義』『拾玉得花』『五音曲』『習道書』『却来花』に至り、さらに『五音』『夢跡一紙』『金島書』『書簡』と世阿弥の全著作と講話集の『申楽談義』を一通り読み終え、そしてまた最初に戻って、『風姿花伝』と『花習』と『音曲声出口伝』『至花道』を二度読み終えた。その時の議論の一端は、「身心変容技法研究会」のＨＰの「研究問答」欄に掲載している。

また、二〇一一年度より科研「身心変容技法の比較宗教学――心と体とモノをつなぐワザの総合的研究」（基盤研究Ａ、二〇一一年度〜二〇一四年度）を始め、続けて、「身心変容技法と霊的暴力――宗教経

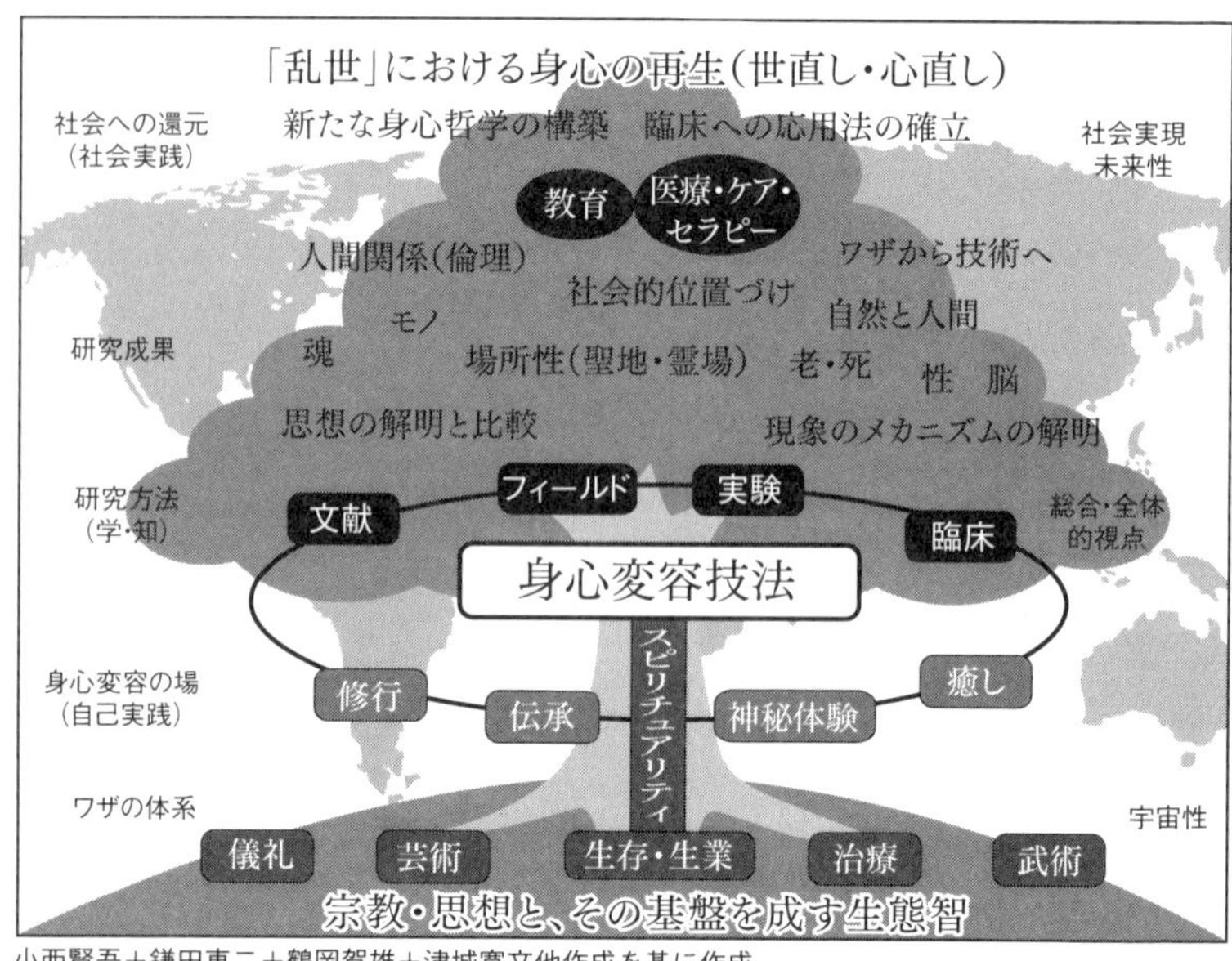

小西賢吾＋鎌田東二＋鶴岡賀雄＋津城寛文他作成を基に作成

験における負の感情の浄化のワザに関する総合的研究」(基盤研究A、二〇一五年度〜二〇一八年度)」を行なっている。どちらも研究代表者を務め、数十人の研究分担者や研究協力者とほぼ毎月一回研究会を開催してきた。本書は、そのようなここ七年ほどの研究活動の上に成り立っている。関わりを持ったすべての研究仲間に心からお礼申し上げたい。

「身心変容技法」とは、「身体と心の状態を当事者にとってよりよいと考えられる理想的な状態に切り替え変容・転換させる諸技法(ワザ)」をいう。古来、宗教・芸術・芸能・武道・スポーツ・教育などの諸領域で様々な「技法」が編み出され、伝承され、実践されてきた。

本書では、この「身心変容技法」を文献・思想研究、フィールド研究、アクションリサーチを通して捉えていく。研究対象としては、祈り・祭り・元服・洗礼・灌頂などの伝統的宗教儀礼、種々の瞑想・イニシエーションや武道・武術・体術などの修行やスポーツのトレーニング、歌・合唱・舞踊などの芸術や芸能、治療・セラピー・ケア、教育プログラムなどの諸領域があり、またその起源・諸相・構造・本質・意義・応用性・未来性をさまざまな角度から問いかけうる。また身体論や身体技法論、修行論、変性意識状態・神秘体験（宗教体験）・回心・心直し研究にも関係する。

「身心変容技法」としてもっとも一般的な技法は「調身・調息・調心」という言い方に見られるように「呼吸法」である。日本の芸能や芸道・武道においては「重心」（腹や腰の入れ方・あり方）も重要となろう。スーフィーダンスのような回転やジャンプ（跳躍）、足踏み・首振りなども身心変容技法として重要である。

これまで、世阿弥や能楽については、つとに能勢朝治、表章、天野文雄、松岡心平らを始め、近年には梅原猛や大谷節子や高桑いづみや西平直など、優れた先行研究が多々ある。その中で、世阿弥や能について専門的で確実な何ほどのことが言えるのか心もとないが、しかし世阿弥の巧みな誘発や挑発に乗ってみることで、思いもかけない展望と日本文化の深層が露わになってくることも期待できる。混迷する時代であればあるほど、「乱世」の中で格闘を続けた能作者兼能役者兼能思想家（能哲学者）の世阿弥と格闘し続ける意味は大きい。恐れずにその中にわが身を投じて格闘してみたい。

精神科医の中井久夫は、「もっとも遠くもっとも杳かな兆候をもっとも強烈に感じ、あたかもその事態が現前するごとく恐怖し憧憬する」（『分裂病と人類』東京大学出版会、一九八二年）と指摘したが、本書においても、そのような意味での「微分回路的認知」が嗅ぎ取る「もっとも遠くもっとも杳かな兆候」への惧れと慄きと憧れと希望を以て大胆に突き進みたい。

本書『世阿弥』では、「乱世」における新しい救済や安心を生み出す一つの神事演劇的「身心変容技法」として、南北朝の動乱期を経て世阿弥が「申楽」（能）を編み出したことに焦点を当てながら、この文化イノベーションを単に過去の世阿弥時代の問題としてではなく、現代の主要なる課題として時代を串刺しにする「身心変容技法」の問題として縦横に論じてみたい。世阿弥は、「申楽」（能）を「魔縁」を退け、「福祐」をもたらすワザだと繰り返し強調した。また、『申楽談義』では、「神事」の奉仕こそが能役者の根本の務めであり、旅興行は生活手段なので、くれぐれも本末転倒してはならないと戒め、神事などをおろそかにするものには「神罰がくだる」とか「死後に地獄に落ちる」とまで言っている。とすれば、この能がいかに神聖な神事的呪術的なものであるかは明白であろう。

とはいえ、そもそも、世阿弥の言うその「魔縁」の「魔」が何であり、「福祐」の「福」が何であるかも見定め難いのが「乱世」のならいではある。だとしても、「身心変容技法」を修行者が目ざすべき理想の状態に近づけるための諸ワザであると捉えるならば、「乱世」を生きぬいていくための「身心処方」として参照し、学ぶるところ大であろう。世阿弥と「身心変容技法」に焦点を当てながら、まずはじっくりとわれらの「身心」を遊動させてみることにしよう。

第一章

世阿弥の冒険

第一節　芸能の跳躍――「天下の御祈祷」としての「申楽」の発明

世阿弥は『風姿花伝』「奥儀讃歎云」の中で、次のように「芸能」という言葉を説明している。

秘儀に云はく、「そも〳〵、芸能とは、諸人の心を和らげて、上下の感をなさん事、寿福増長の基、仮齢・延年の法なるべし。極め〳〵ては、諸道悉く、寿福延長ならん」となり。殊さら、この芸、位を極めて、佳名を残す事、これ、天下の許されなり。これ、寿福増長なり。(岩波文庫より引用)

ここで世阿弥は「秘儀」なる文書を引き合いに出しつつ、「芸能」が「寿福増長」のワザであることを強調する。「笑いは百薬の長」というが、心を和らげる「芸能は長寿の薬」というわけである。「芸能」とは、世の中のいろいろな人の「心」を和らげ、楽しませ、貴賤上下の分け隔てなく感動させて、幸せにまた健康にするための長生法だという。

今、現在、能を観賞する多くの観客は、能を日本文化の精髄を体現し表現したものだという実感は持っても、「寿福増長」のワザであると実感できる人は極めて少ないだろう。この一見も二見も高尚に見える能のどこに長寿・長生の力があるのか、却って疑問に思う人が少なくないだろう。観ていて、謡の意味もよく聞き取れず、いい調子で舟を漕いで眠りこけてしまうこともままある。その眠り薬的な催眠効果が長生につながるのか？　と不審に思うであろう。

だが、世阿弥が繰り返し「寿福増長」とか「寿福延長」と言うように、まぎれもなく「申楽」（能）は「寿福増長」のワザヲギとして発達していったものである。それが「翁」や「高砂」などの神事性を伴った祝儀物の演目にはっきりと現れている。そこには、「寿福増長」に対する貴賤上下を問わない祈りや願いが込められている。

『風姿花伝』「第四神儀云」には次のように記されている。


平の城にしては、村上天皇の御宇に、昔の上宮太子の申楽延年の記を叡覧あるに、先づ、神代、仏在所の始まり、月氏・震旦・日域に伝わる狂言綺語をもて、讃仏転法輪の因縁を守り、魔縁を退けて、福祐を招く、申楽舞を奏すれば、国穏かに、民静かに、寿命長遠なりと、太子の御筆あらたなるによりて、村上天皇、申楽をもて天下の御祈祷たるべしとて、その比、かの河勝、この申楽の芸を伝ふる遠孫、秦氏安なり。


ここで世阿弥は、聖徳太子が著わしたという『申楽延年の記』の「御筆」を平安時代の第六十二代村上天皇（在位九四六〜九六七）が読んで、その記録を元にして「申楽」を「天下の御祈祷」に定めたと「申楽」再興の由来を記している。もちろんこれは作られた伝承、あるいは発明された伝説といえるもので、歴史的事実ではない。聖徳太子の著作にそのようなものはない。

だが、この当時は、『風姿花伝』もそうであるが、伊勢の外宮の祀職の渡会氏の著わした偽書とされる「神道五部書」を始め、「秘儀・秘伝」の書や伝が生み出された混乱と統一希求の時代である。

たとえば、世阿弥の生きた時代に起こっていた南北朝への皇統の分裂も、どちらが正統であるかを競い合い、南朝側の北畠親房（一二九三〜一三五四）の『神皇正統記』（一三三九年頃に著述）が著わされた。この『神皇正統記』は、第九十六代後醍醐天皇の皇子義良親王が十一歳で南朝初代の「後村山天皇」（在位一三三九〜一三六八）として即位した際に執筆献上された書と言われている。

よく知られているように、南北朝への分裂は、後醍醐天皇の治世のさ中に起こった。延元元年＝建武三年（一三三六）、後醍醐天皇は吉野に拠点を移したが、室町幕府初代征夷大将軍足利尊氏は光明天皇を即位させ、ここに後醍醐天皇系の南朝と光明天皇系の北朝に分裂した、それがふたたび統一されたのは、元中九年＝明徳三年（一三九二）のことだから、約半世紀五十六年間にわたり、皇統は分裂したままであった。世阿弥が生まれたのが正平十八年＝貞治二年（一三六三）だから、まさにこの南北朝の分裂期の渦中に生まれ育ったのが世阿弥であったことに注目しておきたい。

南朝の皇統は、後醍醐天皇の後、先に触れた後村山天皇を経て、長慶天皇（在位一三六八〜一三八三）、後亀山天皇（一三八三〜一三九二）に継承された。一方、北朝は、光明天皇（在位一三三六〜一三四八）、崇光天皇（一三四八〜一三五二）、後光厳天皇（在位一三五二〜一三七一）、後圓融天皇（在位一三七一〜一三八二）、後小松天皇（在位一三八二〜一四一二）と継承され、この第百代後小松天皇の世にようやくにして再統一された。

このような状況の中で、『神皇正統記』を著わした北畠親房からすれば、当然の如く、そこでは、歴代天皇の中で後醍醐天皇についての事績の記述がもっとも長く詳しく書かれているのは理解できるとしても、その次に詳しいのが「村上天皇」の治世であることは何としたことか。世阿弥が「申楽」が再興された世としているのがこの「村上天皇」の世であり、後醍醐天皇の後の南朝初代の天皇は後に「後村山天皇」と諡号を贈られていることも、「村上天皇」の治世との連続性を意識してのことである。北畠親房は「村山天皇」治世の優れていることを称賛している。

世阿弥はこのような文脈と流れの中で、村上天皇の治世に「申楽」という「天下の御祈祷」が定まったと主張している。したがってこの発明された「伝承」には、南朝的な文脈と主張が隠されているともいえる。

ここで世阿弥は、「申楽」の起源は、神代の天岩戸神事や釈迦説法の場にあったが、その後聖徳太子と秦河勝が定めた「申楽延年」の舞を、「村上天皇の御宇」に秦河勝の子孫の秦氏安が宮中紫宸殿で六十六番舞ったことによりその基盤が定まり、村上天皇が「申楽」を以て「天下の御祈祷」としたと主張している。世阿弥はここは何としても、聖徳太子―秦河勝伝承と村上天皇伝承を結合しておかねばと考えたのであろう。

したがって、世阿弥がここで聖徳太子からの伝承として引いてくる、「申楽」を奏することによって、「魔縁」を退け、「福祐」を招くことができ、それによって「国が穏やか」になり、「人民が静か」になり、「寿命長遠」となるという聖徳太子の「御筆」とは、南北朝の対立が鎮まって国が穏やかになることを念頭に置いての記述であると推測できる。「魔縁」とは、国を乱すもろもろの災いや野望である。それを退散させて、「村上天皇の御宇」のような、穏かで豊かな治世を再現させることを願って、「天下の御祈祷」を社会発信する。そのような気概と意思と希願がここには秘されている。

『風姿花伝』「第四神儀云」の末尾には、次のようにあるが、ここにもふたたび「天下泰平の御祈祷」という言葉が繰り返されている。このことは大変重要である。

一、当代において、南都興福寺の維摩会に、講堂にて法味を行ひ給ふ時節、食堂にて舞延年あり。外道を和げ、魔縁を静む。その間に、食堂の前にて、かの御経を講じ給ふ。即ち、祇園精舎の吉例なり。しかれば、大和国春日興福寺神事行ひとは、二月二日、同五日、宮寺において、四座の申楽、一年中の御神事初めなり。天下泰平の御祈祷なり。

一、大和国春日御神事に相随ふ申楽四座
外山　結崎　坂戸　円満井
一、江州日吉御神事に相随ふ申楽三座
山階　下坂　比叡
一、伊勢　主司　二座　又今主司一座
一、法勝寺御修正参勤申楽三座
新座　本座　法成寺
此三座、同、賀茂・住吉御神事にも相随ふ

これが、「天下の御祈祷」の「御神事」としての「申楽」の「相随」や「参勤」の実態であった。中臣・藤原氏の氏神社と菩提寺である春日大社や興福寺、また秦氏が深く関与した日吉大社、白河院が創建し後醍醐天皇が再建した法勝寺などへの「相随」や「参勤」が具体的に記されている。そしてそれが、「外道を和げ、魔縁を静む」「天下泰平の御祈祷」であることを再説している。「申楽」の意義や目的や役割がどの辺にあったのか、世阿弥の意図が明確に告げられている。『申楽談義』には「観世座規約」が載せられているが、その「第六条　多武峰八講能参勤の義務、ならびに罰則規定」には、「国中にいながら多武峰八講能の出仕を怠れば、永久に座から追放」と記されていて、藤原鎌足を祀り鎮魂する多武峰妙楽寺（現在の談山神社）の重要性がよくわかる。観世結崎座はそもそも春日大社と興福寺と多武峰妙楽寺に属して祭礼奉仕を行う神事呪術芸能集団だった。

世阿弥（一三六三〜一四四三）が生まれ育ったのは、先に触れたように、未だ南北朝の分裂期であった。そして、第百代後小松天皇の世に南北朝が統一されたのが、元中九年＝明徳三年（一三九二）、世阿弥二十九歳の時であったから、世阿弥は物心ついてから成人した後も南北朝の熾烈な争いを身近に見ていた。

実は、大徳寺の住職ともなった風狂の禅僧一休（一三九四〜一四八一）は南北朝の北朝第六代の後小松天皇のご落胤と言われている。それも後小松天皇と楠木正成の血を引く子孫との間に生まれたという伝承もある。確かに、一休禅師の出生と生涯と行動には数多くの謎があるが、後小松天皇の落胤であることや母が楠木正成の血を引くことが事実であるとすれば、世阿弥やその子の元雅の生涯と軌跡が鮮明になってくる。

近年、観阿弥・世阿弥親子が楠木正成と血縁関係にあることを力説したのは梅原猛である。梅原は『観阿弥と正成』（角川学芸出版、二〇〇九年）において、「上嶋家文書」の「観世福田系図」に「観阿弥の母は楠木正遠の娘」と記されていることを重要視している。「楠木正遠―正成―正勝」という楠木正成の血統と、「楠木正遠―正儀―正澄―女―一休」という一休の血統と、「楠木正遠―女―観阿弥―世阿弥」という世阿弥の血統とは、「楠木正遠」という共通の祖先を持つということになると、南北朝を戦乱を背景にして浮上してきた「申楽」が「天下の御祈祷」であることの深刻な意味がより明確になってくる。

第二章でも論究するが、南朝の行宮があったという奥吉野の天河大辨財天社に四十年以上通い続けているわたしは、世阿弥の長男の元雅がその天河社に能面「阿古父尉（あこぶじょう）」を奉納し、その面裏に「心中所願」としていることやそこで「唐船」を舞ったことも南朝にゆかりがある証拠だと考えてきたので、世阿弥と楠木氏との血縁関係はあり得たと考えている。そして、天河社に詣でた二年後に伊勢で客死した元雅は、伊勢国の北畠家の所領内で暗殺されたと考えられるので、南北朝の動乱と統一後のその残響は世阿弥と元雅親子の行動や運命を大きく転換させることになったといえる。

そのような文脈と背景の中に、魔縁を退けて、福祐を招く「天下の御祈祷」が定位されたのである。そしてその時、「村上天皇」の治世が選ばれ、関係づけられたのだ。

このように考えてくれば、「天下の御祈祷」という「申楽」の神事性や呪術性や祝儀性の中に、もう一つの重要な側面、つまり、「南朝」という「敗者の鎮魂」という「負の感情」の浄化と鎮めの願とワザがあることが見えてくる。とりわけ、世阿弥の編み出したいわゆる「複式夢幻能」形式による怨霊の祟りの鎮撫の演劇性の深層である。

それはたとえば、「翁」に対する「三番叟」として現われてもいるし、祝儀曲である「高砂」に対する「鵺」（一）や「檜垣」や「八島」としても現れている。つまり、聖・正＝祝いの祝祷と負＝鎮魂鎮撫の祈祷の両面を「申楽」は内包しているということである。祝いと呪いも、恵みと祟りも、両方まるごと引き受けてそれを「天下（泰平）の御祈祷」の「芸能」である「申楽」として顕在化させる。世阿弥の創造力は凄まじい内圧と外圧のせめぎ合いの中で噴出してきた。その「世阿弥力」をさまざまな角度から読み解いていきたい。

第二節　『風姿花伝』前半部の論述と論点

『風姿花伝』は次のような構成になっている。

序
第一　年来稽古条々
第二　物学条々
第三　問答条々
第四　神儀云
第五　奥儀讃歎云
第六　花修云
第七　別紙口伝

この目次構成からみると、序文は別として第一から第三までの前半部が「条々」、第四から第六までの後半部が「云」、そして最後が「口伝」と明確にカテゴライズされている。この前半部「条々」の三章は、応永七年（一四〇〇）、世阿弥三十七歳の頃にまとめられた。

この「条々」の章は、一つひとつの小項目に沿って解説される。たとえば、「第一　年来稽古条々」

の場合だと、①七歳、②十二、三より、③十七、八より、④二十四、五、⑤三十四、五、⑥四十四、五、⑦五十有余の七つの年齢区分にしたがって解説されていく。「第二　物学条々」では、①女、②老人、③直面、④物狂、⑤法師、⑥修羅、⑦神、⑧鬼、⑨唐事の九つの「もの」のすがたへの似せ方・演じ方について解説される。「第三　問答条々」では、Q＆A形式で、問いに対する答えという形で解説される。

大変明晰で、無駄のない構成と解説である。

だが、それとは一変して、後半の「云」の三章では、解説は、基本的に『日本書紀』の「一書に曰く」のスタイルに似て、「一(ひとつ)」何々、「一」何々と、一つ毎に解説されていくので、いくらかまとまったセリー状のところもあるが、個々バラバラの箇所も多く、錯綜している感もある。「第七　別紙口伝」も後半三章の「云」の形式同様、「一」何々と解説されているので、まさに小題通り、「別紙口伝」の「一云」スタイルで貫かれている。

このような叙述・解説形式を持つ『風姿花伝』の内容は、まず、時間軸を明確に立てて、能役者の成長過程に沿ってその時々の課題とそれに対する乗り越えの道しるべやヒントが示され、次に演目課題の諸相と課題にどう肉薄し習得するかが示され、その基本二軸を踏まえて、個々の問答でより具体的に課題と解答が示される。これが前半部分である。

その前半部分の論点を簡単に見ていく前に、「序」で何が提示されているか、確認しておこう。「序」は大きく二段に分かれる。前半は次のようである。

それ、申楽延年の事態(ことわざ)、その源を尋ぬるに、あるひは仏在所より起り、あるひは神代より伝はるといへども、時移り、代隔りぬれば、その風を学ぶ力及び難し。近来、万人のもてあそぶところは、推古天皇の御宇に、(聖徳太子)、秦河勝に仰せて、かつは天下安全のため、かつは諸人快楽のため、六十六番の遊宴をなして、申楽と号せしより以来、代々の(人)、風月の景を仮りて、この遊びの媒とせり。その後、かの河勝の遠孫、この芸を相続ぎて、春日・日吉の神職たり。よつて、和州・江州の輩、両社の神事に従ふ事、今に盛んなり。

冒頭で、「申楽延年」のワザがいかにして始まったのか、その三つの起源が示される。第二章以下で詳述するが、「第四　神儀云」では、「神代、仏在所、秦氏家伝」の順に起源譚が解説されるが、ここでは、「仏在所、神代、秦河勝」の順番に少し入れ替わっている。なぜ、日本の「申楽」の起源であるにもかかわらず、「序」で「仏在所」が先に置かれているのかはよくわからない。冒頭では寺院に対して仏教的な起源を始まりとして持つことを示しておきたかったのかもしれない。また聖徳太子の時代に、秦河勝が「天下安全・諸人快楽」のために「六十六番の遊宴」を「申楽」として始めたことにつなげるために、仏教起源を先に持ってきたのかもしれない。

ともあれ、その「申楽」の目的が冒頭においても、「天下安全」であり「諸人快楽」のためであることが明示されている。そして、秦河勝の子孫がこの「芸」を受け継いで、春日大社や日吉大社など、中臣・藤原氏や秦氏の祀る神社の「神職」として「両社の神事」に奉仕していることが示されている。「申楽」従事者が、春日と日吉という、日本の王権(天皇家)を支える二つの「日」の社の「神職」の一員であることを冒頭部で強調していることに注目しておきたい。

続いて、後段は次のようにある。

されば、古きを学び、新しきを賞する中にも、全く、風流を邪(よこしま)にすることなかれ。ただ、言葉賤しからずして、姿幽玄ならんを、（承けたる）達人とは申すべきか。先づ、（この）道に至らんと思はん者は、非道を行ずべからず。ただし、歌道は風月延年の飾りなれば、もつともこれを用ふべし。およそ、若年より以来、見聞き及ぶところの稽古の条々、大概注(しる)し置くところなり。

一、好色・博奕(ばくえき)・大酒、三重戒、これ古人の掟なり。

一、稽古は強かれ、諍識はなかれとなり。

ここでは、「申楽」という「風流」の道が「幽玄」をめざして精進すべき求道的な倫理性が説かれている。この「道」を往く者は「非道」を行じてはならない。ひたすら、脇目もふらずにその「申楽」の「道」を行ずるべきであるが、ただ謡の基礎とも「飾り」ともなる「歌道」だけはためになるので、学んだ方がよいとする。だが、好色も博打も大酒もダメだ。そして、稽古は熱心に、争い心を持たずに努めよ、と説く。

このような「序」に続いて、次に、能役者のライフサイクルやライフヒストリーに即した演技課題と特徴が示される。

「能の稽古」は大体七歳から始める。「この比(ころ)の能の稽古、自然とし出だす事に、得たる風体あるべし」。「稽古」は自然と始まるのがよい。だから、この時期は「心のままにせさすべし」。あれこれと教えず、あまり叱りすぎてもいけない。気力が減退して、やる気をなくすから。教えずに、自然に。おのずから。それがこの時期の「稽古」のありようである。

次に、十二、三歳。この時期は「童形なれば、何としたるも幽玄なり」と、童形姿の優美さがあり、「声も立」って華やかさが出てくる時期だ。しかし、「この花は、誠の花には非ず。ただ、時分の花」なので、過大評価はできない。この時期も細かな物まねなどをさせるべきではないが、「この比の稽古、やすき所を花に当てて、態(わざ)を大事にすべし。働きをも確やかに、音曲をも、文字にさは〱と当り、舞をも、手を定めて、大事にして稽古すべし」という。つまり、やりやすいところを「花に当て」てその優美さを確実に身に付けさせ、「態(わざ)」も大事に、確実に基礎固めする時期であるということ。考えてみれば、世阿弥が足利義満に見出されたのも十二歳、父観阿弥との今熊野での演能においてであった。それゆえ世阿弥はこの十二歳の頃の「時分の花」が「誠の花」と違って、生涯続くものではない一過性の、いわば「時期もの」であることを自戒とともに自覚するに到ったのであろう。

次に、十七、八歳。最初の大きな関門はこの時期である。なぜならば、第二次性徴が顕われ、声変わりし、身長が伸び、体形が「童形」から大人びたものに変わっていくが、しかし非常に不安定な身体「変容」の時期になるからだ。先ず声が変わると、「第一の花失せたり」ということになる。ここには、世阿弥の実感が籠っている。そこで、「過ぎし比の、声も盛りに、花やかに、やすかりし時分の移りに、手立はたと変りぬれば、気を失ふ」のである。つまり、自然な子供らしい伸びやかな優美さは見る影もなく消え、愛くるしさは微塵もないので、自分の体であって自分の体でないような不釣り合いさや不自然さを本人がよく自覚している。だが、その時こそが肝心要の時で、「心中には願力を起して、一期の堺(さかい)ここなりと、生涯にかけて能を捨てぬより外は、稽古あるべからず」と、生涯の境目はここにあるのだと自覚し、なにくそと石にかじりついてでもこの道を真っ直ぐに行くほかない。この時期の課題は、声や体つきの成長が壁にもなるということである。そこで、覚悟の有無と浅深が一生を分けることになる。

「身心変容技法」という観点からみると、まさに「身心変容」と「身心変容技法」がはっきりと自覚されるのはこの十七、八歳からだということがわかる。孔子が『論語』の中で「十五にして学に志す」という「志学」の時期であり、仏教的に言えば「発心（発菩提心）」を起こす時期である。その時、「一期の境ここなり」と覚悟し、「心中には願力を起して」乗り越えるほかない。この「心中願力」こそ、「志」とも「発心」とも言い換えられる霊性的志向性である。ここをどうやり過ごすかが一生を決める。

そこで定位された方向性は、次に二十四、五歳で、「一期の芸能の定まる初め」とも「稽古の堺なり。声も既に直り、体も定まる時分」ともあるように、この時期に基礎確立ができる。「年盛りに向ふ芸能の生ずる所」がこの頃で、「当座の花」があるものだから、「立合勝負」にも勝つことがあるが、しかしこれは「一旦の心の珍しき花」で「誠の花には非ず」ということをよくよく承知しておかなければならない。とはいえ、「この比（ころ）の花こそ初心」というべき重要なものなので、「時分の花」であることを承知しつつも「初心」を忘れないように精進する必要がある。

こうして、たゆまず精進していけば、次の三十四、五歳の「盛りの極め」の時期に、「堪能」になり、「天下に許され、名望を得」ることができる。もしこの時期に世間の評価も得られず評判も地位も芳しくない状態であれば、それは「誠の花を極めぬ為手（して）」であって、真の花を体現体得できていないことを知るべきである。もしこの時期に「誠の花」を感得していなければ、四十歳過ぎると下降線を辿るしかない。「芸」の上達は三十四、五歳まで、下降は四十歳からと心得よ。であればこそ、この時期にあっても慢心することなく、「なほ慎むべし」。奥儀を極めるべく「稽古」せよ。

次に、四十四、五歳。四十を境に真の「上手」や名人以外の多くは下降線を辿ることになる。だから、

「この比よりの能の手立、大方変るべし」。やり方を変える必要がある。そのためには、「よき脇の為手を持つべし」。優れた助演者を見つけて、その「脇の為手に花を持たせて、あひしらひのやうに、少な〱とすべし」。つまり、助演者とうまくバランスを取って控えめに演じるのである。それが「我が身を知る心」であり、「得たる人の心」、つまり達人の芸境である。その自覚がなければ、「花」を維持することができない。だが、我が身を知り、得たる心があれば、消えることのない「失せざらん花」、「まことの花」を保つことできる。

そしてついに、能役者が「五十歳以後」になると、どうすればよいのか。もはや、「この比よりは、大方、せぬならでは、手立あるまじ」。逆説的だが、「しない」という「やり方」をやりとげるしかない。「誠に得たらん能者ならば、物数はみな〱失せて、善悪見所は少しとも、花は残るべし」。本当に「誠の花」を極めた能役者であるならば、これまで得意としてきた演目の数々がみな演じ難くなり、見栄えも見どころも少なくなっても、そこに「花」は残る。まことに、父観阿弥がそうであったように。

このように、能役者の生涯を語り尽くすのである。この能役者のライフサイクルモデルを孔子の言う、「十有五にして学に志し、三十にして立つ。四十にして惑わず、五十にして天命を知る。六十にして耳順(したが)う。七十にして心の欲する所従って矩(のり)を踰(こ)えず」のライフサイクルモデルと比較して、どのような「斯道」の究め方の違いや共通点があるかを吟味してみるのも意義があるだろう。世阿弥の「稽古条々」と孔子の『論語』「為政」の言葉との間に大きな齟齬はないとわたしは考える。

世阿弥は確かに五十代までのことしか述べていない。世阿弥はこれを四十前にまとめていたから。しかし、八十歳まで生き、栄枯盛衰の極みを体験した世阿弥は、禅を心と道の糧にしたことは間違いないが、それでも孔子のこの言葉にも納得するところは多かったのではあるまいか。

次に「第二　物学条々」を見てみよう。ここでは、①女、②老人、③直面、④物狂、⑤法師、⑥修羅、⑦神、⑧鬼、⑨唐事（からごと）の順に「物学＝ものまね」の心と作法が示される。

この「物まね」にも芸の品格があると世阿弥は言う。一例として、世阿弥は、国王・大臣など「貴人」をリアルに表わすのはよいが、「田夫・野人」などの「賤（いや）しげなる態（わざ）」をリアルに表現するのはよくないという。だが、「木樵（きこり）・草刈・炭焼・鹽汲（しおくみ）」など、「風情」になりうる者を表わすのはよいとする。ここでは、「花」や「幽玄」と連動していく「風情」は肯定されるが、それと結びつかないリアルさは排除される。

世阿弥の演技論で、まず最初に物真似されねばならないのが「女」である。おそらく、能の演者が男性であるがゆえに、演技として女役は難しいためにあえて冒頭に置いたのであろう。またそこには「中楽」の「幽玄」性を重要視する視点があるともいえる。「女」の物真似として気をつけるべきは、衣装と着様と身の持ちようで、たとえば、扇や挿頭（かざし）などの持ち物を持つ時は「いかにも〱弱々と、持ち定めずして持つべし」と、そのあえかでおぼろげな弱々しさ、弱体を強調する。また、腰や膝は真っ直ぐに、「身はたわやか」に保て、「首持ちを強く持」ってはいけないと諭す。首筋が太く固いと、それだけで「男」性性が顕在化し、「女」性性が退いてしまうからである。

次に、「老人」の物真似。これは「この道の奥儀なり」、「第一の大事なり」、「老人の舞かかり、無上の大事なり」とされる至上の芸である。「翁」を「神」の表象とし、芸の具現とする「中楽」であれば、当然の芸論といえる。

だが、「能をよきほど極めたる為手も、老いたる姿は得ぬ人多し」と言われるように、「老人」の物真似は容易くはない。また、「老人」を演じてもそこに「花」がなければ「面白」くない。「花はありて年寄と見ゆるる公案」、これが最大の課題であり、無上の奥義であると世阿弥は強調する。「老人」に生の衰えや枯れだけでなく、聖性を認める表象文化の文脈からすれば、性を超越しつつ生の全体性を表わすような「老人」性は、能の究極の姿を示す物真似だったのだろう。求めるべきは、「老木に花の咲かんが如し」の芸境である。

この後、「直面(ひためん)」の物真似の課題を、「これまた、大事なり。およそ、もとより俗の身なれば、やすかりぬべき事なれども、不思議に、能の位上らねば、直面は見られぬものなり」と説き、「振舞・風情をば、その物に似すべし。顔気色をば、いかにもいかにも、己れなりに、繕(つくろ)はで直(すぐ)に持つべし」と処方を諭す。要するに、小手先芸ではどうにもならぬ、ということである。だから、日々の精進努力により、「能の位」を上げるしかない、ということになる。

次に「物狂」。これは、「この道の、第一の面白尽(ずく)の芸能なり」とされる。面白さの限りを尽くした芸能が「物狂」であると。能の魅力を集約し、「この一道に得たらん達者は、十方へ亙(わた)るべし」とされ、あらゆる方面で応用が効くという。そこで、「狂乱する物狂ひ、一大事」なので、「物思ふ気色を本意に当てて、狂ふ所を花に当てて、心を入れて狂へば、感も、面白き見所も、定めてあるべし」という。

では、どうすれば、「心を入れて狂」うことができるのか？　だがこの「身心変容技法」の肝腎なところについて明白なヒントになる言葉はない。強いて言えば、「物思ふ気色を本意に当て」るということであろうか？　ここに言う「物思ふ気色」とは、ほとんど突き詰めて煮詰まったノイローゼのような、気の違ったような挙動不審の振る舞いを引き起こす身心の状態であろう。それでは、何によってそのような「物思い」の状態に引き込まれ、身心変容していったかに対する想像力がはたらかなければならない。親と別れたのか？　失くした子を探し求めていくのか？　夫に捨てられたのか？　妻に死なれたのか？　世阿弥は「物狂」の原因をなす諸例を示しながら、しかし同時に、能の演技としては、この狂いに「花」を当てねばならないという。この「花」がなければ、いかにリアルであっても、能としての「幽玄」なる「物狂」の「物学（ものまね）」とはならない。このあたりが大変難しい。とりわけ、「直面」での「物狂」などは、「物まねの奥儀とも申しつべし」もので、物真似演技の極限である。だから、「よくよく稽古あるべし」。

もう一つ、ノイローゼ的な「物狂」と「憑物」が憑りついた「物狂」がある。これも、リアルさと「幽玄」さとの間の絶妙を織り出さなければ能としての面白さや「花」に行き着かないので、このあたりもよくよく弁えて物真似を究めなければならない。

このような「物狂」芸に習熟するためには、中期の『花鏡』などで論じられる「離見の見」のようなメタ認知能力が必要であろう。狂っていて狂っていない、沸騰していて凍りついているような、「反対物の一致」（ニコラウス・クザーヌス）や「絶対矛盾的自己同一」（西田幾多郎）の境に入っていかなければ、「物狂」のリアルと「幽玄」の両立は困難であろう。

次に、「法師」。ここで留意すべきは、二種の僧態が指摘されている点である。一つは、「荘厳の僧正、並びに僧綱」らで、そこでは「威儀」と「気高」さを真似るべきであるが、もう一つの「遁世・修行の身」、すなわち聖や修験者などの行僧については、「斗擻を本とすれば、いかにも思ひ入りたる姿かかり、肝要たるべし」と指摘している。要するに、仏の世界にわが身を投げ入れ、帰投し、仏道に深く帰依して行じている風体を醸し出すということ。

次に、「修羅」。ここで注意すべきは、「鬼」の「振舞」にならないようにすることである。「源平などの、名のある人の事を、花鳥風月に作り寄せて、能よければ、何よりもまた面白」くなり、「花やかなる所」もあるが、「鬼」の「振舞」になりやすいのでその差異化の注意が必要である。ここでは、「花鳥風月に作り寄せて」というところがミソである。つまり、「修羅」の荒ぶりに「花鳥風月」の風情を添えることで、幽玄と花を生み出すということである。

次に、「神」。これは、「鬼がかり」、つまり、「鬼」の系統の演技のすがた形となる。では、「神」と「鬼」との違いは何かと言えば、「神」の方は「舞がかりの風情」があるのに対して、「鬼」の方はそれがないことである。要するに、「神」は「風情」や「幽玄」と通じ、「鬼」は「物狂」や「修羅」と通じるということであろう。

次に、「鬼」。「これ、殊さら、大和の物なり。一大事なり」とされる。そして、「およそ、怨霊・憑物などの鬼は、面白き便りあればやすし」という。この「鬼」の「本意」は「強く、恐しかるべし」ところであるが、これは「面白き心」というのにはほど遠い。だが、この「黒白の違ひ」のあるところを結びつけることができるようになったら名手である。「鬼の面白き所あらん為手は、極めたる上手とも申すべきか」と言えるわけだから。そこで、「鬼の面白からむ」ところを探究し、究めると、「巌（いわお）に花の咲かんが如し」と言え、物々しい人を寄せつけぬような巨岩に可憐なる花が咲いているような風情が生まれるのである。

最後に、「唐事」。これは特殊演技なので、「出立（いでたち）」、つまり、服装や振る舞いが大事になる。だから、「出立（いでたち）を唐様（からよう）にするならでは、手立なし」ということ。そして、「何となく唐（から）びたるやうに外目（よそめ）に見」

せること。つまりは、普段はしない「異様」をこの時とばかりに発揮することで差異化をはかる、ということである。

以上のような、九身の「物学（ものまね）」のありようを第二章で世阿弥は解説する。

続く「第三　問答条々」では、以上の概説を踏まえて、各論的にＱ＆Ａとして説明される。

具体的には、

①観客席の様子を見て「吉凶」つまりその日の成功不成功を予知すること
②「序破急」のこと
③「勝負の立合ひの手立」、つまり競演した場合に勝利を得る方法
④若い能役者が「立合」で名人に勝つことがあること
⑤「得手」の演目の持つ意義
⑥「位の差別」、つまり芸位の区別や見分け方
⑦「文字に当たる風情」とは何か
⑧「萎（しお）れたる」芸とは何であるか
⑨「花を知ること」の意味と大事さ

などの問いである。そして、これらの投げかけられた問いに、ガイドラインが示される。

たとえば、若いシテが年長者の名人に勝利することがあるのは、若いシテには「時分の花」や珍しき花があるが、名人である年長者のシテは昔の名望に頼っていて「花」が失せたのも気づかないでいることがあるからである。そうした場合には、たとえ名人といえども「時分の花」を持つ若い演者に

負けることがある。

そうした演技論の議論の中で、「公案を極めたらん上手は、たとへ、能は下るとも、花は残るべし」とか、「上手は下手の手本、下手は上手の手本なりと工夫すべし」とかの意味深長なメッセージが語られる。たとえば、「上手」が「下手」に学ぶことがある。「上手」は名声や高い技術に頼っており、悪い点に自覚がないことがままある。「下手」は工夫もなく、良い点も悪い点にも無自覚であるが、必ずどこか良い点がある。その良い所を見出すことができれば、「上手」は「下手」からいろいろと学びとることができるというのである。

また、「長（たけ）」、すなわち品位や品格というものがある。それは、生得的なものでにじみ出てくるものであるが、「かさ」は幅や奥行きの広さやエネルギーでものものしく勢いのある形であるが、これは懸命に精進努力して身に付けることができる。また、「位というもの」は、稽古することによって意識して上がるものではないが、しかし、「稽古の却（こう）入りて」修練を積んで、垢が落ちていけば、おのずと「位」が身につくこともあるともいう。このような芸位や芸境についての言説もさまざまなジャンルの修道者にとって大変示唆に富むものである。

『風姿花伝』「第四　神儀云」以下の問題点は他の章でも繰り返し論じていくので、ここでは、前半部「第三　問答条々」の結論とも言える部分と後期の芸位・芸境論を示しておきたい。

世阿弥は、「問答条々」の最後で、次のように記している。

先づ、七歳より以来、年来稽古の条々、物まねの品々を、よく〳〵心中に当てて分ち覚えて、能を尽し、工夫を極めて後、この花の失せぬ所をば知るべし。この物数を極むる心、即ち、花の種なるべし。されば、花を知らんと思はば、先づ、種を知るべし。花は心、種は態（わざ）なるべし。

ここで、キーワード的に語られる「花は心、種は態」の語は、「申楽」（能）の修道と習熟のありようを端的に示す言葉である。この花と種を、顕在と潜在、実在（今ここ）と過程、と対比させることもできる。潜在する引き出し＝種がなければ、花は顕在していかない。「物数を極」めて「年来稽古」を続けていて、初めて「花」が顕われ得る。確かに、「時分の花」は意識せずとも顕在化することはあるが、しかし「誠の花」はそうはいかない。しっかりとした「種＝わざ」なしには開花しない。観衆を魅了する「幽玄」の「花」は咲かないのである。

こうした世阿弥の前期の芸論は、六十五歳頃に成ったとされる後期の「九位」の芸位理論となると、異様に精緻に構造化される。

上三花	中三花	下三花
妙花風	正花風	強細風
寵深花風	広精風	強鹿風
閑花風	浅文風	鹿鉛風

「九位」の芸論

そこでは、「稽古・習道」は、「中初・上中・下後」（浅文風・寵深花風・強細風）の順序で行うのが正しいとされる。たとえば、次のように。

「中初、上中、下後」と云つぱ、芸能の初門に入りて、二曲の稽古の条々をなすは、浅文風（せんもんふう）なり。これをよくよく習道して、すでに浅風に文（あや）をなして、次第連続に道に至る位は、はや広精風（こうしょうふう）なり。ここにて事を尽して、広大に、道を経て、すでに全果に至は、正花風（しょうかふう）なり。これは、二曲より三体に至る位なり。おのおの、安位感花に至る所、道花得法の見所の切堺（せっかい）なり。これは、今までの芸位を直下に見おろして、安得の上果に座断する位、閑花風なり。この上に、切位の幽姿をなして、有無中道の見風の曲体、寵深花風なり。この上は、言語を絶して、不二妙体の意景を顕はす所、妙花風なり。これにて、奥儀・至上の道は果てたり。（小西甚一『世阿弥能楽論集』より引用）

歌舞二曲の「稽古」というものは、まず「中初」の「浅文風」の段階から始め、修行を重ねて「広精風」から広大な能の世界を経験して「正花風」へと進む。次に安定した芸境の「閑花風」に入り、優美な有文も無文も兼ね備えた中道の「寵深花風」に至り、言語道断・不二妙体の世界である至上の奥儀の「妙花風」に参入する。

ところが、ここで、仏道で言う「上求菩提・下化衆生」や「往相・還相」の後半部の折り返し、Uターンが起こり、「上三花」の芸位・芸境から「下三花」の芸位・芸境に自由自在に往来することができるようになれば、優美さと強さを両方我がものとすることができ、鬼に金棒となる。だが、このような芸風・芸位・芸境は「亡父」観阿弥以外には見たことがないと言う。

「九位」の中でも「奥儀・至上」とされる「妙花風」は、「妙と云つぱ、言語道断、心行所滅なり。夜半の日頭、これまた言語の及ぶべき所か。如何。しかれば、当道の堪能の幽風、褒美も及ばず、無心の感、無位の位風の離見こそ、妙花にやあるべき」と、まさに神秘主義としか言うほかない「妙」の芸境に遊んでいる。あるいは、さ迷っている。禅の公案が指示するような、このような「言語道断」「心行所滅」の「無心・無位の位風」は、もはや「芸能」というワザヲギの領分を超越した「神秘」の迷宮である。

ではありながら、一方で、世阿弥は『申楽談義』でも、「中初・上中・下後」の順番できちんと稽古を積み重ねていけば必ず将来良い芸能者となるはずだ、くれぐれもその稽古の順番を間違ってはならないと固く戒めてもいるので、この芸境の深まりと稽古の順序に関しては世阿弥流のプラグマティズムがあった。
この「九位」の基本三概念である「上」は女物、「中」は基礎、「下」は「荒物」とされ、これは学習の段階を示すもので巧拙ではないとされるが、このような過剰装飾ともいえる芸位や芸境論を構築せざるを得なかった世阿弥の人生の盛衰と芸の振幅を考えさせられる。このような初期のリアリズムから後期の神秘主義までの世阿弥の跳躍は何によって促進されたのか、その時（歴史）と機（状況）を考えさせられるのである。

第三節　『花鏡』前半部の論点と世阿弥の身心変容技法

世阿弥の芸論がもっとも体系的にまとまった形で論述されたのが中期の著作『花鏡』であることは異論のないところである。『花鏡』の末尾で世阿弥は次のように書き記している。

風姿花伝年来稽古より別紙に至る迄は、此道を花智に顕はす秘伝也。是は、亡父の芸能の色々を、廿余年の間に悉く書き為したる習得の条々也。この花鏡一巻、世、私に、四十有余より老後に至るまで、時々浮かむ所の芸得、題目六箇条、事書十二箇条、連続して書と為し、芸跡を残す所也。
応永卅一年六月一日　世　阿　判

これによると、『風姿花伝』の「第一年来稽古条々」から「別紙口伝」に至る論述は、「申楽」芸能の「道」を「花智」に象徴化して著わした秘伝で、これは亡き父観阿弥の芸能の教えを二十余年の間にまとめた条項であるが、しかしこの『花鏡』一巻については、自分自身、四十代から六十代の老後の現在に至るまで、時に触れて浮かんでくる芸論を題目六ヶ条、事書十二ヶ条に書き表わして「芸跡」として残したものであるという。したがって、観阿弥の芸論の総まとめを中心とした『風姿花伝』と、それを踏まえてさらに発展的に思索と考察を加えて成った『花鏡』とでは異なったところが多々出てくる。

その差異を誤解を恐れず一言で言えば、『風姿花伝』はスートラ（お経）、『花鏡』はウパニシャッド（奥義書）である。あるいは、入門書と奥義書、公伝と秘伝、と差異化することもできる。

応永三十一年（一四二四）六月一日の日付けのある『花鏡』跋文から、この本が世阿弥が四十代から六十二歳の「老後」の現在までのほぼ二十年間に思い浮かんだ芸論の数々を、後継者元雅に伝えるために書き記したものであることが読み取れる。この二年前の応永二十九年、還暦を迎えた世阿弥は出家し、「至翁善芳」を名乗り、嫡男元雅が観世太夫を引き継いだ。父から自分に伝えられた芸論を『風姿花伝』としてまとめて以降、次の世代にさらにその芸論と芸道の真髄奥儀をできる限りまとまった形で伝えておきたいという第一線引退後の「老後」の心境がこの著述への引き金となったのかもしれない。

世阿弥自身が跋文で言っている通り、『花鏡』は、前半六条の「題目六箇条」と後半十二条の「事書十二箇条」の二部構成でできあがっている。これは、『風姿花伝』の前半部「条々」の三章と後半部「云」の四章と対応する形と言える。そして、『風姿花伝』「第七　別紙口伝」は、『花鏡』「奥段」に対応すると見ることができる。

その各小論題を挙げれば次のようになる。

前半部（題目六箇条）

① 一調・二機・三声　音曲開口初声
② 動十分心、動七分身
③ 強身動宥足踏、強足踏宥身動
④ 先聞後見
⑤ 先能其物成、後能其態似
⑥ 舞声為根

後半部（「事書十二箇条」）

① 時節当感事
② 序・破・急之事
③ 知習道事
④ 上手之知感事
⑤ 浅深之事
⑥ 幽玄之入境事

⑦　劫之用心之事
⑧　万能綰一心事
⑨　妙所之事
⑩　批判之事
⑪　音習道之事
⑫　奥段

この前半部の「題目六箇条」は極めて具体的な能楽技法で、演劇的身心変容技法といえるものである。ここで世阿弥は身心関係や感覚関係を「動十分心、動七分身」「先聞後見」「先能其物成、後能其態似」という「題目」で端的に表わしている。

「心を百％動かせ。だが体は七十％に抑えよ」。

「聴覚的イメージを先行させせよ。視覚イメージはその次にせよ」。

「まずその物に成りなさい。そうしたら、おのずとすがたかたちがその物に似てきますよ」。

世阿弥はここで絶対に外してはならない優先順位を示している。体の動きをコントロールするのは「心」だ。能は耳から入れ。似せようと思うな、それに成れ！

物事には順序というものがある。それを「陰陽」という原理で説明することもできる。実際、世阿弥は能の演技論や演出論を陰陽理論を用いて説明している。陽があるところに必ず陰をうまく配属し、バランスを取れ。その反対も然り、と。

『花鏡』において、その優先順位は、まず、「一調・二機・三声」として説き始められる。

「題目六箇条」の第一箇条の「一調・二機・三声」とは何か？　この小題に、「音曲開口初声」という副題めいた語が付加されている。音曲において、口を開いて、さあ、どのように発声するか？　何と言っても重要なのは「出だし」である。「初声」である。第一声である。そこですべての勝負が決する。

世阿弥は言う。

調子をば機が持つなり。吹物（ふきもの）の調子を音取（ねと）りて、機に合はせすまして、目を塞ぎて息を内へ引きて、さて声を出だせば、声先調子の中より出づるなり。調子ばかりを音取りて、機にも合はせずして声を出だせば、声先調子に合ふこと、左右なくなし。調子をば機にこめて、声を出だすがゆゑに、一調・二機・三声とは定むるなり。

また云はく、調子をば機にて持ち、声をば調子にて出だし、文字をば唇にて分かつべし。文字にもかからぬほどの曲をば、顔の振り様を以てあひしらふべし。よくよく心中に宛てて拈弄（ねんろう）すべきなり。

最初に到来するのは、音である。この聴覚イメージを取り逃がしてはならない。音律の高低がもたらす「調子」は「機」に従っている。「機」という、その時と状況こそ「調子」を導き出すはたらきだ。笛の調子に合わせて「音取り」、すなわち音程合わせをして、「機」を合わせ、目を閉じて息を内に引き込んで「声」を出す。そうすれば、「声」は「調子」と調和してうまく出てくる。

だが、「調子」ばかりを合わそうとしても、「機」に合わせなければうまくいかない。音程の「調子」

を「機」と合わせ、込めて、「声」に出すのだ。そうすれば、調子・機・声の連動調和の中で事はうまく運び、「音曲開口初声」は成功すること間違いなし。

『花鏡』では、世阿弥は最初からトップギアで能楽技芸論を語り出す。『風姿花伝』のような「序」はない。準備なしに、いきなり、本番だ。世阿弥が『花鏡』にかける意気込みは凄まじい。前置きなしに、本論ど真ん中の超弩級の超速球を投げ込む世阿弥。

そして、次が、第二題目の「動十分心、動七分身」。

「心を十分に動かして身を七分に動かせ」とは、習ふ所の手を指し、足を動かすこと、師の教へのままに動かして、その分をよくよくし究めてのち、指し引く手を、ちらと、心ほどには動かさで、心より内に控ふるなり。これは、必ず、舞・働きに限るべからず。立ち振舞ふ身使ひまでも、心よりは身を惜しみて立ち働けば、身は体になり、心は用になりて、面白き感あるべし。

演能においては、目いっぱい体を動かしてはダメだ。そうではなく、「心」を動かすのだ。「心」を目いっぱい、十分にはたらかせ、体の方は七分目でよい。それが秘訣であり、コツだ。手や足など、「心」のはたらきよりも抑えて少し控えめに動かす。そこに興趣が生まれ、面白感が生まれるのだ。このことは立ち居振る舞い全般に言えることだ。優美さを引き出そうとするならば、このちょっとばかり「心」よりも体をスローモーションにすること。それが大切である。

実に適確なコーチングだ。最初にタイミング論をバシッとぶち上げ、次にズラシ作戦で、「うまみ」を出す。これが「隠し味」だ。わかるか、この「隠し味」。世阿弥は、そう、言いたげだ。

続いて、第三題目は、「強身動宥足踏、強足踏宥身動」。第二題目で述べた心と体の微妙なズラシを、身体部位の「身」と「足」との関係で行なってみるがよい。そうすると、そこに優美さが生まれる。

世阿弥は言う。「身と足と同じやうに動けば、荒く見ゆるなり。身を使ふ時、足を盗めば、狂ふとは見ゆれども荒からず。足を強く踏む時、身を静かに動かせば、足音は高けれども、身の静かなるによりて荒くは見えぬなり。これすなはち、見聞同心ならぬ所、両体和合になりて、面白き感あり」と。

身体と足を同じように動かしてはならない。それだと動きが荒っぽすぎる。粗く見える。粗雑に見えて、繊細さも美しさも生まれない。

体を荒々しく激しく動かす時には、足の方をそっと少しゆっくりと静かめに動かすと、狂ったような激しさの中でも粗っぽさはない。荒くは見えない。リアルな動きと、ちょっとずれたスローモーションが組み合わさるところに、「幽玄」や「夢幻」の感覚が生まれるのである。

たとえば、足を強く踏みしめて床板を鳴らしたとする。その時、体の方を静かに動かすと、足で鳴らした床音は大きく高く響いても、体の動きの方が静かなために荒くは見えない。耳と目との間に、聴覚イメージと視覚イメージとの間にズレが生じているので、「見聞同心」ではないにもかかわらず、「両体和合」して面白感が増すのだ。

何と言っても、能の「花」は珍しさと面白さである。差異性と興趣である。ズレと異化効果とインパクトなのだ。

そしていよいよ、第四題目は、「先聞後見」。

目から入るな。耳からは入れ。

スピリチュアルは、「身の中の身」である「みみ（耳）」刺戟を拡大するところに生まれる。「神秘主義mysticism」のギリシャ語語源にあたる〝myein〟は「目を閉じる」という意味を持つ。目を閉じよ。そして、耳を澄ませ。さすれば、見えないモノが視えてくる。そこに至るには耳だ。耳を鍛えろ。

世阿弥は言う。「言葉よりすすみて風情の見ゆるることあり。聞く所と見る所と、前後するなり。まづ、諸人の耳に、聞く所を先立てて、さて、風情を少し遅るるやうにすれば、聞く心よりやがて見ゆるる所に移る境にて、見聞成就する感あり」、「先づ聞かせて後に見せよ」と。

絶対に言葉より、つまり、謡よりも舞の仕草の方を先にしてはダメだ。目を先走らせてはいけない。声で、言葉で、謡で誘導し、イメージを導いてから、動作がそこについていくから、想像力が動作に追いつくのだ。その逆ではない。動作を心持ち遅らせよ。そうすれば、「聴く心」の聴覚イメージが「見ゆるる所に移る境」において、ちょうどピタリと合致して、うまい具合に「見聞成就」するのである。このタイミングを忘れるな。「機」を摑め。逃すな、絶対！

こうして、第五題目の「先能其物成、後能其態似」に至る。後に、松尾芭蕉は「松のことは松に習へ、竹のことは竹に習へ」（『三冊子』）と喝破したが、まさにそうした事態である。それこそが「物真似＝物学」であろう。「先ずその物に能く成る」のだ。そうすれば、その「態」もよくその「物」に似てくるであろう。だからこそ、「まづその物によくなるやうを習ふべし。さて、その態(わざ)をすべし」、なのだ。その逆ではない。「態」を似せるのではない。その「物」に成るのだ。それが先だ。それができなければ、いつまで経っても上達しないし、借り物の演技に過ぎない。「本物」には成れないのだ。

そして、「題目六箇条」の最後の命題「舞声為根」。

先に、「先聞後見」と言った。それと同じだ。先に「声」。その後に、「舞」だ。だから、「声」が先で、「根」っこなのだ。それを「舞声為根」と言うのだ。舞は声を根として成り立つ。その逆ではない。能は徹底的に聴覚優位である。霊の世界は見えない。だが、見えないモノを視るように仕向けるのがこの「申楽」のワザヲギなのだ。そのためには、耳を、声を、謡を掘り下げ、拡張するしかない。だから、いつも、「一声」の鍛錬が必要なのだ。「一声の匂ひより、舞へ移る境にて妙力あるべし」。「一声」の余韻や残響の中で「舞」に移行していく時に、「両体和合」の「妙力」が生まれるのだ。それを忘れてはならぬ。

さらに、奥儀を宣べれば、こういうことだ。

「そもそも、舞歌と云つぱ、根本、如来蔵より出来せりと云々。まづ、五臓より出づる息、五色に分かれて五音・六調子となる」。

そもそも、「舞」も「歌」もみな、その根本は「如来蔵」にある。如来の響きが五臓六腑に染みわたるように、「五臓」から出る「息」が「五色」に分かれ、さらにまた「五音」や「六調子」になって、現象し現成するのだ。

また、「時の調子」もある。春夏秋冬の四季がそうだ。昼夜朝夕などの十二刻もそうであある。「舞」というものは、「音声の力」によって人を引き付け、魅惑するのである。だから、謡が大切なのだ。「音力」なしに舞うことはできない。

その「舞」に「五智」がある。「舞に五智あり。一手智（しゅち）、二舞智（ぶち）、三相曲智（そうきょくち）、四手体智（しゅたいち）、五舞体智（ぶたいち）」である。これはだんだんと高度・高級・抽象になる。たとえば、第三の「相曲智」は、第一の「手智（ち）」の序破急の中に第二の「舞智」を添えたもので、「手をなすは有文風（うもんふう）、舞をなすは無文風（むもんふう）なり」というわけだ。この「有文風」と「無文風」を「相曲」に「和合」させた時に、「見風成就」が完成する。ここに、「面白しと見る堺曲（かいきょく）」が生まれる。こうして、第五の「舞体風智」に至っては、「無姿」の究極の形となる。

そして、世阿弥は、「およそ、三体の風姿に宛（あ）てて見るに、男体には手体風智相応なるべきか。女体には舞体風智よろしかるべきかなり」と「二曲（舞歌）三体（老体・女体・軍体）」と絡めて説いている。つまり、「女体」の方がより「幽玄」優美であり、興趣の抽象度も高くなっているのである。

さて、問題は、第六「舞声為根」の最終段の次の一節である。

また、舞に目前心後（もくぜんしんご）と云ふことあり。「目を前に見て、心を後に置け」となり。これは、以前申しつる舞智風体の用心なり。見所より見る所の風姿は、わが離見なり。しかれば、わが眼の見る所は我見なり。離見の見にはあらず。離見の見にて見る所は、すなはち見所同心（けんしょどうしん）の見なり。その時は、わが姿を見得するなり。わが姿を見得すれば、左右前後を見るなり。しかれども、目前左右までをば見れども、後姿をばいまだ知らぬか。後姿を覚えねば、姿の俗なる所をわきまへず。

さるほどに、離見の見にて、見所同見となりて、不及目の身所まで見智して、五体相応の幽姿をなすべし。これすなはち、心を後に置くにてあらずや。かへすがへす、離見の見をよくよく見得して、眼、まなこを見ぬ所を覚えて、左右前後を分明に案見せよ。さだめて花姿玉得の幽舞に至らんこと、目前の証見なるべし。

キーワードは、「目前心後」と「離見の見」だ。

これこそ世阿弥の身心変容技法の奥儀である。

目で前を見る。当たり前だ。だから、「目を前に見て」は、なんてことはない。そのとおりである。フツーだ。

だが、「心を後に置け」というのは、意味不明である。「心」という目に見えないモノを後ろにどうやって置くことができるのだ。そんなカテゴリーエラーの禅の公案のようなことを言ってもらっては混乱する。

多くの人はそう思うだろう。だがそれができないと、先ほどの「第五舞体風智」は完成しない。「心を後に置く」。これはあらゆる武道の極意である。「心眼」で見るという言い方にも通じる。

この身心変容技法を、この七年、三百回以上比叡山に登拝して「東山修験道」を行じてきた体験から解読してみる。真夜中に、真っ暗闇の比叡山の森を歩いている時、目の前は何も見えない。特に、トンネルのような森の中に入った新月の夜などは暗黒世界の中に埋没したかのようである。その時にはもはや「目を前に見て」という視覚機能は意味をなさない。

先に、「神秘主義 mysticism」の語源がギリシャ語の〝myein〟で、それは「目を閉じる」という意味であると述べた。この暗黒世界においては否応なく〝myein〟状態に入る。

その時、別の感覚機能が動き出す。背中に羽が生えたような感覚が生まれ、背後感覚が拡大していくのである。生命の危機を感じとった身体は、野生の本能をはたらかせて、見えない目の代わりに、背中に眼の代わりをなす、アンテナのような空間触知感覚を編成し直すのだ。それは世阿弥の言う「心を後に置く」という表現と通じている。実際に、それは可能だ。

いわゆる、臨死体験などでよく言われる「体外離脱体験（out of body experience）」や「幽体離脱」がそうだ。そのような体験下では、「心」は身体を離れて、上に在ったり、横に在ったり、浮遊したりする。

チベットのポアもそのような離脱体験であることが知られている。

だが、世阿弥がこれを「離見の見」と結び付けて説明する時、事態はそのような「神秘体験」レベルから、極めてリアルでフィジカルな能役者の認知の状態にフォーカシングされる。

自分が目の前にある物を見ている通常の状態を「我見」という。それに対して、舞台上の能役者を見所（観客席）から見ているのを「離見」という。能役者は、仮面を掛けて、視界を狭め、この世とあの世の境を往来している演技状態にあるが、その中で、「我見」でもなく、「離見」でもなく、その両方でもあるような「離見の見」という「見所同見」の状態に到った時、「心を後に置く」ことができると世阿弥は主張する。優れた能役者はそのメタレベルに達する。そこまで行かないと名人にはなれない。メタレベルの跳躍とそこからの帰還、そして、自在の往来。

自分の眼で自分の眼を見ることはできないが、「離見の見」を身に付けることができれば、自分の後ろ姿も自分の眼もすべてを見ることができる。その時の「幽姿」「幽舞」が理想形で、それは「花姿玉得」の至境である。

世阿弥は『花鏡』で世阿弥自身の「ウパニシャッド」（奥義書＝メタレベル書）をこのように語るのである。「見所同心の見」、すなわち「見所同見＝離見の見」をどのように獲得することができ、その状態で演能することができるか。世阿弥は『花鏡』の「題目六箇条」をここで語り止める。そこから先の「見」、はない。

その先にあるのは、『花鏡』の「事書十二箇条」である。そこでは、演技・演出・修道各論が展開されている。たとえば、第八箇条「万能綰一心事」では、「せぬ所が面白き」とか、「無心の位にて、わが心をわれにも隠す案心にて、せぬ隙の前後を継ぐ（つなぐ）」とか、「万能を一心にて綰ぐ（つなぐ）感力」とか、「心を糸にして、人に知らせずして、万能を綰ぐ」とかの、いわば無為・無心の境位が語られているが、これもまた「色即是空」的な逆説的臨界概念で、世阿弥的身心変容技法の極位である。

また、第十箇条「批判之事」では、「見・聞・心の三あり」として、①「見より出で来る能」は「映え映え」と色めき、②「聞より出で来る能」は「しみじみ」と「淑やか」で、③「心より出で来る能」は「さびさび」とした「無上の上手の得たる瑞風」「無心の能」「無文の能」であるとする三段階演能が語られるが、ここでもまた「幽玄」抽象の極が示される。

『風姿花伝』から出発した世阿弥は、そのリアリズム芸論から神秘主義芸論といえるところまで「奥段」を極め、その最後を「初心忘るべからず」として、「三箇条の口伝」、すなわち①「是非の初心」、②「時々の初心」、③「老後の初心」という三種「初心」を示して、『風姿花伝』の「初心」論に戻りつつも、それを包摂した奥儀書として、『花鏡』「奥段」にて口を閉じ、言葉を閉じるのである。

かくして、世阿弥の芸の旅はまことに、「奥の細道」というほかない絶景の連続なのである。

第四節　能管の創造——石笛の再現としての「のど」の考案

さて、ここで「申楽」(能)のもっとも「神秘」的な部分を語っておきたい。それが世阿弥時代からあったかどうか、不明である。だが、間違いなく、後期の世阿弥の能楽理論や禅竹の極めて観念論的な能楽論からその「神秘」は導き出されてくるだろう。

能を能たらしめる象徴的な響きは「ひしぎ」である。「ひしぎ」は能の笛である「能管」が出すことのできるもっとも鋭く強い最高音域である。

この「ひしぎ」は、「翁」を始め、すべての演目の冒頭において神や霊を呼び出す音とされているが、この音＝響きが何に由来するのか、それをわたしは縄文時代の「石笛（いわぶえ）」に起源があると見ている。縄文の「石笛」から中世の「能管」までの間を何によってどのように繋ぐことができるかと言えば、そこに明確な接続点はないし、エビデンスもない。だが、そのように直感し、断言できる。そのことをNHKホールで一噌流の一噌幸弘師の能管とわたしの石笛を吹き比べて比較してみたり、観世宗家の観世清和師やその他の能楽師に聴いてもらって確かめたりもしたことの経験も併せて、確信を強くした。

大谷節子『世阿弥の中世』（岩波書店、二〇〇七年）や高桑いづみ『能の囃子と演出』（音楽之友社、二〇〇三年）などでは、能管が世阿弥の時代から使われていたかどうか、確実な資料はないという。が、それでも高桑は「世阿弥の時代から喉の入った笛（能管のこと――引用者注）を吹いていたのではないか」と推測している。

能管はその体裁は外見上雅楽の龍笛とよく似ている。龍笛をモデルに能管が作られたことが一目でわかる。だが、笛の内部構造と演奏された音＝響きがまるで違う。わたしは毎朝、石笛・龍笛・能管などを演奏しているが、龍笛では「ひしぎ」の音を出すことができない。それに対して、能管は「ひしぎ」の音響を発出するために発明されたと思われる。

それが可能になったのは「のど（喉）」の発明によってである。能管内には歌口（吹口）から第一指の孔の近くまでもう一つの管が詰め込まれている。つまり、管内の一部分が二重構造になって狭くなっている。そのために、通常音は出ず、歪みと揺らぎのある不安定な高音が出やすい構造になっている。

「のど」は、真竹を割り、わざわざ裏返して貼り合わせた強度のある竹筒を挿入してさらに漆で塗り固め作る。「八ツ割返し竹製法」と呼ばれる製作法の案出による特殊な構造によって、「ひしぎ」の「神秘」な音を出せるようになった。能の囃子においてなぜこのような不可思議で特殊な音響が必要になったのか？　それは石笛の出す独特のゆらぎのある高音を出すために創案されたのではないか？　わたしは、これまで、その音響が縄文時代の石笛に由来するという直感と仮説をいろいろな方法で確認してきた。

縄文時代中期の青森県三内丸山遺跡や千葉県曽谷貝塚や石川県能登半島の真脇遺跡などのいくつかの遺跡から「石笛」と呼称される天然石でできた穴の開いた石の笛（と考えられるもの）が出土している。わたしは二十五年ほど前に石笛と巡り会い、以来、毎朝、神前で石笛を奏するようになった。水を取り変え、大祓詞や祝詞や祭文や各種唱え言や般若心経や観音菩薩の真言を奏上し、その後、翡翠の縄文勾玉、八種類の石笛、龍笛、横笛、能管、日本の法螺貝、チベットの法螺貝、太鼓など三十種類ほどの古民族楽器を奏奏する。毎朝起きて顔を洗ってすぐにそれを行なう。そこからわたしの一日が始まる。

こうして、毎朝の石笛の奉奏を通して、縄文時代の音霊の世界をわたしなりに探ってきたが、その過程で、十八年ほど前に「元始音霊ユニット」という石笛・土笛・土鈴の三点を用いて演奏し、縄文の音の世界を現代に甦えらそうと試みた。その成果を『元始音霊　縄文の響き』（CDブック、春秋社、二〇〇一年）として出版した。

石笛の存在は、二十歳頃に出口王仁三郎の伝記『巨人出口王仁三郎』（出口京太郎、講談社、一九六八年）を読んだ時に初めて知った。その時から石笛に関心を抱いてきたが、実際に石笛と巡り会い、毎朝奉奏するようになったのは一九九〇年の夏以降のことであった。また、縄文遺跡から発掘された石笛の音色などについては、曽谷遺跡から出土した國學院大學考古学博物館所蔵の石笛三個を実際に吹いて確かめたことがある。

このようなわたし自身の実際の演奏の経験を通して、縄文時代に用いられていた石笛は、まず第一に天の空鳴りの模倣であり、第二に天から吹き降りてくる風が洞窟の中に入って鳴る現象の模倣であり、第三に鹿や鳥の鳴き声（とりわけ交尾期の鹿）の模倣であり、それらと交信する方法であると考えるようになった。そしてそれは縄文時代に突然始まったことではなく、旧石器時代からあったに違いないと確信するようになった。

自然現象や動物の模倣と交信の聖なるツールとしての石笛の発見。それは最初は石に何らかの加工を加えたものではなく、まったく天然の穴の開いたものであったがゆえに、音が出た時に洞窟が鳴り響くような神秘不可思議の感動を与えた。

もちろんこのことは実証不可能である。なぜなら旧石器時代の遺跡から石笛が発見されていないし、旧石器時代人の最初の石笛発見者の行為を特定する方法がないからである。しかし、旧石器時代の遺跡から石笛が発見されていないことが旧石器時代に石笛が存在しなかったことを直ちに意味するものではないし、旧石器人が石笛を発見して吹いていなかったことを意味するものではない。

演奏者としての直覚では、笛を吹くことのできる者は、それも相当に笛に習熟した者ならば、天から吹いてくる風が洞窟に入って音を鳴らすのを聴いて、それと同様のことをミニマムな形で再現できるはずだという確信を必ず持つ。そうした直観的な連想をいつか必ず誰かが抱く。そして天然に穴の開いた石を見つけた時、その穴に息を吹き込み、音が鳴るのを確かめる。それは「魔法」でも「呪術」

でも何でもなく、ほとんど自然界の必然である。縄文石笛奏者はおそらくそうした自然観察者の一人であったに違いない。それは呪術でも科学でもなく、ただただ自然に寄り添う道でありワザである。そしてそのただの自然に寄り添う道こそが同時に実に魔術的でも呪術的でもあったわけである。そして次に人工的に翡翠などに孔を穿って作ることになる。

縄文の石笛の音の世界は「神秘」である。なぜなら、そこには不思議な妙なる倍音と人間が感知できる範囲を超えた高周波が発生しているからである。倍音は感知できる。高周波もある範囲で感知できる。しかしそれ以上の周波数の、つまり人間の感覚バンド（帯）を超えた周波数が発せられている。洞窟内の響きにおいては、感知できない範囲の低周波が鳴り響いていてそれが身体の皮膚や内臓に至るまでの全細胞に刺激を与える。

これは自然界のメカニズムによって起こる自然現象であって、鋭い自然観察者はそのことを理解した。そして石笛と洞窟の鳴る音が相似性を持っていることを理解した。それゆえ、石笛を吹き鳴らす時、奏者は天の響きや洞窟の響きや、また鹿や鳥の鳴き声を反芻・想起した。石笛奏者としてのわたしは、経験的に石笛の始まりとその意味づけをこのように考えるようになった。

それではその石笛は何のために演奏されたかというと、自然界のパワーと感応するためであったり、自然界のエネルギーの源である神霊や動物や、また死者の霊魂を呼び出したり、鎮撫するためであったと思われる。また、狩猟時の意識の高揚や集中や祈りや合図として用いたかもしれない。その用途は特定できない。

が、ここであえて直観的に言えば、まず第一に、自然の力の模写と再現と、またその力の活用のために用いられた。つまり、自然界の物理的かつ霊的力（モノ的力）の活用である。第二に、それによって自分自身の身心を調整し、エネルギーの流れをコントロールし、集中力を高めたり、意識の高揚を図ったり、活力を喚起したりし、第三に、死者との交信の回路を開くために用いたと推測する。このように、自然界や異界（霊界）との回路を開き、交信し、力の流入・流出を図るツールとして用いられたのではないか。

その石笛の独特の歪みのあるサウンドが、能管に受け継がれている。こうして、能管に「ひしぎ」という、独特の高乱下する乱調な音色と響きの演奏法が生み出された。それは石笛の響きにその起源を持つ。

この直観はわたし一人のものではない。たとえば、作曲家の広瀬量平は「われらのうちなる縄文の音——日本人の音感の原点を求めて」（『放送文化』一九七六年二月号、日本放送出版協会）の中で「能管の音は石笛の音を模したのではないか」と述べている。[3] 広瀬は「神道の巫女」の修行をした女性から「河原に出て沢山の石の中から音の出る石を見つけることも巫女の仕事の一つ」という話を聞き強い印象を受ける。そして次のように推測する。「この国の古いシャーマニズムとしての古神道では、当然のことながら神あるいは霊を招きよせるための行事を行う。それが祭祀であり御神託をうけるときの儀式である。多くの場合供物をそなえた儀式の執行者は呪文を唱える。『たまよばい』などといわれるこの招魂の歌や、祭儀の所作の後にシャーマンが神がかりと称する状態に入る。そのとき何等かの音が鳴りひびく。人々は霊が降臨したことにおそれかしこむのである。その音とは打振られる鈴であったり、琴の音であったり、太鼓の音であったり狂的な巫女の叫びであったりする。そして古くは石笛が吹かれたのであろう」。

この「国の古いシャーマニズムとしての古神道」の儀式が能楽の起源であると広瀬は考え、さらに大胆に次のように推理する。「能で神が出現を告げる時には、あの鋭い音が吹かれる。ヒシギと呼ばれる、あのひときわ鋭い音はシテの出現を告げるものだ。能では無闇にあの音が吹かれるわけではないのだ。能はたしかに、この世にいない者、すなわち死者、霊、神などと現に生きている者とが、対面する儀式のようなもので、近代の演劇とは明らかにちがう根をもっている。むしろそういう意味では恐山のイタコの口寄せに近いのである。さき程、私は、あの石笛が能管のように鋭い音をたてたと書いた。あの石笛はそういうようにして使われたものなのかもしれないと私は思ったのだ。あれは弥生時代以後アマノイワフエやアマノトリフエなどと呼ばれた聖なる笛の祖型なのかもしれない」と。

このように、広瀬は石笛と能管の「音」の共通性を指摘する。それは「神」の出現を告げる「音」であると。わたしは基本的にこの広瀬の推理に同意する。ただ、広瀬が「神あるいは霊を招きよせる」シャーマニズム的儀礼を石笛と能管に共通するものと見ているのに対して、わたしは「神」とか「霊」とかが自然と切り離されたものではなく、特に石笛は自然界と異界を刺し貫き、結び、循環させる聖なるツールであったであろうことを強調しておきたい。

縄文時代から存在し、その響きが能管に継承された石笛は、江戸時代後期の国学者・平田篤胤によって再発見され、やがて神道の儀礼の中で再布置化されてゆく。

文化十三年（一八一六）五月、平田篤胤は鹿島神宮と香取両宮を参拝し、そのあと玉ヶ崎明神、猿田神社、妙見宮、八幡宮に詣でた。そして、最後に訪れた八幡宮で「石笛」を発見した。八幡宮を詣でた時、社殿の脇の礎の横に草に覆われ埋もれている石が見えた。直観に秀でた篤胤はその石を一目見た時、これこそ「天磐笛」と言う声がしたように思い、手にとって吹き鳴らしてみると、その音「いともめでたく」、「ほら貝石」の音にも似ていた。そこで平田篤胤は、この石笛は神より賜ったものだと受け止めるが、しかし、神の社にある石だから、みだりに持ち帰ることもできない。そこで、鹿の肩骨を取り出して古代の占い法である「太兆（ふとまに）」を行い、「神の御心」を問うと、「宇気比（うけひ）」の結果は、猿田彦大神の賜いしものと出た。こうして、大変な苦労の末に、八幡宮の別当寺の法師の承諾を得て、銚子から船に乗せて江戸に持ち帰り、自宅の神棚の前に捧げ置き、朝毎の神拝の際には必ず吹き鳴らしたというのである。今もなお、この石笛は東京都渋谷区代々木にある平田神社に御神宝として保管されているが、終章に詳しく述べるように、二〇一四年十月から二〇一五年九月まで全国五ヶ所の美術館で行われた「スサノヲの到来」展で展示された。

「縄文の音」の世界はこの平田篤胤の「天の磐笛」の発見に始まると言ってよい。興味深いのは、平田篤胤がこの石笛を大国主神と並ぶ「国つ神」の代表神である猿田彦大神の賜いしものであったと信じていたことである。先住土着の「国つ神」である猿田彦の神はどれほど古くまで遡ることができるか定かではないが、拙著『ウズメとサルタヒコの神話学』（大和書房、二〇〇〇年）で論じたように、「縄文の神々」の面影を宿しているとも考えられる。

この平田篤胤の「天の磐笛」の発見により、古代のワザヲギ的呪術世界が一挙に身近なものとなってきた。平田篤胤は本居宣長とまったく異なり、神秘不可思議なワザや死後の霊魂の行方に強い関心を持っていた国学者であった。天狗界に出入したと名乗る仙童寅吉を調査したり、生まれ変わりを告白した勝五郎少年にインタビューしたり、稲生平太郎少年が毎夜毎夜妖怪の襲撃に対面した記録をまとめ、また密教呪術や道教呪術の書や暦や卜占や言霊や神代文字の著作を表わすなど、霊学的国学といえる独自の国学・古道学・神道学を展開し、神道や国学の秘教的側面を掘り下げた重要な思想家である（詳しくは、拙著『神界のフィールドワーク』創林社、一九八五年、および『平田篤胤の神界フィールドワーク』

作品社、二〇〇二年)。

その流れの中から、近代に「霊学」や「民俗学」と呼ばれる学問が展開していくのだが、その神道「霊学」と呼ばれる学統では、神懸りになる方法として石笛の演奏が用いられている。ここでは、石笛の音は神懸りを誘引する不可思議な霊力を持つものと考えられている。三島由紀夫は『英霊の聲』において、ある神道家が主催する「帰神の会」で、盲目の美青年が神主となって「帰神(神懸り)」の儀式が執り行われる場面を描いた。「審神者」と呼ばれる神の言葉の審判者が「神韻縹渺」と石笛を吹くと、幽冥界に届くかのような音色に美青年の表情が次第に変化し、入神状態となって、まったく本人とは異なる声音で二・二六事件で処刑された死者の霊や特攻隊の死者の霊の言葉を語り始め、そして、天皇に対する恨みの言葉を吐き出す。

三島由紀夫はこの『英霊の聲』を執筆するにあたって、友清歓真の説いた神道霊学を学び、「鎮魂帰神法」という身体技法を学んでいる。その上で、三島由紀夫は『英霊の声』の中で、次のように石笛の「音」を描写している。

石笛は鎮魂玉と同様、神界から奇蹟的に授かるのが本来であるが、かりに相当のものを尋ね出して用ゐてもよい。ふつうは拳大、鶏卵大の自然石で、自然に穴の開いたものを用ゐるが、古代の遺物はおほむねその穴が抜け通つてゐる。(中略)

石笛の音は、きいたことのないひとにはわかるまいと思ふが、心魂をゆるがすやうな神々しい響きを持つてゐる。清澄そのものかと思ふと、その底に玉のやうな温かい不透明な澱みがある。肺腑を貫ぬくやうであつて、同時に、春風駘蕩たる風情に充ちてゐる。古代の湖の底をのぞいて、そこに魚族（いろくず）や藻草（もぐさ）のすがたを透かし見るやうな心地がする。又あるひは、千丈の井戸の奥底にきらめく清水に向つて、声を発して戻ってきた谺（こだま）をきくやうな心地がする。この笛の吹奏がはじまると、私はいつも、眠っていた自分の魂が呼びさまされるやうに感じるのである。

この三島由紀夫の石笛の音色についての記述は、美しく、言い得て妙である。特に、「清澄」と「不透明な澱み」の両極を的確にとらえている点は適切である。確かに、石笛の音には、天に清らかに突き抜けてゆく響きとともに、地下深く雫や澱のように澱み落ちていく響きの両極が緊張感とダイナミズムを持って存在している。その「清澄」と「不透明な澱み」が石笛の魅力であり、呪力と呼べるものである。

もともと、本田親徳が再興した帰神法では、「審神者」が石笛（いわぶえ）を奏して、その玄妙なる音の響きによって神主を神懸かりの状態に導き入れるというものであった。次に、その本田親徳の弟子である佐曽利清が、時計の音を聴くというだけの簡単至極の修法で数千人の病苦の者を救うというワザを開発した。それを受けて、友清は「音霊法」をさらに霊学的に整備した。友清は、音霊法には「保健治病といふ方面に奇験がある」と主張し、疲労回復、治病、保健衛生、悪習の矯正のほか、他者に対しても有効に作用すると述べている。

友清にとっては、音霊法とは何よりも世界の一切万象を清めようとする浄化の技術なのであり、神道的な表現ではそれは浄化儀礼としての「禊」である。その禊にも表と裏の二義があると友清歓真は『天行林』の中で指摘する。通常の禊すなわち表の禊が水による禊であるのに対して、幽祭の禊すなわち裏の禊は音霊による禊であるという。

本来、禊祓いの起こりは、黄泉国から中津国に帰って来た伊邪那岐命（いざなぎ）が「筑紫（つくし）の日向（ひむか）の橘（たちばな）の小門（おど）の阿波岐原（あはぎはら）」で身心に付着したけがれを川の清流で清めたという記紀神話の話に由来する。したがって、一般的な理解では、禊は水による清めの行事とされる。

しかし、このような一般的理解とはまったく異なる見解を友清はさし出し、祓いの祝詞である天津祝詞の中の「橘の小門の阿波岐原」という地名を「タチハナの音」という音霊として解釈し、その「タチハナの音」の「裏の秘義」とは「音霊の祓（はら）へ」であるというのが友清歓真の禊論の中核である。

こうして友清は、「祝詞も神楽も石笛もおころびも拍手も鈴も神招琴（かむをぎこと）も神依板（かみよりいた）も悉く音霊の神法（かむわざ）から出たもの」と位置づけ、「音霊のみそぎによりて天照大神も生れまし給ひしことを根本として本統の神の道は立つ」ことを力説する。音霊法を何より重視する背景には、友清のこのような神話理解、禊理解、音霊理解があった。

友清の音霊論の重要な点は、心身および世界浄化としての音霊と笑いを結びつけ、音霊と天の岩戸開きとを関連づけている点である。友清は、音霊によって世界の暗黒を解き放ち、光明をもたらすと主張する。それは音による世界浄化であり世界改造である。

記紀神話において、暗黒の世界は天の岩戸に隠れた太陽神天照大神の復活によって元の光の世界に蘇るのだが、その蘇りを引き出すきっかけとなったのは祭りである。より直接的には、天宇受売命（あめのうずめのみこと）の神懸（かみがか）りの舞踊とそれを見た神々の笑い声が引き金になった。つまり、笑いの大音声がきっかけとなって天の岩戸開きが成就した。ということは、笑いとは、それ自体、自然の音霊法の修法ともいえるものだということである。すなわち、笑いには清めの力や生命力の強化・更新の働きがあるということである。

「申楽」（能）の中で、独自で唯一の旋律を刻む能管が取り入れられるに至る音響史的背景とはいかなるものであったかを直観と経験と文献を掛け合せながら考察してみた。この考察が的外れであるとは思わない。かなりな精度で根拠のあるものだと考えている。どう考えても、「のど」という不思議で迂遠な構造物はある特殊な音響を発するために作られていることは瞭然としているからである。それは「ひしぎ」音を出すための仕掛けであった。その「ひしぎ」音が石笛に由来すること、そしてそれが自然界と霊的世界を串刺しにし接続する音響的媒介であることを疑うことができない。

世阿弥はこの石笛の存在を知ってか知らずか、能管を取り込む「複式夢幻能」の回路を構築したが、その複式夢幻能の構造自体が、能管の「のど」の二重構造＝複式構造と似ていると言える。表の眼に見える部分は現在の日常世界。その内部に、その奥に蔵われている「のど」は夢幻的な隠れたる霊的世界。その二重世界の中に「申楽」は立ち揺らいでいる。

第五節　世阿弥と元雅と天河

わたしが手にした石笛を始めて奉奏した神社が天河神社である。

一九八四年四月四日に初めて奈良県吉野郡天川村坪ノ内に鎮座するその天河大辨財天社に詣でてから、このほぼ三十年余の間に二百回以上天河を訪れている。

そのつど天河の遠さを感じるのだが、室町時代、南北朝期の永享二年（一四三〇）に、その奥深い天河に観世元雅が訪ねていって「唐船」を舞い、「阿古父尉」の能面を奉納していることを知って以来、元雅の訪問動機が何であったのかとあれこれと想像してきた。もちろん、それを推測する資料が少ないこともあって確かな答えがあるわけではないが、その問いを核に元雅の思想と作品について考えてみたい。

元雅が天河大辨財天社に奉納した阿古父尉の面の裏には、「唐船　奉寄進　弁才天女御宝前仁為允之面一面心中所願成就円満也　永享二年十一月日　観世十郎敬白」と筆書きされている。永享元年(一四二九)、元雅は父世阿弥とともに将軍足利義教から仙洞御所での演能を差し止められた。義教に疎んじられた元雅は失意の中でその面を被って奉納の演能をしたことだろうが、天河において彼の胸中にあった「心中所願」とはいったいどのようなものだったのだろうか?

天河は南朝の行宮の置かれた地であると同時に、修験の里である。もの深い吉野山中の天河の霜月は寒く、現在の十二月のその頃にはおそらく粉雪も舞ったであろう。元雅はあえて冬至の頃の天河に赴き、能を奉納演舞した。父世阿弥ともども失脚した元雅は興福寺一乗院を介して、かつて足利尊氏に追放されて吉野に隠れた後醍醐天皇の血を引く南朝皇統や天河との深い絆があったであろう。そのため、同じように都を追われた身となるに及び、南朝の里に赴いて芸能の女神弁才天女に再起を祈願したのだろうか。しかし歴史は、というより足利幕府は、再び元雅が表に出ることを許さず、永享四年(一四三二)、元雅は巡業中の伊勢の国の津の地で客死した。暗殺されたのではないかと推測されているが、わたしもそうではないかと思う。

そもそもこの「天河」とはどのようなところであるのか?

鎌倉時代末から室町時代の南北朝期に書かれたと考えられている天台僧光宗(一二七六〜一三五〇)の著した『渓嵐拾葉集』には、日本の三大弁天として、「吉野天川の地蔵弁財天、厳島の妙音弁財天、竹生島の観音弁財天」を挙げ、中でも、「天川」の弁財天を「日本第一の弁財天」と称えている。

また、天河は能の拠点であった興福寺と深いと繋がりがあり、『大乗院寺社雑事記』の寛正二年（一四六一）五月二十六日のくだりには、興福寺の有力塔頭である大乗院門主の尋尊が「天河弁財天」に参詣すれば所願成就するだろうという「夢想」を得たので、すぐさま準備し、六月六日に奈良を発ち、七日に天河社に参詣し、天ノ川で「河垢離」を取って身を清め、護摩堂で衣服を改めて社参したと記されている。また、『英俊御聞書』には、永正三年（一五〇六）に、興福寺の学僧多聞院英俊が天河に詣でたことが記されているが、ここには本尊の「マヱ立ノ天女」が「高野大清僧都」すなわち弘法大師空海が作らせたものであるとしている。また、寛政三年（一七九一）に秋里籬島が著した『大和名所図会』中の「窪弁財天祠」の項には、「弘仁年中、弘法大師天川の弁財天に参籠して、南円堂造立をいのり給ひしかば、生身の宇賀弁才天現じ給ふを、ここに勧請しけり」と記し、興福寺南円堂脇の窪弁財天は空海の前に示現した天川の「宇賀弁才天」を勧請したものと記している。これらを見ても、中世から近世にかけて、天河弁財天が篤く信仰され、特に能の発展に深く関わる大和猿楽の根拠地であった興福寺と強い関係があったことがわかる。

能では、「竹生島」「厳島」「江島」などに弁才天信仰が謡われているが、中村保雄『天河と能楽』（駸々堂、一九八九年）によれば、江戸時代の中頃に金春・金剛・喜多流節附の「天川」と題する曲が作られたという。この曲のワキは「琵琶山白飯寺」（天河大辨財天社の旧寺号）の「住僧」で、「霊夢」を見て参詣の者を待つという語りから始まる。そこへやってきたシテの女は在原「業平の精霊にして本地愛染の化身」で、「抑此天の川に琵琶山白飯寺とて旧跡あり。昔役の行者大嶺をひらかんとて。まづ此所にして霊験を祈り給ひしに。則冷泉わき流れ。神霊円光をかゝやかし。山には琵琶の音をなす。行者の御前に神霊白飯をそなふゆへに。山をびはといひ寺を白飯と号す。其後弘法大師此所にて。千日の行をなし給へば。弁才天現じ給ふ。大師其像をうつし給ひて。則当寺の御本尊たり。又此山に。一つの岩窟あり。是在原の業平の。入定のところなり。抑業平は。哥舞の菩薩の仮現にて」と語り出すのであった。

ここには、天河社・琵琶山白飯寺の縁起（由緒）と在原業平の入定譚が語られている。中村保雄は、元和四年（一六一八）に天河社家能楽座が成立し、その社家座が当時の文化人に作詞を依頼し、それに喜多流の節附を施したものが「天川」であると推定している。社家能楽座の活動は、シテ方型付秘伝書中に、「此二冊之内、六十九番之仕舞付者吉野山西之坊真重伝也、秘密大事相伝之通悉書印所如此仍他見不可有者也　柿坂左近勝好　花押　正徳六丙申二月吉日」とあり、社家の柿坂左近家に吉野山西之坊の真重より秘伝の舞が相伝されていたことからもうかがえる。ちなみに、正徳六年は西暦一七一六年に当たる。

時代は遥か下り、第二十五世観世宗家観世左近（元正）は、亡くなる前年の平成元年（一九八九）七月十七日に行なわれた天河大辨財天社「正遷宮大祭」奉祝行事の能の奉納において、その筆頭を務め、「翁」を奉納演舞している。続く翌十八日には観世流片山九郎右衛門（故幽雪）が「高砂」、二十一日には喜多流和島富太郎が「羽衣」、二十二日には金春流宗家金春俊高が「葛城」、二十三日最終日には金剛流宗家金剛巌が「小鍛冶」を奉納しているのも、能楽座や能舞台を保持してきた天河社と能楽との深い縁によるものであった。

加えてあと三つ、重要な天河社の特徴がある。

一つは修験道の聖地・霊場であること。もう一つは南朝の最後の拠点地であったこと、三つめは二月二日の節分の前夜に宮司家の柿坂家で行なわれる特殊神事「鬼の宿」である。

後醍醐天皇に真言立川流を伝えたと言われる醍醐三宝院の僧文観が著した『金峰山秘密伝』中の「天河弁才天習事」には、「今此大弁才功徳天女者此両部冥会ノ秘尊蘇悉地ノ妙体也」と記され、さらには、この地は吉野と熊野の「中間」に位置しているので、「吉野熊野宮」と号すとある。またこの本尊は「誠甚秘神」で、日本には四ヶ所弁才天社があるが、第一の「天河弁才天」は「法弁才」は「宗」とし、第二の「竹生島弁才天」は「義弁才」を「本」とし、第三の「江ノ島ノ弁才天」は「訶弁才」を「宗」とし、第四に「厳島弁才天」は「弁弁才」を「本」とすと述べ、中でも、「天河弁才即最初本源ニシテ金峰熊野不二ノ妙体」と記している。そして、同書「天河事」には、「大弁才功徳天法」すなわち「吉野熊野宮法」を修めると、「四弁八音」の功徳が得られると説いている。

このように修験道の秘所としての神秘の霊場であったこと、そしてそこが後醍醐天皇につながる南朝の拠点であったことも特筆すべき点である。後醍醐天皇の綸旨には「大和国天河郷課役免除事」と記されていて、延元二年（一三三七）正月二十四日の日付が添えられている。この当時、天河郷は興福寺の荘園で、一乗院の配下にあった。一乗院は南朝大学寺統を擁立したので、天河郷もまた南朝方を支持したのである。

天河にはその南朝方に仕える傳御組（おとな組）の組織が現在も維持されている。わたしも二十年ほど前にその傳御衆の祭礼に参列したことがある。祭壇には三十～四十センチほどの高さの後醍醐天皇の像が置かれ、二十数名の傳御衆が礼拝していた。この傳御衆組織には厳しい規則がある。この地域内に住む者で、男系男子がこれを継ぎ、他所へ出た者には権利がないという。

こうして、先に触れたように、後醍醐天皇（在位一三一八～一三三九）、後村上天皇（在位一三三九～

一三六八）、長慶天皇（在位一三六八～一三八三）、後亀山天皇（在位一三八三～一三九二）と四代続いて途絶えた吉野天河郷に元雅は参詣し、「唐船」を奉納演舞し、「心中所願」と書いた「阿古父尉」の能面を奉納したのである。その元雅の「唐船」を吟味する前に、もう一つの天河社の特徴である「鬼の宿」のことを記しておこう。

天河大辨財天社では、毎年二月二日の節分祭の夜に「鬼の宿」という特殊神事を行う。ここでは、「鬼」とは災いをもたす恐ろしい悪神ではなく、むしろ子孫に愛と恵みと守護を与える祖先神と考えられる。祖先の神霊が来訪する聖なる時が「鬼の宿」なのである。

夜、社殿で祈りが捧げられた後、宮司以下参列者全員が宮司宅に移動して「鬼」を迎え入れる神事を執り行う。宮司宅の座敷には祭壇が設けられ、祝詞奏上と玉串奉奠が終わると、祭壇の前に二つの寝床が敷かれ、枕元に大きな「おにぎり」が二個置かれる。神職が桶に聖水を汲みに行っている間、祭員崇敬者全員で大祓詞と般若心経と各種真言を唱え、聖水を汲み終わった神職が戻ってくると、座敷の襖が閉められ、その襖の前に聖水の入った盥が置かれ、そこで神職が夜通し寝ずの番をする。翌朝、神職が盥の底を点検する。その中に土や砂や小石が入っていれば、「鬼」が前の晩に訪れてきた証拠だとし、それは神ないし祖霊としての「鬼」が訪れてきたゆえに、次の一年、宮司は神主として神に奉仕する資格を得ると解釈される。もし盥に何も入っていなかったら、「鬼＝神」がやって来なかったとされ、宮司は神主として奉仕する資格を失い、宮司職を他の者に譲らなければならないという。

この「鬼の宿」の神事がいつから執り行われているかよくわからない。だが、元雅時代から「前鬼」の子孫であるという社家伝承はあったであろう。そのような「鬼」の物語を世阿弥も元雅も知っていたのではないだろうか。そして元雅は、何重にも「秘伝」の残る天河という「秘所」にある思いと覚悟をもって赴いたのだ。それが、「心中所願」の裏書となって残っている。

では、その「心中所願」とは何であったのか？

元雅には、父子ものや家族ものの創作が多い。「弱法師」「隅田川」「朝長」がその代表作である。その元雅があえて選んで天河で舞った「唐船」は、親子義兄弟が仲良く共に父の故郷の唐に戻るという話である。義兄弟とは、足利義教に寵愛されていた甥であり義兄の観世元重を指している。元雅はこの筋書きが現実になることを願っていた。

しかし事態はその逆に進み、元重との不和と亀裂はますます激しく深刻になり、二年後に元雅は伊勢で暗殺された。落胆した世阿弥は、永享六年（一四三四）佐渡に流され、「唐船」とはまったく逆の結末となった。

さて、「唐船」のあらすじとは、次のようなものである。――九州箱崎の某が唐との船争いの際祖慶官人という者を捕らえ、牛馬の野飼いとして使用人の仕事をさせていた。十三年経って、唐に残されていた二人の子供が父の祖慶官人を慕って日本まで渡って来た。祖慶官人は、しかし、この日本の九州の地で二人の子を儲けていた。その二人の子と共に野飼いの仕事から戻って、唐から来たわが子と対面した。そして、箱崎某の許しを得て父を唐に連れ帰ろうとしたら、日本の子がそれを引き止め、引き裂かれた祖慶官人はついに海に身投げしようした。その顛末を見て、箱崎某は、日本で儲けた二人子供も唐で儲けた二人の子供も共に一緒に故国の唐に連れ帰ることを許可したので、この父子五人は船中で喜びの楽を奏しつつ唐へと帰っていった。――

元雅が創作した他の曲にこのような幸福な結末のものはない。しかし、あえて、元雅はこのような結末を「心中所願」として欲した。そのことがこの奉納の選曲によく表れている。

元雅の代表作の一つ「弱法師」は、父ものの代表作である。舞台は大阪の天王寺。季節は旧暦二月の彼岸の頃。物語は父に追放された俊徳丸の流浪の物語であり、その悲嘆と帰還の物語である。

父・佐衛門尉通俊はある人の讒言によりわが子俊徳丸を追放する。しかしやがてそれが冤罪であったことを知り、俊徳丸の後世の安楽を願い、天王寺で中日を挟み前後三日の七日間の施行をする。そこへ盲目の乞食となっていた俊徳丸が現われ施行を受けることになった。「弱法師」と呼ばれていた盲目の俊徳丸はそこで四天王寺の縁起を語り、日想観を行じて西の海に沈む日没を拝む。通俊はこの弱法師がわが子であることに気づいて、深更に名乗りを上げる。そして共に郷里の高安に帰って行くというのがあらすじである。

そもそも天王寺では古来、日想観と呼ばれる浄土観想法が行なわれていた。弱法師は「時正の日」、すなわち彼岸の中日にこの日想観を行じ、聖徳太子建立の四天王寺の縁起を物語って顕彰し、また如意輪観音（救世観音）の慈悲を称えた。

まず弱法師は西方を向いて膝まずいて合掌し、「東門」を拝み、「南無阿弥陀仏」と念仏を唱える。通俊はそれを聞いて、ここは天王寺の「西門」なのに、それを「東門」と言うのは間違いではないかと指摘する。それに対して弱法師は、「あら愚かや天王寺の、西門に出でて極楽の、東門に向かふは僻事か」と応え、この天王寺の「西門」は実は極楽浄土の「東門」に向かっていると言う。西の端は東の端でもあり、また東の端は西の端でもあるというこのパラドクシカルな転換点を、俊徳丸は盲目であればこそ心眼にてはっきりと見通したのだ。

日想観とは、『観無量寿経』に説かれている観想法で、西方極楽浄土を観想する十六観法の筆頭に置かれている観想法のことである。それは正座して西方に向かって入り日を拝み、西方浄土を観想する観法で、具体的には、「時正の日」である春分の日の三月二十一日（旧暦では二月）、つまり彼岸の中日に、四天王寺西門の石の鳥居の真中を通って明石海峡に沈んでゆく夕日を拝み、日が沈んでもなお夕日の形状をありありと心眼に浮かべる観法のことである。

「浄土三部経」の一つに数えられる『観無量寿経』には、日想観、水想観、宝地観、宝樹観、宝池観、宝楼観、華座観、像想観、仏身観、観音観、勢至観、普観、雑想観、上輩観、中輩観、下輩観の十六の観想法を修することで浄土に往生することが説かれている。この『観無量寿経』についての註釈書『観無量寿経疏』を著した善導は、十六観法の内、第一の日想観から第十三の雑想観までを「定善」とし、それ以降の上輩観、中輩観、下輩観の三輩観を「散善」であるとしたが、『観無量寿経』の本旨は、しかしそうした「観仏」にあるのではなく、「念仏」にあると解し、「観仏」は「念仏」の前方便ととらえたのである。この「念仏」観が法然や親鸞に受け継がれ、称名専修念仏としてさらなる深化を遂げた。こうして観想念仏は称名念仏に取って代わられる。

そのような中国と日本の念仏受容変遷史もさることながら、『観無量寿経』という経典には極楽浄土の観想法が詳しく説かれていて、密教の阿字観や月輪観などの観想と比較して大変興味深いのである。その中でも、特に日想観は、ただただ夕日を凝視するという単純な観想法で、極めて具体的で即物的でもあり、またわが国古来の太陽信仰とも習合して盛んになっていったと考えられる。

弱法師すなわち俊徳丸は、「あら面白や尊やな、われ盲目の身にしあれば、この致景をば拝むまじきと、人はさこそは笑ふらめ、古人の中にも眼廃ひて、三明六通山河大地を、見たりし人もあるぞかし、況んやいまだ盲目とも、ならざりし時は弱法師が、常に見慣れし境界なれば、なに疑ひも難波津の、江月照らし松風吹く、永夜の清宵なにのなす所ぞや」（世阿弥本、以下同）と語り、続いて、日想観を修するさまを次のように語る。

「住吉の、住吉の、松の木間より眺むれば。月落ちかかる、淡路し島山と。／眺めしは月影、詠めしは月影、今は入り日ぞ落ちかかるらん、日想観なれば曇りも波の、淡路絵島須磨明石、紀の海までも見えたり見えたり、満目青山は心にあり、おう見るぞとよ見るぞとよ。／さて難波の浦の致景の数々、南はさこそと夕月の、住吉の松原、東のかたは時を得て、春の緑の日下山、北はいづく、難波なる、長柄の橋の徒らに、かなたこなたと歩く程に、盲目の悲しさは、貴賎の人に行き逢ひの、転び漂ひ難波江の、足元はよろよろと、げにもまことに弱法師とて、人は笑ひ給ふぞや、思へば恥づかしやな、今は狂ひ候ふまじ、今よりさらに狂はじ」。

　この、とりわけ、「日想観なれば曇りも波の、淡路絵島須磨明石、紀の海までも見えたり見えたり、満目青山は心にあり、おう見るぞとよ見るぞとよ。」という「見るぞ、見るぞ」は、盲目の弱法師＝俊徳丸から発せられる分、強烈であり、哀切である。

　盲目の弱法師は、須磨明石に沈んでいく入り日を拝み、淡路島、絵島、須磨、明石、紀州の海まで、「難波の浦の致景の数々」を心眼に見通し、恍惚となって歩き回る。そのもの狂いのごときよろよろとしたさまを人に笑われるが、その道行きは、都を追われて各地を巡業し、伊勢の地で倒れた観世十郎元雅の姿とも重なり、哀切きわまると言ってよい。元雅は、「弱法師」の中に未来の自分の姿を見て取っていたと思えるほどだ。父世阿弥もこの悲劇的な長子の哀切な未来を予感していたのではないだろうか。

　世阿弥は娘婿の金春禅竹に当てた書簡「夢跡一紙」の中で、元雅との死別について、「さても去八月一日の日、息男善春、勢州安濃の津にて身まかりぬ。老少不定の習ひ、いまさら驚くには似たれども、あまりに思ひの外なる心地して、老心身を屈し、愁涙袖を朽たす。さるにても、善春（元雅――引用者注）、子ながらも類なき達人として、昔、亡父この道の家名を受けしより、至翁、また、私なく当道を相続して、いま七秩に至れり。善春、また祖父にも越えたる堪能と見えし程に、『共に云ふべくして云はざるは、人を失なふ』と云ふ本文に任せて、道の秘伝奥儀、ことごとく記し伝へつる数々、一炊の夢となりて、無主無益の塵煙となさんのみなり。今は、残しても誰が為の益かあらむ。『君ならで誰にか見せん梅の花』と詠ぜし心、まことなるかな」と血涙心血を流してしたためている。到底手紙とは思えないほど、格調高き崇高なる弔辞のようでも、これ自体が複式夢幻能の謡曲の一部であるかのような美しくも深い嘆きを叩き付けている。「祖父にも越えたる堪能」とその才能を称え、かつ恃み、「道の秘伝奥儀、ことごとく記し伝へる」と、申楽（能）の真髄のすべてをこの類稀なる後継者の息子に伝え託したのに、なぜおまえは逝ってしまったのか？　世阿弥は全身全霊で啼泣している。

元雅と世阿弥は『弱法師』で子役の演出に関して争ったと言われる。世阿弥は、舞台上に子供を衣装を着けて登場させる演出案を出した。だが、元雅は、声だけの出演か、あるいはまったく登場しない演出案を提示した。確かに、幼い子が登場すればお涙頂戴になって、その悲劇は通俗的かつ大衆的にわかりやすくなる。世阿弥は演出家として興行的成功を目指し、子供の登場という安易な方法を選んだ。だが、元雅は世阿弥以上に孤高な芸術家として抽象度が高く幽玄な不在の子供の方を選んだ。

天河大辨財天社では、昭和四十五年（一九七〇）に第九代片山九郎右衛門（片山博太郎・故片山幽雪）が『弱法師』を奉納して以来、毎年例大祭に片山能が演じられている。四十年ほど前にはその九代目片山九郎右衛門が天河の能舞台で「唐船」を演じたという。

そもそも、世阿弥は、『風姿花伝』第四神儀云の中で、能＝申楽がアメノウズメノミコトの天の岩戸の前での神懸りと神楽に起源を持つと説いた。また、釈迦説法中に現われた外道を楽しませる方便として始まったとも説いた。また、同書序文では、申楽が「天下安全のため、かつは諸人快楽のため、六十六番の遊宴をなして申楽と号」すと説いた。またさらには、同書奥義讃歎云に、「秘義に云はく、『そもそも芸能とは、諸人の心を和げて、上下の感をなさむこと、寿福増長の基、仮歳延年の法なるべし。究め究めては諸道悉く寿福延長ならん』となり」、「この芸とは、衆人愛敬をもて一座建立の寿福とせり」、「されば、いかなる上手なりとも、衆人愛敬欠けたる所あらんをば、寿福増長の為手とは申しがたし」と説いた。

だが、世阿弥の愛弟子であり、長子でもあった元雅の「芸」は、「寿福増長・衆人愛敬」とはほど遠い、哀切と無常と非情のトーンに貫かれている。観阿弥・世阿弥・元雅と三代続く中で、能は、現在能から複式夢幻能を経て、いっそう時代と心の苦悩を映し出す「受難能」に深化していったのである。

だが、その元雅の「芸」の系流は、おそらくは暗殺されることで途絶えた。足利義教を始めとするパトロンたちは、このような辛気臭い悲劇能を観るよりも、もっと華やかな心休まる芸能を欲したのだろう。「天下安全・諸人快楽・寿福増長・衆人愛敬」を求めたのだろう。それに抗うように生き、悲劇的な受難の「芸」を発動した元雅は、中世という時代の混乱と闇をもっとも深いところで体現していたのかもしれない。そして、天河での「心中所願」は、その「所願」の不可能性を自身予感していたと思われるがゆえに、いっそう哀切に響き、「阿古父尉」の面も、あのハッピーエンドの「唐船」も、ともに、苦悩と悲劇性を伴って深く強く訴えてくるのである。

第六節　翁と高砂――翁童身体の創造

第二節で検討したように、世阿弥は『風姿花伝』「第一年来稽古條々」において、能役者の成長過程を、七歳、十二〜三歳、十七〜八歳、二十四〜五歳、三十四〜五歳、四十四〜五歳、五十有余の七期に区分し、それぞれの段階の特徴と課題と芸境を明確に示した。

七歳の頃には「自然とし出だす事に、得たる風体」のよさがあり、十二〜三歳には「童形なれば、何としたるも幽玄」で「いよいよ花めけり」のよさがある。だが、十七〜八歳ともなると、「声変りぬれば、第一の花失せ」るので、「心中には、願力を起して、一期の堺ここなりと、生涯にかけて能を捨てぬより外は、稽古あるべからず。ここにて捨つれば、そのまま能は止まるべし」と能役者として最初の、また最大の危機に直面した時の心得を明確に示す。それは心の中に「願力」を起してここが勝負時、天下分け目の時だと一心不乱に能の稽古に没入する、それ以外の道はないと厳しく言い放つ。

そして、その十代の危機を乗り越えて先に進むことができれば、二十四〜五歳で「一期の芸能の定まる初め」に入って「体も定まる時分」となり、「年盛りに向ふ芸能の生ずる所」となる。だが、この頃の「花」とても未だ「時分の花」で「誠の花」を咲かせたわけではない。三十四〜五歳になると、「極め覚りて、堪能」になると「天下に許され、名望を得」る。しかしこの時までに十分に認められることがなければ能役者として「誠の花」を極める「為手（して）」となることはできない。なぜなら、技量が上がるのはこの頃までで、四十歳以降は「下がる」からである。

そこで四十四〜五歳ともなれば、「身の花も、外目の花も、失する」ので、「よき脇の為手を持つ」必要があり、さほど「細かなる物まね」をするべきではなく、何事も「少な空少な」とするべきである。もしこの頃まで「花」を失うことがなければそれは「誠の花」といえる。五十有余になると、もう「せぬならでは、手立」がない。つまり、しないで、する、という能をするのである。この時、まことに「花」を成就している能役者であれば、「見所は少しとも、花は残る」のである。五十二歳で死去した父観阿弥がそうであったが、「誠に得たりし花」であったがゆえに、「老木になるまで、花は散らで残」ったのだ。これこそ自分が目の当たりにした芸境の極み、「老骨に残りし花の証拠」である。

世阿弥はこのように能役者の成熟過程、つまり、「時分の花」を咲かす段階から「誠の花」を得、それを持続させていく過程を描き出す。

このような世阿弥の求道的な「稽古」論の指摘を念頭に置きながら、現代の教育や心のあり方との比較を通して「学び（真似び）」のありようを考えてみることができる。学問やスポーツや芸能に携わっていて、流行に乗っかったり、人気が出てちやほやされたり、賞や賞金をもらったり、一定の評価をされたりしても、それが「時分の花」か「誠の花」か自身の生き方を通して点検することができる。世阿弥の「稽古」論はそのような意味で、道を求める者の求道のモデルともガイドラインとも指標ともなるものだ。

世阿弥は『風姿花伝』第四神儀云の中で、六十六番ある能の中から能の中の能として三つが選ばれて「式三番」と呼ばれるようになったと述べている。「稲経翁（翁面）、代経翁（三番申楽）、父助、これ三つを定む。今の代の式三番これなり」と。「代経翁」が現在の「三番叟（三番三）」で、「父助」

は現在の式三番には含まれていないが、たとえば神戸市須磨区の車大歳神社の「翁舞」には「父の尉」（父助）を舞う古式が残っている。

「翁」は「能の中の能」とも「能にして能にあらず」とも言うことのできる特別の能である。直面のシテが舞台中央で深々と配した後に「翁面」を掛け、「翁舞」を終えて面を外した後に再び舞台中央で深々と拝礼をする。その「拝」は「天下泰平・国土安穏・五穀豊穣」を祈る、世阿弥が『風姿花伝』で言う「天下の御祈祷」である。「千歳」はその「翁」を寿ぐ。

シテ　とうとうたらりたらりら、たらりららりらりどう。
地謡　ちりやたらりたらりら、たらりららりらりどう。
シテ　ところ千代までおはしませ、
地謡　われらも千秋さむらはう。
シテ　鶴と亀との齢（よわい）にて、
地謡　さいはひ心にまかせたり。
シテ　とうとうたらりたらりら。
地謡　ちりやたらりたらりら、たらりららりらりどう。
千歳　鳴るは瀧の水、鳴るは瀧の水、日は照るとも、
地謡　たえずとうたり、ありうどうどうどう。
千歳　たえずとうたり、たえずとうたり。（千歳の舞）
千歳　ところ千夜までおはしませ。われ等も千秋さむらはう。鳴るは瀧の水、日は照るとも、

地謡　たえずとうたりありうどうどう。
シテ　あげまきやとんどや、
地謡　よばかりやとんどや。
シテ　坐してゐたれど、
地謡　まいらうれんげぢやとんどや。
シテ　千早ふる、神のひこさの昔より、久しかれとぞ祝ひ、
地謡　そよやりちやんやとんどや。
シテ　千年の鶴は、万歳楽とうたうたり。また万代の池の亀は、甲に三極を具へたり。
渚の砂、索々として朝の日の色を朗じ、瀧の水、冷々として夜の月鮮かに浮んだり。
天下泰平国土安穏。今日の御祈祷なり。在原や、なぞの翁ども。
地謡　あれはなぞの翁ども、そやいづくの翁ども。
シテ　そよや。（翁之舞）
シテ　千秋万歳のよろこびの舞なれば、一舞まはう万歳楽。
地謡　万歳楽。
シテ　万歳楽。
地謡　万歳楽。

この「とうとうたらりたらりら、たらりららりらりどう。」とまことに不思議な韻律によって始まる翁の「神歌」。ここには、翁（シテ）によって「千秋万歳のよろこびの舞」すなわち「万歳楽」で

あることが繰り返し謳われている。と同時に、「天下泰平国土安穏。今日の御祈祷」であることも謳われている。世阿弥は『申楽談義』の中で、「申楽の舞とは、何れを取り立てて申すべきならば、この道の根本なるがゆへに、翁の舞を申すべきか。又、謡の根本を申さば、翁の神楽歌を申すべきか」と、歌の基本はこの「翁」の「神楽歌」であると述べている。

この翁の「万歳楽」を祝う寿ぎの言霊として、千歳は「鳴るは瀧の水、日は照るとも、たえずとうたり、たえずとうたり」と、いのちの水が迸り、いのちの日が燦々と照り輝き、そのいのちを育み恵む水と日が絶えることなく満ち足りるさまを祝い寿ぐ。

この「翁」と「千歳」の後に、「三番叟」が狂言方によって勤められる。この時、「翁」が白色尉面であるのに対して、「三番叟」は黒色尉面をかける。まず直面で揉之段が舞われ、その後黒色尉面を掛けて鈴之段が舞われる。この揉之段の三段跳びは羽黒修験道などの「験競べ」で行われる「烏飛び」などと大変よく似ている。そこで、「能・狂言は平時の修験道」という一面を持つとわたしは主張してきた。

先に見たように、世阿弥は「申楽」が「天下安全・諸人快楽」の「遊宴・遊び」であると強調し、「魔縁を退けて、福祐招く」「国穏かに、民静かに、寿命長遠」の「天下の御祈祷」であることを力説した。そしてこの六十六番の演目が長大なので、その中から特に「稲経翁、代経翁、父助」の三つを選び定めて、これを「式三番」と名づけ、この「式三番」の三種が法身・報身・応身の「如来の三身」であるとした。こうして、「翁」が世阿弥においても特別に神聖視されていることがわかる。

これが、世阿弥の女婿の金春禅竹の『明宿集』になるとさらに「翁」神学が強化され、大展開される。その『明宿集』の冒頭には次のようにある。

抑、翁ノ妙体、根源ヲ尋タテマツレバ、天地開闢ノ初ヨリ出現シマシマシテ、人王ノ今ニ至ルマデ、王位ヲ守リ、国土ヲ利シ、人民ヲ助ケ給フ事、間断ナシ。本地ヲ尋タテマツレバ、両部超過ノ大日、或ハ超世ノ悲願阿弥陀如来、又ハ応身尺加牟尼仏、法・報・応ノ三身、一得ニ満足シマシマス。一得ヲ三身ニ分チ給フトコロ、スナワチ翁・式三番ト現ワル。垂迹ヲ知レバ、歴々分明ニマシマス。

禅竹によれば、「翁」の「妙体・根源」は、天地開闢の初源より出現しており、その本地は、金剛界・胎蔵界両部の大日如来と阿弥陀如来と釈迦牟尼仏のいわゆる法身・報身・応身の三身を一体としたものだという。この世阿弥に端を発する思想をさらに発展させて、この三身がまた、住吉大明神、諏訪明神、塩竈の神（鹽土老翁）であると述べ、「本地垂迹スベテ一体トシテ、不増不滅、常住不滅ノ妙神、一体ニマシマス」と記す。さらにまた「翁」は山王権現すなわち三輪明神とも法華経とも柿本人麿や天満天神や諸天諸明王や地蔵菩薩とも一体であると説く。

さらに加えて、「翁」の漢字について秘密灌頂が口伝としてあるという。「翁」の漢字は、分解すれば、上半分の「公」と下半分の「羽」に分かれるが、この「公」を「王位」と解釈し、その「王」が横三＋縦1の天台山王教学の「三諦即一」（空・仮・中）とも通じると説き、壮大な翁マンダラを展開するのである。

世阿弥は、『風姿花伝』で「翁」を特別に「式三番」と位置づけ、「老人の物まね、この道の奥義なり」とか、「老骨に残りし花」とか、「老木になるまで、花は散らで残りしなり」とか、「老木に花が咲かんが如し」とかと「老いの花の美学」を称揚した。その老いの神学と美学を「翁」論として全面展開したのが、世阿弥の娘婿の金春禅竹であった。この二人によって、「老いの踊り」を最高峰とする翁舞の神聖舞踊が完成したといえる。そしてその中に、やがて童形も内包されて「千歳」となり、「式三番」は「翁童の舞」として統合されるのである。

さて、「翁」とも通ずる世阿弥作とされる「高砂」は大変不思議な曲である。

まず冒頭、ワキが「抑々これは九州肥後の国、阿蘇の宮の神主友成とは我が事なり」と名乗る。初めて「高砂」全曲を観世定期能初会で観た時、わたしはこの出だしに衝撃を受けた。

なぜ世阿弥は「高砂」という住吉明神の神の息吹きと威力を寿ぐ祝言の舞に「阿蘇の宮の神主」をその目撃者・遭遇者・証言者として登場させたのか？ と。なぜその都見物の旅の者が、九州を代表する豊前の国の宇佐八幡宮の神主でも筑前の国の宗像大社の神主でもなく、「肥後の国、阿蘇の宮の神主」でなければならなかったのか？ と。

ここに世阿弥の宇宙観というか、世界観というか、作劇・ドラマツルギーの象徴構造が内包されているのではないかと思われた。というのも、ここには山と海、火と水との出逢いと和合があるのではないかと思われたからである。

阿蘇とは古代から有名な火の山である。火山列島日本を象徴する火の国のもっとも「ちはやぶる神」である。その火の国の神主が、四方を海に囲まれた日本の海の水の神住吉明神と出逢い、その神の正体と息吹きと偉力に触れ、そのいのちの長久・高砂を祝う。そして最後に、地謡が「さす腕(かいな)には、悪魔を払ひ、収むる手には、寿福を抱き、千秋楽は民を撫で、万歳楽には命を延ぶ。相生の松風颯々(さつさつ)の声ぞ楽しむ颯々の声ぞ楽しむ」と謡い閉る。

最初から最後まで、実に心地よい緊張感と祝福感に満ちた名曲であると感じ入った。そしてその中に、歌＝謡の心が次のように謡われるのである。「然るに、長能が言葉にも、有情非情のその声みな歌に漏るる事なし。草木土砂、風声水音まで万物をこもる心あり。春の林の、東風に動き秋の虫の、北露に鳴くもみな、和歌の姿ならずや」と。

この「いのちあるものもなきものもすべて森羅万象が発する声はみな和歌の数に入らないものはない。草木も土砂も風の声も水の音もみな万物に深い心が籠っている」という思想こそ、『古今和歌集』仮名序で紀貫之が「和歌は、人の心を種として、万の言の葉とぞなれりける。世の中にある人、事・業しげきものなれば、心に思ふ事を、見るもの聞くものにつけて、言ひだせるなり。花に鳴く鶯、水に住むかはづの声を聞けば、生きとし生けるもの、いづれか歌をよまざりける。力をも入れずして天地を動かし、目に見えぬ鬼神をもあはれと思はせ、男女のなかをもやはらげ、猛き武士の心をもなぐさむるは、歌なり」と記した「心」を直接引き継ぐものであり、「草木国土悉皆成仏」という天台本覚思想に通じる思想である。能が歌の言霊を十全に表出した芸能であることを「翁」も「高砂」も高らかに宣言している。

この「能の伝承」について、三島由紀夫が大変面白い指摘をしている。一九六六年『文藝』二月号に、「二十世紀の文学」と題する三島由紀夫と安部公房の対談が掲載されたが、その中で三島由紀夫は、「日本の伝統は、メトーデ（メソッド──引用者注）が絶対ないことを特色とする」と述べている。三島由紀夫は能についての見識からこの主張を展開するのだが、これは能の伝承や世阿弥の言う「無心」などを考える時に極めて重要な視点になる。

三島は言う。「日本では、伝承というものにメトーデが介在しないのだ。それがいちばんの日本の伝統の特徴だよ。たとえば秘伝というものがあるだろう。お能で、秘伝を先生が弟子に譲る場合ね、入門者だって秘伝書を読めばいいようなものの、先生の戸棚から盗んで入門者が読んでも、なんにもわかりはしない。それから二十年くらいお能を勉強するのだ。そうしてなんだか知らないけれども、一生懸命口移しに覚えて、三十年か四十年か五十年かたって、なんか曖昧模糊としたことを書いてある巻き物をくれるだろう。月がどうだとか、日輪がどうだとか。それを読むとアッとわかるのだね。わかるがそれは秘伝だから、ほかの人には言えない。言ったってほんとうはしようがないのだね。そうしてメトーデがないところで伝承していくというのが、独特の日本の伝統だよ」「伝承という考えは、西洋でも、つまり鍛冶屋に弟子が入って、徒弟時代、遍歴時代、それからマスターになるね。それはメトーデを教わるのだよ。メトーデをだんだんマスターから教わって、マスターピースを作ってマスターになるのだよね。だけどそれは、西洋の歴史はメトーデの歴史だね。日本はそうではない。秘伝だろう。秘伝というのは、じつは伝という言葉のなかにはメトーデは絶対にないと思う。いわば日本の伝統の形というのは、ずっと結晶体が並んでいるようなものだ。それは、横にずっと流れていくものは、なんにもないのだ。そうして個体というのは、伝承される、至上の観念に到達するための過渡的なものであるというふうに、考えていいのだろうと思う。／そうするとだね、僕という人間が生きているのは、なんのためかというと、僕は伝承するために生きている。どうやって伝承したらいいかというと、僕は伝承すべき至上理念に向って無意識に成長する。無意識に、しかしたえず訓練して成長する。僕が最高度に達したときになにかをつかむ。そうして僕は死んじゃう。次にあらわれてくるやつは、まだなんにもわからないわけだ。それが訓練し、鍛練し、教わる。教わっても、メトーデは教わらないのだから、結局、お尻を叩かれ、一生懸命ただ訓練するほかない。なんにもメトーデがないところで模索して、最後に死ぬ前にパッとつかむ。パッとつかんだもの自体は、歴史全体に見ると、結晶体の上の一点から、ずっとつながっているかも知れないが、しかし絶対流れていない。」（『安部公房全集20』新潮社）と。

日本の「伝統」には方法がない、方法論がない、しかし「結晶体」はある。そこには、主体とか自己実現とか成長という「個人」的な過程とは異なる〝道〟ともいうべき「伝承すべき至上理念」があって、そこに向かって伸び育っていって、「最高度に達したとき」に何かを「つかむ」。そして「結晶体」が残る。そのように三島は指摘する。この三島の指摘は鋭く深く突き刺さる。

三島由紀夫の「日本の伝統にはメソッドがない」という主張は確かに日本文化の特徴を突いている。確かに「能の伝承」にはこれというメソッドがない。にもかかわらず、世阿弥の作劇にも演出にも芸論に明確な方法がある。そこに世阿弥の魅力と魔力と威力があると思わずにはいられない。

二〇一四年五月十三日、わたしは京都から奈良県桜井市の山中に鎮座する談山神社に向かった。新緑でむせかえるような濃密な季節。石舞台など飛鳥の史跡を抜けて談山神社に到着すると、すぐ権殿（旧常行三昧堂）で修祓と玉串奉納の儀式が始まり、最後に長岡千尋（せんじ）宮司の挨拶があって、これから始まる「談山能」はみな「神事」として行われるとのことだった。

この後続いて、「翁」「百萬」「卒塔婆小町」「通小町」の四曲が演能された。「翁」を観世流の大槻文藏、「千歳」を大槻裕一、「百萬」を観世清和宗家、「卒塔婆小町」を片山幽雪、「通小町」を梅若玄祥が演じ、観世流の総力を結集しての奉納舞であった。

世阿弥の次男観世七郎元能が世阿弥の芸談を筆録した『申楽談義』には、多武峰（談山神社）のことが出てくるが、そこでは談山神社が興福寺や春日大社以上に重要なものとされている。談山神社は

「申楽」発祥に関わる最重要の神社＝寺院（妙楽寺）なのである。

多武峰は元々は中臣鎌足の墓であった。鎌足の子の定恵が唐から帰国して鎌足の墓をこの地に移して十三重塔を造って供養したというのが起源で、その後、大宝元年（七〇一）には、鎌足の子の藤原不比等が聖霊院を創り、鎌足の像を安置し、別当寺として妙楽寺を設けたと伝えられる。その当初は興福寺や薬師寺などとともに、法相宗であったが、平安時代に天台僧増賀を迎えて天台宗に宗旨替えした。そして、天台の特徴である念仏の修行道場の常行三昧堂が造られ、その「後戸」に芸能神ともされる「摩多羅神」が祀られ、修正会に能（申楽）が演じられた。もちろん、神事として。

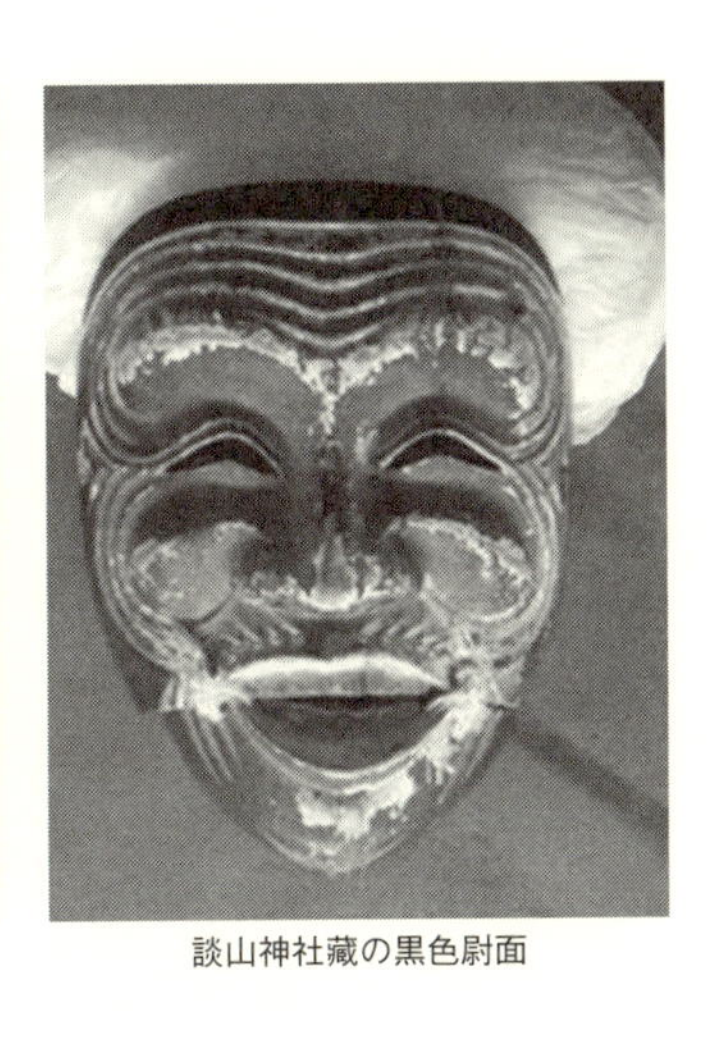

談山神社藏の黒色尉面

談山神社藏の摩多羅神面

この「後戸」空間があって初めて、『風姿花伝』第四神儀云にある「仏在所」での「釈迦如来」の「御説法」の際に、弟子の阿難と舎利弗と富樓那が「御後戸」で「六十六番の物まね」をして一万人の「外道」を静めたという申楽仏教起源譚がリアリティを帯びてくる。

その修正会で、「翁」が最重要の神事能として演じられたと考えられるが、その「翁」の面の原型が「摩多羅神面」ではないかとも考えられ、能の起源を巡る熱い論議が交わされている。

冒頭、旧常行堂で「千歳」と「翁」が舞われた時、八百五十年前にもこのような「翁」舞がここで奉納されたのかと感慨深いものがあった。

「翁」は他の能の曲とまったく違って、舞台上で面を掛けてから、祝言を謡い舞う。わたしはこの「翁」は神道の神事、「三番叟」は修験道の修法であると考えているが、いずれにせよ「式三番」と呼ばれる「翁」が能の起源と原像を端的に示す曲であることに間違いはない。

この能の発祥に関わる談山神社の拝殿に展示されている「摩多羅神面」と「黒色尉」は愉悦に満ち、天上的なトランスを感じさせて大変生々しくもエロティックである。能という神事的な舞踊表現には「神事」的な祝言と同時に、南朝系の敗者の鎮魂が組み込まれている。敗者の鎮魂芸能として能が、南朝方の談山神社で「祈り」として奉じられ、またこの神社では特に新作能の発表がなされた。

とすれば、その当時のアヴァンギャルド芸能としての能の最前衛がこの談山神社にあったといえよう。世阿弥は幼少の頃、この談山神社の領地に住んでいたという。が、このたび、八百五十年の時を経て、その贅沢かつ濃密極まりない「談山能」を深緑の多武峰の中で存分に堪能することができた。

三輪から多武峰、そして大和国から始まり山城国を経て全国津々浦々に伝播する「天下（泰平）の御祈祷」を世阿弥は類稀なる独創的な仕掛けと様式を以て発信し、創作と芸論と興行をアクロバティックに結合し、妖しく哀しく挫折したのであった。

第二章

大和の国の祭礼と申楽と細男の舞

第一節　大和の国の祭礼

平成二十二年（二〇一〇）は平城京遷都一三〇〇年の節目の年にあたり、奈良県すなわち古名の大和の国ではさまざまな奉祝イベントが行われた。『日本書紀』によれば、この大和の国は特別の意味づけがなされている。そこは、「六合の中心（くにのもなか）」「国の墺区（もなか）」と呼ばれた。つまり、日本という国の中心であると認識されていた。

そこで、初代神武天皇が日向の国を出て熊野・吉野を抜けて大和に入り、先住の民である長髄彦（ながすねひこ）軍を破り橿原に宮を築いたと伝えられて以来、第五十代桓武天皇までの歴代天皇のほとんどがこの「六合の中心＝国の墺区」である大和の国に住み続けたのである。

律令体制確立期に限って言えば、天武天皇の飛鳥浄御原宮（六七二〜六九四年）、持統天皇・文武天皇・元明天皇の藤原京（六九四〜七一〇年）、元明天皇から元正・聖武・孝謙・淳仁・称徳・光仁天皇までの平城京（七一〇〜七八四年、その間に、七四〇〜七四四年まで恭仁京、七四四年に難波京、七四五年に紫香楽宮に短期間遷都している）が大和の国にあった。

この大和の国には延喜式内社全三一三二座中二八六座がある。これは『延喜式』神名帳の中で一つの国にあるものとしては最も多い数である。ちなみに、第二位は伊勢の国で二五三座、第三位は出雲の国の一八七座、第四位が近江の国の一五五座、第五位が但馬の国の一三一座、第六位が越前の国の一二六座、そして第七位が山城の国の一二二座となる。もちろん、それぞれの国の大きさの違いはあるが、そうだとしても大和の国の二八六座は群を抜いて多い。

その大和の国は十五の郡に分かれており、その中の一つの城上郡（しきのかみのこおり）には三十五座の社がある。その筆頭に「大神大物主神社」が挙げられ、「名神大。月次・相嘗。新嘗」と注されていて、大和の国の中でも重要視されていた神社であることがわかる。

この「大神大物主神社」は現在「大神神社（おおみわじんじゃ）」と呼ばれ、本殿を持たず、神体山とされる三輪山を拝する自然信仰の古式が残っている。三輪山には磐座（いわくら）が点在しており、山頂に奥津磐座、中腹に中津磐座、麓に辺津磐座がある。

最古の巨大宮都は藤原京（藤原宮）であるが、その藤原京の大極殿は大和三山の真ん中に位置し、鬼門の方角に大神神社を擁する三輪山があった。つまり、藤原宮の東北方に大神神社と三輪山が位置していたということである。これは、平安京における比叡山の位置と同じである。

この三輪山に住む大物主神にはいくつかの不思議な伝承が記紀に記録されている。

その第一が、神武天皇の后、すなわち初代皇后となったホトタタライススキヒメの伝承である。ある日、美しい女性セヤダタラヒメが厠に入って大便をしていた。その時、その女性を見初めた神が丹塗り矢と化して川を流れていって美人の性器を突いた。驚いた女性は、丹塗り矢を持って家に帰り、床の辺に飾ると、忽ち麗しい男性に変わり、結ばれて生まれたのがホトタタライススキヒメであったという。

こうして、大物主神が赤い矢となって、美人の女性の性器すなわち「ホト」を突いて生まれた娘であるので、その名の冒頭に「ホト」の語を冠したという。初代神武天皇は、その大物主神の子の、いわば半神半人である娘を妻とし、初代皇后として迎えたのである。これは、神武天皇が大和の神の娘を妻に迎えることによって、政治的にも宗教的・祭祀的にも国を統一することができたということを意味しよう。そしてまことに興味深いことは、その娘の名前の冒頭に女性性器（女陰）をあらわす古語の「ホト」がつけられている点である。

第二の伝承もまた神秘的である。それは、古墳時代前期の最大の前方後円墳とされる箸墓に葬られたというヤマトトトヒモモソヒメの伝承である。このヤマトトトヒモモソヒメは、『日本書紀』の崇神天皇紀に「聡明叡智、識未然」、すなわち未来を透視する超能力を持ち、大物主神の神妻となったシャーマン的女性として記されている。

ヤマトトトヒモモソヒメは大物主神の妻となるが、神は夜のみ通ってくるので顔を見ることができない。そこで、神の美麗しき本当の姿を見せてほしいと懇願すると、大物主神は「明くる朝、汝の櫛箱の中に入っているから、わが姿を見てもけっして驚かないように」と言って承知する。翌朝、ヒメが櫛箱の中を覗くと、そこには美麗しい小さな蛇がいた。それを見て、ヒメは「あっ」と声をあげて驚いた。そこで神は怒って空を飛んで神の山である三輪山に帰っていった。ヒメはそのことを悔いて、箸で自分の女陰「ホト」を突いて死んだ。その死を痛み、昼は人が墓を作り、夜は神が墓を作ったという。そして、その墓を「箸墓」と呼ぶようになったというのである。

現在、三輪山の西麓にある、三世紀後半に造られたとされる巨大な前方後円墳の墳墓（箸墓）は『魏志倭人伝』に書かれた「卑弥呼」の墓であるという説があるが、その可能性は否定できないだろう。

第三の伝承は、『古事記』の崇神天皇記のオホタタネコの伝承で、これはホトタタライススキヒメとヤマトトトヒモモソヒメの伝承を合体させたような内容を持っている。

オホタタネコは大物主神と「容姿端正」で「美人」の活玉依毘賣との間に生まれた「神の子」であるが、その出生の経緯は次のようなものであった。夜な夜な形姿威儀のすぐれた「壮夫」が活玉依毘賣のもとに訪ねてきて孕んだので、父親の身元を知ろうと、赤土を床の前に散らして麻糸巻いた針に壮夫の衣服に指すと、その麻糸は三勾のみ残して美和(三輪)山の「神の社」に続いていた。崇神天皇の御世に疫病が流行ったので、大物主神の夢告により、この「神の子」のオホタタネコを以って「神主」となし、「御諸山に意富美和大神」を祭らしめ、国に平安が訪れたというのである。

他にも、景行天皇紀五十一年に、伊勢神宮の蝦夷を「御諸山」の傍らに移したとあり、また敏達天皇紀十年に、蝦夷が数千人、辺境の地で反乱を起こしたので征伐し、天皇が魁帥(大毛人)アヤカス(綾糟)らを召して誅殺すると宣告すると、アヤカスはそれを恐れて、泊瀬川の中流に下り、「三諸岳」に向かって水で口を漱ぎ、清明心を以って朝廷に仕えると忠誠を誓ったと『日本書紀』に記されている。

これらの伝承の意味するところは、大和の国の祭祀において、この土地の大地主の神である三輪山の神・大物主神を丁重に祭ることが大和朝廷の成立と国の安定に必要不可欠であったということであろう。そして、そのことが大和申楽の曲中において、「三輪」が特に観世宗家の伝承の秘曲「誓納(せいのう)」となり、また他家(例えば観世流片山家)では「白式神神楽」となっていることの背景をなしているとわたしは考えるのである。

第二節　細男の舞いと謡曲「三輪」と「誓納」

世阿弥の『風姿花伝』第四神儀篇に、「申楽、神代の始まりといふは、天照大神、天の岩戸に籠り給ひし時、天下常闇になりしに、八百万の神達、天の香具山に集り、大神の御心をとらんとて、神楽を奏し、細男(せいのう)を始め給ふ」とあるが、この「神楽」と「細男」が何を意味し、それが「三輪」や、観世宗家における「三輪」の小書きの「誓納」とどう関係するのかについて考察してみたい。

ここは、神楽や申楽の起源が語られている部分で、いわば申楽起源神話とでもいえる箇所である。そもそも世阿弥は「申楽」について三つの起源神話とでもいうべき伝承を『風姿花伝』の中に記している。すなわち、神道系起源神話と仏教系起源神話と家伝系起源神話の三つである。

まず第一の神道系起源神話では、「申楽」はアメノウズメのミコトの神憑りに端を発する「神楽」に起源を持つのだが、その「神楽」の後に「細男」が出てくる。第二の仏教系起源神話では、釈迦説法の場での外道を楽しませた「六十六番の物まね」(1)から始まるとされ、第三の家伝系起源神話では、世阿弥の先祖とされる秦氏の祖・秦河勝が聖徳太子の時代に同じく「六十六番の物まね」を始め、後に秦氏安に継承されたとする。そして、「申楽」とは、聖徳太子自らが「末代」のために「神楽」の「神」の字の示す偏を取った字、つまり「申」の楽であるという。

この三つの伝承はそれぞれに大変意味深長である。「細男」の考察に入る前に、第三の家伝系起源神話の中に「三輪」のことが出てくるので、それを取り上げておきたい。

『風姿花伝』第四神儀云にこうある。

日本国においては、欽明天皇の御宇に、大和国泊瀬の河に洪水の折節、河上より一つの壺流れ下る。三輪の杉の鳥居の辺にて、雲客、この壺を取る。中にみどり子あり。貌柔和にして、玉の如し。これ、降人なるが故に、内裏に奏聞す。その夜、帝の御夢に、みどり子の云はく、『我はこれ、大国秦始皇の再誕なり。日域に機縁ありて、今現在す』と云ふ。帝、奇特に思し召し、殿上に召さる。成人に従ひて、才知人に越え、年十五にて大臣の位に昇り、秦の姓を下さるる。『秦』と云ふ文字、「はだ」なるが故に、秦河勝これなり。

これは、三輪山・大物主神話に匹敵する神秘的な伝承である。もちろん、この伝承は記紀や『古語拾遺』や『旧事本紀』などの古書には記載されていない。この伝承がどれほど古くからあるのか、特定することは困難であるが、注目したいのは、泊瀬（長谷）川が氾濫した際に川上から流れてきた壺を貴人が「三輪の杉の鳥居の辺」で取り上げたという点である。なぜここに、「三輪の杉の鳥居」が出てくるのか。

『万葉集』には「三輪の神杉」が次のように歌われている。

三諸の神の神杉夢にだに見むとすれども寝ねぬ夜ぞ多き（巻二、一五六、高市皇子（たけちのみこ））
木綿（ゆうか）懸けて祭る三諸の神さびて斎むにはあらず人目多みこそ（巻七、一三七七、作者不明）
神なびの三諸の山に斎ふ杉思ひ過ぎめや苔生すまでに（巻十三、三二二八、作者不明）

高市皇子は異母姉の十市皇女の死を悼み、その悲しみを三輪山の神杉に託して詠う。「三輪山の神杉、その神聖な神杉を拝すように、夢の中でだけでも見ようとしても、眠れぬ夜が多いのだ、あなたを喪った悲しみゆえに」と。また、「木綿を懸けて祭る三輪山の神のように神さびて祭られているので、恐れ多く近づけないのではないのだよ。人目が多いために会えないのだよ」、また、「ご神体である神の山に祭られている神杉を忘れることなどありませんよ、苔生すまでも、永遠に……」と詠う「三輪の神杉」の歌の伝承が数多く残されている。

とすれば、世阿弥はまちがいなく「三輪の神杉」の伝承や信仰を本歌として『風姿花伝』の秦河勝三輪出現伝承を記したのであろう。秦河勝は漂着し降臨してくる「玉」のような童子神すなわちマレビト神というわけである。そしてそれは、「大国秦始皇の再誕」と名指されている。

こうしてみると、「三輪」が申楽の発祥に深く関わっていると認識されていたことがよくわかる。そしてそれが、観世流宗家の「三輪」の小書き「誓納」につながっていくとわたしは考える。

さて、話を申楽の神道系起源神話に戻すことにしよう。世阿弥はアメノウズメが天の香具山の天の岩戸の前で「(天照)大神の御心をとらんとて、神楽を奏し、細男を始め」たという。謡曲「三輪」においては、なぜ三輪の大物主神が天照大神と一体とされるのか、その淵源がここにある。三輪の檜原は天照大神が最初に宮中を出て祭られた「笠縫」の地の伝承を持っている。そしてそこは、先に触れたヤマトトトヒモモソヒメを葬る箸墓の真東二百メートルほどの地にある。

謡曲「三輪」では、三輪山の麓に玄賓僧都(ワキ)が住んでいて、そこにいつも閼伽水を汲みに女(前シテ)が訪れてくるが、この女が実は三輪の神であり、天照大神であるとされる。秋の夜に訪れてきた女が夜寒になり衣を所望したので、玄賓僧都は衣を与え居所を問うと、住処は「山もと近き所」にあるからそこの「杉立てる門」をしるしとして訪ねてきてほしいと答える。玄賓僧都が三輪の里を訪ねると、「杉」の木に衣が掛けてあり、女が三輪の神（後シテ）として現れ、「ちはやぶる。神も願ひのある故に。人の値遇に。あふぞ嬉しき」と謡いながら、三輪の縁起や神代の物語を語り、「まづハ岩戸のその始め。隠れし神を出さんとて。八百万の神遊。これぞ神楽の始めなる」と、天岩戸の場面を再現する。こうして天照大神が岩戸から出てくる場面が舞い広げられ、「思へば伊勢と三輪の神。一体分身の御事。今更何と磐座や。その関の戸の夜も明け。かくありがたき夢の告。覚むるや名残なるらん」と閉じられる。

『風姿花伝』の神道系起源神話は、「中にも、天の鈿女の尊、進み出で給ひて、榊の枝に幣を付けて、声を挙げ、火処焼き、踏み轟かし、神懸りすと、歌ひ、舞ひ、かなで給ふ。その御声ひそかに聞えければ、大神、岩戸を少し開き給ふ。国土また明白たり。神たちの御面、白かりけり。その時の御遊び、申楽の始めと云々。委しくは口伝にあるべし」と続くのだが、重要なことは「神楽」の後に「細男」が出てくる点である。

この「細男」は一般には安曇氏の磯良の神の出現を表現したものとされているが、実に不可解な歌舞音曲で、春日大社の「おん祭」の中の「神楽・舞楽」演舞の中でも巫女舞・東遊び・田楽の次、「翁」猿楽の前に演じられるのだが、これが、実に異様な舞と音楽なのだ。

というのも、その音曲はあえて一本調子で、単調な、無頓着な演奏で、異様なほど下手に聞こえる。それも、ほとんど何の技巧もなく聞こえるように、延々と繰り返すので、聴いているうちにだんだん不気味さが増してきて、ついにそれは神秘不可思議な呪術か超前衛のアヴァンギャルド芸術のように、超越的かつ崇高に思えてくる。このように、まことにアヴァンギャルドでアナーキーでアブストラクトなる歌舞音曲が、この「細男」の舞なのである。その超パンクさにわたしは驚嘆した。

この舞は、安曇氏の磯良の神が顔に牡蠣などをいっぱいくっつけていて醜いので、白布で顔を隠して舞われるのだと説明されているが、そのような説明だけではこの異様さは納得できない。まるで死者の舞のような不気味さである。そのような「細男」の舞が、奉納神楽類の最初の方で演じられる。

その「細男」がアメノウズメの「神楽」の後に来る。これは、女の呪舞から男の呪舞への継承的転換を意味するものではないか。世阿弥はアメノウズメの末裔とは言えなかった。ウズメには猿女氏という宮廷の祭祀一族がいたからだ。そこで、ウズメ的神楽から次なる飛躍が必要となる。それが「細男」であった。その「細男」の呪舞が媒介となり跳躍台となって「神楽」の示扁の取れた申楽となる。世阿弥は申楽と神楽の間をどうしても「細男」に中継ぎさせねばならないと考えたのではないか。そして実際、春日大社の若宮おんまつりでは神楽系の舞と翁舞の間に「細男」の舞いが中継ぎしている。

このような申楽の神話系譜学が『風姿花伝』の「神楽—細男—申楽」の連続性の主張には込められているのではないか。そして、それが世阿弥門の観世宗家の神話的舞となり、さらには、三輪杉に出現した秦河勝と大物主神＝天照大神との連係・一体観と結びついたのではあるまいか。

ところで、三輪山から七〜八キロも南に行ったところに多武峰談山神社（とうのみねたんざんじんじゃ）がある。春日大社が中臣氏・藤原氏の氏神を祀る神社であるとすれば、ここは藤原（中臣）鎌足を祭神として祀っている神社である。だが、神仏分離以前には妙楽寺といい、鎌足の墓として摂津国から遷されたと伝えられ、十三重塔が建立された。春日大社や興福寺と並び、この藤原氏ゆかりの寺院（現在は神社）は「翁」や「細男」に関しても、重要な別種の儀式と伝承を持っている。

「翁」については、すでに諸家により研究されてきたように、多武峰常行堂修正会には翁面にも似た摩多羅神が登場する。このことは第一章でも述べたが、大変興味深い。しかもそれに加えて「細男」が登場するのだ。

「多武峰年中行事」（談山神社文書）の九月十一日（嘉吉祭）の項に、「御祭礼　四ヶ法用講演／神供伝供　伶人舞楽　神馬十疋／細男　相撲　猿楽等　様々神拝アリ／検校三綱出仕等在之皆出」とあるのがそれである。この文書には「細男　相撲」とあるが、古くは人形相撲として演じされたようである。この「細男」はおんまつりにおける笛や鼓の伶人や舞人による舞いではなく、「無垢人」とも呼ばれる木像の「青農」で、それは特殊神饌の「百味の御食」が供えられる前に奉献されるという。

このような木像人形形式の「細男」は傀儡と考えられているが、そうだとしても、それが「無垢人」と呼ばれ、また「青農」の字を宛てられていることの意味を考えねばならない。そしてこの人形形式の「細男」と世阿弥のいう「細男」はどのように関係するのかも問われねばならない。

「青農」は「百味の御食」をもたらす「無垢人」である。そして「細男」は「神楽」により神々を喜ばせ、いのちを甦せるワザ人である。そして、観世宗家の「誓納」は伊勢と三輪の神を一体として寿ぎ祝う特別の舞である。この「セイノウ」の重層から見えてくる「天下の御祈祷」の姿。

こうして、「細男」問題は、大和申楽の発生に深く関わる中心主題となる。

第三節　「布留」と「心の道」

三輪山から天理市布留の石上神宮までの山沿いの道は、「山の辺の道」と呼ばれる古道である。東に三輪山、西に二上山や葛城山や金剛山を望み、南に耳成山・天香山・畝傍山（うねびやま）を見はるかすその古道の美しさと和やかさは格別である。まさに、「大和古道」の感に浸る。

ところで、世阿弥作と言われる「布留」は、身心変容ないし身心変容技法という観点から見て大変興味深い。

第一に、山伏たちが冒頭で「心の道」を尋ねんと語るところから始まる点。第二に、九州の英彦山修験道の山伏たちが「吉野熊野」に至る「霊仏霊社」を「巡礼」する途中で石上神宮を参拝する時に起こった霊験が説かれている点。第三に、布洗う女童の持つ神話性。第四に、石上神宮の御神体が「天照大神の兄　素戔嗚尊の神剣」とされている点。第五に、石上神宮を苗床として中世的コスモロジーが表現されている点。

まず第一の「心の道」の問題から見ていこう。

「布留」の冒頭には、山伏二人の「次第」が、「法（のり）の力をしるべにて、法の力をしるべにて、心の道を尋ねん」と謡われている。この「心の道」とはどのような道であろうか。

序章で少し触れたように、そもそも、日本の中世という時代は古代的な律令体制という秩序が崩壊していく「乱世」（慈円『愚管抄』）の時代であった。その「乱世」には地縁・血縁・知縁・霊縁という四つのチ縁崩壊が進行していた。公地公民制は瓦解し、貴族や寺社が荘園を所有して恣にし、荘園を護る武士団が登場してドラスティックな権力交替が進んだ。慈円が「乱世」の始まる兆しと見た保元の乱（一一五六年）では、天皇家や藤原摂関家や武士の平家と源氏が親子兄弟・叔父甥が敵味方に分れて、血で血を洗う激しい戦いが起こった。それはまさに仏法も衰える「末法」の世の証明であり、「地獄」が経典の観念的な文句ではなく、目前の事実の現象として立ち現れるようなリアルな「末世」認識が生まれてきた。

仏教宗派においては、八宗兼学するような古代的な総合的学習を横目に、もうこの教えしかないのだという経典や教義の主体的選択が行なわれ、それによって、念仏や題目を唱えたり、ひたすら専一に座禅を実践する新しい仏教のセクトが生まれることになった。浄土宗や浄土真宗や日蓮宗（法華宗）や禅宗（臨済宗・曹洞宗）の成立である。その「選択本願」して選んだものを専一に修め実践するやり方は、平安時代の密教に見られるような総合性や統合性を掲げるものとは真逆の、鋭く緊張した選択的専一を旗印とする知的変革でもあった。

この中世という時代ほど、「霊」とか「霊性」という言葉が横溢した時代はない。仏教家や神道家が作り上げた論書の中に、「霊智、霊覚、霊徳、霊通、霊応、霊号、霊経、霊宗、霊宝、霊璽」などの言葉が氾濫するのだが、この「布留」の中でも、「霊仏・霊社・霊地・霊剣」なる言葉が印象深く謡われていることに注意したい。中世は霊性的変革期であった。そんな時代の特質を、鈴木大拙は「日本的霊性」の覚醒の時代と捉えた。

ちなみに、わたしは元号が平成となった二十七年以上前から「現代大中世論」を主張しているが、それは、限界集落を抱える地域共同体やコミュニティの崩壊、家族の絆の希薄化、知識や情報の揺らぎと不分明、「葬式は要らない」とか「無縁社会」と呼ばれるような先祖祭祀や祖先崇拝などの観念や紐帯や儀礼が意味と力を持たなくなった状況下、あらゆるレベルでチ縁が崩落し、新たな効果的な再建策やグランドデザインを生み出せないでいるのが今日的状況であってみれば、現代は中世的カタストロフィーの拡大再生産の時代であるということもできよう。

とはいえ、そんな「乱世」に能楽（申楽）や華道や茶道などの芸能・芸道が新展開した。「乱世」という破壊的・破局的時代はまた新文化創造の時代でもあった。そこにおいて「心の道」とは、中世人の求める救済を端的に示すものであった。実際、中世に「熊野観心十界曼荼羅図」と呼ばれる図絵が作られるが、その図絵の中心には「心」の一文字が鮮やかに記され、上部には極楽浄土、下部には地獄、最上部には生老病死と春夏秋冬が重ねあわされた人生の坂道が半円状で描かれた。つまり、中世は「霊・霊性」の探究の時代であると同時に、「心の探究」の時代、真剣に「安心立命」を求めた時代だったのである。

そこで、世阿弥が六十六歳で作ったと言われるこの「布留」の冒頭で、山伏たちの第一声として「法の力をしるべにて　法の力をしるべにて　心の道を尋ねん」と謡われることの訴求力は絶大なるものがあったと知るべきなのである。

がゆえに、「瀧の響も音そふ水の　心も澄める　をりからかな」とか、「玉島川の秋の水　それさへ心つくしかや　それさへ心つくしかや」とか、「心に寄辺の瑞垣を　越ゆると見えて失せにけり」とか、「御手洗や　心も澄める夜ごとに　心も澄める夜ごとに」とか、「心を澄ます折節に」とかの、「心」と水とのメタフォリカルな連関が繰り返し語られるのである。こうして、水の浄化力によって「心を澄ま」せて、「心の道」を尋ね、辿ることが希求されているのだ。そこにおいて、「霊仏・霊社・霊地」

を巡る「巡礼」とは、「心を澄ま」せて浄化された「心の道」を辿る道行にほかならない。

世阿弥作の「鵺」においては、後シテの鵺の霊は諸国一見の僧の「法の力」で自分の「心の闇」を弔ってほしいと依頼し、おのれの正体を明かす。近衛天皇の世において源頼政によって退治された鵺は、殺された無念の思いを語り、僧に弔いを頼んで夜の海の波間に消えてゆくのだが、その時「月日も見えず暗きより、暗き道にぞ入りにける。はるかに照らせ山の端の、はるかに照らせ、山の端の月と共に……」と謡われる。そして、「心の闇」を持ち、「暗き道」に入った「鵺」に、「山の端の月」は煌煌と静かな光を照らし出すのであった……。

ここにも、「心の道」を求め尋ねる者がいる。

第二の石上神宮への巡礼の問題であるが、「これは九州彦の山より出でたる行人にて候。われ国々をめぐり、霊仏霊社度々巡礼つかまつりて候。このたびは都より大和路を経て、吉野熊野に参らばやと存じ候」、また、「神無月　時雨降り置く楢の葉の　時雨降り置く楢の葉の　名に負ふこれぞ春日山三笠の原を分け過ぎて、行けば程なく石の上　布留の社に着きにけり　布留の社に着きにけり」と山伏たちによって謡われる。

中世には修験道が盛んになるが、三大修験霊場として栄えたのが、東北の出羽三山（羽黒）修験道、近畿の大峰（吉野）・熊野修験道、そして九州の英彦山修験道である。その英彦山の修験者たちが京の都から大和路を通って吉野熊野に参る途中に石上神宮に立ち寄って参拝したという設定である。十月の神無月の時雨の降りしきる中を春日山・三笠山を振り仰ぎながら通り過ぎて布留の石上神宮に到着した。

このくだりを聴いて思い出すのは、『日本書紀』の武烈天皇即位前紀に記された、恋人を失った物部氏の娘の影媛（かげひめ）の絶唱である。「石の上　布留を過ぎて　薦枕（こもまくら）　高橋過ぎ　物多（ものさわ）に　大宅過ぎ　春日（はるひ）の　春日を過ぎ　嬬（つま）ごもる　小佐保を過ぎ　玉笥（たまけ）には　飯（いい）さえ盛り　玉盌（たまもい）に　水さえ盛り　泣きそぼち行くも　影媛あはれ」。

この狂気と哀調を帯びた悲劇的な道行は、能の「布留」とは逆に石上神宮から春日の方向へひたすら北上する。能「布留」はその反対に春日から石上へと南下する。その方向性の違いはありながら、しかし、布留の御手洗川で由緒ありげな女童が布を洗いながら神前を拝んでいる様子が不思議ゆえ、「不思議やなこれなる御手洗川に、由ありげなる女の童の、さして水仕（みづし）とも見えざるが、布を洗ひながら神前を拝み礼をなす由なり。世に不思議なるよそほひ、これはそもいかなること候ふぞ」と少女に問いかけると、その少女は、「さんざむらふ、これはこの宮人に仕へまゐらする女なり。この布は神の御衣なり。そのうえこの布留の川水にて、女の布を洗ふこと、何の不審か候ふべき」と答える。

山伏はさらに少女に、布を洗うことや名所のことなどいろいろと問いかけると、少女は「布留」という名は「神の御衣」の意味があるとか、「面白や。初深　布留の高橋見渡せば　布留の高橋見渡せば　誓かけてや神の名の。布留野に立てる　三輪の神杉と詠みしも　そのしるし見えて面白や」と答えるのであった。この「布留の高橋見渡せば」という詞章が影媛の歌を思い起こさせるのである。これが第三の神聖少女の神話性の問題である。

御手洗川で布洗う童女は神に仕える巫女的な神聖少女であるが、それは、『万葉集』の冒頭の雄略天皇の歌に出てくる「菜採（つ）ます児（こ）」や、『古事記』の雄略天皇記に出てくる「美和河（三輪川）」で「衣を洗ふ童女」の引田部の赤猪子（あかゐこ）をも想起させる。とりわけ、美少女赤猪子は雄略天皇に見初められ、宮中に召す約束をするのだが、待てども待てどもそのお召しはなく、ついに八十歳になるまで待ち続けたという哀しい物語とも類似する。

大和猿楽結崎座の世阿弥は、このような故事をよく知っていたはずである。だからこそ、影媛を始めとするこれらの神聖少女の姿を借りて、神衣を洗う神聖少女を前シテとし、後シテを神そのものの石上の布留明神としているのであろう。

続いて、第四の神剣の問題。少女は、「当社のご神体は剣にて御わたり候。この川にて洗ひし布に流れ留まり給ひし御剣なり」と山伏に語り、さらに、「この御剣と申し奉るは　地神第一の御代　天照大神の兄（このかみ）　素戔嗚の尊の神剣なり、八雲立つ出雲の国　簸の川上にして　大蛇を従へ給ひし　十握の剣これなるべし　その後神の代々を経て　国家を護る神剣として　神変飛行を顕し給ふ」と、その「神剣」の神聖なる由来を物語るのである。そして、「微妙発心の法力には　引かれて示現し給ふ事あり」と述べ、山伏に今夜は神前に籠ってお勤めをすれば「不思議の御告げ」を得ることができると示唆するのである。

山伏は喜び、このような「末世」にあってもそんな「奇特」な霊験があることを願って社頭に籠って一心に「念誦」をし、「心も澄める夜」を過ごしたところ、そこに「女体の神体。剣に絹を四尺ばかりつけて持ちて」顕現した。そしてその「女体の神体」は、「ちはやふる　神の御剣曇りなく　なほいちはやき一刀の　刃（やいば）の験僧行徳の　法味にやうかん垂れりとかや　あら尊の妙音やな」と告げ、「石上の神山　布留の中道　今に絶えせぬ　誓の末　あらあらたの出現やな」と身を顕わした。

山伏は感激のあまり、「ありがたや　夜も深更の鐘の声　心を澄ます折節に　ありつる女人と見えながら　金色妙なる御衣の袂に　光輝く御剣を　捧げ給ふぞありがたき」と感謝の言葉を述べる。すると女神は、「思ひ出でたり神代の古事」と、八岐大蛇を退治した時の故事を思い出し、そのことを謡い舞い、「利剣の恩徳」を垂れるのであった。

　記紀神話においては、石上神宮の祭神は「布都御魂（ふつのみたま）」とされるが、能「布留」では「天照大神の兄素戔嗚尊の神剣」とされる。記紀神話においては、もちろん素戔嗚の尊は天照大神の「弟」であって「兄」ではない。だが、世阿弥は、「三輪」においても三輪の神を天照大神とし、三輪伊勢同体にするのだが、ここでは石上の神剣フツヌシと素戔嗚の同一化が企図されつつ、そこに巫女的女神が媒介しているかに見える点が古代神話とは異なる第五の問題点の中世的な神話的コスモロジーの表出がある。

　こうして、「布留」という能に込められた中世的な救済原理とは、「心の道」を塞ぐものを「利剣の恩徳」によって祓い清め、「心を澄ませる」ことであった。さまざまな汚濁に満ち溢れている大中世的な現代社会において、そのような澄んだ「心の道」を切り拓く「利剣の恩徳」がこれほど求められている時もない。

第四節　「絵馬」のコスモロジー

　世阿弥作ではないが、天照大神とアメノウズメノミコトにかかわる能「絵馬」を検討したい。「絵馬」は脇能物夢幻能に分類される。

　その内容は、節分の夜に伊勢の斎宮で老翁と姥が「万民楽しむ世」となり「人民快楽」の恵みを得るために白馬・黒馬の二つの絵馬を掛けて豊作や国土安穏を祈り占う風習を謡う前段と、天の岩戸の故事を謡う後段に分かれる。三重県多気郡明和町斎宮の竹神社はそれにちなむ絵馬があり、斎王祭りの群行の出発点に当たる。『伊勢参宮名所図会』には大晦日に斎宮で絵馬を掛ける行事が行われたことが記載されている。

そもそも『続日本紀』には、馬は神の乗り物とし、神馬を奉納していたことが記されているが、絵馬は、神社やお寺に祈願や報恩感謝のために馬などの図絵を描いて奉納したものをいう。その起源は、雨乞いの祈願における馬の奉納にまでさかのぼる。古代、降雨の祈願には黒毛、止雨には白毛の馬を奉って祈願した。わたしはよく奈良県の丹生川上神社や京都の貴布禰（貴船）神社を参拝するが、両者は共に水の神を祭神とし、稲作農耕にかかわる降雨・止雨の祈りを捧げる古社で、黒馬・白馬を描いた額装の絵馬が拝殿の鴨居の上に掛けられていたのを見かけたことがある。

もともとはこのような生き馬の献上であったが、やがてそれに代わり土馬・木馬などの馬形が用いられるようになり、それが簡略化し平面化して板立馬ができ、さらに簡略化されて現在のような絵馬となった。

絵馬の初出は、『本朝文粋』の寛弘九年（一〇一二）六月二十五日の条である。大江匡衡が北野天神に奉納した供え物の中に「色紙絵馬三匹」と出てくる。『本朝法華験記』にも板絵馬の記事が見えるので、平安時代には絵馬の奉納習俗が認められるが、つい先ごろ最古の絵馬が発見され話題となった。それ以降も、『年中行事絵巻』『天狗草紙』『一遍上人絵伝』『春日権現験記絵巻』などの絵巻物に絵馬を奉納する風景が描かれている。

室町時代になると、絵馬に馬だけでなく狐などの動物や、眼病予防に「め」、浮気防止に「心」の字に鍵をかけた絵馬など、さまざまな絵が描かれるようになり、現代では学問の神の天神様（天満宮）

に受験生が合格祈願の絵馬を掛けたり、干支の動物や神社や寺院や祭りなども縁起物として掛けられたり、またお守りやお土産としても用いられるようになっている。

さて、謡曲「絵馬」には、絵馬を掛ける理由がワキとシテとツレによって次のように問答される。ワキの勅使がなぜ絵馬を掛けるのかと問うと、シテの老翁は、「これはただ一切衆生の愚痴無智なるを象り、馬の毛により明年の日を相し、又雨滋き年をも心得べきためにて候」と答える。するとさらに勅使は、今夜はどういう絵馬を掛けて来年の天候を占うのかと問うたので、今度はツレの姥が、「まづ雨露の恵みを受け、民の心も勇みある。よみぢの黒の絵馬を掛け、国土豊かになすべきなり」と答えるが、すぐさま老翁が次のように言い添える。「耕作の道の直なるをこそ、神慮も悦び給ふべけれ。まづこの尉が絵馬を掛け、民を悦ばせばやと思ひ候」と。

この後、姥が少し絡むと、老翁は言い争っている場合ではないとたしなめ、今日は二人で二つの絵馬を掛けて「万民楽しみよとなさん」と呼びかける。姥もそれに応えて、雨も降り、日も照ることを祈り願う二つの絵馬を掛け、「人民快楽の御恵みを」と願い、「かけまくもかたじけなや。これをぞ頼む神垣に、絵馬は掛けたりや。国土豊かになそうよ」と祈り祝い、最後には勅使に、自分たちは実は伊勢の二柱の神で、夫婦の姿で現れたのだとその身を明かして前段を終わるのである。

それに対して後段では、天照大神が天鈿女命（あめのうずめのみこと）や天手力雄命とともに姿を顕わし、天の岩戸の故事を語ると、アメノウズメが「神楽」を舞い、タヂカラオが岩戸を力いっぱいこじ開け、天照大神の袂を引いて岩戸から現れ出るさまが演じられ、世界に光が戻り平和に治まったことが示される。

興味深いのは、この時の詞章が、「昔。天の岩戸に閉ぢ籠りて。天の岩戸に閉ぢ籠りて。悪神を懲らしめ奉らんとて、日月二つの御影を隠し。常闇の世のさていつまでか。荒ぶる神々。これを歎きていかにも御心。とるや榊葉の。青和幣。白和幣。色々様々に謡ふ神楽の韓神催馬楽。千早ぶる」と謡われる点だ。つまりここで、榊葉に青白の和幣を付けてアメノウズメが神楽の「韓神（からかみ）」や「催馬楽（さいばら）」を謡ったというのである。そして最後は、「天地二度開け治まり国土も豊かに月日の光の。のどけき春こそ。久しけれ」と晴れ晴れと結ばれる。「韓神」は文字通り、異国の神。そして「催馬楽」は伝統的な和曲。つまり、アメノウズメが韓と和の両方を寿ぎ、和ませる「神楽」を奏したということである。

とすれば、謡曲「絵馬」は瑞祥・招福を予祝する曲だといえよう。

ここで、後段の「神楽」とアメノウズメについてふれておこう。

「神楽（かぐら）」とは「かみくら」、すなわち「神の・座・蔵・倉（くら）」の縮約である。それは、演劇的な所作によって、日本人が「カミ（神）」と呼び慣わしてきた存在を招き入れる座・蔵・倉を作り上げる行為である。つまるところそれは、神の顕現・示現を実現する技芸にして神懸り的芸能パフォーマンスである。

注意したいのは、「かぐら」に「神座・神蔵・神倉」という漢字を当てず、なにゆえにわざわざ「神楽」の漢字を当てたかだ。その理由は、「カグラ」が本質的に「楽し」い「遊び」でなければならなかったからだ。

この「楽し」とは自然に身体が動いて手が伸びる状態すなわち「手伸（たの）し」である、と平安時代に斎部（忌部）広成が編纂した『古語拾遺』に記されている。そこには、「神楽」の発祥は天の岩戸の前で行った神事で、「楽し」とか「面白（おもしろ）」という言葉は、アメノウズメノミコトが神懸りとなって踊りを踊り、乳房や女陰（ほと）を露にした時に、神々が歌い踊りながら相共に口々に囃し合った言葉、「天晴（あは）れ、あな面白(おもしろ)、あな楽(たの)し、あなさやけ、おけ」に由来することが記されている。
「天晴れ」とは、太陽の女神・天照大神が岩戸の中からふたたび姿を現し、そのために天が晴れて光が射した状態。「面白」とは、その再生した光によって神々の顔面に日が当たり、面(おも)が白くなった状態。「楽し」とは、日が射して世界が光り輝き、身も心も晴れ晴れとして浮き立つように楽しく、自然に手が伸て「手伸(たの)し」く、身体が動き、踊りを踊り始める状態。「さやけ」とは、竹の葉がさやさやと鳴る声。「おけ」とは、木の葉がさわさわとふるえる調べ、音調である。

宮崎県の高千穂夜神楽は、この「天の岩戸」をクライマックスとして夜通し演じられる。現在上演される高千穂の夜神楽は三十三番で、彦舞(ひこまい)・太殿(たいどの)・神降(かみおろし)・鎮守(ちんじゅ)・杉登(すぎのぼり)・地固(ちかため)と続き、二十五番目に鈿女(うずめ)が演じられ、その後、戸取(ととり)・舞開(まいひらき)・日(ひ)の前(まえ)・大神(だいじん)と続いてゆく。

つまり、猿田彦の舞から夜神楽が始まり、神降ろしのワザヲギがあり、クライマックスにウズメの舞いや天の岩戸開きにおいて日の大神が再出現するというさまが演じられる。この高千穂の夜神楽は毎年十一月中旬から翌年の二月にかけて各村々で行われ、それを通して秋の実りに対する収穫感謝の意を神々に表出する。

アメノウズメは『古事記』『日本書紀』『古語拾遺』などの古典に登場する女神だが、この神は、手に笹葉を持ち、神懸りになって胸乳と女陰を露わにし、神々の笑いを引き出し、ついには天照大神を岩屋から呼び戻すことに成功した功績のある女神である。

天照大神は日の神・太陽神であり、また天皇家の祖先神である。その最高至貴の女神を天の岩戸という女陰を象徴する空間の前で身体中に植物のつたや葉っぱを巻きつけて飾り、舞台を踏みとどろかして踊りをおどり、太陽神の復活を実現したのである。

興味深いのは、この「神懸り」が「顕神明之憑談」とも「俳優」とも記されているように、「俳優」の原点であるということだ。「俳優」は「わざをぎ」と訓み、それは神を呼び出し招きよせるワザ（業・技・術・伎）を意味した。そしてそれが同時に「神楽」の起源でもあった。『古語拾遺』には、「天鈿女命は、是れ猿女君の遠祖なり。顕しつる神の名を以て氏姓と為り。今彼の氏の男女、皆猿女君と号為ふは、この縁なり」とか、「是を以て、中臣・斎部の二氏は、倶にし祠祀の職を掌り、猿女君の氏は、神楽の事に供へまつる」とか、「天上より始めて、中臣・斎部の二氏は、相副に日神を祷み奉り、猿女の祖も亦神怒を解めまつりき。然れば三氏の職は、相離る可きにあらず」とか、「然れば、神祇官の神部には、中臣・斎部・猿女・鏡作・玉作・盾作・神服・倭文・麻績等の氏有る可きなり」と記されている。つまりここには、中臣・斎部に続く主要祭祀職として猿女氏が挙げられており、それがサルタヒコとアメノウズメの子孫だということが記されているのだ。

興味深いのは、特に「神楽の事」に仕え、「神怒」を鎮める役割を果たすと記されている点と、猿女氏の遠祖がアメノウズメノミコトで、顕した神、すなわち猿田彦の神の名を「氏姓」の名としたと記されている点である。

ここで、明確にしなければならないのは、アメノウズメが「顕しつる神」とは誰かということである。わたしは、これを天照大神と猿田彦大神であると解釈する。もちろん、「顕しつる神」とは猿田彦大神である。なぜなら、その名を採って氏の名としたとされているからだ。氏の名に使われたのは「猿」であるから、そこでの「神」はサルタヒコを措いていない。

しかしながら、この記述の前には、天岩戸の前でのアメノウズメの「俳優」（『古事記』では、「神懸」、『日本書紀』では「顕神明之憑談」「俳優」とある）が描かれている。アメノウズメは鎮魂・神楽の元祖とされたからである。アメノウズメの「ワザヲギ（俳優）」が「神懸り」であり、「神楽」でもあり、「鎮魂」でもあり、「神の怒り」を鎮める行為でもあった。そしてそれが日本の祭祀の原型を表現している。『古語拾遺』には、「凡て、鎮魂の儀は、天鈿女命の遺跡なり」と記されている。つまり、鎮魂のワザはアメノウズメのワザヲギのもっとも重要な部分であるということだ。そしてそれが、神楽となり、芸能的要素を交えて神々の御霊を慰め、怒りや祟りを鎮める所作ともなった。いずれにせよ、ウズメの行った行為が、「神楽・鎮魂・神懸り・俳優」などのさまざまな言葉で表現されていることのニュアンスの豊富さ、その具体的内実の微妙な差異に注意を振り向けなければならない。

アメノウズメはサルタヒコと結婚し夫婦になったと伝承され、その子孫は猿田彦の名前を採って「猿女」氏を名乗り、神事と芸能を司る祭司一族になったとされる。道祖神もこのサルタヒコとアメノウズメのペアとされ、それが陽石（男根形）と陰石（女陰形）で表現され、境界・魔除け・豊饒などが表象されている。

言うならば、「神楽」とは、エッジのワザヲギである。神と人、天と地、人と人、あらゆる境、境界をつなぎ、結び、そこにエナジーを通わせ通す宇宙的「お通し」のワザヲギ。

そのことを「絵馬」のコスモロジーは、日本神話から神楽や申楽までを貫く祝祷的な神話的想像力として思い起こさせてくれるのである。

第三章

身心変容技法の起源としての洞窟

第一節　身心変容を引き起こす「場所」

これまでわたしは宗教研究者（宗教哲学者とか宗教学者と言われる）として、①宗教的場所論（聖地研究）、②宗教的言語論（言霊思想研究）、③宗教的人間論（翁童論）、④宗教的文化変容論（神仏習合論）、⑤宗教的物体論（モノ学・感覚価値論）などの研究を行なってきた。[1]

ここでは、宗教的場所論と宗教的人間論をつなげながら、宗教的身心論として「身心変容」と「身心変容技法」を定位してみたい。

そもそも人類史において、「身心変容」がいかなる「場所」で生起したかという問いを立ててみたい。そのような「場所」は自然空間か人工空間のいずれかに分類できる。その自然空間の代表的な場所が「山・川・森・海」であり、人工空間の代表的な場所が「神社・仏閣・教会」などであろう。

それら「山・川・森・海」などの自然空間であろうが、「神社・仏閣・教会」などの人工空間であろうが、そこに共通する「身心変容」を引き起こしやすい自然・人工空間として、「洞窟」ないし「洞窟的空間」を措定する。その「洞窟」ないし「洞窟的空間」から「身心変容」および「身心変容技法」を見ていくことによって、それが引き起こされる環境の中からより「身心変容技法」の根幹にあるものとそのヴァリエーションを相対的かつ総体的に捉えていくことができるだろう。

第二節　「身心変容」発生空間としての「洞窟」

ここに興味深い「洞窟」がある。人類最古の動物壁画が描かれていると言われるショーヴェやラスコーやアルタミラの洞窟である。

これら動物壁画は、なぜ、さまざまな困難があると思われるこのような洞窟空間の奥深くで描かれたのだろうか？　そこに、宗教空間の始まりや原型を見ていくことができるのではないか。その洞窟に何があるのか？　そしてそこで何が起こったのか？

もちろん、歴史的事実はわからない。洞窟は黙して語らない。そこに興味深い鮮烈な壁画が残っているだけ。その闇、奥行、湿気や冷気また暖気。

ショーヴェ洞窟は、フランス南部のアルデシュ県のVallon-Pont-d'Arにある。そこに、約三万二千年前の洞窟壁画が残されているが、描かれているのは動物で、野生の牛や馬や犀や豹やライオンやハイエナやヒフクロウなど約二百六十点ほどの動物画が見つかっている。

ラスコー洞窟もフランスにあるが、こちらは西南部のドルドーニュ県のヴェージェル渓谷ノモンティニャック村にある。そこに、馬や山羊や羊や野牛や鹿やカモシカなどの動物と人間や人間の手形のほか、幾何学的な形の彩画や刻線画が残されている。

一方、スペイン北部のカンタブリア州サンティニャーナ・デル・マルのアルタミラ洞窟には、約一万八千年前以降の野牛や馬やイノシシやトナカイなどの動物壁画が残されている。

「身心変容技法」という観点から見て興味深いのは、たとえば約二百七十メートルもある奥深いアルタミラの洞窟の中で、なぜこれほど手の込んだ細密な壁画が刻まれたのか、そこに何日も籠って岩肌にさまざまな色彩の顔料を使って何百もの動物を描き続けた時に起こってくる「身心変容」とはいったい何であり、そもそもそのようなイメージや衝動が何によって起こってきたのか、という問題である。もちろん、残された考古学的遺物や図像の分析を通してさまざまな解釈が施されているが、しかしそのような図像解釈学においてはこれだという絶対的な解はありえない。そこで、わたしたちはどの洞窟空間で何が起こったかをあれこれと推理しシミュレーションする必要がある。

宗教学的な観点から見れば、それらの洞窟壁画がアニミズムやシャーマニズムやトーテミズムとして概念化された原始宗教的形態とどのように関わっているかが問題となる。つまり、その動物には目に見えない魂が籠っているのか、再生してくるのか、またその精霊と人間は交信したり、そのアニマルスピリットやアニマルパワーを身に振り付けることができるのか、そこで動物供儀の儀礼が行なわれていたか、またそれらの動物が自分たちのクラン（家系）とどのような関係にあるのか、トーテム的な関係が芽生えているのか、などの問題である。

だが、それに対する確実で説得的な答えを残された壁画から引き出すことは不可能である。不可能ではあるが、そこに多くの「動物」が描かれている事実が厳然としてある。それも、主に、牛や馬など人間生活に密接に関わる歴史を持ってきた動物たちが選ばれて描き出されている。描かれた対象となった動物に対する、それを描いた人々の選択理由が何であったのかを思案しなければならない。

だが、そのような想像をめぐらす以前に、わたしたちはなぜそれが「洞窟」でなければならなかったのかという問いに立ち返らなければならない。たとえば、韓国の新羅の南山や日本の九州の国東半島の「磨崖仏」などのように、なぜ露出した花崗岩などの岩山の岩肌でなかったのか。線刻作業をするならば、自然光が燦々と降り注ぐ野外がやりやすかっただろう。だがあえて深い闇を持つ洞窟内が選ばれた。

もちろん、雨にぬれずに作業できるとか、長く保存しやすい環境であるということも考えられる。だが、そのような即物的で外的な条件だけで、それを長い時間と労力を費やして刻みつける作業を続けられるだろうか。そこに内発的な情念、いや、「信仰」とも呼べるある「崇拝」の感情や情動がなければ、その作業を根気よく継続することができなかったであろう。そしてそれは単なる感情だけのレベルではなく、現実に、超人間的な力を獲得するとか、動物の収穫量が増えるとかの、何らかの報酬や利益と結びつくものではなかったら、これほど継続的に何百もの動物が描かれ続けることはなかったであろう。

ここで大胆な推測を述べる。人類にとって、最初の「身心変容技法」と呼べるものは、「洞窟」内で起こり、そこで保持されてきた、と。「洞窟」こそが、人類の「変身」を可能にする原空間にほかならなかった、と。そしてそれは、人間が生まれ出てくる「母胎」や「産道」のメタファーとも見立てともなる空間であった、と。さらにそれは、神話や儀礼や演劇などにおいて、人類の原型的「身心変容」空間として繰り返し物語られ、表現され、装置化された、と。日本神話で語り継がれてきた「天の岩戸」や能舞台における「鏡の間」も、そうした「身心変容」を可能にする原洞窟の再現である、と。

こうして、生命孵化器としての洞窟、身心変容誘発空間としての洞窟、原宗教と原芸術の発生場としての洞窟が人類文化史上に立ち上がってくるのである。

第三節　「天岩戸」という「洞窟」

それでは、このような原「洞窟」空間は、実際に、日本神話の中にどのようなかたちで物語られているのか、「天岩戸」（『古事記』では「天岩屋戸」と表記、『日本書紀』では「天岩窟」あるいは「天岩窟戸」と表記）神話を検討してみることで、その日本的原洞窟空間の特性を明かにしてみよう。

『古事記』の冒頭部分には、国生み神話と呼ばれるイザナギ・イザナミの夫婦神の性交を伴う国生み（島産み）伝承が物語られる。このおおらかで、あけっぴろげななまなましいほどの「神体」（神々の身体）の記述は大変興味深い。

この国生み・神生みの最後で、火の神カグッチが生まれるのだが、この時、火の神を産んだために母神イザナミは「みほと（女陰）」を焼いてしまい、そのことが原因で身体が衰え、病となり、嘔吐や糞尿をもらした。その嘔吐から生まれたのがカナヤマヒコ・カナヤマヒメという金属の夫婦神、糞から生まれたのがハニヤスヒコ・ハニヤスヒメという粘土の夫婦神、尿から生まれたのがミズハノメという水の女神であったが、結局、イザナミは、火の神を産んでホト（女陰）を焼き、病み衰えて黄泉の国にみまかった。

興味深いのは、ここまでのイザナミは産む神であり、生命力を授与する神として活躍するが、次の場面から母神イザナミは破壊の神に反転する点である。黄泉の国に行ってからのイザナミは、一転して、おどろおどろしく醜い屍体の姿を見せ、一日に千人の人間を殺すと呪詛の言葉を夫のイザナギに投げつけたりする恐ろしい死の神として描かれている。産む神から殺す神へ、生命付与の神から生命収奪の神へ、生の神から死の神への大転換が語られ、その名も黄泉津大神ないし道敷大神と変わるのだ。

こうして、イザナミは霊界あるいは死者の国の主的な破壊的存在になるのだが、逃げ帰った夫のイザナギは、妻の変貌に恐れおののき、その穢れを祓うために筑紫の日向の橘の小門の阿波岐原に至り、禊を行ない、川の流れで身を濯ぎ、左目を洗った時に天照大御神、右目を洗った時に月読命、鼻を洗った時に須佐之男命の「三貴子」が誕生し、これを喜んで、アマテラスには高天原、ツキヨミには夜の食国、スサノヲには大海原を治めよと命じた。

このような、「神々の身心変容」とも言えるような神話伝承も実に興味深く、それ自体、分析と解釈の対象となるのだか、別の機会にその問題を考察することにしたい。

さてこの「三貴子」の末っ子のスサノヲは、なぜか母神イザナミを恋い慕って泣き喚き、その泣き声で青山を枯れ山に変えてしまうほどの破壊的振る舞いを止めない。そこで、父のイザナギは、スサノヲを母イザナミのいる根の堅州国に追放するのだが、この時、スサノヲは、姉のアマテラスに別れを告げるために高天原に赴き、「宇気比（うけひ）」によりわが身と心の潔白を証明したとして有頂天になり、田畑を壊したり、大嘗殿で糞をして汚したり、乱暴狼藉を重ね、ついに馬の皮を逆剥ぎに剥いで、血まみれの皮を天の機織り女が神の衣を織っている部屋に投げ込み馬を死に至らしめた。

問題はこの次である。このスサノヲのあまりの乱暴狼藉に怒り悲しんで、姉の日の神アマテラスは「天岩戸」に鎖し籠もってしまい、そのために、世界が真っ暗闇となり、さまざまな災いが襲ってきたことである。

この「天岩戸」がここでの問題の焦点となる。そこは、岩戸で塞がれた洞窟である。そのために、日の女神の神体から光が発せられなくなり、暗黒の世界となったとされる。アマテラスが籠ったこの「天岩戸」とは、イザナミの赴いた黄泉の国と同様、一種の影の国、死の国である。この世界とは異なる別世界・異世界であり、「岩戸」という仕切り・境界により断絶されている。この「岩戸」の内と外との間には明確な断絶があり、両者の交通・往来はない。つまり、光の神アマテラスは、ここで、一転して、闇の神、不在の神となった。そして、この世界に闇と不在をもたらすのが「天岩戸」という洞窟なのである。

この時、高天原の神々は寄り集まって知恵を出し合い、その結論として、この最大の危機と難局を打開するために「祭り」を行なうことを決議する。こうして、神々は鏡や玉を造り、榊の神籬を立て、祝詞を奏上し、神楽を舞うのである。すなわち、

（1）ものづくり（祭具の製作）
（2）場づくり（祭場の設営）
（3）役づくり（制作神・祝詞奏上神・舞踊神などの諸役の振り分け、役割分担）

である。そして、それらの条件を整えて「祭り」を行なった。

イシコリドメやタマツクリなどは鏡や玉を造り、フトダマ（忌部・斎部氏の祖先神）は榊を設営し、アメノコヤネ（中臣・藤原氏の祖先神）は祝詞を奏上し、アメノウズメ（猿女氏の祖先神）は踊りを踊って、「神懸り」となる。このような「祭り」の総体の力によって、アマテラスは再登場し、世界に光が戻っ

てくることになる。

さてこの祭りで決定的な転換の場面は、「神懸り」である。アメノウズメの踊りによって「神懸り」が起こったことである。これが引き金となってアマテラスが再びこの世界に戻ることになった。その意味では、光を蘇らせる最大の功績を上げたのがアメノウズメであった。

このアメノウズメは、「天岩戸」に隠れてしまった――それは象徴的な死を意味する――日の神をもう一度「岩戸」の外に招き寄せ、復活させることができた。そのアメノウズメは、「天岩戸」という女陰を象徴する洞窟の前で、身体中に植物のつたや葉っぱを巻きつけ、飾り、手に竹笹の葉を持ち、舞台を踏みとどろかして踊り、自分の乳房と女陰を露出する所作によって、神々の「笑い」を引き出し、太陽神アマテラスの復活を実現させた。それがアメノウズメの「神懸り」であり、「神楽・鎮魂・俳優」とも呼ばれるようになる原点であった。

こうしてみると、イザナミは「ホト」(女陰)を焼いて病み衰えて黄泉の国に赴き、アメノウズメは「ホト」を露わにすることによる笑いを引き出しそれをきっかけとしてこの世界に光を呼び戻した。国生みにおいて閉じた系(黄泉国訪問神話)が天岩戸において開くのである。そのいずれにおいても、「ホト」という一種の女神の神体(身体)洞窟が通路となっている。

このアメノウズメのワザを、『古事記』では「神懸り」と表記し、『日本書紀』では「顕神明之憑談」とも「俳優」とも記している。『古事記』の「神懸り」とは、文字通り、「神が懸ってくること」、つまり、憑依・憑霊現象を表わしている。『日本書紀』の「顕神明之憑談」も「かみがかり」と訓ませているので、これもまた憑依・憑霊というシャーマニズム的な現象を意味しているのは明らかである。

第二章で触れたように、『日本書紀』はこの「俳優」を「わざをぎ」と訓ませている。「わざをぎ」

の「わざ」は「神懸り」で、「神を呼び出し招きよせる（をぐ）」ワザ（業・技・術・伎）であった。この「神懸り」や「わざをぎ（俳優）」が同時に、「神楽」の起源であったことを想起しよう。

猿女の祖神アメノウズメは、「神懸（かみがかり）」「俳優（わざおぎ）」の祖にして「鎮魂」「神楽」の祖となる。アメノウズメの「ワザヲギ（俳優）」が「神懸り」であり「神楽」でもあり「鎮魂」でもあり、「神の怒り」を鎮める行為でもあった。「神楽」という芸能的要素を交えて神々の御霊を慰め、怒りや祟りを鎮める所作、それが祭祀の原型であり、それが「天岩戸」という洞窟の前で行なわれた神々の祭り・儀式なのである。

このような日本神話の記述からすれば、「天岩戸」という洞窟空間は死と再生という両極のはたらきと運動をもたらす両義的空間であり、墓場にして産屋、死と生の融合不可分の原初空間と言えるであろう。

第四節　「身心変容技法」芸能としての「能＝申楽」の「鏡の間」と「天岩戸」と洞窟

以上のように、日本神話において、「神々の身心変容技法」が引き起こされる空間を「天岩戸」という洞窟空間とその前の庭空間と見ることができる。とすれば、それが観阿弥や世阿弥によって大成された「能＝申楽（猿楽）」にどのように形を変えて受け継がれているのか？

第一章でも述べたように、世阿弥は、能をあえて「申楽」と称し、その起源を「神楽」に求めた。実際、世阿弥は最初期の主著『風姿花伝』の中で、「申楽」とは「神楽」の「神」の字の「示篇」を取った字で、「楽しみを申す」延年招福の舞であると力説し、それは、神代の昔にはアメノウズメノミコトの神懸りの舞踊に端を発し、仏教的には釈迦の説法時の方便で外道に対して歌舞音曲を持って楽しませたことに始まると述べている。

とりわけ、その『風姿花伝』第四神儀篇の冒頭では、「申楽」を「神代の始まり」の中に見ていた。そこで世阿弥は、「神楽」の始まりが「(天照) 大神の御心をとらん」とすることであったと記している。そのために、「神楽」や「細男」などの芸能が始まったと主張している。そしてそれらの芸能の根幹に、天照大神の光に照らされて「神たちの御面、白」くなったことが明確に記されている。つまり、「神楽」や「申楽＝能」とは「面白」を導くワザヲギの芸であるということだ。いうまでもなく、「面白」とは神の光に顔が照らし出されて明るくなることである。

実は、この「面白」という言葉は、『古語拾遺』の中で大変印象的な形で出てくる。アメノウズメの「神楽＝神懸り＝鎮魂」がなされた時、神々が喜んで口々に、「天晴れ、あな面白、あな楽し、あなさやけ、おけ！」と歓び、叫んだという形で。これに基づいて、「神道」とは「天晴れ、面白、楽し」を生き方の根本に据えていく「道」であるとわたしは捉えるが、その「天晴れ」とは、真っ暗闇だった状態から天が晴れることを意味する。暗黒の世界に光が射すこと。つまり。世界といのちの再生であり、その根源の開放である。

「面白」とは、再生初源の開放時に、神の神聖な光が射してきて、それに照らされて、顔の面が白くなることを意味している。「楽し」とは、光を受けて体が自然に踊りスイングすること。「さやけ」とは、神や人間だけではなく、笹がサヤサヤと一緒になって震えること。「おけ」とは、木の葉が一緒になって震えることである。

このような「面白・楽し」の開放状態を実現するのが「祭り」であり「神楽」であり「芸能」である。したがって、「神楽」とは、神々と共に、草木までが一緒になって震え歓ぶ歓喜の時間である。そういう行為と状態を、古語で「タマフリ（鎮魂）」とも「ワザヲギ」とも言った。「タマフリ」とは魂を奮い立たせると同時に、魂を鎮めること。「ワザヲギ」とはその魂を招き寄せ、エンパワーメントしていくことである。こうして、「祭り」のワザが発現し、それが芸能の起源となったのである。

世阿弥が大成した申楽＝能とはこのように神楽の派生形の芸能であったが、数ある演目の中でも、いくつも小書きを持つ『三輪』には「天岩戸」の場面が謡われる。第二章でも触れたのでここでは簡潔にあらすじを示しておく。

――大和の国の神の山・三輪山の麓に玄賓僧都（ワキ）が住んでいた。そこにいつも閼伽水を汲みに訪れてくる女（前シテ）がいた。ある秋の夜、訪れてきた女が夜寒になって衣を所望したので、玄賓僧都は衣を与えて素性を問うと、女は自分の住処は「山もと近き所」にあるからそこの「杉立てる門」をしるしに訪ねてきてほしいと僧都に答えた。そこである日、玄賓僧都が三輪の里を訪ねると、不思議なことに、杉の木にあの女に与えた衣が掛けてある。そこに女が三輪の神（後シテ）として登場し、三輪の縁起や神代の物語を語り、天岩戸の場面を再現する。こうして天照大神が岩戸から出てくる場面が舞い広げられ、閉じられる。

興味深いのは、この『三輪』では、謡いの中に、「岩戸のその始め。隠れし神を出さんとて。八百万の神遊。これぞ神楽の始め」と天岩戸神話のことが語られ、それが「隠れし神」を顕わし出すための「神遊＝神楽」と謡われている点である。さらに興味深いのは、観世流の宗家が一世一代に就任披露として舞う『誓納（せいのう）』がこの「神遊＝神楽」の始めを謡う『三輪』の小書き（特殊演出）であることだ。とりわけそれが、『三輪』に『翁』を組み込んだものである点に注意する必要がある。能＝申楽が神事であることを否が応でも思い出させる舞いが『翁』であるが、『誓納』にはその『翁』が中核部分に取り込まれている。ということは、この形こそが、「隠れし神」を顕わし出す「神遊＝神楽」のワザにほかならないと考えられていたということを意味しよう。

もう一つ、世阿弥作とされる『二人静』における「身心変容」を検討する。まずこの曲のあらすじをみておく。

――毎年正月七日の神事において、大和国の吉野の勝手明神では、若菜を摘んで神前にお供えするという風習があった。ある日、例年通り、菜摘川のほとりに女たちを菜を摘みに行かせた。すると、一人の女が出てきて、「三吉野にお帰りあらば言伝申しいはん。一日経書いて我が跡弔ひてたび給へ」と頼んできた。そこで、名前を聞くと、「いや、我が名は名宣らずとも、まづ此の事をおことのお主其外、社家の人々に委しく届けてたび給へ。若しも疑う人あらば、其時、妾おことに憑き、我が名を名宣り申しべし。かまへて、よくよくお届けあれ」と言って、名を名乗らず、夕風に吹き流される浮雲が水茎の筆の跡をかき消すように消えていった。

菜摘女はこの不可思議な体験を神職に報告した。だが、話しているうちに、突然口調が変わり、「物の憑いて狂わ」せた様子が見えたので、神職は「いかやうなる物の憑き添ひたるぞ。名を名宣れ」と問い詰めた。すると、「まことは判官殿の御内の者ぞよ」と答えたので、それでは家臣の忠信か、それとも十郎権の頭兼房か、とさらに問い詰めると、「まことは我は女なるが、此の山までは御供申しこしにて捨てられ参らせて、絶えぬ恨の涙の袖。つつましながら、我が名をば静に申さん、恥づかしや」と本名を名乗った。そこで、源義経の愛妾の静御前の霊が菜摘女に取り憑いたことがわかったので、「静にてましまさば、舞を舞うて御見給へ」と頼むと、女は静御前がかつて勝手明神に納めた精好水干の袴などを舞いの装束を宝蔵から取り出し、それを纏って舞いを舞い始めた。そこにいつしか静御前の霊も現われ、肉身の菜摘女と霊の静御前の二人となって、義経の吉野落ちのことや鎌倉の源頼朝の前で舞を舞わされた昔のことを思い出しながら舞い進め、再び神職に弔い回向を頼んで消えていったのである……。

この「二人静」の面白さは、その演目名通り、静御前が二人いて、二人で舞いを舞うところにある。憑依される肉身としての菜摘女と憑依する霊としての静御前が共に舞うところにこの曲の妙味がある。そこで、「身心変容」した菜摘女の肉身と静御前の霊の二人舞踊が繰り広げられるのだが、これほど憑霊過程をなまなましくダイレクトに演じる能も少ない。しかも、ここで、憑いた霊（静御前）と憑かれた肉（菜摘女）の両方が同時に姿を現わして二人で共演するところがなんとも美しくも幽玄なのである。

このように、能＝申楽には、憑霊現象という「身心変容」や「身心変容技法」が演劇・舞踊的な様式の中で表現されている。

世阿弥が大成した能＝申楽は、このような「身心変容」を重要な主題とした芸能であると言えるが、その本質は先に述べたように、「神楽」の精神を引き継いだ芸能であるというところにある。そして

古代の神楽／中世の申楽＝能／近世の歌舞伎／近代の新劇／現代のアングラ劇「俳優」史

① 古代	神楽	祭りの場	仮面使用	神人一体（神懸り・神に成る）
② 中世	申楽（能）	橋掛り	仮面使用	神人複合（神・霊の化現・化身）
③ 近世	歌舞伎	花道	隈取り	人間世界（市井の人情）
④ 近代	新劇	舞台と客席	素顔	内面、主客分離、舞台と観客席の分離
⑤ 現代	アングラ劇	テント劇、市街劇	複面	舞台と観客席の境界を曖昧にする

その特徴としては、「面」を用いることと、舞台空間に「橋掛り」という、舞台と「鏡の間」をつなぐ通路が構造化された点が挙げられる。

演技者はその「鏡の間」で、日常空間から舞台という非日常的な変身空間へと「身心変容」する。とすれば、演劇的に「身心変容」を構造化した空間が「鏡の間」となる。そこは、「身心変容」が生起する洞窟であり、「天岩戸」である。

演者は、この洞窟＝天岩戸のメタファーとなる「鏡の間」で、人の面や神の面を着けて（憑けて）、人とも成り、神とも成るのである。

こうした特徴を、古代の神楽や近世に生まれた歌舞伎や近代以降の演劇と比較すると上のように図式化できる。

第五節　仏教的「身心変容技法」の修行の場としての「洞窟」

次に、仏教の「身心変容技法」が試される修行の場としての洞窟について考えてみたい。その際、真っ先に挙げなければならないのは弘法大師空海である。というのも、空海が『三教指帰』に記した修行地の一つが洞窟だからである。

空海が修行したと伝えられる洞窟は「御蔵洞窟（みくろど）」と呼ばれる。空海は十八歳で大学に入学したが、一年足らずで大学を止め、私度僧となって山林修行に励んだ。十九歳で吉野の山に分け入り、その後、出身地の四国を回って虚空蔵求聞持法を行じた。その頃、阿波の太龍嶽や土佐の室戸岬の洞窟や吉野の金峯山や四国の石鎚山などで修行を重ねたと『聾瞽指帰』（三教指帰）の冒頭に記している。「阿波国太瀧嶽に攀じ躋り、土佐国室戸岬に勤念す。谷響きを惜しまず、明星来影す」と。

この虚空蔵求聞持法とは、その法を満行成就するとすべての経典を記憶する能力ができるという超記憶増進術で、三方が開けた山海などで、「ノウボウ　アカシャキャラバヤ　オン　アリキャラマリボリ　ソワカ」という真言を百万遍、百日間唱え続ける行である。

この行を行なった場所が、『聾瞽指帰』では、阿波の太龍嶽や土佐の室戸岬の洞窟なのだが、阿波の太龍嶽には現在、四国八十八ヶ所第二十一番札所の太龍寺があり、その近くには龍の岩屋と呼ばれる洞窟があって、そこで空海は修行したと伝承される。この太龍寺の近くで子供の頃を過ごしたわたしはお遍路さんや「同行二人」などの弘法大師伝承のフォークロアを見聞して興味を抱き、大学三年の時に四国八十八ヶ所を全部廻って『聾瞽指帰』冒頭の記述を追跡してみた。

土佐の室戸岬には御蔵洞窟があって、そこで虚空蔵求聞持法を修行したところ、満行に当たり、虚空蔵菩薩の象徴である明星が来影したと『聾瞽指帰』に記されている。この「明星来影」体験は、『聾瞽指帰』にはただ金星が飛来したという意味で、「明星来影す」とだけ記されているのだが、これが後の弘法大師伝承になると、肥大して、空海の「口中」に入ったと物語られるようになる。

このような「出来事のふくらまし方」とも「過剰（加乗）装飾」とも言える物語作法は古今東西に見られる現象であるが、重要なのは、より「身体化」ないし「身体部位化」することで、その「験（霊験・徴)」が一方でリアルになり、もう一方でさらなる神秘化が施されていくことである。

高木訷元『空海――生涯とその周辺』(吉川弘文館、二〇〇九年)によれば、奈良時代に中国(唐)から来た神叡という僧が、吉野の比蘇山寺で「自然智(じねんち)」を得たことや「虚空蔵菩薩の霊感」を得たことが『扶桑略記』と『元亨釈書』に見えているので、この神叡も虚空蔵求聞持法を修することによって、「虚空蔵菩薩の霊感」により「自然智」を獲得したのだろうとされている。ちなみに、この神叡は元興寺法相派の祖となったのだが、ここでの問題は、葛城山で修行したとされる役行者を始め、飛鳥時代から奈良時代にかけて吉野山中などの各地で活発な山林修行が行なわれた際、その修行の格好の場所として山中や岬の洞窟が選ばれた点にある。

たとえば、伊豆大島に流された役行者が修行した洞窟が伊豆大島の北東部に位置する泉津地区にある。その「行者窟」と呼ばれる洞窟は、間口十六メートル、奥行き二十四メートルほどの海蝕洞窟で、そこでは今も修験者たちによる読経や柴燈護摩供が行なわれている。『大島町史』民俗編には、この行者窟が次のように記されている。「文武三年(六九九)大島に流された役行者こと役小角は、泉津の洞窟で煉行三年、赦免され島を離れたが、島での彼にまつわる伝説は残っていない。江戸時代に修験道の霊地として信仰となり海陸の交通や旅の安全を祈願するものが徐々に増し今日に至っている」。

興味深いのは、このような古代における役行者伝承だけでなく、比較的最近の霊験譚が『大島町史』に載せられていることである。それによると、大正十二年(一九二三)には次のようなことがあったという。

このころお穴(洞窟)に参るには断崖を這って渡らなければならなかった。そのため足の弱い人のため石祠を建て、これを前穴様といって危険な参道を通らなくても参拝できるようになっていた。この石祠近くに小屋を作り、炭を焼いて暮らす中年の独身者がいた。奇人とまではいかないが、たいそう変った人で、独身で通すことを神に願をかけ、また行者様をも崇めたのでその願いはかなえられていた。

ある夏の、正確に言えば大正十二年八月三十一日の昼下がりのことだった。役の行者のお使いだという白髪の翁が現れて、その炭焼きに行者がお召しだと伝えた。炭焼きは疑いもせずその翁のあとをついて行った。

神苑とはこのことであろうか、着いた所は一面金色燦然としていうにいわれぬ馥郁たる香りがたちこめていて、一段高くて女神が正座し、左右に大小の天狗が侍従していた。その神々しさのためか恐ろしさのためか、炭焼きは体がすくんで思わず平伏してしまった。すると女神が微笑みながら、「地変が起る故すぐここを立ち去れ」と言った。炭焼きは、すぐさま荷物をまとめて村へ下り、この顛末を皆に語った。その翌日が関東大震災でその炭焼き小屋は山崩れのため埋没してしまい、神のお告げがなければ危うく生き埋めになるところであった。

島では、霧のため遭難しかかった船が行者様に助けられた話もあり、今も変らぬ信仰の対象となっている。

洞窟は、カトリックにおける「ルルドの泉」を持ち出すまでもなく、世界各地で聖地霊場となるところが多いが、このような霊験譚が加わることによって今日まで霊験新たかな空間として連綿と保持されてきたところが少なくない。

国土の七十五%近くを山林が占め、四方を海に囲まれた日本はどこに行っても洞窟がある。その洞窟が神話伝承の神聖空間となり、さまざまな儀礼や修行が行なわれる場所になることには必然がある。次に見る日蔵上人の吉野山中の「笙の岩屋」での修行もそうである。

この日蔵上人の「笙の岩屋」での修行と冥界遍歴体験は、天台安居院流の編纂に成る『神道集』の九巻第四九「北野天神事」の中に記されている。

承平四年(九三四)、日蔵という験力のある上人が大和国金峯山の「笙の岩屋」で参籠修行していたが、八月一日に頓死し、十三日目に蘇生した。その間に日蔵上人は金剛象王に導かれて三界六道を巡り、鉄窟地獄(等活地獄)で苦しんでいる延喜帝を目撃する。この時、延喜帝は五つの罪を懺悔し、日蔵に自分のために善根を積んでほしいと頼んだが、獄卒にふたたび地獄の火焔の中に放り込まれたのであった。日蔵はさらに西方浄土のような島に連れて行かれ、冥界で「大政威徳天王」と呼ばれる菅丞相(菅原道真)と会い、災厄を免れんためには「南無大政威徳天王と唱えよ」と教えられる。

このような瞑想修行中の臨死体験記録が『神道集』「北野天神事」に記されているのであるが、最終的には、天慶五年(九四二)多治比(たじひ)の娘の阿夜故(あやこ)(文子)に託宣が下り、右近の馬場の自宅に菅原道真を天神として祀る仮の社を造り、村上天皇の世の天暦元年(九四七)に現在の北野の地に遷座したという次第となる。その後、一条天皇の世に行幸が始まり、大江匡衡の夢の中に天神が現われて、我が本地は十一面観音で、極楽では無量寿と称えられ、娑婆では北野天神として示現すると夢告したというのであった。現在、わたしたちが「受験の神様」とか「学問の神様」としてお参りすることのある天神様の創建に、このような日蔵上人の「笙の岩屋」での瞑想修行体験が関与しているのである。

以上のように、神々の神聖生命誕生空間としての洞窟やその演劇的疑似洞窟空間としての能舞台の

「鏡の間」から、修験道や仏教の修行の空間としての洞窟へと転用されていった日本宗教史の一断面がある。

第六節 「ガマ」――沖縄の聖洞窟

先に触れたように、イザナミが赴いた黄泉国がある種の洞窟的な空間として描かれているようにも見えるのだが、それはまた古墳の玄室など、墓地の内部空間のイメージともつながっている。そして、そうした洞窟は死を孕みながら絶えることのない生の源泉ないし供給源としても思念された。そのことは、熊野（三重県熊野市）にある「花の窟」からもうかがい知れる。

『日本書紀』神代巻上の第三の「一書曰」の中に、イザナミが火の神カグツチを産んでホトを焼かれて死（「神退去」）に至り、「紀伊国の熊野の有馬村に葬し」まつられ埋葬され近隣の住人（「土俗」）たちが、この「神の魂を祭る」のに、「花時には亦花を以て祭り、又鼓吹幡旗を用て歌ひ舞ひて祭」ったと記されている。つまり、花の咲く季節には花を供えてイザナミを祭ったというので、「花の窟(いわや)」とか「花窟神社(はなのいわや)」と呼ばれるようになったが、もともとは紀伊半島の岬の突端部にあるイザナミやカグツチの墓所であったと考えられる。

この「花の窟」のある熊野地方は日本の基層信仰が色濃く残る所であり、日本の聖地文化の原点とも言える土地でもあるが、黒潮・太平洋を介して、南は沖縄、北は東北までこの熊野信仰は広がりとネットワークを持っている。

この熊野信仰は強度を高め前景化してくるのは中世に顕著であるが、もともと、古代においても、熊野は「常世」と通じる最果ての地であり、身体部位で言えば「鼻（端）」すなわち突端に当たる「この世の果て（the edge of the world）」であった。その辺土、辺路である熊野の地が平安京にも進出してきたのは、弘仁二年（八一一）、修験系の日圓上人が熊野の神を勧請して熊野神社が創建したことに端を発する。その後、寛治四年（一〇九〇）、白河上皇の勅願によって聖護院が創建されて、熊野神社が守護神として篤く尊崇された。聖護院には別当職が置かれ、熊野神社を統轄した。白河上皇は法皇となり、生涯に九回の熊野詣でを行わったが、寛治四年のこの年がその第一回目となり、以後、長期にわたる熊野ラッシュが始まった。

この年、熊野行幸の先達として白河上皇の護持僧で寺門派園城寺の増誉が指名され、初代の熊野三山検校に就任し、以来、聖護院が熊野修験の拠点となる。その後、後白河上皇が三十四回の熊野行幸を果たすが、法住寺殿と呼ばれた後白河上皇が永暦元年（一一六〇）、平清盛に造営を命じて、新たに鎮守社として創建したのが新熊野（いまくまの）神社で、鎮守寺として創建したのが三十三間堂であった。また、同年、禅林寺（永観堂）の鎮守として熊野若王子神社が創建され、こうして、白河上皇と後白河上皇の二人の上皇（法皇）によって奥深い熊野三山が平安京に転写されたのである。

『梁塵秘抄』巻第二に、「熊野の権現は、名草の浜にぞ下（お）りたまふ、海人（あま）の小舟に乗りたまひ、慈悲の袖をぞ垂れたまふ」と謡われたが、「熊野の権現」が「海人の小舟」に乗って「慈悲の袖」を垂れながらどこへ向かったかといえば、その先に遥けき南海の彼方に観音浄土すなわち補陀落浄土があると思念されたものの、実際には琉球（沖縄）があった。その証拠に、沖縄本島に建立された神社の内、主要なものはすべて熊野権現である。

実際、琉球八社とは、波上宮(なみのうえ)、沖宮(おき)・識名宮(しきな)・普天満宮(ふてんま)・末吉宮・安里八幡宮(あざと)・天久宮(あめく)・金武宮(きん)の八社で、この内、安里八幡宮だけが八幡神を祀り、それ以外はすべて熊野権現を祀っている。

琉球八社のほとんどに「ガマ」と呼ばれる洞窟があるが、たとえば、普天間基地のすぐそばにある普天間宮の奥宮が祀られている洞窟には、三千年前の土器が出土し、二万年前のシカの骨が出ている。

普天間宮には、現在、熊野権現と琉球古神（日の神・龍宮神＝ニライカナイ神・普天間女神＝グジー神、天神・地神・海神）が祀られている。尚金福王から尚泰久王の時代（一四五〇〜一四六〇年頃）に熊野権現が祀られたという。エイサー踊りをもたらしたと言われる袋中上人の書いた『琉球神道記』（一六〇五年）には、「当国大社七社アリ六処ハ倭ノ熊野権現ナリ一処ハ八幡大菩薩也」と出てくる。

普天間宮には祭神にまつわる女神と翁神の二つの伝承が伝えられている。その一つが、「普天間女神の由来」である。それは、木下順二の『夕鶴』（鶴の恩返し）にも似た機織りの美しい乙女の話で、「羽衣伝説」や「かぐや姫」伝説とも共通要素がある。それは次のような話である。

――昔、首里の桃源というところに世にも美しいひとりの乙女が住んでいた。この乙女の美しさは、島の津々浦々にまで噂になっていたが、不思議なことに誰も彼女の姿を見た者はいなかった。彼女は、家から出ず機織りに精を出して一切外出しなかったからである。

ある日、乙女は疲れで少しまどろむうち、夢か現実かわからない情景を見た。その情景は、荒波にもまれた父と兄が目の前で溺れるものであった。この情景を見る数日前、実際に、父と兄を乗せた船が出港していた。

驚いた乙女は、必死で父と兄を助けようとした。片手で兄を抱き、父を助けようと手を伸ばした時、部屋に入ってきた母親に名前を呼ばれ、我に返った乙女は、父をつかんでいた手を離してしまった。その後数日が経ち、父と兄が乗った船が遭難したと連絡が入り、奇跡的に兄は助かったが、父は還ってこなかった。

この乙女には嫁いだ妹がいたが、ある日、彼女の旦那が乙女の噂を聞き、ぜひとも会いたいと言った。だが妹は、姉が会うのを拒むので、自分が姉の部屋を訪れた時何気なく覗くようにと言った。そして、妹が姉の乙女の部屋を訪れて声をかけた時、振り向いた先に妹の旦那が覗いているのを見つけた。

その途端、乙女は逃げるように家を飛び出して、末吉の森を抜け、山を越え飛ぶように普天間の丘に向かっていった。そして乙女は、次第に清らかな神々しい姿に変わり、普天間の鍾乳洞に吸い込まれるように入っていった。

その後、乙女の姿を見た者はなく普天間宮の女神となった。――

美しくも切ない伝承であるが、これは、シャーマン的な能力を持つ世俗を超出した機織りの乙女が逃げ込んで昇天した洞窟がこの普天間宮の奥宮の洞窟（ガマ）であったという話である。

もう一つの翁神伝承とは、「普天間宮仙人伝説」とも呼ばれているもので、次のような信仰熱心な真面目な夫婦のもとに老翁姿の熊野権現が現われて黄金を授けたという霊験譚である

――昔、中城間切安谷屋村に夫婦が住んでいた。貧乏生活だったが、夫婦仲がよく、真面目な生活を送っていた。

ある年、作物が不作で年貢を納めることができず難儀していた。そこで夫婦は相談して、妻が首里の殿内奉公に行くことになった。時々、髪を切って髢として売り、普天満宮へお祈りを三、四年間、天候が悪くても一日も欠かさず通った。

九月のある夜、いつものように普天間宮に行くと、そこで一人の老人と出会った。その老人は、自分の持ち物を少しの間預かってくれないかと話かけてきた。彼女は何度も断ったが、老人は無理に押し付けて立ち去っていった。

だがその後、いくら待ってもその老人は戻って来なかった。彼女は待ちきれなくなって、老人から預かった品物を自宅に持ち帰った。その後も、彼女は老人から預かった品物を返さねばと思い、何度も老人と会った場所に行ったが、一度も姿を現さなかった。そこで、彼女はその老人と会わせてほしいと祈り始めた。

そんなある晩、彼女の夢にその老人が現れ、「吾は熊野権現なり、汝らは、善にしてその品を授けるものなり」と夢の中で伝えた。それも毎晩、同じ夢を見るので不思議に思い、老人から預かった品物を開けると、そこにはまばゆい程の黄金が入っていた。

夫婦は驚いて神の恵みに感謝して、恩返しに石の厨子を造り石像三体（権現）を安置した。こうして夫婦は富貴となったが、いつしかこの事が世に知られ人々から広く信仰されるようになった。――

これは信仰篤い夫婦が富貴という霊験を得る話である。

ともあれ、普天間宮に伝わる二つの伝承の中で、洞窟と直接結びついた機織り女の伝承が古いものだ考えられる。新垣義夫普天間宮宮司も「琉球八社の信仰が沖縄の古層の民間信仰の上に乗っかって、抱き合わせになっている」とわたしに語ってくれたが、「ガマ」(洞窟)信仰とテダ・ガ・アナ(太陽の穴)信仰とニライカナイという他界信仰が結びついたところに、中世に熊野権現信仰が入ってきて抱き合わせになり、それが普天間宮の熊野権現信仰の世界と作っているというわけである。

新垣義夫宮司の論文「宜野湾市の洞窟」によると、「ガマ」は宜野湾市だけで百五十近くもあり、その中で、祈りの対象となっているものは十くらいで、墓となっているものは数十ある。[2] また、琉球八社の内、七社が熊野権現であるが、その内、五社がガマを持っているという。中でもガマを本殿としてきたのが、普天間宮である。今は洞窟は本殿の裏にあって奥宮となっているが、もともとはここですべての祈りと祭りを行なっていた。

この「ガマ」に入った時、わたしはゾクゾクするような神聖で深いノスタルジーを喚起するような感情に襲われた。そして、その美しさと清らかさと崇高で力強い内部空間に酔い痴れた。新垣宮司によれば、満月の日に電気を消して月光の光だけで洞内にいると、この上なく神秘的な雰囲気だという。だが、皮肉なことに、沖縄における基層信仰と熊野信仰の拠点のこの普天間宮のすぐ隣に米軍普天間基地がある。「聖地は性地であり、政地である」というのがわが年来の持論で割るが、まさにその持論が悪夢のような現実になっている。

聖なる場所とは生命にとって豊穣をもたらすエロス的な産出力の充満するムスビの地である。そのような聖なるエロス的産出力の源泉としての「洞窟」に神仏を祭った例は、宮崎県日南海岸の鵜戸神宮を始め、枚挙に暇がない。また、普天間宮を始め、そうした洞窟そのものを御神体とする例も少なくない。

それゆえに、豊穣を国是とする国家権力にとって洞窟を含む聖なる場所は政治的な要所ともなり、支配の拠点となる。琉球王府にとっても、薩摩藩にとっても、日本国にとっても、米軍にとっても、そこは重要で、それを支配に組み込むか、威力を殺ごうとするか、違いはあっても、そのような聖なる場所が恐るべき威力を秘め持っているという認識を持っていることでは共通している。その聖と生・性と政の「抱き合わせ」の支配形態を横目にしながら、生命の力と支配の力が拮抗する熊野や「ガマ」の地の未来を望み見るのだった。

第七節　「身心変容」の生起する「場」としての「聖地霊場」

以上、「身心変容」が起こり、「身心変容技法」が創出され、編み出され、実施されてきた場所や空間について考察してきた。神話や儀礼や修行を含むさまざまな「身心変容」の生起する「場」としての「聖地霊場」とその原型的空間としての洞窟。

『古事記』の神話伝承の中に神々の「身心変容技法」を探ってみると、次の四つを挙げることができる。

① イザナギノミコトの禊――左目から天照大神、右目から月読命、鼻からスサノヲノミコト
② 天照大神とスサノヲノミコトの「ウケヒ」(宇気比)――物実の交換と神々の誕生
③ アメノウズメノミコト「神懸り」(俳優・鎮魂・神楽)
④ 神功皇后の「神懸り・帰神」

そしてこの四つの「身心変容技法」がすべて能にかかわっている。特に、「翁」などは、「魔縁」を退け、「福祐」を招く禊祓や招魂とかかわり、観世宗家の秘曲「誓納（せいのう）」は「誓約（ウケヒ）」としての「細男（せいのう）」とかかわり、アメノウズメや神功皇后の「神懸り」はまさしく神楽や申楽の起源とかかわっているのである。

しかも、能の舞台空間としての「鏡の間」はまさしく「身心変容」を促す洞窟の模像であり、「橋懸り」は「鏡の間」という「奥宮」と舞台という「里宮」とを架橋する回路である。

そして、そうした二重・三重の「身心変容」の仕掛けを通して、能は世界でも類例を見ない神人神秘劇としての奥行きを黙示することができたのである。

第四章

身心変容技法の展開

第一節　「身心変容技法」は、いつ、どこで始まったのか？

「身心変容技法」は、いつ、どこで始まったかという問いに答えることは容易ではない。実証的な証拠が少なすぎるからだ。

だが、そうだとしても、この問いに対して、いくつかの傍証のある答えを用意することはできる。第三章で、「身心変容技法」は「洞窟」から始まるのではないかという推論を述べたのは、その一つの答えである。

人類にとって最初の「身心変容技法」と呼べるものは「洞窟」内で起こり、そこで保持されてきた。この「洞窟」こそが人類の「変身・身心変容」を可能にする原空間にほかならなかった。そしてそれは人間が生まれ出てくる「母胎」や「産道」のメタファーとも見立てともなる空間であった。

そこで、「洞窟」は、神話や儀礼において人類の原型的「身心変容」空間として繰り返し物語られ、装置化された。日本神話で語り継がれてきた「天の岩戸」や能舞台における「鏡の間」もそうした「身心変容」を可能にする原洞窟の再現である、と推論したのであった。[1]

さらに言えば、吉見百穴のような横穴式古墳だけでなく、円墳も方墳も前方後円墳もお墓も、産小屋も、神霊を籠らせ宿す神殿やお堂も、大嘗祭を行なう悠紀殿・主基殿も、もっと一般化すれば、あらゆる建築も洞窟のバリエーションではないか。洞窟こそが、人類を人類たらしめていった原空間であり、そこにおいて「身心変容技法」が成立していった。

そのような推論と関連するが、二〇一〇年に製作されたヴェルナー・ヘルツォーク監督作品のドキュメンタリー『世界最古の洞窟壁画3D――忘れられた夢の記憶』である。そこでは、学術調査班のリーダーであった洞窟美術研究者のジャン・クロットが、ショーヴェの洞窟壁画について、洞窟壁画を描いた人々が、ヒトと動物、男と女、ヒトとカミが交換可能だと考える「流動性」と、現実世界と精神世界との間の行き来に境界がないと考える「浸透性」の世界観を持っていたと述べるところを描いている。

このような「流動性」や「浸透性」の世界観とは、「身心変容」を可能にする思考と体験ということになるだろう。それを概念化された宗教史の文脈で言えば、アニミズムやシャーマニズムなどの原始宗教とされるトランス志向性を持った宗教文化に保持される世界観であったと位置づけることも可能だ。『古事記』の中にも、洞窟やアニミズムやシャーマニズムの光景が描き出されていることは第二章で指摘したとおりである。

なぜ彼らは光の鎖された洞窟の深部において松明の火を頼りに動物の絵を描きつづけたのだろうか？　その形態や行為にはどのような意味と効果があったのか？　もちろん、学術的にその意味や効果を実証する手立てはない。

だが、ここで一歩を進めて、このような洞窟壁画の描画・刻印行為がもたらす意味と効果についてさらなる思弁的推測を重ねてみることにする。この「洞窟」内で、それを描く人々には間違いなく「身心変容」が起こったであろうと。

なぜなら、暗黒の空間の中で、松明の灯りを頼りに長時間集中的に絵を描いているうちに、描いている動物などの対象と自己との間の距離が消え、同一化・一体化や融合が起こってくると考えられるからである。そしてそこでは、岩肌に「絵画的形態」を描いたり刻みつけたりするだけではなく、歌舞音曲すなわち歌や音楽や舞踊など、祈りを伴う宗教的儀礼も行われたのではないか、と。さらに加えて、洞窟に籠って「修行」的なふるまいを始め、それを体系化していき、さらにイニシエーション的な構造を編み出したのは、男たちではなかったか、と。断食や瞑想などの身心変容技法は、とりわけ男たちの性的力の昇華や制御や変成に必要と考えられたワザだったのではないか、と。

「身心変容」をもっともフィジカルなレベルで考えると、それは妊娠と出産であろう。その妊娠と出産という「身心変容」から男たちは除外される。男の身心は新たな生命を宿すことがない。妊娠も出産もできないから。それゆえに、人工的に、男たちは妊娠と出産を追体験したがったのではないか。イニシエーションにおける「死と再生」という自己変容・メタモルフォーゼとは、何よりも男たちが追体験したかった仮構の妊娠と出産ではなかったか？

そのことを本章では、『古事記』上巻の神話（旧辞）の二つの物語から考察してみたい。

第二節　「身心変容」および「身心変容技法」に性差はあるのか？
――妊娠と出産という「身心変容」を『古事記』の神話から考える

『古事記』上巻には、有名な海幸・山幸の物語が記されているが、その中に、妊娠と出産にかかわる次のような示唆的な話が組み込まれている。

「山幸彦」とも呼ばれる火遠理命は、失った釣り針を探しに海中に分け入り、そこで、綿津見神の娘・豊玉毘賣と結ばれ、三年間の時を過ごす。だが、元の国に戻らねばならず、ある日、ワタツミの国から元の国に戻って、兄を懲らしめ、その国を治めるようになる。

その間に、トヨタマビメは妊娠していた。そこで、夫の下で出産したいと、トヨタマビメはわざわざワタツミの国からやってきた。そのところを『古事記』は次のように記している。

> ここに海神の女、豊玉毘売命、自ら参出て白ししく、「妾は已に妊身めるを、今産む時に臨りぬ。こを念ふに、天つ神の御子は、海原に生むべからず。故、参出到つ」とまをしき。
>
> ここにすなはちその海辺の波限に、鵜の羽を葺草にして、産殿造りき。ここにその産殿、未だ葺き合へぬに、御腹の急しさに忍びず。故、産殿に入りましき。
>
> ここに産みまさんとする時に、その夫に白したまひしく、「凡て他国の人は、産む時に臨れば、本つ国の形をもちて産むなり。故、妾今、本の身をもちて産まむとす。願はくは、妾をな見たまひそ。」と言したまひき。ここにその言を奇しと思ほして、その産まむとするを竊伺見たまへば、八尋鮫に化りて、匍匐ひ委蛇ひき。すなはち見驚き畏みて、遁げ退きたまひき。ここに豊玉毘売命、その伺見みたまひし事を知らして、心恥づかしと以為ほして、すなはちその御子を生み置きて、「妾恒は、海つ道を通して往来はむと欲ひき。然れども吾が形を伺見たまひし、これ甚怍づかし」と白したまひて、すなはち海坂を塞へて返り入りましき。ここをもちてその産みましし御子を名づけて、天津日高日子波限建鵜葺草葺不合命と謂ふ。

トヨタマビメは鵜の羽根を葺草とし、海辺に「産殿」を作って、そこに入って出産するのだが、その時、夫に、「私は私の国の元の姿となって子どもを生むので、決して産小屋の中を覗き見しないでください」と念押しした。だが、山幸彦＝ホヲリノミコトは、「見るな」の禁を破って、あれほど妻に固く「産殿（うぶや）を覗かないで」と言われていたにもかかわらず、中を覗いてしまった。すると、そこには、「八尋鮫（やひろのわに）」がのたうちまわる驚くべき姿があった。ホヲリはそれを見て恐れ驚き、その場を逃げ去った。

トヨタマビメはそのことを知り、「私は海の道を辿ってこの国に通ってあなたにもお会いし、私たちの子供も育てたいと思っていたけれど、あなたが私の元の姿を見てしまったので、とても恥ずかしく、もう二度とお会いすることができません」と、その子を置いて自分の国に還り、海の道の境を塞いで交通できなくしてしまった。

『古事記』上巻の最後は、このホヲリノミコトとトヨタマビメとの出会いと別れ、出産と子育てとカムヤマトイハレビコ（後の神武天皇）の誕生を語って閉じられる。『古事記』の解釈は大変難しいが、[2] ここでは、「見るな」のタブーを破るという比較神話学や文化人類学のテーマに絡めて文化論的に解釈するのではなく、「身心変容技法」という観点から、即物的かつ身体論的に、妊娠・出産のできない男たちの「おそれ」（怖れ・恐れ・畏れ）を読みとっておきたい。そしてそこから、男たちの「身心変容技法」と女たちの「身心変容」および「身心変容技法」の差異について考察をめぐらせたい。

『古事記』のこの記述が興味深いのは、トヨタマビメが本国の姿になって出産したとしている点である。そしてその「本つ国の形」とは、「八尋鮫」にほかならなかった。『古事記』上巻は神々の物語であると同時に、人間あるいは家系（氏族）の先祖たちの物語であるが、海の神の娘が「八尋鮫」の姿という「本つ国の形」を持つと描かれていることに注目したい。

　ここには、畏怖と恐怖と憧憬と羨望のないまぜになった男たちのまなざしが介在しているといえる。男たちは、この「産殿」という、一種の「聖洞窟」で生起している「出産」という「秘儀」に対して、「コワイ、ステキ」（宮崎駿監督『となりのトトロ』のサツキとメイがトトロと出逢った体験を父親に報告する時の言葉）という、アンビバレントな感情を持っているように見える。それを、自分たちとは異なる「異族」として感知してしまう畏怖と憧憬があるかに見える。

　男たちには出産ができないという負い目や引け目があるのだろうか？　そこに、何らかのこだわりやわだかまりがなければ、「見るな」の禁を破ることはなかっただろう。男たちは妊娠と出産という女たちの自然的生命のプロセスに参入することができない。だからこそ、男たちは巧妙に自分たち独自の「身心変容技法」を編み出していったのではないか。もちろん、男たちの編み出した「身心変容技法」には、動物に近づき射止めるために必要な集中力や勇気や敏捷さなどの身心能力を高める、いわば生存力や生存戦略の強度を高める技法もあるだろう。

　だが、そのような生存力や生存戦略の強度を高める方向からの離脱をも、もう一種の「身心変容技法」として編み出していくのである。そしてそれは、性を苦悩の元とみて罪悪視したり忌避したりする「禁欲」的なプロセスを重要な要素として含んでいる。そこに、「女性畏怖」が反転した「女性差別」的な視線が見て取れる。

　このような文脈から、「身心変容」および「身心変容技法」に「性差」は存在するかという問いを立てると、ある面では間違いなく性差は存在するといえる。たとえば、断食や瞑想など、現存する「身心変容技法」の多くは、男たちの編み出した独自の「修行」の中から確立してきたものといえるからである。

もちろん、女たちにおいても、祈りや歌や語りや舞踊など、儀礼や芸能などの領域における特別の修練はある。沖縄宮古島の狩俣祖神（ウヤガン）祭や久高島のイザイホーなどには女性たちに受け継がれた祈りの形と伝承体系がしっかりとある。とすれば、そこに、修行的なふるまいや過程が組み込まれていることは否定できない。

だが、そのようなふるまいは、断食や瞑想のような類と同じものと考えることができるだろうか。とりわけ、断食などは、食と生存の「自然」的過程をカッコに入れるか意識的に拒絶するもので、そのような行為はきわめて明確な意図とコスモロジーなしには成立しえない。女性の中からそのような反自然的なふるまいを内包する「修行」が生まれてきたとは考えにくい。というのも、妊娠・出産・育児という生存の基本過程からそれらは逸脱したふるまいだからである。

わたしもこの四十五年近く毎年正月に断食しているが、習慣化しているので明確に意識化しているわけではないけれど、考えれば考えるほど、それは「不自然」な行為で、異様に見える。生物の生存戦略という観点から見ると、もっとも生存から遠いところにある行動に見える。特に、わたしの場合、毎年、正月などという晴の行事の日の断食を実行するために、その「不自然」さは異常に際立つ。

そもそも、「修行」などというものは女たちの中からは発想されず、また必要ともされなかったといえるかもしれない。なぜなら女性は、子供を出産し育てることが人生最大・生存最大の「修行のようなもの」だといえるから。それ自体、大きな負担とリスクを孕む生命的生存的大変さを抱え込んでいるのに、そんなところであえて断食などの不自然きわまる非生命的な行為をするだろうか。

たとえば、比叡山の千日回峰行者は七百日の回峰修行を終えた段階で、不動明王を本尊とする明王堂で、「堂入り」という九日間の断食・断水・不眠・不臥の行を行なう。この間、回峰行者はひたすら不動明王の真言を唱え続ける。あえて、回峰行者は、自分たちの次元を転調させ変容させるために、命懸けの跳躍を試みる。日本真言宗の宗祖空海の言う「入我我入」の「三密加持」の次元に参入する。この時、回峰行者は、大日如来の使者・エージェントとしての不動明王に生身のまま転身する。そのような超越的な霊性的次元との接続と緩急によって、その命懸けの跳躍を成就し、「行満大阿闍梨」に格上げされていく。その「大阿闍梨」に転身していく節目の命懸けの跳躍が、「堂入り」という、断食・断水・不眠・不臥・不動明王真言読誦の体験である。

わたしも四十五年近く前の学生時代に、七日間（正味八日間）の断食・断水をしたことがあるが、断食をしているという事情を知らない僧侶の友人に「死臭が出ている」と言われたことがあるほど、このような行為は生命にとってはリスキーな自殺行為である。途中四日目に狭心症か心筋梗塞かと思われるほどの心臓の激痛に襲われた。

しかしながら、あえて、そのような生命にとっては自殺行為に見える行為を、不動明王との一体化という超越的な目標を掲げて決死の跳躍を図る。そこでは、我が身の保持・保存という自己保存と自己増殖をめざす生存第一のモメントから、自己放擲の契機を経て「不動明王身体」への命懸けの飛び込みが企図される。ここでは、「修行」は生半可なものではなく、まさしく「命懸け」である。一つ間違えば、死が待っている。

男たちは、なぜこのような不自然な修行体系を生み出したのか？

考えるまでもなく、男たちには女たちが経験可能な妊娠や出産や育児という「自然生命的過程」に伴う「修行のようなもの」はない。どうひっくり返っても、妊娠も出産もできない。したがって、男たちはあえてかなりいびつな「非生命的で人工的な修行」を自らに課すことによって、「自然生命」の流れに逆らわずにそれを統御していくことができるようになる独自の「技法」を編み出していったのではないか。そのような男たちの中から生まれる「身心変容技法」の発生過程を考えてみることができるだろう。

「身心変容技法」にかりにそのような性差があるとして、男たちはその性差を自覚し、そこにさまざまなタブーや仕掛けを設けることによって男たちの存在意義や存在理由や力を高め、誇示してきたのではないか。持続的生存を最大の課題とする「自然生命」は、生殖を通してその持続性を担保している。とすれば、生殖にかかわる「性」のありようは、生存に本質的な形態と影響を与える。したがって、「性」の位置づけ、意味づけとコントロールは、生存戦略の至上課題とする。

「性」および「生殖」は生存にとって必要不可欠の持続的いとなみであるが、そのエネルギーは「暴力」や「闘争」(戦争)にも転化される。さまざまな狩猟技術の発達は暴力や戦闘能力の制御や強化と深い関係があるだろう。暴力の統御は男たちの「身心変容技法」において最重要の課題となる。というのも、それが高度な戦闘能力や技術の獲得に不可欠の契機となるからである。武道やスポーツの発達は暴力と結びついた狩猟技術の展開・活用と無関係ではない。そして申楽(能)とも。

暴力衝動が統御されずに表出されても、それはそのまますぐれた戦闘能力となるわけではない。たとえば、野牛(バッファローなど)や熊や鹿を狩るとすれば、そこでは弓矢や槍などの狩猟道具の使い方を学ばねばならないし、狩集団の狩りの仕方を学ばねばならない。そのために筋力を強化し、体捌きの術を習得しなければ、優れた狩人になることはできない。

しかし、獲物に気取られずに近づくためには、勇気や自制心や不動心などの鎮静された心の状態を持続できなければならない。何かの折に、気が動転し、どうしていいかわからないようになっては、すぐさま命を失うような危険に巻き込まれる。攻撃と防御の能力を高めることは男たちにとって必須の生存技術であった。そしてそのような、危険に直面しても動じることのない「不動の心」の獲得は、男たちの狩猟技術の高度化と強化にとっては不可欠の心術となっていったであろう。そしてその時、人間の限界を超える超越的な時空、あるいは霊的次元から人間を守護する霊力や神力を授与されることを希求し、そのようなイニシエーション的儀礼や修行を生み出したのである。[3]

生物としてのオスの攻撃性を人間の男たちは持っている。その攻撃性を練磨し、高度な戦闘能力に編成していくためにさまざまな修練技術を駆使し、超越的な霊性的次元と接続しなければならない。ここに男たちに独自な「身心変容技法」が発生してくる契機と余地がある。この連関を、

男たちの身心変容技法＝性と暴力の統御→内省技術の発達と戦闘技術の発達→瞑想／武道／申楽

とつなぐことができる。

こうしてみると、攻撃性をどのように転化できるかが男たちのよりよき生存の最大の課題となる。とすれば、ここに、

よき狩人＝よき戦士＝高度な戦闘能力＝高度で熟練された自制能力＝優れたリーダーシップの条件

という連鎖が生まれてくる。

能の演能を見ていてよく、優れた能楽師は優れた武道家であり、隠れた戦士であると思う。本節の文脈からすれば、能とは「平時の武道」であり、実によく「統御された戦闘技術」である。それが、たとえば平清盛の生涯と平家一族の興亡と源平の合戦などを素材とした『平家物語』などに基づいて能化される時、統御された戦闘技術が洗練された鎮魂技術に変容するのである。こうして、平氏の亡霊たちも、優れた戦士である能楽師の秘められた戦闘能力の霊性的変容によって「鎮魂」され、宥められることになる。

武士にせよ、能楽師にせよ、男たちは攻撃性の暴発を抑え、コントロールしていく技術とルールを独自の形で確立していった。一般に、社会は「性」と「暴力」の発動にある抑制をかけることによって、秩序を確立する。そこにおいて、男と女に課せられ、要請された種の保存の課題は、それぞれ別種の形で役割分担されつつ補完されることになる。その過程で、男も女も、対極にある異性に恐れと憧憬の気持ちを内在化させる。「見るな」のタブーは、そのような過程の中で発生してくるのではないか。

第三節　出産と死は「身心変容」の極相か？——『古事記』の事例から考える

成人儀礼やさまざまな修行におけるイニシエーションにおいて、「死と再生」が象徴的な形式で達成されることはよく知られている。多くの成人儀礼においては、自然状態における子供としての死と、人工的な秩序の中での大人としての再生を身心に刻印することで、社会の一員としての承認を得ることになった。妊娠と出産と育児が「性―生」の中核にあるものだとすれば、「死」は「自然生命」のプロセスにおいては人生儀礼の終わりに位置しているだけではなく、当該社会の中での地位の移行や成長の際に必要な形として象徴的に可視化されることになる。

このような観点から、もう一度、『古事記』における「見るな」のタブーを考えるとどうなるだろうか？

『古事記』上巻においては、先に見たトヨタマビメの出産場面での「見るな」のタブーと、それに先行するイザナミノミコトの「神避り」（＝死）の場面での「見るな」のタブーの二種の「見るな」のタブーが出てくる。この後者の「見るな」を考えてみることにしよう。

『古事記』上巻のストーリー展開の概要は、次のような起承転結としてまとめることができる。

① 起：国生み―イザナギ・イザナミによる。火の神カグツチを産んで、黄泉国に「神避る」。天岩戸隠れと祭り。怪物退治と歌の発生＝出雲
② 承：国作り―大国主神と少名毘古那神（出雲神話）
③ 転：国譲り―大国主神・事代主神・建御名方神（出雲）
④ 結：国治め―ニニギノミコト（天孫降臨）↓日向高千穂（日向三代）・ホヲリノミコト（山幸）・ウガヤフキアヘズノミコト↓カムヤマトイハレヒコノミコト（初代神武天皇）

すなわち、イザナギノミコト・イザナミノミコトの夫婦神が国を生み、大国主神が国を作り、また

その国を天孫に譲り、天孫降臨が実現してその子孫が天皇として大和朝廷を作って国を治めるというストーリー展開が基本の筋として展開されているのである。拙著『古事記ワンダーランド』(角川選書、二〇一二年)で詳説したように、『古事記』上巻はその過程を神々の物語としてドラマチックに展開している。

さてここでの問題、「見るな」のタブーは、先述の起承転結の「起」に当たる場面でのイザナミの「神避り」(死)の箇所で生起する。イザナミは大八島の国を生み、神々を生んだ最後に、火の神・カグツチを「出産」するが、その時、カグツチの火でホト(女陰)を焼き、病み衰え、「神避る」(死ぬ)。イザナミは死の世界である「黄泉国」に赴くが、夫のイザナギはその死と喪失を嘆き、その哀しみと怒りにまかせて、生まれた子供のカグツチの頸を斬り、殺害してしまう。その際、迸った血からまた神々が誕生する。

問題は、この次である。黄泉国訪問したイザナミギは、妻のイザナミにまだ自分たちの国を作り終えていないのでどうか元の国に帰ってきてほしいと懇願する。それは多分無理だろうが、ともかく、黄泉の国の神と相談してみるので、その間、自分を探さないでと、「見るな」のタブーをイザナミはイザナギに伝える。その箇所の書き下しを引いておく。

ここにその妹伊邪那美命を相見むと欲ひて、黄泉国に追ひ往きき。ここに殿の縢戸より出で向かへし時、伊邪那岐命、語らひ詔りたまひしく、「愛しき我が汝妹の命、吾と汝と作れる国、未だ作り竟へず。故、還るべし」とのりたまひき。
ここに伊邪那美命答へ白ししく、「悔しきかも、速く来ずて。吾は黄泉戸喫(よもつへぐい)しつ。然れども愛しき我が汝夫の命、入り来ませる事恐し。故、還らむと欲ふを且く黄泉神と相論はむ。我をな視たまひそ」とまをしき。

かく白してその殿の内に還り入りし間、甚久しくて待ち難たまひき。故、左の御角髪に刺せる湯津津間櫛の男柱一箇取り闕きて、一つ火燭して入り見たまひし時、蛆たかれころろきて、頭には大雷居り、胸には火雷居り、腹には黒雷居り、陰には拆雷居り、左の手には若雷居り、右の手には土雷居り、左の足には鳴雷居り、右の足には伏雷居り、并せて八はしらの雷神居りき。

ここに伊邪那岐命、見畏みて逃げ還る時、その妹伊邪那美命、「吾に辱見せつ」と言ひて、すなはち黄泉醜女を遣はして追はしめき。

ここに伊邪那岐命、黒御鬘を取りて投げ棄つれば、すなはち蒲子生りき。こをひろひ食む間に、逃げ行くを、なほ追ひしかば、またその右の御角髪に刺せる湯津津間櫛を引き闕きて投げ棄つれば、すなはち笋生りき。こを抜き食む間に、逃げ行きき。且後には、その八はしらの雷神に、千五百の黄泉軍を副へて追はしめき。

ここに御佩せる十拳剣を抜きて、後手に振きつつ逃げ來るを、なほ追ひて、黄泉比良坂の坂本に到りし時、その坂本にある桃子三箇を取りて、待ち撃てば、悉に逃げ返りき。ここに伊邪那岐命、その桃子に告りたまひしく、「汝、吾を助けしが如く、葦原中國にあらゆる現しき青人草の、苦しき瀬に落ちて患ひ惚む時、助けべし」と告りて、名を賜ひて意富加牟豆美命と號ひき。

最後にその妹伊邪那美命、身自ら追ひ来たりき。ここに千引の石をその黄泉比良坂に引き塞へて、その石を中に置きて、各対ひ立ちて、事戸を度す時、伊邪那美命言ひしく、「愛しき我が汝夫の命、かく為ば、汝の国の人草、一日に千頭絞り殺さむ」といひき。ここに伊邪那岐命詔りたまひしく、「愛しき我が汝妹の命、汝然為ば、吾一日に千五百の産屋立てむ」とのりたまひき。ここをもちて一日に必ず千人死に、一日に必ず千五百人生るるなり。故、その伊邪那美命を號けて黄泉津大神と謂ふ。また云はく、その追ひしきしをもちて、道敷大神と號くといふ。またその黄泉の坂に塞ります黄泉戸大神ともいふ。故、それ謂はゆる黄泉比良坂は、今、出雲国の伊賦夜坂と謂ふ。

この箇所をまとめると、

① 夫イザナギの黄泉国訪問
② 「我をな視たまひそ」～「見るな」の禁忌
③ 禁を破って見てしまう。
④ すると、イザナミの体中に蛆がたかり、八ヶ所に八柱の雷神が蠢き轟いていた。
⑤ その姿形を見て、イザナギは「見畏み」、逃げ帰る。
⑥ その時、妻のイザナミは、「吾に辱見せつ」と言って、追いかけた。
⑦ イザナギは、必死で逃げ、鬘をブドウに変え、櫛をタケノコに変え、桃の実三個を投げて稔らせて逃走の時間稼ぎをし、桃の実の功績に対し、「おほかむづみのみこと」の名を称え与える。
⑧ 最後に、イザナミが自ら追いかけてきて、「黄泉比良坂」で互いに絶縁の言葉を投げつけ合う。
⑨ イザナミは夫に、「あなたがこのようにするなら、わたしはあなたの国の人々を一日に千人絞め殺す」と言う。

⑩対してイザナギは妻に、「おまえがそうするなら、わたしは一日に千五百の産屋を建てて、子どもを誕生させよう」と応える。
⑪これにより、一日に必ず千人死に、千五百人生まれることになった。
⑫こうしてイザナミは「黄泉津大神」と呼ばれるようになった。
⑨この「黄泉比良坂」は「出雲のいふや坂」という。

という流れとなる。

前節で、海神の娘のトヨタマビメが出産する際、本国の姿の「鰐（鮫）」の姿になって出産するが、その時、夫のホヲリノミコト（山幸彦）に見られたために、「いとはづかし」と言い残して、海の国に還ってしまって、二人はその後二度と会うことはなかった物語を考察した。

それに先行するこの場面では、「出産」ではなく、「死」あるいは「死体」を見ることがテーマとなっている。女神イザナミノミコトが自分の姿（死体）を夫イザナギノミコトに見られた時に、「吾に辱見せつ」と怒りと悲しみの感情を激発させて、呪いとともに絶縁している。「見るな」のタブーを侵犯したことによって生起したこの「辱」の感情が、一日に千人もの子供を「絞め殺す」ほどの激烈な「負の感情」であったことに驚かざるをえない。なぜそれほどこの「辱」の深さと強さと激しさが生起したのか、この点について、拙著『古事記ワンダーランド』を参照されたい[4]。

『古事記』の第一幕はここで一つの幕を閉じる。イザナギ・イザナミの夫婦神が「性」のいとなみをして「国生み」や「神産み」、つまり、国土や神々を「出産」し、火の神を生んだために死に、その「死体」を見たために激しい「辱」の感情とともに呪いと絶縁が起こる。

この「負の感情」の発生が、その後にイザナギノミコトの禊によって化生したスサノヲノミコトに受け継がれ、天の岩屋戸神話と八俣大蛇退治神話につながり、そこから出雲神話、つまり大国主神の「国作り」の物語に接続していく。

問題は、「死」「死体」とそれによって引き起こされた「負の感情」の処理である。その「負の感情」の処理は、二つの方法によって解消される。一つは禊によって。もう一つは、歌を歌うことによって。そしてその二つの方法は、いずれも「男神」によって達成されると『古事記』は記すのである。前者はイザナギノミコトによって。後者はスサノヲノミコトによって。

イザナギは黄泉国から帰り、筑紫の日向の橘の小戸の阿波岐原で禊する。その禊という「身心変容技法」によって身心の穢れを浄める。それに対し、母イザナミの深い恨みの「負の感情」を受け継いだスサノヲは小さい頃から父の言うことを守らず、反抗し、さまざまな乱暴狼藉（農耕の妨害、神殿を糞で汚す、機織女を殺害）の限りを尽くしたために、父イザナギにも姉天照大御神にも疎んじられて追放され、出雲後に降り立ってそこで暴威を振るう怪物・八俣大蛇を退治して、今にも犠牲になろうしていた櫛名田比売を助けて結婚し、次の歌を歌う。

八雲立つ　出雲八重垣　妻籠みに　八重垣作る　その八重垣を

禊が身心の浄化機能を持つように、この詠歌もまた身心の浄化を促している。そのことは、スサノヲが「我が心清々し」と言ってこの歌を詠ったことによって明らかである。こうして、死とそれに伴う身体変容（死体の腐乱）によって、禊と詠歌という二つの「身心変容技法」が「男神」によって作り出されたことを『古事記』は伝えている。

加えてもう一つ、「祭り」という「身心変容技法」も、このスサノヲの乱暴狼藉に発する「死」を契機としてもたらされた。スサノヲが馬を逆剥ぎに剥いで血だらけにして神聖な神衣を織る機織女の仕事をしているところに投げ入れて、機織女がその杼（針）でホト（女陰）を突いて死んだことを知って、天照大御神が怒り悲しみ、天の岩屋戸に籠ってしまったために世界が真っ暗闇になり、最大の生命と生存の危機が襲った。

すると、たちまちあちこちに災いが起こって、大パニックとなったので、神々は衆議を決して「祭り」を行なうことにしたのである。榊を立ててヒモロギとし、神聖な鏡や玉を取りつけて中臣氏の祖先のアメノコヤネノミコトが祝詞を奏上し、猿女氏の祖先のアメノウズメノミコトが手に笹を持って踊った。ウズメは踊っているうちに「神懸り」し、胸乳とホト（女陰）が露わになった。それを見て神々は、一斉に花が咲いたように大笑いをする。

第三章で見たように、平安時代初期に斎部広成によって著された『古語拾遺』には、この時、神々は口々に「天晴れ、あな面白、あな楽し、あなさやけ、おけ！」と歓びの声を上げたと記されている。天が晴れて光が射し、その聖なる光を受けて、顔の面が白くなり、おのずと楽しくなって自然に手が伸びて踊り出し、さやさやと笹もさやぎ、ふるふると木の葉もふるえて、共に喜び踊った。

この神々がみずから行なった「祭り」が「神楽（かぐら）」となり、芸能となっていく。この神楽や芸能始まりとは、魂すなわち霊的エネルギーを喚起し、呼び出して激しく揺さぶり、エンパワーメントすることで、そのふるまいを、『古事記』では「神懸り」、『日本書紀』では「顕神明之憑談（かみがかり）」「俳優（わざをぎ）」、『古語拾遺』では「鎮魂（たまふり）」「神楽」と記している。世阿弥の『風姿花伝』「第四神儀云」では、「申楽」（猿楽・

能）の起源がこの天の岩屋戸の前でのアメノウズメノミコトによる「神楽」に始まると記されている。

こうしてみると、日本文化におけるもっとも日本的な芸術形式とされる能が、「死」を媒介とした天の岩屋戸の前の「祭り」や「神懸り」から始まるとされてきたことの伝承の強度を肝に銘じなければならない。つまり、「祭り」も「神楽」も、その起源においても、現在相においても、「死と再生」を志向し、『平家物語』などに多くの題材を採る能も死によって怨霊化した霊を慰める鎮魂劇を核としているということが明白になるのである。

かくして、出産と死は可視化された「身心変容」の極相であり、それゆえに、そこからさまざまな「身心変容技法」が編成されていくことになるのであった。

第四節　「身心変容技法」にはどのような類型やバリエーションがあるか？

次に、「身心変容」がどのようなメタファーで語られるか、その類型を跡付けておきたい。

まず第一に、登山と潜水のメタファー。これは「身心変容」の垂直軸である。

登山のメタファーとは、山に登って神・霊や祖霊などと出会うことによって起こる身心変容で、この一つの極相がバルザックの小説『セラフィータ』である。セラフィータは少女であるが、山に登るについて少年に変容していく。そのような、少女が少年化していく両性具有のイメージを、バルザックは霊性変容の神話的な象徴形式にも似た形で表現している。

もう一つ、潜水のイメージが、先に見た山幸彦（ホヲリノミコト）や浦島太郎やケルト神話のオシーン伝説などのように、海に潜って宝物を得たり、乙姫様や美しい女性と出逢うという龍宮伝説類型である。そこでは、たとえば、龍宮の乙姫様は、トヨタマビメのように「鰐（鮫）」の姿をしていることもある。言わば、「人魚姫」である。そのような人間を超えた存在と交わる異類婚を通して「身心変容」がイメージされる。

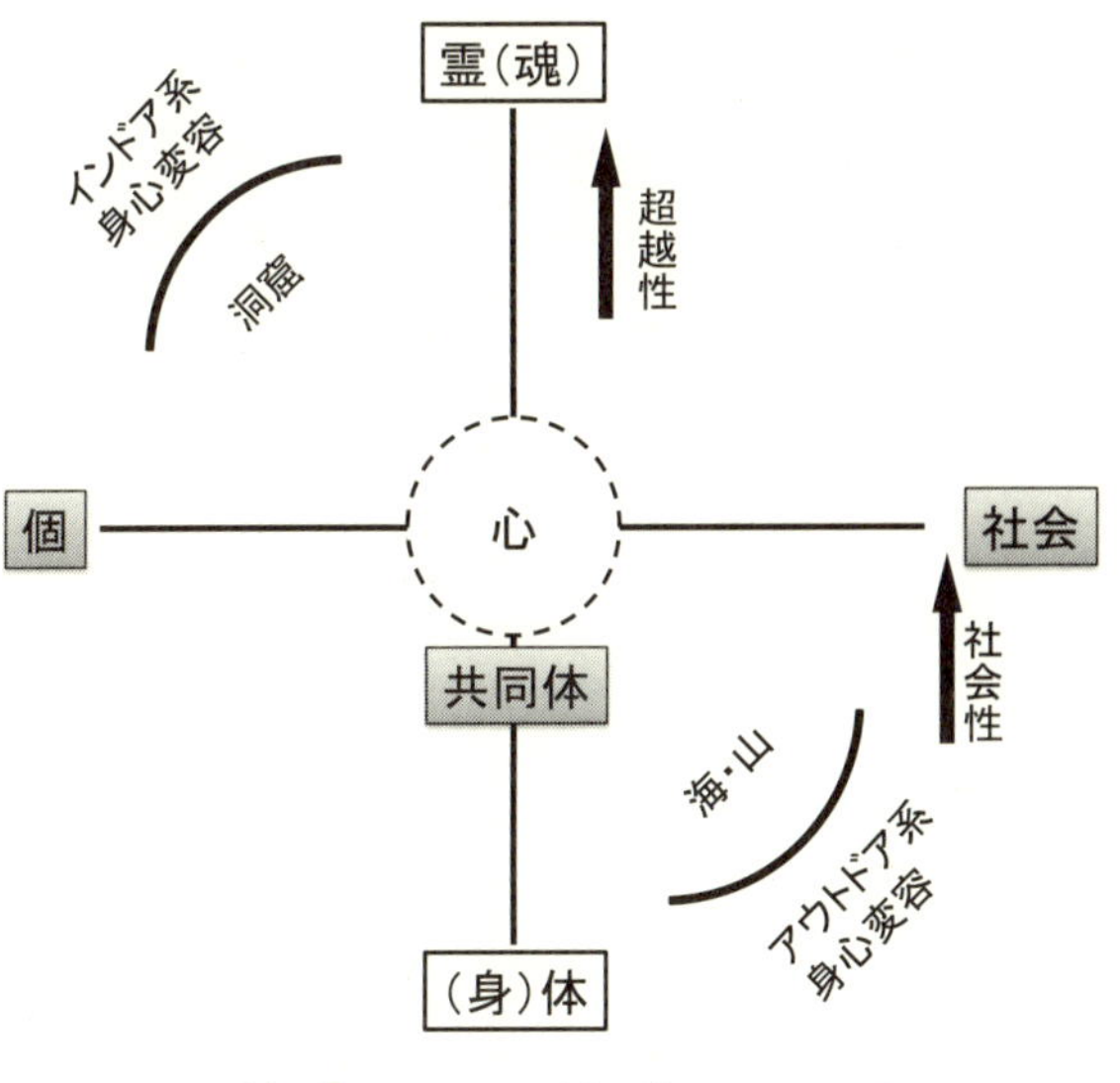

ミルチャ・エリアーデ以降、シャーマニズム類型は、脱魂型（ecstacy type）と憑依型（possession type）に二類型化されることが多いが、「身心変容」ないし「身心変容技法」という観点から、わたしは「鳥シャーマニズム」と「蛇シャーマニズム」の二つに分類している。鳥のように空を飛ぶ垂直変容。蛇のように地を這い、水の中を泳ぐ水平変容。鳥人と蛇人。天界飛翔と海底あるいは地底潜行。垂直軸と水平軸。その交点で起こる身心変容。

超越性を持つ垂直軸から見ると、人間は霊と心と体の三層構造として措定できる。世俗性を持つ水平軸から見ると、人間は個と共同体と社会の三相構造として措定できる。

また、いくつかの対極的な軸を設定できる。それを、インドア（内向性）とアウトドア（外向性）、籠りと歩き、座りと走り（踊り）などの対極として措定できる。

そうした対極軸から「身心変容技法」を見ると、瞑想・止観などの内観的集中はインドア的身心変容技法であり、修験道の山岳跋渉などはアウトドア的身心変容技法の典型であるといえる。インドア的身心変容が起こる空間は「洞窟」で、その暗く狭い空間において内観的な内的集中が強化され、暗黒の中で暗黒を突きぬけて光を見る閃光体験や光明体験を味わう。暗闇はそこから光明を発生させる。

アウトドア的身心変容技法は、天台千日回峰行や吉野熊野修験道の奥駆け、羽黒修験道の秋の峰入りなどにおける歩行や走行から、羽根が生え鳥や烏や天狗や孔雀王や不動明王に変身していくようなトランスフォーメーションを生み出す。

このインドア的身心変容とアウトドア的身心変容の両方が同時に生起する実験的な空間が地球重力から解放された宇宙空間である。人類はすでに地球大気圏から宇宙に飛び出しているが、今後宇宙空間においてどのような「身心変容」が起こり、地球重力圏とは異なるいかなる「身心変容技法」が編み出されるか、興味津々である。突然変異や進化を含め、未来の人類史においても、「身心変容」および「身心変容技法」は看過することのできない重要課題となり、テーマとなるだろう[5]。

第五節　羽黒修験はどのような「身心変容技法」を持っているか？
――出羽三山神社松例祭を事例として

以上の考察を踏まえて、四度にわたる出羽三山羽黒修験道の「冬の峰入り」と称される「松例祭」

行事の調査を元にそこでの「身心変容」と「身心変容技法」を見ていく。

羽黒修験道は崇峻天皇の第四皇子で、聖徳太子の従兄にあたる蜂子皇子が開祖とされる。だがそれは、持統天皇や文武天皇の世に大峰修験道を開いたとされる役行者小角に対する対抗として後世に生まれた開祖伝説ではではないかと思われる。そもそも、蜂子皇子が大和から三本足の烏（八咫烏か？）に導かれて出羽国の庄内郷に辿り着き、羽黒山に入ったという伝承そのものが、大和―大峰の修験道を強烈に意識したものであることは疑えない。天台宗中興の祖と言われる天海大僧正の弟子の天宥（てんゆう）が羽黒山を天台宗に改宗した羽黒修験中興の祖とされるが、その頃に羽黒山の開祖伝説が大峰修験道よりも古いものとして語り出されたというのが実態ではなかったか。

実際、羽黒修験道に関するもっとも古い資料の一つとされる中世末の教義書『拾塊集』にも蜂子皇子の名前は見えない。そこには、慶雲年間（七〇四〜七〇八年）に「ソランキ」（麤乱鬼）と呼ばれる「悪鬼」が陸奥と出羽の二ヶ国に悪疫をもたらし、多くの人が死去し、田畑も荒れ果てて困窮の極みに達したので、七歳の娘に憑依した羽黒権現が悪鬼の姿に模した大松明を焼くよう託宣し、それを実行すると、悪鬼は逃げて悪疫が鎮まったという由来譚が記されている(6)。これが「松例祭」の始まりを告げる物語とされる。このソランキは三面六臂の姿を持った阿修羅のような怪物であるが、この時、神前に十二人の験者を置いて悪鬼の像を大松明で焼くように託宣を下したことが、この祭りの中核的メッセージとなっている。

羽黒修験道の起源と成り立ちを実証することは容易ではないが、『拾塊集』が語るように、それが中世末にはある一定の勢力と形態を持っていたことは事実である。修験道の一大勢力をなす大峰修験道が吉野（金剛界）・熊野（胎蔵界）の広域に跨る山岳地帯の七十五靡きの拝所を巡拝して廻る「奥駆け」

修行を作り出したのに対して、やがて羽黒修験道の「秋の峰入り」は籠りと回峰を組み合わせた修行体系を生み出した。

「秋の峰入り」が、修験修行者個人の「死と再生」をめざす「十界修行」体験や、それに基づく利他行為を練磨するのに対して、「冬の峰入り」は羽黒山という修験共同体の「死と再生」ないし再組織化・強化を図るものと対照させることができる。夏の修行が個の霊力を高める修行であるのに対して、冬の修行は共同体ないし社会・国家の活力を高め、担保する修行であると位置づけられる。

その冬の峰入り・松例祭について詳しくみていこう。

松例祭は、現在は「つつが虫」の虫送りの祭りとされるが、古くは先に述べたように「ソランキ」を退治し鎮める祭りであった。

大晦日から正月にかけて行われる松例祭は、羽黒修験道の最重要役職である二人の「松聖(まつひじり)」、すなわち「先途(せんど)」と「位上(いじょう)」の「験較べ(げんくらべ)」として組織化される。この二人の松聖は、修験の集落である羽黒町と手向地区の上と下の両区から選ばれ、二手に分かれて、九月二十四日から百日間の籠りの行を行なう。百日間参籠した位上と先途のどちらが神意に適っているかを験競べすることが修行と祭りの中心となり、それを手向(とうげ)集落の修験者が補佐する。

大晦日から元旦早朝にかけての松例祭自体は、ほぼ十二時間かけて行われる。この松例祭は、日本三大火祭りの一つとされているが、年末年始の年明けの神事と行に関わっていて、羽黒山の祭事と行のうちで最重要とされるものである。松例祭はまた歳夜祭とも作祭りとも呼ばれている。

明治以降は、「つつが虫」と呼ばれる大松明を一三三三束の草と綱で作り、祈願し、魔よけの霊力を持つとされる綱を切って、それを撒くと、それを待ち受けていた崇敬者が競って激しく奪い合い、時には相撲を取って持ち主を決める。そして最後に、綱は手向の各家々に運ばれ、納められて、あらたまの新年を迎えることとなる。

現在、松例祭の行事は次のような次第で行われている。

十二月三十一日

午後三時　綱まき　庭上
午後三時　大祓式　本殿
午後四時　除夜祭　本殿
午後五時　神拝　補屋
午後五時三〇分　若者腹ごしらえ賜酒　補屋
午後六時　松例祭　本殿祭　引続き　蜂子神社祭
午後六時　大松明まるき直し　庭上
午後七時〜八時頃迄　各町若者綱さばき　補屋
午後八時三〇分　綱延綱付若者、神前にて砂はき渡し祝い酒　補屋
午後九時　験縄行事　引き続き　砂はき行事　庭上
午後一〇時四五分　験競　本殿
午後一一時頃　五番法螺と同時に大松明引　庭上

一月一日
午前〇時　国分神事　庭上
引続き　火の打替神事　庭上
引続き　昇神再　補屋
終りて　にしの寿し　斎館
午前三時　歳旦祭　本殿

松例祭神事は、出羽三山合祭殿（羽黒神社本殿）内と鏡池の前の広場の庭上や補屋と呼ばれる小屋を祭場として行なわれる。

午後六時に合祭殿本殿で本殿祭と蜂子神社祭が行なわれる。その同時刻から、上四町から出た「位上方」と下四町から出た「先途方」の両補屋で若者頭たちが大松明に懸けて引く四本の引き綱の中で自分の町内により良いものを得ようと互いに願い合い論争する「綱さばき」が行なわれる。

この「綱さばき」は、実によくできた手向地区の若衆教育の機会である。村の民俗というものは、思いがけない教育機能を持っているが、祭礼行事はそうした民俗郷土教育の最たるものであろう。「祭りのある村（町）には明日がある」というのは、そうした世代間文化伝達と継承がうまくリレーされ、地域の誇りと自覚を以って生きる力が育成されていくことを示した名言である。こうした祭礼行事に参加することにより、知らず知らずのうちに村内の若者たちの親交が図られ、コミュニケーション能力（交渉能力）が磨かれていくのである。

続いて、広場では崩れた大松明を再度作り上げるまるき直しと、大松明と梵天までの距離を測定する験縄（検縄）が行なわれる。
午後一〇時四五分、本殿で験競べが行なわれる。宮司以下、神前において左右に対面した位上方と先途方の各六人ずつの修験者が一人ずつ烏飛び行っていき、その験力を競い合う。それが済むと、月山大神の神使である真っ白の兎が登場して小机の前に座って、位上方と先途方の修験者が順番に出て兎の両脇で扇子で小机をたたく音に兎が応じる所作が行なわれるが、この兎の反応の仕方で両者の験力の優劣強弱が決まるとされている。

その松聖直属の小聖が務める五番目の時に一人の修験者が合祭殿出口に走り出て、中から庭上で待ち受けている若衆たちに向かって法螺貝を吹き鳴らすと、これを合図として、位上方と先途方のすでに点火されていた大松明が若衆たちにより榊の下まで猛スピードで引かれていき、榊に燃え移される。位上方と先途方のどちらの大松明が早く燃え移るか、その速さと燃え方で優劣が判断され、位上方が勝つと「豊作」に、先途方が勝つと「大漁」になるとされている。この吉凶占いは、京都の鞍馬山の修験儀礼である竹伐り会の竹伐り競争と同様である。

参集殿前にある釣鐘が除夜の鐘を鳴らすと正月が明けて、一月一日午前零時に「国分神事」と火の打替神事が行われる。ここ数年は、羽黒権現に扮する所司役の星野文紘大先達（祝部総代）が登場し、国分神事が始まる。

この国分神事は、全国六十六ヶ国の内、羽黒修験が治めるのが三十三ヶ国、熊野修験が治めるのが二十四ヶ国、九州の英彦山修験が治める国が九ヶ国と国分検地をする神事であるとされる。この時、各国修験者が大地の精霊を鎮める呪術的歩行である反閇（禹歩法）を行ないながら国分を決めていく。

この国分神事において羽黒領が三十三ヶ国所領と一番多いのは、羽黒で行われてきた神事であるから当然と言えば当然であるともいえるが、先に述べたように、羽黒修験者の対抗意識やプライドや自負心の表れでもあるだろう。

続いて、火の打替神事が行われる。位上方と先途方から各一人ずつ「松打」が出て、新しい火を鑽り出す競争をする。鏡松明の周りを三度回って火を受けるかど持のところに走り行き、どちらが早く点火できるか競い合い、早く点火できた方を勝とする。この松打は松聖の女房役である。

これら一連の神事が終わり、修験者諸役は補屋に戻って昇神祭を行ない、斎館で精進落としの直会にしの寿しが行なわれ、百日間に及んだ羽黒修験最大の行事である冬の峰入りと松例祭が終了する。

この松例祭を見て、百日間の水行や穀断ちなど、行の体系としてもよくできているが、手向集落の若者教育や、また参拝崇敬者への演劇的スペクタルとしても実によく出来ていると思った。これに較べると、比較の対象にはなるまいが、寺山修司の市街劇も霞んでしまう。それほど高度な演劇性がある。

修験道研究の宮家準は「羽黒山の松例祭」の中で、松例祭についての先行研究を整理して、松例祭を、①正月行事として把握するもの、②冬の峰結願の験くらべと把握するもの、③社会的意味に注目するものという三つの視点にまとめ、自身は、この三要素が含まれていることを認めつつ、「松例祭を冬の峰結願の験くらべを中核とした祭ととらえる見方に立つ」としている。松例祭は、「災厄除去を目的とした神事」として始まり、その「災厄除去」を「験くらべ」によって実現するというわけである。宮家は言う。「松例祭の行事全体をその順序に従って大別すると、大松明丸き・間縄・綱さばきなど準備に関するもの、験競べと松引出、国分けと定尺棒の三つの部分に分けることができる」、「羽黒御本殿内部の験競べは、一年間の吉凶禍福を占うもので、全体として年占い的なものであるとされている。とするとこの烏とびと兎の神事は松聖が一年間の吉凶を知り得るヒジリ（日知り）としての能力を獲得したことを示す験競べとも考えられよう」、「両松聖の験競べは、除災能力の優劣をきそうものであったといえよう。別の視点から見ると大松明ひきは、両松聖が除災の力を持った火をどれだけ見事に操作し得るかという、火の管理能力に関する競争であると考えられないでもない」、「兎の神事にしろ大松明引き出しにしろ、両松聖の験競べといわれているにもかかわらず、松聖は補屋にこもったきりで競争の現場には姿をあらわしていない。これは『木の葉ころ裳』に引かれた浄蔵の験競べや、現在吉野山の金峰山寺でおこなわれている蛙の神事などのように、修験道の験術が、あるものに自己の超自然力を憑依させて、これを自由に駆使して所期の目的を達するという憑祈祷的性格を持っていることにもとづくと考えられる。それ故松例祭の験くらべも、松聖が十二人の衆徒（内二人は小聖）や若者組の成員に自己の超自然力を付与して、彼等を操作することによって験競べを行なっていると解しうるのである」[7]と。

宮家準はもちろん、山岳修験における「修行」の問題をフィールド研究をもとに考察した岸本英夫や戸川安章も松例祭の中核に「験競べ」があることを指摘している[8]。

こうして、百日間の「行」によって獲得された「験競べ」の内実に、「冬の峰入り」と呼ばれるに相応しい籠りと憑霊と新生（再生）の意味があることが理解できる。ここに集約された「身心変容技法」の行体系と演劇的性格は興味深いが、ここで二つの観点から考えてみる。

その一つは、羽黒修験者の行事と神社の神職の行事がどのような関連を持っているかを再考すること。二つめは、補屋での羽黒修験者の行事が羽黒町の集落の組織とどのような関連を持っているかを再考すること。この二点である。

この観点から見ると、松例祭においては、神社で行われている神事と補屋で行われている修験神事とが、それほど強い接点はなく、独立に行われているかのような印象を受ける。

もちろん、修験者の主要な人物は神社で行われる「大祓式」や「除夜祭」や「松例祭・本殿祭」や「験競」や「歳旦祭」に参列し、参列者中、真っ先に玉串奉奠を行なう。その意味では、接点はあるし、関係づけられている。が、それにもかかわらず、「祭りの時間」として、約二百メートルほど離れた本殿と補屋とで行われている両行事には別の時間が流れているように思われる。

それは、松例祭が、百日間の「松聖」の籠りの行とともに完成するという時間の設定や構造とも関係している。神社が年中行事として行う、正月元旦から年末の大祓までの時間は、いわば、神社神道の定型的な「祭祀時間・期間」のカレンダーの中にある。

だが、松例祭は、そのような神社神道的なカレンダーとは別種の、羽黒修験道という修験のコスモロジーの中の「行」の「時間」の中に位置づいている。その二つの時間は、質的に違う。そうした時間の質の違いが浮かび上がってくる。そこには、明治時代の神仏分離令の発布以降、修験道廃止に至る過程の中で変容してきた神道と仏教と修験道との関係とそこにおける祭礼行事や修行体系の変化が関係している。

第二に、松聖をはじめ、補屋および底上で行われる修験行事のすべてが、羽黒町手向集落の緊密な若衆組織に支えられ、構築されているということ。それも、すべて男子のみの結社的な組織であるということ。この男系単系組織が「修験道」の特色であり、考えなければならない「修行の体系」であるように思われた。

なぜ、女性が排除された修行の体系と構造になっているのか？　そこに底流している世界観と組織

2011年12月31日の先途組の「綱さばき」

松聖位上神拝

体制とはいかなるものなのか？

もちろん、羽黒山荒沢寺で行われている現行の「秋の峰入り」では、女性参加者も認めているし、神社の方で独自に行っている「秋の峰入り」も、平成五年（一九九三）の出羽三山御開山一四〇〇年を機に、女性修行希望者を「神子修行」として受け入れてきたので、両者ともに相応の配慮をしている。

だが、そうだとしても、伝統的な松例祭は、地元の男性ばかりで行われている。逆にそのことが、男性の修行のイニシエーションとしての側面を強く持つことを示している。

とすれば、羽黒町手向の修験者（男性）の頂点に立つイニシエーション的な修行体系として、位上と先途という二種の松聖を置きつつ、そこに向かって「修行の時間」を編み上げ、それを「年中行事の時間」にうまく組み込んでいくことによって、生活の中に位置づけ、定着させていく巧みな「知恵」と「技術」があるように思われる。

いずれにせよ、松例祭は、百日間参籠した松聖と呼ばれる羽黒山伏の最高位の位上と先途のどちらが神意に適っているかを「験競べ」することが修行と祭りの中心となり、それを手向集落の修験者集団が補佐する祭りである。

特に注目したいのが、以下の行事である。

小学生低学年の子供たちの世代の「相撲」と見守る人々

綱まき

午後五時　　　　　神拝　補屋
午後五時三〇分　　若者腹ごしらえ賜酒　補屋
午後六時　　　　　大松明まるき直し　庭上
午後七時〜八時頃　各町若者綱さばき　補屋

なぜなら、ここでの「若者」（男性のみ）の位置づけと役割はきわめて重要であるからだ。ここでは、「若者」の重要な役割がしっかりと松例祭行事の中に組み込まれている。

中でも、午後七時から八時頃まで補屋の中の二ヶ所の両陣営の祭壇前の囲炉裏を四方に囲みながら、四町四組各二名合計八名で行われる「各町若者綱さばき」は、その「修行の時間」の聖と俗とを見事につなぐ「時間」であり「修行」であり、日常の「関係性の再確認」と「交渉・交流技術の練磨・試練」となっている。

上四町から出る位上方と下四町から出る先途方の両補屋で若者頭たち合計一六名が、大松明に懸けて引く四本の引き綱の中で自分の町内により良いものを得ようと互いに願い合い、論争するのが「綱さばき」である。

次々と漆塗りのお椀に注がれる日本酒を飲みながらのこの「綱さ

ばき」の交渉は、現在のどんな会社で行われている営業スキルアップの交渉術よりも鍛錬になると思わされるほどよくできた「カリキュラム」に思えた。伝統的祭礼や修行の中に組み込まれている「若者教育」の一例がここにある。

この「教育力」がどのような内実を持ち、どのような世界観と人生観（松聖に向かって「修験人格～神格～仏格」を完成させていく）と修行体系と生活形態と町内組織に裏付けされているのかをさらに検証してみたい。

これに関連して、午後三時から行われる神拝と綱まき。

その「綱まき」の後で、地元や遠方から来た崇敬参拝者の中から、幼稚園生、小学生低学年、小学生高学年、中学生、高校生、二十代、三十代、四十代、五十代、六十代と行われる「相撲」（その勝者が神聖で縁起のよい「綱」をいただくことができる）も、氏子崇敬者の楽しみや世俗的「験くらべ（験競）」になっている。これもまたとてもうまくできている。

綱延綱付

この「相撲」を通して、みんなで楽しみながら「力」を磨き、試し、来年に備える「覚悟」と「気構え」を作り上げていくことができる。この神前と修験者・氏子・崇敬者注視の下での「相撲」の「教育力」は侮れないものがある。

このように、松例祭では、重層する「時間」が流れていく。その頂点に、年明けの「国分神事」ある。それを行なうのは、四人の修験者と所司権現である。

1月1日歳旦祭を終えた午前4時頃の
雪の中の出羽三山神社本殿

2013年1月1日出羽三山神社境内庭上で
行われた松例祭国分け神事での
所司権現役の星野文紘

国分神事の前、午後一〇時四五分に、本殿内で、修験者一二名の「験競べ」が行なわれる。宮司以下、神前において左右に対面した位上方と先途方の各六人ずつの修験者が、一人ずつ「烏飛び」を行ない、「験力」を競う。

修験者が、午前〇時前から除夜の鐘を鳴らし、正月が明けて午前零時になると、「国分神事」と「火の打替神事」が行われる。近年、羽黒権現に扮するのは、所司役の星野文紘大先達（祝部総代）である。

「国分神事」は、先に述べたように、羽黒修験の支配が及ぶ国を「国分検地」として確認する演劇的行為で、熊野修験の治国二十四ヶ国、英彦山修験の治国九ヶ国に対して、羽黒修験の治国は三十三ヶ国と圧倒的に広く大きい。まさに羽黒権現が日本修験の中心にあることを宣言する神事といえるが、この時、各国修験者役の四人（内実は、熊野新宮二名と熊野本宮二名と意味づけられている）が、大地の精霊を鎮める呪術的歩行である「反閇」（禹歩法）を行ないながら、羽黒権現と対峙・対決しつつ、国分を決めていく。そこにおける所司権現役の星野文紘の反閇はいつもまるでダンスのように軽やかである。

二〇一二年に、初めて松例祭を見た時、この百日間の水行や穀断ちなどの籠りの「行」も、体系としてよくできているが、手向集落の若者教育や参拝崇敬者の修行としてもとてもよくできているし、加えて、その演劇性に目を瞠った。

　こうして、二人の松聖たちの百日間の籠りの「行」によって獲得された霊的「験競べ」を頂点にして、二町の修験者・若衆たちの共同体的「験競べ」が実修され、全体として「冬の峰入り」の信仰の世界と修行の体系が組み上げられ、そこに、厳粛で神話的な「祭りの時間」が流れていく。そこに、憑霊と新生（再生）の世界観が見て取れる。

　このきわめてよく編み上げられた「身心変容技法」の行体系と演劇性は見事である。

第六節　「修験的身心変容技法」から能へ、能から暗黒舞踏へ

　本章では、「身心変容技法」の始まりとその展開についていくつかの観点から仮説的な試論を提示した。最後に、この中で取り上げてきた修験的身心変容技法が能の中に受け継がれ、それがさらに暗黒舞踏に間歇遺伝しているという仮説を述べておきたい。とりわけ、能の中でも最重要の神事能である「翁」の中の「三番叟」の揉の段などは、間違いなく「烏飛び」などの修験の「験競べ」を芸能的な表現に取り込んでいるといえるということを指南しておきたい。

　かつて、松岡心平「中世の身心変容技法――能を中心に」（二〇一四年一月開催：第十回身心変容技法研究会発表）は、「世阿弥の心身論から、『かまえ』という能独特の身体技法の成立までをたどる」という問題を、主として近江猿楽の犬王（?～一四一三）の「天女の舞」の導入と「天女の舞」の「心力」

という新しい身体のあり方の二点から世阿弥の身体技法革命を読み解いた。

観阿弥から世阿弥の舞の飛躍的展開については、竹本幹夫がかつて「天女舞の研究」で犬王の「天女舞」を世阿弥が高く評価し取り入れたという説を出しているが[9]、松岡はそれらの先行研究を踏まえて、世阿弥による「芸能の身体のコペルニクス的転回」を、複式夢幻能という形式の創造、「二曲三体」という新しい演技体系や稽古体系、そして、「皮肉骨」の、とりわけ、「皮一枚でふんわりと立っているアウラ的身体」の追求が世阿弥において達成されたと論じた。

それを聞いてわたしはこの「皮一枚」の「アウラ的身体」のような身体観は、土方巽が編み出した「暗黒舞踏」にまで直結しているのではないかという舞踊史的・芸能史的パースペクティブを抱いた。

これまでわたしは、秋田出身の土方巽の暗黒舞踏「燔犧大踏鑑」を、蹲る民俗芸能や歌舞伎などの身体技法を土方流に換骨奪胎していると考えていた。が、松岡の発表を通して拓かれた舞踊史的・芸能史的パースペクティブから見ると、「舞踏とは命がけで突っ立っている死体だ」という土方の舞踏身体論は、外連味たっぷりに生体の肉体性を露出させる歌舞伎的身体よりも、むしろこの「皮一枚でふんわりと立っているアウラ的身体」をこそ引き継いでいると考えるべきもののように思えてきた。

わたしは世阿弥の創始した複式夢幻能を亡霊舞踊とも妖怪舞踊ともキョンシーダンスとも考えているが、能の舞台に浮かび上がる亡霊的身体は「突っ立っている死体」を呼び出そうとした土方暗黒舞踏と直結していると思えてならない。そしてその身体は、「鏡の間」という洞窟的奥空間から到来して来る霊物なのであった。

わたしは、一九七〇年くらいから土方巽の舞台や、一番弟子の芦川洋子や小林嵯峨の舞台を何度も見てきているが、これまで彼らの身体や身体技法を能と結びつけたことは一度もなかった。土方巽自身の舞台はただ一度だけ、彼の最後の暗黒舞踏公演を新宿アートシアターで観た。思い返せば、その極度に動きの制限された身体は確かに「能的」だった。

だが、土方巽の弟子である麿赤兒の舞台は隈取も含め、その舞踏はスペクタクルで歌舞伎的であった。土方の内弟子であった芦川洋子ですら、当時のわたしには歌舞伎的に見えた。

が、土方自身の舞踏身体死体論という理念は、歌舞伎よりもいっそう亡霊舞踊である能と通ずるものである。

暗黒舞踏の経験者から聞いた話では、暗黒舞踏は白目を剥いて踊ることが多いが、白目を剥くことで日常のモノの見方ではなくなり、脳を変化させるという。その時、日常身体ではない、何モノかに成る。白目をむくと、まず角が生え、背中に翼か甲羅かができたりするという。その中でのあえかでかすかな動きが、身体から見えない煙や蒸気やアウラを発する感じだというのである。そして、暗黒舞踏手の身体感覚としては、内臓や肉はあってもそれがない感覚、骨にベールが包まれているだけの感覚であるという。その身体感覚の変容を、たとえば土方巽は、「自分の胎内で鰈が泳いでいる」などの詩的でシュールレアリスム的な言語と表象で誘導していき、身体境界と身体図式をデフォルメさせ、溶融させて、自在な変形物＝お化けに近づけてゆく。

こうして、歌舞伎が仮面ではなく隈取をすることを含め、身体の外向性を前景化した芸能であるとすれば、能は顔面に比して極めて小さく視野も狭窄した面を懸けることを含め、身心の内向性を前景化している芸能であると対比できる。歌舞伎は観客に向かって外連味たっぷりの見栄を切り、サービスをする。対して、能は、確かに見所の目利きを意識はしているが、それよりも、鏡の間から橋掛りを通って囃子に導かれながら、修飾的な謡いと抽象化されたムーブメントにより内なる身体と心を、さらに言えば、脳神経を変容させつつ亡霊化しその怨霊を鎮めることを志向する。白目を剥いた暗黒舞踏者の脳神経が日常とは違う回路を開くように、面に隠された能役者の内面は非日常の異界空間に開かれていく。

かくして、能にも、土方巽の暗黒舞踏にも、意図的に抑制された動きを通して、脳内から神経を通して身心全体が変容していくシステムが、その舞踏技法の中に「身心変容技法」として組み込まれている。そのためか、暗黒舞踏の場合、あまりにその土方システムに浸っていると、精神状態に変調をきたすことがあるという。

土方の暗黒舞踏は、複式夢幻能の亡霊にも似て、人外のモノ＝お化けになることを志向する。能もまた、人であって人でない霊物というモノになることを志向する芸能（物学芸）である。能も暗黒舞踏も、その舞踊の速度はきわめて緩慢で、動きも最小限、その身体ムーブメントは抽象化されている。だが、歌舞伎は徹底して人であり、人情であり、世間である。わかりやすい世間咄、人情物語の枠内にある。古代の神楽、中世の申楽（能）、近世の歌舞伎との違いも興味深いが、その近世の歌舞伎を飛び越えて、中世に生まれた能が現代のコンテンポラリーダンスに衝撃的で多大な影響を与えた暗黒舞踏につながっていると見えることは大変興味深い。

一九六〇年代から七〇年代のアングラ全盛期に、歌舞伎ルネサンスとしての唐十郎の状況劇場や麿赤兒の天賦典式に対して、能ルネサンスとして暗黒舞踏があった。このような視点を持って日本芸能史や演劇史を遠望してみることも必要である。

そしてそこに全開していく身心変容技法を、土方巽は「私は死んだ姉を私の中で飼っている」という言い方で表現している。「私は私の身体の中に一人の姉を住まわしているんです。私が舞踏作品を作るべく熱中しますと、私の体の中の暗黒をむしって彼女はそれを必要以上に食べてしまうんですよ。彼女が私の中で立ち上ると、私は思わず座り込んでしまう。私が転ぶことは彼女が転ぶことであるという、かかわりあい以上のものが、そこにはありましてね。そしてこう言うんですね。「お前が踊りだの表現だのって無我夢中になってやっているけれど、表現できるものは、何も表現しないことによって現れてくるんじゃないのかい」といってそっと消えてゆく。だから教師なんですね。死者は私の舞踏教師なんです」と語る土方巽の言葉は、世阿弥の芸論を現代にパラフレーズしたかのようにも見えてくる。世阿弥と土方巽は、「女―姉―物狂」の演技論においても、表現と非表現、演ずる生者の身体と内部化する死者の身体との関係性と重合においても、思いの外、近いところで呼び交わし合っているのである。

第五章

「身心変容技法」としての歌と剣

第一節 「愚かなる心」を許すことなく――『発心集』と歌

賀茂御祖神社禰宜鴨長継の次男として生まれた鴨長明（一一五五〜一二一六）は、大変優れた名文家であり、歌人であり、琵琶の名手であった。日本三大随筆の一つに数えられる『方丈記』は、どこを採ってもそのまま歌になるような、歌謡的名調子の綴れ織りで、飽きさせることがない。

その鴨長明が晩年、仏教説話集の『発心集』をまとめ、その「序」の冒頭に、「心の師とはなるとも、心を師とすることなかれ」と、『日本霊異記』や『往生要集』などに依拠した格言を記して、心のはかなさと愚かさを戒め、心を許さずに浄土に生まれる「一念の発心」を起す事例集を編む趣旨を述べている。

ことにふれて、我が心のはかなく愚かなることを顧みて、かの仏の教へのままに、心を許さずして、このたび生死をはなれて、とく浄土に生れんこと、喩（たと）へば、牧士の荒れたる駒を随へて、遠き境に至るが如し。ただこの心に強弱あり、浅深あり。かつ自心をはかるに、善に背くにもあらず、悪を離るるにもあらず。風の前の房のなびきやすきが如し。また浪の上の月の静まりがたきに似たり。いかにしてか、かく愚かなる心を教へんとする。

仏は衆生の心のさまざまなるを鑑み給ひて、因縁譬喩をもつて、こしらへ教へ給ふ。我ら仏に値ひ奉らましかば、いかなる法に付いてか、勧め給はまし。他心智も得ざれば、ただ我が分にのみ理を知り、愚かなるを教ふる方便はかけたり。所説妙なれども、得る所は益すくなきかな。
これにより、短き心を顧みて、ことさらに深き法を求めず。はかなく見ること聞くことを注しあつめつつ、しのびに座の右に置けることあり、すなはち賢きを見ては、及び難くともこひねがふ縁とし、愚かなるを見ては、みづから改むる媒とせんとなり。

「心」は「はかない」。そして「愚か」である。だから「心を許さず」に極楽浄土を願い往生を遂げるべく努める。ただ「心」には、「強弱・浅深」がある。振り返って、自分の「心」を顧みるに、ふらふらととりとめがなく、鎮まっているわけではない。そんな、「愚かなる心」をどうやって教化できるというのか？　仏ならばさまざまな方便法を持って教化できるであろうが、愚かなるこの身を教導するよき方策はない。そこで一計を案じて、深い叡智を宿す法を求めるのではなく、この「短き心」に見合うような事例集を集め、それを座右に置いて繰り返し読むことによって自らを改める契機としよう。

このように記して、『発心集』と題した「発心」事例集を始め、その第一番目の事例として次の玄敏僧都のエピソードを示す。

昔、興福寺の「やんごとなき智者」で立派な学僧であった玄敏僧都は、「世を厭ふ心深く」、三輪川のほとりの小さな庵で暮らしていたが、桓武天皇からお召があってしぶしぶ宮中に参内した。次代の平城天皇が大僧都職を授けようとしたが、次のような断りの歌を詠んで忽然と姿を消した。

三輪川の清き流れにすすぎてし衣の袖をまたはけがさじ

手を尽して探したが、終に見つからなかった。何年か経って、弟子が北陸に出かけ、大河を渡る渡し船に乗ったところ、その薄汚れた衣を着た船頭が師匠に似ていることに気づいたが、そこで問い質すこともできず、帰りにじっくりと話をしてみることにした。

だが、帰りに同じ渡し船に乗ろうとすると、船頭は別の人に変わっていた。訊くと、その船頭は「常に心を澄まして、念仏をのみ申し」唱えていたのだが、この前忽然と姿を消したのだという。

『古今和歌集』に、

山田守る僧都の身こそあはれなれ秋はてぬれば問ふ人もなし

という歌があるが、これも玄敏僧都の歌だと伝えられている。

とまあ、こんな事例を、鴨長明はいの一番に書き留めているのである。

鴨長明はなぜこの玄敏僧都の事例を真先に挙げたのだろうか？

もちろん、これが「厭離穢土、欣求浄土」の発心事例に叶うと考えたのではあろう。が、それだけではなかろう。

というのも、この事例の核心部が歌によって表現されていることが重要で、とりわけ二首の歌が引かれていることに注目したい。これを考えるに、歌人である鴨長明は歌を通して「発心」と隠遁という「身心変容」の最適事例を示したかったのであると思われる。歌でこそ、いかなる凡夫にも「発心」の「心」を伝えることができる。歌は「発心」という「身心変容」を的確適切に示すワザにほかならないと鴨長明は考えたのだろう。

この玄敏僧都は実在の人物である。玄賓（七三四〜八一八）と書かれることの多い奈良・平安時代初期の法相宗の僧侶で、実際に桓武天皇の病気平癒を祈願して大僧都に任じられたが辞退した。現在、三輪山の西南麓、檜原神社の近くに「玄賓庵」という真言宗醍醐派の寺院があるが、そこが玄賓僧都が庵を結んだところと言われ、世阿弥作の「三輪」にも謡われている。

第三章でも検討したが、能「三輪」は三輪明神の裏伝説とも言える大変神秘的な内容である。三輪山の神は「大物主神」で蛇の姿ともなる男神であるのだが、その男神が謡曲「三輪」では女神となり、さらに伊勢の天照大神と一体であると語られ、天の岩戸の場面が再現される。こうして、神隠れと神顕れの神事のクライマックスが一挙に示される。そのためこの「三輪」は大変神聖視され、観世宗家伝承の秘曲の小書き「誓納」となっている。

能「三輪」では、ワキの玄賓僧都が「さてさて御身は何処に住む人ぞ」と訊くと、シテの女は、

我が庵は三輪の山もと恋しくは訪ひ来ませ杉立てる門

と『古今和歌集』巻第十八雑歌下の詠み人知らずの第九八二番歌を引いて謡い、女が後シテの三輪の神と化す後半部では、

ちはやぶる神も願ひのある故に人の値遇にあふぞ嬉しき

と謡う。

鎌倉時代に著わされた鴨長明の『発心集』の玄敏僧都は隠遁し、歌だけが残された。そして室町時代に作られた世阿弥の「三輪」の玄賓僧都は、神と出逢い、神の歌を聴く。鴨長明の玄敏伝承と世阿弥の玄賓僧都伝承とは全く異なるが、歌が「心」を表現しているという一点においてはまったく共通しているのである。

この歌が「身心変容」のワザであることを最初に示したのがスサノヲノミコトで、そのことを改めて確認したのが、紀貫之が記した『古今和歌集』仮名序の次の冒頭の一節であった。

和歌は、人の心を種として、万の言の葉とぞなれりける。世の中にある人、事・業しげきものなれば、心に思ふ事を、見るもの聞くものにつけて、言ひだせるなり。花に鳴く鶯、水に住むかはづの声を聞けば、生きとし生けるもの、いづれか歌をよまざりける。力をも入れずして天地を動かし、目に見えぬ鬼神をもあはれと思はせ、男女のなかをもやはらげ、猛き武士の心をもなぐさむるは、歌なり。

この歌、天地の開け始まりける時より、いで来にけり。天の浮橋の下にて、女神男神となりたまへることを言へる歌なり。然あれども、世に伝はることは、久方の天にしては下照姫に始まり、下照姫とは、天わかみこの妻なり。兄の神のかたち　、丘谷にうつりてかゞやくをよめるえびす歌なるべし。これらは、文字の数も定まらず、歌のやうにもあらぬことどもなり。あらがねの地にしては、すさのをの命よりぞおこりける。ちはやぶる神世には、歌の文字も定まらず、すなほにして、言の心わきがたかりけらし。人の世となりて、すさのをの命よりぞ、三十文字あまり一文字はよみける。すさのをの命は、天照大神のこのかみなり。女と住みたまはむとて、出雲の国に宮造りしたまふ時に、その処に八色の雲の立つを見て、よみたまへるなり。や雲立つ出雲八重垣妻ごめに八重垣作るその八重垣を。

かくてぞ花をめで、鳥をうらやみ、霞をあはれび、露をかなしぶ心・言葉おほく、様々になりにける。遠き所もいでたつ足もとより始まりて年月をわたり、高き山も麓の塵土よりなりて天雲たなびくまで生ひのぼれるごとくに、この歌もかくのごとくなるべし。

これによって、和歌は甦り、スサノヲは再浮上し、「身心変容技法」としての「歌の道」（歌道）が始まったといえる。勅撰和歌集として最初の歌集である『古今和歌集』が持つ権威と威力は絶大であった。そしてそこに、「あらがねの地にしては、すさのをの命よりぞおこりける」と三十文字あまり一文字の歌が輝き渡った。そのスサノヲ力とわが国の身心変容技法の問題を再検証する必要があるのである。

第二節 「スサノヲの到来」展とスサノヲ力

二〇一四年十月十八日から十二月二十三日まで栃木県足利市立美術館で「スサノヲの到来展」が開催された[1]。わたしは求められて同展覧会図録に「スサノヲという爆発」と題する巻頭エッセイを寄稿し、十一月九日に同名の記念講演を行なった。この画期的なテーマと内容の展覧会が地方の一市立美術館から始まったことに驚きと時代の大きな転換を感じた。

スサノヲノミコトは『古事記』の中でもっとも重要なはたらきをするキーマン的な神である。利かん気の大変な乱暴者でありながら、八頭八尾の怪物八岐大蛇（やまたのおろち）を退治して、「八雲立つ出雲八重垣妻籠みに八重垣作るその八重垣を」と日本で最初の短歌を詠んだとされるトリックスターの文化英雄である。関東では氷川神社、関西では八坂神社や祇園社の主祭神となっている。

記紀神話においては「八百万」とも言われることになる日本の神々は基本的に「天つ神」と「国つ神」の二つのカテゴリーに分類されるが、スサノヲノミコトはそのどちらにもまたがりながらどちらからも逸脱する神である。「天つ神」と「国つ神」をブリッジしつつ超越する特異な神。それがスサノヲである。「身心変容」ないし「身心変容技法」という観点からも、スサノヲがもっとも重要なはたらきと役割を果たすことを拙著『歌と宗教――歌うこと。そして祈ること』（ポプラ新書、二〇一四年）などで繰り返し指摘してきた。

「スサノヲの到来」展には縄文土偶から現代のアーティストの作品まで、時代を串刺しにする「スサノヲ的なるもの」が館内いっぱいに展示されていた。会場入口で現代アートの佐々木誠の木彫作品「八拳須(やつかひげ)」が来場者を迎え、続いて縄文時代の土偶、例えば女性像で頭の上にとぐろを巻いた蛇が造形された重要文化財の「蛇を戴く土偶」や人面香炉形土器が待ち受け、途中では神道家金井南龍の「妣の国」「昇り龍　降り龍」「富士諏訪木曽御嶽のウケヒ」などに描かれている富士山や浅間山や霧島・高千穂の峰や御嶽山が噴火しているのを目撃する。

大地を揺るがし草木を枯らす荒ぶる啼(な)きいさちる神スサノヲ。地震や台風や雷などの破壊的な自然災害とも結びつくが、同時にあらゆる「ケガレ(穢れ・気枯れ)」を禊祓い、新しい創造世界を切り拓くスサノヲ。破壊と創造、勇猛と繊細。この両義的で相反する性格を持つ「スサノヲの到来」こそ今の日本に真に必要な「爆発」であろう。

展覧会の全体は七つの章とコーナーに区切られている。

序章　日本神話と縄文の神々
第一章　神話のなかのスサノヲ
第二章　スサノヲの変容
第三章　うたとスサノヲ
第四章　マレビトたちの祈りとうた
第五章　平田篤胤の異界探求
第六章　スサノヲを生きた人々――清らかないかり（田中正造・南方熊楠・折口信夫）
第七章　スサノヲの予感

以上の全七章である。

ほぼ歴史的な時系列に従って展示されているが、「うた」と「祈り」に焦点が当たっていることに注意したい。『古事記』の中で、父神イザナギに「海原を治めよ」と明示されたスサノヲは、姉の天照大神が太陽神（日神）、兄の月読命が月神であるとすれば、水の惑星である地球神ということもできる。とすれば、その「地球神」スサノヲの泣き声は、地球の叫びでもあると解釈することもできる。生まれてからこの方ずっと母を恋い慕って啼きいさちっていたスサノヲは、ギリシャ神話のポセイドンにも似た「水の惑星」の神であり、地球神格である。

「身心変容」および「身心変容技法」という観点から、スサノヲ神話の多様性とその変容を『古事記』と『日本書紀』と『風土記』から探ってみたい。

『古事記』の中のスサノヲ神の行動と特性は次の四点にまとめられる。

① 母神イザナミを恋い慕って泣き叫び、海山を枯らして父神イザナギに追放される反抗神。
② 姉の天照大御神に別れを告げるために高天原に上るが、そこで乱暴狼藉をし、機織女を殺してしまい、日の神の姉を天の岩戸に閉じ籠らせてしまい、姉にも追放される破壊神。
③ 出雲の地に降り立って八頭八尾の怪物八俣大蛇を退治し、わが国最初の歌（詩）を詠う文化英雄神。これがスサノヲの「自己身心変容＝イニシエーション」である。
④ 訪れてきた子孫神オホナムチに三種の神宝（生太刀・生弓矢・天詔琴）と「大国主神」という神名を授け、自分の娘のスセリ姫と結婚させて祝福を与える智略神。これがスサノヲの「他者

身心変容」であり、大国主神の「自己身心変容＝イニシエーション」である。

その前半部は破壊する荒ぶる神であったスサノヲが、後半部は「自己身心変容」を遂げ、創造する文化英雄的スサノヲが対照的に描かれている。それが『古事記』のスサノヲ像であり、スサノヲの「身心変容」である。

ここで重要なのは、剣と歌である。外界の敵＝八俣大蛇を倒す剣と、内界の敵＝母への思慕と暴力性を浄化する歌である。剣によって外界を制御し、歌によって内界を制御し、両方に平安と秩序をもたらした。その意味で、剣と歌とは交換可能なツールと言える。剣は歌であり、歌は剣である。

ここには戦い歌うことで「身心変容」を遂げ、それを子孫の大国主神に移譲するスサノヲがいる。その内界の敵とは母から受け継ぐ「辱」や悲しみなどの「負の感情」であるが、それが外界の敵＝八俣大蛇のいない時には内外界で暴れまくり、暴力的に発現するが、ひとたび外界の敵を見出し焦点化された時には、それを撃破する凄まじいエネルギーとなる。剣はそのエネルギーの焦点化と発現の象徴物となり、それが歌に変容する。

そこにおいて、母への思慕＝分離と悲しみ・苦悩は、歌を通して結合＝一体化・鎮静に向かう。「八重垣」と「八」が頻出するリズミカルな「八雲立つ出雲八重垣妻籠みに八重垣作るその八重垣を」の祝婚歌は、その結合と解放と喜びの見事な表出である。

したがって、このような物語的文脈の中では、「言霊」の制御者と使い手であるスサノヲノミコトが神託を引き出す呪具・祭具としての「天詔琴」の原所有者であることは当然の帰結となり、不自然さはない。それはスサノヲの娘であるスセリビメと一緒に大国主神に移譲される。

だが、このような『古事記』のスサノヲと『日本書紀』のスサノヲは全く異なる。たとえば、『日本書紀』第五段本文には、「この神勇悍、安忍にまして、また常に哭泣を以て行と為たまふ。故れ国内の人民を多に夭折なしめ、また青山を変枯になす。故れ其の父母二神、素戔嗚尊に勅したまはく、汝は甚無道。宇宙に君臨たる可からず。まことに当に遠く根国に適るべしとのたまひて、遂に逐ひたまひき」とあって、父母に追放される「無道神」なのである。『古事記』では母を恋い慕って啼きいさちっていたので、父に追放された母恋の神であった。

だが、『日本書紀』本文では、両親から追放されている。いわば、最初の「勘当神」なのだ。しかも「一書」の中ではその残虐ぶりが強調されている。第一の一書に「素戔嗚尊はこれ性残ひ害ることを好みたまふ、故れ下して根国を治しめたまひき」、第二の一書に「この神性悪くして、常に哭き恚くことを好み、国の民多に死に、青山は枯に為りぬ。故れその父母勅して曰はく、もし汝この国を治ば、必ず残ひ傷る所多からまし。故れ汝は極めて遠き根国を馭す可しとのりたまひき」とある。

『古事記』と『日本書紀』のスサノヲの大きな違いは、他に、『日本書紀』では「大己貴神」（大国主神）が直接の子神とされている点と、新羅国のソシモリや韓郷之島に渡っていた伝承が記されていることと、スサノヲの髯や毛から杉や檜や柀や樟が生えたとある点である。この両神話の違いが何によるものか、それをどう解釈するべきかは、それだけで大きな問題であり、拙著『古事記ワンダーランド』（角川選書、二〇一二年）などで基本的な考えは述べているので、ここではこの問題にこれ以上立ち入らず、『出雲国風土記』のスサノヲを検討してみる。

『出雲風土記』では、大草郷、山口郷、方結郷、多太郷、八野郷、滑狭郷の六つの地名伝説にスサノヲの子神の伝承が記されている。中でも佐世郷には、「須佐能袁命、佐世の木の葉を頭刺して踊躍りたまふ時に、刺させる佐世の木の葉、地に墜ちたり。故れ佐世と云ふ」とスサノヲ自らが頭に木の葉を刺して「踊躍」したと記されている。『古事記』では、スサノヲは啼きいさちる神であり、戦う神であり、歌う神であり、祝福する神であったが、ここでは、葵祭に祭員が葵桂を頭に挿して踊るように神聖舞踊をする「踊る神」である。飛躍して言えば、踊りながら「ええじゃないか」を招来し、楽しい世直しを実現する神、大本教の出口王仁三郎が顕わしたスサノヲはそのような歌い踊りながら「世直し・心直し」をする「身心変容」をもたらす神であった。今わたしたちに必要なのは、そのような楽しい世直しをする「スサノヲの到来」であり、「スサノヲ力の爆発」であろう。

スサノヲが啼きいさちっているかのような昨今の災害多発の時代、わたしたちはスサノヲの荒魂を祭りや歌や文化で浄化し和魂化するとともに、激動の中を逞しく生き抜いていくスサノヲ力の爆発と活性を必要としている。その意味で、「スサノヲの到来」展は時宜を得た現代のメッセージたりえていた。

第三節　「身心変容」としての出雲神話

「身心変容」という観点から見ると、『古事記』における出雲神話は大変興味深くドラマチックである。

まず第一に、出雲神話の根源をなすのは母神イザナミノミコトの負の感情である。それは夫のイザナギに見られたくなかった自らの死体を見られた時の「辱」の感情と、「見ないで」と約束したものを裏切られた怒りの感情であった。とりわけ、その死体が「穢れ」と見られたことの持つ意味は深く複雑で、「辱」の感情と「穢れ」や「清明」の状態とは緊張関係にある。そしてそれが夫イザナギとの絶縁の言葉のやり取りと呪詛となる。後に「幽世（かくりよ）」とされていく出雲にはそうしたイザナミの負の感情がわだかまっている。

第二に、その負の感情がスサノヲに継承・転移される。それはいつなんどきどのように暴発するかわからない制御不可能なエネルギーでもある。その制御不可能なエネルギーは、イザナミの最初の子ヒルコと最後の子カグツチともつながっている。不定形なヒルコの「異様」と、激烈な熱を発するカグツチの「異常」が、スサノヲに転移している。したがって、象徴論的には、スサノヲはヒルコとカグツチが変容した姿であり、この三神は重複神格である。この負の連鎖の三神一体がヒルコ—カグツチ—スサノヲにはある。ヒルコは流され、カグツチは殺されたが、スサノヲは父イザナギと姉アマテラスによって二度追放されている。

最後の最後に、「三貴子」の三番目の子として生まれたスサノヲは、母イザナミの負の感情だけでなく、葦船に乗せて流されたヒルコの悲しみと、生まれたばかりで父神イザナミに殺害されたカグツチの悲しみを背負い、それらをすべて解消・解放すべき役割を付与されている。その解消・解放が、八俣大蛇退治と神剣・草薙剣の発見と「八雲立つ」の祝婚歌の発声であったことは先に記したとおりである。

そのスサノヲが赴こうとした「妣国（ははのくに）・根堅州国（ねのかたすくに）」には、母なるもの・根なるものといういのちの根源性が付託されている。スサノヲは最終的には「根の堅州国」に到り、そこの主神になるわけだが、そのスサノヲが「天詔琴」を所有していたことには、和歌神・言霊神としてのスサノヲとしての象徴性がある。

第三に、トリッキーなスサノヲの試練を乗り越え、最終的にスサノヲの承認と祝福を受けて国作りの神となる「大国主神」の「身心変容」も極めて劇的である。まず、大国主神はヒルコとカグツチとも似て、兄神たちに二度殺される。だが、ヒルコやカグツチと異なるところは、大国主神（その時はオホナムヂ）が母たちの思いと力で甦るところだ。それも二度も甦ることができた。この再生する神というところが大国主神の特性である。この特異な「自己変容」。

加えて、大国主神は稲羽の白兎を助ける癒しの神・医療神でもあるから、「他者身心変容」を促す神でもある。そしてさらに、スサノヲの課した難題を妻となるスセリビメの助力を得て解決し、生太刀・生弓矢・天詔琴という出雲型三種の神器とスサノヲの娘のスセリビメを奪って逃走し、追走しようとしたスサノヲから祝福の言葉を引き出し、「大国主神・宇都志国玉神」と名乗って国を治めることを託される。この天詔琴を移譲された大国主神も、スサノヲ同様、歌う神となり、言霊神となり、折口信夫の言う「色好みの神」、たくさんの子供を持つ豊饒神・多産神となり、国作りの神となる。

第四に、その国作りは、大国主神一人で成し遂げたものでなく、少名毘古那神とともに成し遂げたものである。問題は、このスクナビコナの「身心変容」である。大国主神が「出雲の御大（みほ）の御前（みさき）に坐す時、波の穂より天の羅摩船（かかみぶね）に乗りて、鵝の皮を内剥に剥ぎて衣服にして、帰（よ）り来る神」があったが、それがスクナビコナであった。このスクナビコナは大国主神とともに「この国を作り堅め」た後、「常世国」に渡っていった来訪通過神である。そして問題はその体の小ささと到来通過性である。

こうしてみると、出雲神話の世界では、剣使いにして歌使いである流浪するスサノヲ、琴弾く歌詠みオホクニヌシ、旅するスクナビコナ、そして「負の感情」ならぬ「負の体形」をすべて背負った出雲神話の怪物八俣大蛇、その八頭八尾の「負の体形」の中から神剣・草薙剣が出来する。
そこで、第五に、この怪物から剣を産出した八俣大蛇の「身心変容」のありようを考えねばならない。これをタタラ製鉄の擬人的表現とする解釈は古くからある。そうした還元主義的な解釈も否定はできない。出雲大社近くにある荒神谷遺跡から出土した銅剣三五八本のことを考えれば、この地域に高度な金属技術が伝承され、それを用いて、銅剣や銅矛や銅鐸が造られたことは間違いない。だが、ここでは、その金属技術を錬金術と同様に「身心変容技法」ないし霊的変成と結びつけながら解釈したい。

つまり、スサノヲのもう一つの負の身体としての八俣大蛇はスサノヲの自己制御と自己身心変容によって神剣に変容した。それはアマテラスとのウケヒにおいて証明しようとしたスサノヲの「邪心・異心なき清明心」の顕現であった。ここにおいて初めてスサノヲは、アマテラスに問いかけられた「然らば汝の心の清く明きは何にして知らむ」という問いに対する答えを示し得たのだ。それがゆえに、その剣を天照大神に献上する必要があった。そしてそれがアマテラスの子孫の天皇家の神器の一つとして、「清明心」と偉力の象徴となったのである。

第四節　「身心変容技法」としての歌――『古今和歌集』『新古今和歌集』仮名序の思想と能

『古事記』における「身心変容技法」と「負の感情処理」を見ると、①禊祓、②神事（祭り）、③詠歌の三種が重要な意味と機能を持っていることがよくわかる。禊祓によって「身心」を清め、神事・

祭りによって「身心魂」を賦活し、詠歌によって「心」を「清明」に浄化解放する。その詠歌の部分が後に神楽や芸能などにも取り込まれ転じていくことになる。こうして三種のワザがそれぞれに連動・連携しながら「身心魂変容」を促すワザであったことが見えてくる。

さてその詠歌であるが、「大和歌＝和歌」が初めて公の大事となったのは『古今和歌集』の編纂によってであった。「延喜の帝」と呼ばれた第六十代醍醐天皇（在位八九七〜九三〇）の勅命により延喜五年（九〇五）に奏上された最初の勅撰和歌集が『古今和歌集』である。撰者は紀友則と紀貫之と凡河内躬恒と壬生忠岑の四名であった。その四名の中でも紀貫之が撰者の中心になったことは先に引いた仮名序の執筆によって明らかである。そしてその冒頭部に「あらがねの地にしては、すさのをの命よりぞおこりける」とスサノヲの名を挙げて和歌（特に短歌）の起こりが記されていたことに再度注目したい。

この『古今和歌集』には仮名序の他に真名序があるが、その真名序冒頭部は次の通りである。

夫和歌者、託其根於心地、発其華於詞林者也。人之在世、不能無為、思慮易遷、哀楽相変。感生於志、詠形於言。是以逸者其声楽、怨者其吟悲。可以述懐、可以発憤。動天地、感鬼神、化人倫、和夫婦、莫宜於和歌。和歌有六義。一曰風、二曰賦、三曰比、四曰興、五曰雅、六曰頌。若夫春鶯之囀花中、秋蝉之吟樹上、雖無曲折、各発歌謡。物皆有之、自然之理也。然而神世七代、時質人淳、情欲無分、和歌未作。逮于素戔烏尊、到出雲国、始有三十一字之詠。今反歌之作也。其後雖天神之孫、海童之女、莫不以和歌通情者。

（それ　和歌は、その根を心地に託け　その花を詞林に発くものなり。人の　世にある、無為なること能はず、思慮遷り易く、哀楽あひ変る。感は志に生り、詠は言に形る。ここをもちて、逸する者はその声楽しく、怨ずる者はその吟悲し。もちて懐を述べつべく、もちて憤を発しつべし。天地を動かし、鬼神を感ぜしめ、人倫を化し、夫婦を和ぐること、和歌より宜しきはなし。和歌に六義あり。一に曰く　風、二に曰く　賦、三に曰く　比、四に曰　興、五に曰く　雅　六に曰く　頌。かの　春の鶯の花中に囀り、秋の蝉の樹上に吟ふがごとき、曲折なしといへども、各歌謡を発す。物皆これあり、自然の理なり。然れども、神の世七代は、時質に人淳うして、情欲分かつことなく、和歌いまだ作らず。素戔烏尊の出雲の国に到るに逮びて、始めて三十一字の詠あり。今の反歌の作なり。その後天神の孫、海童の女といえども、和歌をもちて情を通ぜずといふことなし。）（佐伯梅友校注、岩波文庫）

ここには仮名序のようなまさに和歌的なあわいの抒情的例示はなく、漢文的なメリハリの利いた概念的な表現で統叙されている。だが、注意したいのは、この真名序には仮名序にはない記述があるのだ。

それが、ほかでもない、スサノヲについての記述である。この最後の一文「戔烏尊、到出雲国、始有三十一字之詠。今反歌之作也。其後雖天神之孫、海童之女、莫不以和歌通情者」がそれである。「素戔烏尊の出雲の国に逮（およ）びて、始めて三十一字の詠あり。今の反歌の作なり。その後天神の孫、海童の女といえども、和歌をもちて情を通ぜずといふことなし」。

仮名序ではこうであった。「ちはやぶる神世には、歌の文字も定まらず、すなほにして、言の心わきがたかりけらし。人の世となりて、すさのをの命よりぞ、三十文字あまり一文字はよみける。すさのをの命は、天照大神のこのかみなり。女と住みたまはむとて、出雲の国に宮造りしたまふ時に、その処に八色の雲の立つを見て、よみたまへるなり。や雲立つ出雲八重垣妻ごめに八重垣作るその八重垣を」。

つまり、仮名序本文には「出雲の国に到る」という言葉は出てこない。割注に、「女（櫛名田比売のこと—引用者注）と住みたまはむとて、出雲の国に宮造りしたまふ時に、その処に八色の雲の立つを見て、よみたまへるなり。」とあるので、より具体的に櫛名田比売との祝婚をイメージさせる。問題は、いかにも漢文的かもしれない、真名序の「素戔烏尊の出雲の国に到るに逮びて、始めて三十一字の詠あり。今の反歌の作なり。」の端的な表現である。スサノヲが「出雲国」に到って初めて「三十一字の詠」、つまり「反歌（＝短歌）」が生まれた。そしてそれを、「天神の孫」や「海童の娘」などもみな「情（＝心）」を通じさせるために用いるようになったというのである。

この醍醐天皇の治世は先代の宇多天皇の「寛平の治」に続いて「延喜の治」と呼ばれた治世であった。この頃、『日本三大実録』などの歴史書（六国史の最後の書）の編纂・完成や『延喜格式』などの法律儀式書の編纂に加えて、延喜五年に最初の勅撰和歌集『古今和歌集』が撰録されたのである。そしてそれらの動きがいわゆる「国風文化」を形作る動力ともなった。そこにおいてこの『古今和歌集』が極めて重要な位置と意味を持ったことはいうまでもない。そして、この時、スサノヲノミコトの再発見・再発現がここにあったということも強調しておきたい点なのである。

中古におけるスサノヲの再出現。そこでの「和歌創始神」としてのポジショニング。これが『古今和歌集』が達成した「身心変容技法」の文化価値であった。

そしてそれが後鳥羽院の院宣による八代集最後の和歌集である『新古今和歌集』では次のように継承されている。『新古今和歌集』仮名序に次のようにある。

やまと歌は、むかし天地ひらけはじめて、人のしわざいまださだまらざりし時、葦原中つ国の言の葉として、稲田姫、素鵞（すが）の里よりぞ伝はりける。しかありしよりこのかた、その道さかりにおこり、そのながれ今に絶ゆることなくして、色にふけり心をのぶるなかだちとし、世を治め民を和らぐる道とせり。かかりければ、代々の帝もこれを捨てたまはず、撰びおかれたる集ども、家々のもてあそび物として、言葉の花のこれる木のもともかたく、思の露漏れたる草隠れもあるべからず。しかはあれども、伊勢の海清き渚の玉は、拾ふとも尽くることなく、いづみの杣しげき宮木は、曳くとも絶ゆべからず。物みなかくの如し。歌の道またおなじかるべし。（佐々木信綱校訂、岩波文庫）

ここでは、冒頭でスサノヲの事績が謳われている。「やまと歌」はこの「葦原中つ国の言の葉として、稲田姫、素鵞の里よりぞ伝はりける」と記されるのだ。クシナダヒメ（「クシイナダヒメ」ともいう）とスサノヲの里から伝わったワザであると。

それが真名序ではこうなる。

夫和歌者、群徳之祖、百福之宗也。玄象天成、五際六情之義未著、素鵞地静、三十一字之詠甫興。爾来源流寔繁、長短雖異、或抒下情而達聞、或宣上徳而致化、或属遊妻而書懐、或採艶色而寄言。誠是埋世撫民之鴻徽、賞心楽事之亀鑑者也。／是以聖代明時、集而録之。各窮精微、何以漏脱。然猶崑嶺之玉、採之有余。鄧林之材、伐之無尽。物既如比、歌亦宜然。

（夫れ和歌は、群徳の祖、百福の宗なり。玄象天成なり、五際六情の義未だ著れず、素鵞の地静かに、三十一字の詠甫めて興る。爾来源流寔に繁く、長短異なりと雖も、或は下情を抒べて聞に達し、或は上徳を宣べて化を致し、或は遊宴に属りて懐を書し、或は艶色を採りて言を寄す。誠に是理世撫民の鴻徽、賞心楽事の亀鑑なる者なり。／是を以て聖代の明時、集めて之を録す。各精微を窮む、何を以てか漏脱せむ。然れども猶崑嶺の玉、之を採れども余り有り。鄧林の材、之を伐れども尽くること無し。物既に此の如し、歌も亦宜しく然るべし。）

「和歌は、群徳の祖、百福の宗」で、「素鵞の地静かに、三十一字の詠甫めて興る」というのだ。こちらも真名序の方が端的に和歌の功徳を表現している。注目すべきは、和歌（＝短歌）が「百福の宗」の功徳を持っていて、「素鵞の地静かに、三十一字の詠」が詠まれて単価が始まったと記されている点である。とりわけ、「地静かに」という箇所に注目したい。というのも、これが始まる前はこの「地」は狂乱凄絶の地であったからだ。もちろんそれは八俣大蛇の仕業で、クシナダヒメは今にも食い殺されそうになっていた。それをスサノヲが救い、初めてその「地」が「静かに」なり、スサノヲの荒ぶる「心」も「静かに」なった。そしてその時、歌が生まれ、詠まれた。

詠歌の鎮静作用を、『新古今和歌集』真名序は「静かに」主張している。『新古今和歌集』の撰者は、源通具、六条有家、藤原定家、藤原家隆、飛鳥井雅経、寂蓮の六名である。寂蓮は建仁元年（一二〇一）に後鳥羽院の命を受けた翌年に没しているので、寂蓮を除く五名と後鳥羽院自身が実質的な撰者となった。

さてここで、別の観点から『古今和歌集』撰以降のスサノヲの「変容」を考えてみる。第一に、第六十二代「村上天皇」の治世（在位九四六〜九六七）に出雲国の式内社日御碕神社（『延喜式』では「御崎神社」）に素戔嗚尊が祀られ、それが素戔嗚流神道の起こりだと伝承されていること。この点は世阿弥の『風姿花伝』ともつながり大変興味深い点である。第二に、出雲大社の祭神が十一世紀以降に大国主神から素戔嗚尊に変わったこと。そして、十三世紀に成った『古今集序聞書三流抄』には「素戔嗚尊ハ出雲ノ大明神也。金神也」と記され、十四世紀には成立していた『太平記』巻第二十五には「素戔嗚尊は、出雲の大社にて御座す。此尊、草木を枯し、禽獣の命を失ひ、諸荒く坐せし間、出雲の国へ流し奉る」と記されることになったことである。

特に『太平記』巻第二十五では、日野前大納言資明卿が平野神社の神主で神祇大副卜部兼員を呼んで、長々と三種の神器論を巡って『日本書紀』の解釈を述べるやり取りが記されているが、その中で卜部兼員は次のようにスサノヲの八俣大蛇退治の場面を物語るのである。

電の光に是を見れば、八の頭に各二の角有て、あはいに松栢生茂たり。十八の眼は、日月の光に不異、喉の下なる鱗は、夕日を浸せる大洋の波に不異。暫は槽の底なる稲田姫の影を望見て、生牲爰に有とや思けん、八千石湛へたる酒を少しも不残飲尽す。尽ぬれば余所より筧を懸て、数万石の酒をぞ呑せたる。大蛇忽に飲酔て惘然としてぞ臥たりける。此時に尊剣を抜て、大蛇を寸々に切給ふ。至尾剣の刃少し折て切れず。尊怪みて剣を取直し、尾を立様に割て見玉へば、尾の中に一の剣あり。此所謂天叢雲剣也。尊是を取て天照太神に奉り玉ふ。「是は初当我高天原より落したりし剣也。」と悦玉ふ。其後尊出雲国に宮作し玉て、稲田姫を妻とし玉ふ。八雲立出雲八重垣妻篭にやへ垣造る其やへ垣を是三十一字に定たる歌の始也。

『日本書紀』の伝承に依りながら、そこに独自の解釈が付け加わり、スサノヲがアマテラスに献上した「天叢雲剣（あめのむらくものつるぎ）」（草薙剣の正称）が実はアマテラス自身が高天原から落としたものだとされ、続いて、「八雲立つ」の三十一字が詠われたことが記されている。

安徳天皇が壇ノ浦で二位の尼（平時子）に抱かれて入水した際に、三種の神器も水没し、草薙剣はついに発見されなかったということが武士団の登場と政権確立の現実と結びつけられて、さまざまに解釈され、物語られた。その際に、詠歌の始まりとともに、スサノヲの剣の物語、すなわち草薙剣の発見の物語が拡大解釈されて物語られることになる。そして、荒ぶるスサノヲが、乱世の荒神的神格として再浮上することになった。

日御碕神社には、現在、天照大御神を祀る下の本社（日沈宮）とその弟神の素戔嗚尊を祀る上の本社（神宮）の二社がある。日御碕神社の由緒では、天暦二年（九四八）に村上天皇から同社宮司の小野高光に勅命が下って「日鎮宮」（下の本社＝日沈宮）が造られたとされ、この時に現在のような上下の本社の造りになったという。この時、神宮寺も造られ、「天一山」の山号を持つ真言宗の寺院となり、釈迦牟尼仏を本尊としたという。

問題は、これが天暦二年のことで、「村上天皇」の勅命であったという点である。というのも、第一章で述べたように、この村上天皇の治世に申楽が整備されたということを世阿弥が『風姿花伝』第四神儀云の中に記しているからである。

世阿弥は、村上天皇の代に申楽を「天下の御祈祷」として秦河勝の「遠孫」の秦氏安が六十六番の申楽を紫宸殿で上演奉仕したと記した。それは、「魔縁」を退け、「福祐」を招き、「国穏かに、民静かに、寿命長遠」を祈る「天下の御祈祷」で、世の平安を保ち導くために上演されたと。そして、「その比、紀権守と申す人、才智の人なりけり。これは、かの氏安が娘婿なり。これをも相伴ひて、中楽をす」と紀氏と秦氏との連携を語った。紀貫之との関連を考えれば、興味深い点である。

この村上天皇の治世は「延喜天暦の治世」と呼ばれるほど「国風文化」が栄えた時代であった。その時代に、出雲の岬の突端にある日御碕神社に素戔嗚尊を祀る「日鎮宮」を造営する「勅命」が下ったと伝えられるのである。村上天皇は天暦五年（九五一）に『後撰集』編纂を命じ、また天徳四年（九六〇）には内裏歌合を催した歌人としても優れ、歌壇庇護者でもあった天皇である。『古今和歌集』をよく諳んじ、琴や琵琶に優れ、神楽や舞楽や管弦に通暁していたので、素戔嗚尊が和歌の創始者であることの意味が『古今和歌集』仮名序に記されていることを重んじ、それが素戔嗚尊を祀る「日鎮宮」を創建した、あるいは、とされるに至ったのであろうか？　それが出雲大社の主祭神が古代の大国主神から素戔嗚尊に変じる要因だったのだろうか？

いずれにしても、平安時代中期には、出雲大社の祭神は大国主神から素戔嗚尊に交替した。そしてその前に、『古今和歌集』における和歌の創始神としてのスサノヲの顕彰があった。そしてそれは、中世以降の歌学勃興に由来する「素戔嗚神道」の形成を促した。その「素戔嗚神道」の形成には「神宮寺」の真言宗の僧が関与しているという。

世阿弥作とされる「草紙洗小町」には、最後に、「大和歌の起りは、あらかねの土にして、素戔嗚の尊の守り給へる神国なれば、花の都の春も長閑（のどか）に、花の都の春も長閑に、和歌の道こそめでたけれ」と謡われる。

また、世阿弥作「高砂」には、「然るに、長能が言葉にも、有情非情のその声みな歌にもるゝ事なし、草木土砂、風声水音まで万物をこもる心あり、春の林の、東風に動き秋の虫の、北露に鳴くもみな、和歌の姿ならずや。」と謡われる。

世阿弥は、中古三十六歌仙の一人で『拾遺和歌集』以下の勅撰和歌集に五十一首が入集している藤原長能（九四九〜一〇〇九）の言葉を引いて、「いのちあるものもなきものもすべて森羅万象が発する声はみな和歌の数に入らないものはない。草木も土砂も風の声も水の音もみな万物に深い心が籠っている。春になって東風が吹き万物が蠢くのも秋になって霜が降りて虫が鳴くのもみな和歌の姿である」という和歌観を展開するが、そこでは和歌神は住の江（住吉大社）の住吉明神とされている。「惣じて当社（高砂神社―引用者注）と住吉とは、一体分身の御神にて、和歌の道栄行くことも、又男女夫婦の末栄えめでたきことも、ひとへに両神の御神徳なると申す」とある。

世阿弥は『風姿花伝』で、「魔縁を退けて、福祐を招く、申楽舞を奏すれば、国穏かに、民静かに、寿命長遠」と述べ、「高砂」の最後を、「悪魔を払ひ、収むる手には、寿福を抱き、千秋楽は民を撫で、万歳楽には命を延ぶ。相生の松風颯颯（さるさつ）の声ぞ楽しむ颯颯の声ぞ楽しむ」と謡い結んだ。

世阿弥は「申楽」が「寿命長遠」「寿福」「福祐」を招く「身心変容技法」であることを強調するが、その根底には言霊の幸はう「和歌の道」がしっかりと息づいていることを明確に述べているのである。

第五節　「身心変容技法」としての剣と修験道と武道

何度も繰り返すが、わたしは「申楽」（能）を「平時の修験道」だと考えている。その修験道は山伏神楽にも武道にも多大な影響を与え、剣を用いたさまざまなワザを発達させた。

わたしの住む京都市左京区一乗寺には、東山三十六峰第八峰の瓜生山山頂付近に狸谷山不動院という「真言宗修験道」を掲げる寺院がある。そこに宮本武蔵（一五八四～一六四五）が修行したと言われる滝があり、そこで武蔵は「吾は神仏を尊ぶが、神仏に恃むことはしない」という悟りを得たと宣伝されているが、史実であるかどうかは疑問である。

宮本武蔵は寛永二〇年（一六四三）熊本の金峰山にある霊巌洞で『五輪書』の執筆を始めたという。その『五輪書』には「廿一歳にして都へ上り、天下の兵法者にあひ、数度の勝負をけつすといへども、勝利を得ざるという事なし」と記されている。それが宮本武蔵の養子の宮本伊織が著した『小倉碑文』では、宮本武蔵「扶桑第一之兵術」の吉岡清十郎と洛外蓮台野で戦い、それに武蔵は木刀の一撃で清十郎を撃ち破り、のちに吉岡伝七郎と洛外で戦い、これまた伝七郎を撃ち倒したとされ、その後さらに、足利義昭の下で吉岡一門と試合し、それにも勝利を修めたので、武蔵は「日下無双兵法術者」の号を賜わったが、吉岡一門は滅びたということになっている。

ともあれ、宮本武蔵が修験道の修行の霊地道場であった「金峰山」の「霊巖堂」において、地巻・水巻・火巻・風巻・空巻の五巻構成を持つ『五輪書』を執筆したのは事実である。場所の力と記憶を宮本武蔵も最大限に活用したといえる。

『五輪書』水の巻には、「兵法二天一流の心、水を本として、利方の法をおこなふによつて水の巻として、一流の太刀筋、此書に書顕はすもの也」とある。「水」を手本をする。水は器によって形を変えることができるから、場や関係によって「臨機応変」に姿を変えよという。

また、「目の付けやうは大きに広く付くる也。観見の二つの事、観の目つよく、見の目よわく、遠き所を近く見、ちかき所を遠く見る事、兵法の専也。敵の太刀をしり、聊かも敵の太刀を見ずといふ事、兵法の大事也。工夫有るべし。此眼付、ちひさき兵法にも、大なる兵法にも同じ事也。目の玉うごかずして両わきを見ること肝要也。かやうの事、いそがしき時、俄にはわきまへがたし。此書付を覚え、常住此目付になりて、何事にも目付のかはらざる所、能々吟味あるべきもの也」と記す。

目のつけようにも二種があるという。「見の目付け」と「観の目付け」。この内、「観」が強い目で、「見」はそれに比べて弱い。要するに、全体を見ること。遠いところを近くに見、近いところを遠くに見る。目の玉を動かさずして両脇を見ること。これができなければ勝負に負ける。

また、「有構無構といふは、元来太刀をかまゆるといふ事あるべき事にあらず。され共、五方に置く事あればかまへともなるべし」ともいう。「構え有って、構え無し」の心が「兵法」の極意であるというのだ。

宮本武蔵最晩年の自誓の言葉とされる「獨行道」の二十一ヶ条の自誓訓は、次の通りである。

一、世々の道を背く事なし
一、身に楽しみを巧まず
一、万(よろづ)に依枯(えこ)の心なし
一、身を浅く思ひ世を深く思ふ
一、一生の間欲心思はず
一、我事に於て後悔をせず
一、善悪に他を妬む心なし
一、いづれの道にも別れを悲しまず
一、自他共に恨み託(かこ)つ心なし
一、恋慕の道思ひ寄る心なし
一、物毎に数奇好む事なし

一、私宅に於て望む心なし
一、身ひとつに美食を好まず
一、末々代物なる古き道具所持せず
一、わが身に至り物忌みする事なし
一、兵具は格別余の道具たしなまず
一、道に於ては死を厭はず思ふ
一、老身に財宝所領用ゆる心なし
一、仏神は貴し仏神を恃まず
一、身を捨ても名利は捨てず
一、常に兵法の道を離れず

戦国・戦乱の世を生き抜いた宮本武蔵に幻想も神秘主義もない。ここで宮本武蔵は戦国の世を生き抜いてきた兵法家のリアリズムを貫いている。「世々の道」に背かず、自己の快楽に耽らず、恨み・辛み・妬み・悔い・望み（欲）・財を持たず、形式ばることなく、坦々とわが身を律し、何ものにも依存せず、しかし矜持と自負を忘れず、いつも兵法家としての修行を怠らない。そのような骨太の兵法家のリアリズムと倫理を示している。

魚住孝至は『宮本武蔵――「兵法の道」を生きる』（岩波新書、二〇〇八年）の中で、「『独行道』という語は、他に頼ることなく、独立不羈の精神を貫いて生き、兵法の道を極めて『万事におゐて我に師匠なし』と言い切った武蔵その人の生き方を何より端的に言い表している表現である。『独行道』は、死を前にした武蔵が、激動の時代を生きてきた自らの生涯を振り返り、書き付けたものである。自らの生き方と信条を、簡潔に淡々と示すことで、かえって含蓄ある訓えになっている。／武蔵は、権力が次々と交替し激動する社会の中を、誰に臣従することなく、自ら節を高くして独り立ち、その生涯を兵法の道の追求で貫き、直道を後世に伝えんとした。この『独行道』によって、武蔵は六十四年の自らの生きて来た道を見事に締め括ったのである」とこの書を位置づけている。

この『獨行道』の、「佛神は貴し佛神をたのまず」という第十九条の言葉に、宮本武蔵の合理主義がある。確かに、神仏は貴い。しかし、神仏を頼るばかりで精進努力を怠れば、忽ちにして勝負に負けて命を落とす。境地として、生死を超える信としての他力本願に意味と力はあるが、それが直ちに、自力修行の果てにある生死を決する勝負を左右するわけでない。したがって、今は神仏に頼ることはできない。

宮本武蔵の言う「佛神は貴し」は、『獨行道』第一条の「世々の道を背く事なし」の「世々の道」の尊重と通じる。また「いづれの道にも別れを悲しまず」という執着の捨象とも通じる。宮本武蔵は為政者でも商売人でもなく、「兵法家」である。『獨行道』は、そんな「兵法家」のリアルを浮き彫りにする。

さて、宮本武蔵について最も古い伝記的な記述は、福岡県北九州市小倉北区赤坂四丁目の手向山にある宮本武蔵の養子の宮本伊織が建てた「宮本武蔵碑文」である。その「小倉碑文」には、「天仰、實相、圓滿、兵法、逝去、不絶」の語が冠頭に置かれている。そこでは、この世界には天地を貫く「實相圓滿の兵法」が存在して絶えることがないという考えが述べられている。そしてこの「碑文」本文の書き出しは、「臨機応変は良將の達道なり。武を講じ兵を習ふは軍旅の用事なり。心を文武の門に游ばせ、手を兵術の場に舞はせて名誉を逞しうする人は、其れ誰そや」とあり、その後に、それこそが宮本武蔵その人であると続けている。

注目したいのは、冒頭に、「臨機応変」という語が書かれている点である。ここに、武道の極意は「臨機応変」にあり、という宮本武蔵の伝える武道哲学がその四文字に明確に現れている。『五輪書』水の巻で「水」を手本とするというのも、水が器によって形を変えるように場所や関係によって「臨機応変」に姿を変えよという武道の心得を示しているからであろう。「臨機応変」、すなわち「機に臨み変に応ず」とは、場と風を読み、その風に乗って、水のように変幻自在にその場で適正解の行動を取ることである。

この宮本武蔵より一回り年長の柳生宗矩（一五七一〜一六四六）は、徳川将軍家の兵法指南役として武芸者中最高位に就き、「古今無双の達人」「刀術者之鳳」「父（柳生石舟斎宗厳—引用者注）にも勝れる上手」「剣術古今独歩」「剣術無双」とかと評され、唯一大名に採り立てられた兵法家である。そして宮本武蔵も教示を受けた沢庵の教えを受けて、宗矩は「剣禅一致（剣禅一如）」を唱導した。主著『兵法家伝書』で宗矩は「人をころす刀は、人を生かすつるぎなるべき」と、「殺人刀」から人を活かす「活人剣」への転換を説いた。これは実際は、「一人の悪をころして万人をいかす」ことを意味するのだが、兵法とは、戦いの中からそれを潜り抜けて生存と平安をも求めるワザでもあった、ということだろう。柳生宗矩は、「人をころす刀、却而人をいかすつるぎ也とは、夫れ乱れたる世には、故なき者多く死する也。乱れたる世を治める為に、殺人刀を用ゐて、已に治まる時は、殺人刀即ち活人剣ならずや」と述べ、乱世における「殺人刀」から、平和時における「活人剣」への道筋を示す。

ここで、徳川幕藩体制における式楽としての能の採用が、「活人剣」の思想とも通じることを指摘しておきたい。「平時における修験道」としての能（申楽）は、「平時における活人剣」と同様の心とワザを持っていたと。そしてそれは、歌と剣を両手の花として持つスサノヲの道の変容でもあったと。

宮本武蔵は『五輪書』の地の巻で、

第一に、よこしまになき事をおもふ所
第二に、道の鍛錬する所
第三に、諸芸にさはる所
第四に、諸職の道を知る事
第五に、物毎の損徳をわきまゆる事
第六に、諸事目利を仕覚ゆる事
第七に、目に見えぬ所をさとつてしる事
第八に、わづかなる事にも気を付くる事
第九に、役にたゝぬ事をせざる事

と記している。これは、兵法家・修行者の心構えとしてごく当たり前の条項で、特異な言説は一つもない。たゆまず悪心を持たず実直に対処し、諸芸諸職の芸に触れて道を究め、損得利害諸般細かいところにまで目を配り、無駄なこと、役に立たないことはしないという、徹底的な実利主義だ。そのどこにも抽象も装飾もない。あくまでも具象具体の実践道があるのみ。律儀すぎるほど律儀で常識的な訓示である。

このように、『五輪書』はどこまでも合理的かつ実利的で、徹底して「人を斬ること」と「勝つこと」を目的として著されている。そこには治世に役立つ政治的管理術はない。あくまでも人を斬るために生き死にをかけた勝負に勝つためにどうしたらいいかを即物的に追及するのみである。

この『五輪書』のキーワードは「実の道」であり、「直ぐなる所」である。[2]「～は実の道にあらず」という記述は他流の兵法を批判的に記した「風之巻」に特に多い。宮本武蔵は繰り返し強調する、「実の道」を踏み行なえ、「直ぐなる所」を見よ、と。自分の心の「ゆがみ」や「うたがひ」や「ひいき」や「ひずみ」を排して、真っ直ぐにそのものを見、対し、「実の道」を行なえ、と。

そこには、いかなる粉飾もない。実利や合理や直道があるばかりである。この「兵法の直道」は、理念ではなく、抽象でも装飾でもなく、愚直なばかりの実利・実践である。そのような宮本武蔵の「実道」修行が、『獨行道』の第十九条の「佛神は貴し、佛神を恃まず」という仏神（神仏）観によく表れている。

こうして、スサノヲから始まる歌と剣の道がどのように宮本武蔵にまでつながっているかを辿ってきた。歌と剣という二つの「身心変容技法＝ワザ」の起源神話とその展開を考察することで、身心変容していく超越と変態・変身のワザを考察した。

だがそれ以降今日までいかなる形で継承されてきたかは次の課題として残されている。というよりも、わたし自身の「神道ソングライター」や「東山修験道」の活動ないし実践として今現在継承練成しつつある過程である。ゆえに、この直近の事態については少し間を置いて検証してみることにしたい。

第六章

芸術・芸能とシャーマニズム

——柳宗悦「神秘主義」論と岡本太郎「シャーマニズム」論

第一節　「聴く」ことから始まる「身心変容」

「神秘主義」や「シャーマニズム」の問題を考える際に、「聴くこと」は本質的に重要な意味と次元を持っている。

わたしが「東洋と西洋における神秘主義の基礎的問題への試論」と題する卒業論文と「神道における宗教言語の研究」と題する修士論文の次に本格的に研究論文らしいものを書いたのは、博士課程時代の「〈聞く〉ことの宗教的構え」と「琴の宗教的意義について」（『神道研究集成』第三号—第四号、一九七七〜七八年三月刊、國學院大學）であった。

今になって思えば、本書のタイトルである「身心変容技法」というテーマへの関心も、最初の卒業論文のテーマ「神秘主義」と大いに関係している。というのも、一般に、神秘主義は「神秘的合一unio mystica」という「身心変容」の状態をめざすとされるが、その身心の「神秘的状態」にどのようにすれば到ることができるのか、そもそもそのような「神秘的状態」とはいかなる状態なのか、という問いがすぐさま浮んでくるからである。学生時分から、飽きることなく、このような問題にかかずらわってきているわけであるから、年季が入っているともいえるが、進展がないともいえる。

だがそんな中で、確かな一歩もあった。具体的に言えば、音楽実践を通した「身心変容」と「身心変容技法」に対する理解の深まりであった。

わたしの音楽への関心と実践は、遡って言えば、高校時代の「詩」と「歌」（一九六八年〜）への関心と大学生時代の「龍笛」（一九七一年〜）の修習から始まる。十七歳になったばかりの頃に突然反吐を吐くようにして「詩」を書き始め、「歌」を歌い始めた。それは自分の内部から生まれてくるというよりも、外部から到来してくる異物であった。鎌田東二という個を撃ち破って飛んでくる弾丸のような言葉とその圧倒的なエネルギーにただただ翻弄されるばかりであった。おそらく、この時の体験がきっかけになって「神秘主義」や「シャーマニズム」への関心が生まれたと思う。また「神秘体験」と「宗教言語」への関心も生まれた。言葉はどこからやってくるのか？　歌はどこから到来するのか？

龍笛という雅楽の笛は、その名前こそすばらしいが、そこで演奏される楽曲はわたしにはつまらなかった。中国や韓国から伝来された儒教的な礼楽としての雅楽は何よりも天地人の調和を求め奏でる音楽である。それは「ちはやぶる神」の霊威に翻弄されてきたわたしにはかったるく、物足りなかった。そこから、もっと原初の音へ、始源の響きへの希求が起こり、長らく求め続けた末に、一九九〇年に初めて石笛に出会った。

石笛は火の響きを発する。まさに火山の爆発のような。始祖鳥の雄叫びのような。それを奏していると、わたしの身心はどこまでもどこまでも高く昇って行き、仙骨から頭頂にエネルギーの筋がつっ走って行くのがよくわかった。

これだけでは体が持たない！　この直観によって、わたしはその火の響きを鎮めることのできる音を必要とし、それを法螺貝の中に見出した。火の如く垂直にほとばしる響きである石笛、水のように水平にたゆたう響きである龍笛もしくは横笛、そして土のように丸く包摂する響きである法螺貝。この火・水・土の絶妙の均衡の中に「身心」がある時、調和するものがあるという直観を得て、以来二十五年余、これをわが「三種の神器」として携行し、毎朝奏することを怠ったことがない。
　このような三種古楽器によって「身心」の均衡を得たものの、一九九五年一月に起こった阪神淡路大震災、三月に起きたオウム真理教事件、そして一九九七年に起きた神戸児童連続殺傷事件（酒鬼薔薇聖斗事件）によって打ち砕かれたわたしは、一九九八年十一月、鳥山敏子の「カマタさんは歌わないの？」という鶴の一声で、その翌日から「神道ソングライター」となり、以来十七年余の間に三百曲以上を作詞作曲して歌い続けることになった。[1]
　このわが身の「身心変容」を一つの実践事例としつつ、オウム真理教事件や酒鬼薔薇聖斗事件が提起した「負の身心変容技法」の問題を解毒し、問題点を剔抉し、古来の「身心変容技法」を再検証し再編成していく道を選んだ。その過程で、藤枝守、山田せつ子、喜納昌吉、麿赤兒、細野晴臣、金梅子、岡野弘幹、河村博重、山田真由美、木村はるみなど、何人かのダンサーや音楽家たちとインプロビゼーション（即興）的コラボレーション体験を持った。そこから学びえたものは大きく、深い。[2]
　即興的コラボレーションにおいては、相手を見ているようでは遅れる。見るのではなく、「聴く」。それも、気配の未然の響きを聴き取って対応していくことが求められる。微分的・差分的同起。
　その「きく」ということについて、二つの漢字がある。「聞」と「聴」の二字である。「聞」は「耳が門の中にある」。ということは、「門」という「解釈枠組み」を通して、物事を「聞き分ける」ということ。それに対して、「聴」は「耳が十四（歳）の心を持っている」[3]。すなわち、解釈枠組みなしで、物事をあるがままに聴き容れる。痛・通覚とともに。
　そのようにあえて誤釈（語釈）した。子どもでもなく、大人でもない、中間者の、メディア（霊媒・媒体）的な聴き方で。そうした聴き方の「身心変容技法」というものがあるはずだ。それを開発しよう。

その「聴き方」から、「神秘主義」や「シャーマニズム」に接してみよう。

第二節　柳宗悦「神秘主義」論

①柳宗悦の「神秘道」

柳宗悦は、「神秘主義」という言葉よりも「神秘道」という言葉を好んで使った。[4]「主義」と「道」とは、柳の中で注意深く区別されている。「神秘」は「主義」の中に現われることなく、「道」を通して立ち現われる。

大正七年（一九一八）に著した『宗教とその真理』の中で、柳は次のように記す。「いつも神秘道は神の認識に就て次の四つの信念に活きる。第一は無としての神性、第二は有としての神、第三は神の示現としての人の霊、第四は神と人との直接な融合、即ち神性への復帰である。真諦としての否定が最も鋭く説かれるのは第一の思想に於いてである。行為としての否定が最も鮮かに活きるのは第四の場合である」。[5]

有限なる人間はどのようにして無限の神や神性に直接し触れることができるのか？　これが古来、「神秘道」の最大の問いであり実践であった。柳によれば、その問いは、次のような「神の認識」によって開かれ、体験される。

まず、「神」は、単に「有」ではない。「無としての神性」であり、その無限性を「有る」と単純肯定することは「神の認識」としては正しいとはいえない、ということ。

ではあるが、この根源的な否定性を契機として、次に、「神」が存在として姿を現し始める。それが、「有としての神」であり、この段階での「神」の表象が、唯一神とか一神教とか三位一体とか多神教とかという時の「神」の表象レベルである。

その「神」は「人」の霊性を通して「示現」する。それが、「神の示現としての人の霊」である。「人の霊」は、従って、人性という個性（個物性）と神性という普遍性の両極を持つ。

その「霊」としての「人」は、その霊性を通じて「神」と直接的な融合を果たすことができる。それが、「神と人との直接な融合」である。

柳はこの「神秘道」を「自由宗教」とも言い換えている。それは、教義宗教でも、教団宗教でもない。霊性における「自由」であり、教義や教団の持つ有限性から突き抜けて、「無としての神性」に直接することのできる「自由宗教」なのである。

『宗教とその真理』には、「無」、「無為」、「中」、「宗教的否定」、「無限」などの有限性や束縛を超える否定辞が多用されている。柳によれば、こうした否定性を抜きにして直ちに「実在」や「神」に赴くことはできない。「宗教的時間」というのは、この世の有限性に風穴を開ける時間の次元を開く。

こうして、柳には、強烈な宗教的普遍性と「自由宗教」という超宗教的示現への志向性が見てとれるが、彼が求めているのは「究竟」であり、それ「自体」である。それを、「真如」とか「神秘」とか「即如」とかといろいろと言い換えているが、いずれにしても、その「究竟自体」に至るには「神秘道」という「自由宗教」しかない。そしてその「自由宗教」は美醜を超える美の回路を開く。それが、柳宗悦における「民藝」の「用の美」となるものだ。

「宗教はいつも言葉を超える」し、「思惟以前」の「一切の言語道断」であるが、そこには「自然の美」がたゆたい、「全てが美にゆらぐ」のである。

その「美」は「直観」や「啓示」において、「即如」という「直截な知識」において「理解」される。「直観とか啓示とかに於て、より鋭く即如は理解されるのである。之は一層直接な知識である。スピノザが『知的愛』と呼んだのは是であらう。愛が深い理解である。芸術はかゝる意味で科学よりも一層鋭い即如への肉薄である」とあるように、そこには「愛」のはたらきがあると柳は言う。

柳は、このような「知的愛」の「究竟」を「神秘道」に見るのだが、その「神秘道」は「論理道」の対極にある。「之を彼対是と決するのが論理道である。彼即是と観じるのが神秘道である」と言うように、主客分離して、分けて対象を捉え、腑分けしてその要素を解析するのが「論理道」の方策である。

だが、「神秘道」は違う。「神秘道」は論理を超え出る。その「神秘道」の六つの方策を『宗教とその真理』「即如の種々なる理解道」の中で提示する。

① 否定道 Negative way
② 矛盾道 Contradictory way
③ 逆理道 Paradoxical way
④ 未生道 Uncreated way
⑤ 象徴道 Symbolic way
⑥ 沈黙道 Silent way

否定や矛盾や逆理という否定性のはたらき。それなしに「神秘」にまみえることはできない。またそれは形になる前の未生のはたらきであるがゆえに、実体ではなく、象徴として表われ、声や音の形ではなく、未生の沈黙として潜在的に顕在する。そのような否定や沈黙を通り抜けていく超論理の「神秘道」を柳は探究した。

「神に就いて」の中で、「古きディオニシウス・アレオバヂテの言葉を当て嵌めれば、私は『肯定神学』から『否定神学』に進み、『神秘神学』に入ったのである」と述べているが、柳の「神秘道」への道は「肯定神学＝有の神学」から「否定神学＝無の神学」を経て「神秘神学＝無即有の神学」へと至る弁証法的な過程であった。

②柳宗悦の「心霊現象の攻究」

実は、柳は最初からこのような「神秘道」に出会ったわけではない。ここで言う柳の「肯定神学」の最初の形態は「新しき科学」あるいは「変態心理学」としての「心霊研究」であった。

柳が東京帝国大学の入学したのは、明治四十三年（一九一〇）九月のことであった。この年の四月、柳は、武者小路実篤や志賀直哉ら、学習院の文学の先輩たちと『白樺』を創刊し、その編集に携わった。そして、同年九月、東京帝国大学の学生になると同時に、『白樺』第六号と第七号に、「新しき科学」と題する論文を発表した。その中で、柳は次のように述べている。

「自分の思惟する処に従へば近き将来に於て吾人が人生観上に影響す可き科学が三つある。その生物学に於ける人性の研究と、物理学に於ける電気物質論と変体心理学に於ける心霊現象の攻究とである。『人間とは何ぞや』の問に答へんとするものは第一の科学である、将来の道徳が此研究によりて開拓せらるゝ事多きは自分の信ずる処である。『物質とは何ぞや』の質問に向つて解答を与へんとするものは第二の科学である。電子及エーテルに関する研究は恐らくは此謎を解く可き唯一の鍵鑰であらう。而して『心霊とは何ぞや』の問題に対して解決を下さんとするものは第三の科学である、自分は此小論文に於て最後の科学即ち心霊現象に関する最近の研究を世に紹介したいと思ふのである」(6)。

ここで、柳「三つの科学」を区別している。①「人間とは何か」を問う生物学における人性の研究、②「物質とは何か」を問う物理学における電気物質論、③「心霊とは何か」を問う変体心理学における心霊現象の攻究、の三種科学である。特筆すべきは、柳が、「第三の科学」として、新しい時代の「新しき科学」の最前線を、「心霊現象の攻究」に見ていた点である。つまり、柳の研究の出発点は「変体心理学に於ける心霊現象の攻究」だったのだ。今風に言えば、トランスパーソナルでスピリチュアルな次元の心理学的探究ということになる。

重要なのは、柳が「神学」や「宗教学」ではなく、あくまでも「科学」としての探究、つまり、「第三の科学」に期待を寄せていた点である。柳は最初から「神秘道」に参入したわけではなかった。明治四十三年のこの段階では、「新しき科学」に主たる関心を寄せ、柳の言う「変体心理学の攻究」を大学で学び、追求することができると思っていた。

だが、大学に入って、柳は失望することになる。そして、大学やアカデミズムを唾棄するまでに至る。なぜこれほど熱烈に「新しき科学」の探究に燃えていた柳に変節が起こったのか？

そのことに触れる前に、もう少し「新しき科学」についての柳の論に耳を傾けておこう。柳は言う。「宗教と道徳との権威が地に墜ちたる今日、思想に飢えたる吾等にとりて大なる力を有するものは科学である、若し吾等理知の文明に育ちたる民に人生の神秘を語り得るものがあるならば、そは古き信仰に非ずして新しき科学である。げに反抗を以て起ちたる過去の科学は、自己の天職を忘れつゝ人生が凡ての不可思議なる事実を只迷信なりとして笑ひ去つた、然し科学が発展とは即ち宇宙の神秘が開発を意味するものである、こゝに於て科学は単なる科学ではない、彼が関はる所は哲学、宗教と同一のものである、而して恐らくは将来に於て人の信仰の基礎を形造るものはかゝる科学であらう、宇宙が一糸乱れざる法則の内に調和しゝつある事を吾人に確信せしむるものは、今や独断的なる信条に非ずして、そは明かに科学ではあるまいか、宗教は常に吾人が永生を称へんとして居る、然も此信仰の失はれたる今日、吾人が死後尚存在すべき事を証明せんとするものは、今自分が画かんと欲する新しき科学ではないか、古りたる世よりの謎なりし『心霊』の問ひに答へ、幾度か人の子が迷ひたる死後の問題に解決を試みんとする此心霊現象の攻究とはそも如何なるものであらうか、自分は之より描き筆を進めて之を書いてみたいと思ふ」と。

「宗教と道徳の権威」が地に墜ちた理性の時代の「理知の文明」にあって、「人生の神秘」を明かにするのは「古き信仰」ではない。「新しき科学」なのだと柳は力説する。それは、「不可思議なる事実を只迷信」として葬り去った「過去の科学」とは異なり、「宇宙の神秘」を明かにするもので、かつて哲学や宗教が問題にしてきた領域を対象とする。つまり「心霊現象の攻究」の科学とは、端的に、「死後」の存在を証明する「新しき科学」だと宣言するのである。ここでは、「新しき科学」は限りなく「宗教」と接近する。

柳は、この論文の中で、一八八二年にロンドンで設立された「心霊現象研究会（Society for Psychical Research）」を紹介し、精神感応、透視力、予覚、自動記述、霊媒、心霊による物理現象や妖怪現象などの超常現象についての「実証」を描き出す。その際、「今や多くの大なる科学者は此研究に向つて深き注意を払って居る、特に此科学に貢献せる人の内には、現代一流の心理学者たるジエームズ（W.James）がある」と、「大なる科学者」あるいは「現代一流の心理学者」として、真っ先にウィリアム・ジェイムズの名を挙げている。柳はこの時、明確に心霊研究家としてのウィリアム・ジェイムズを意識し、顕彰している。柳はジェイムズを始め当時の錚々たる科学者の研究に論及しつつ「心霊現象の攻究」の内容を逐一吟味していく。そして、次のような結論を下す。

「かくて理性の上に立てる科学が起るに当つて人は再び此謎の前に立ちつゝ古き信仰を打破して、科学的見解の許に死後の存在を否定したのである、而して三たび変遷して、実験と観察とに基きつゝ此来世が存在の思想を挽回せんとして起ちたるものは此新しき科学である、げに彼が最大なる使命は死後の存在に対する確証であつた、吾等は前に述べたりし幾多の実例に於て吾人に潜在せる心霊が能力の偉大なるものあるを認識すると共にそが生命の永遠なるを立証せされたのではないか、かくて来世の存在と霊魂の不滅が、単に吾人の推理的若しくは信仰的憶測に非ずして客観的事実なるは、かゝる実例より来る必然的結論ではないか」と。

こうして柳宗悦は、「過去の科学」が「科学的見解」の許に「死後の存在」すなわち「来世の存在」や「霊魂の不滅」を否定したのに対して、「新しき科学」はそれを「立証」したと称賛・評価する。そして結論部分で、ウィリアム・ジェイムズについて次のように論評する。『『恐らくは物質的世界は絶対なものではない』とはハーバートのジエームスが豊なる知識より云ひ放つた言葉である、この断定の裏には心霊の世界が独立的存在を認めそが単に物質の法則によつて説明せらる可きものでない事を意味して居る、而して自分が列記した多くの心霊研究は之が証明の基礎を形造る充分な材料ではあるまいか、（中略）心霊が永遠に其生命を保持すべきは日輪の光々たるそれと同一である、脳とは心霊の作用を表現す可き器官で、物質は之が為に存在せるものである、ジエームズが前述の言葉は此処に於ても意味がある、物質世界を唯一絶対と思惟せる見解は全然誤謬と云はねばならぬ」と。

柳はこうしてウィリアム・ジェイムズの仕事を引き合いに出しながら、心霊と死後の実在を主張し、論考を次のように結んでいる。「而してかゝる実体の一部たる吾等が心霊を外界に表現せんが為に物質は存在するのである自然界に於ける法則とは、要するに宇宙の意志そのものに外ならぬ、かの微細なる原子にもかゝる意志は流れて居る、一切のものは宇宙が心霊の影像である、『自然は内在せる神が出現の啓示である』と云つたロッヂの言葉には深き真理ある、此世界とは要するに宇宙の霊的意志の表現に外ならぬ、此処に於て自分には万有神論（Pantheism）が最も深き意義を有して居る様に思はれる。（中略）而して自分には此処に、宗教、哲学及科学が融合せられる可き唯一の最終点がある様に思はれる。而して宇宙の実在の一部たる吾等に死は如何なる意味を有するのであろうか、肉体が死とは心霊を表現す可き器官の死である、而してかゝる器官の死は宇宙の実体死を意味せざる事は明かではないか、死とは単にエネルギーが変化の一現象である、そは唯物質界に於てのみ生ぜらる可き現象である、独立せる心霊は唯死に於て其器官を失へるばかりである、況んや時と処とを越えたる心霊に死は何等の意義を有せずして、残れるものは唯永遠なる生命である、吾等は死によつて宇宙の本体に復帰するのである、そこには時間なく空間なく唯永劫の安住がある、こは人生に与えられたる最も光輝ある帰趣である」。

柳は、一切は宇宙の「心霊の影像」であり、世界とは「宇宙の霊的意志の表現」であると捉えた。そして、森羅万象に神や霊魂の宿りと働きを探知する「万有神論（Pantheism）」こそが、世界の実態にもっとも近接した「宗教、哲学及科学が融合せられる可き唯一の最終点」であると結論づけたのである。

実は、ここで柳の言う「万有神論」という汎神論的存在論は、「神秘道」を経て「民藝」を発見し、最終には「美の法門」に至る柳宗悦の生涯を貫く思想となっているものである。その旋律は、最初期の「心霊研究」から、最晩年の「美の法門」や「美の浄土」論まで、彼の全著作と全活動の通奏低音となっている。

③一九一〇年のウィリアム・ジェイムズの死と福来友吉の「変態心理学」

柳が「心理学」にどれほどの期待を寄せていたかを知る一点の小さな資料がある。「新しき科学」を書いた後の『白樺』第一巻第九号（明治四十三年十二月一日発行）の編集後記である「編輯室にて」の中、ウィリアム・ジェイムズの死と福来友吉について次のように述懐している。

「大学の心理教室に行た始めての時間自分は友達が無いのでペンを持ち乍らボンヤリとして先生の来るのを待つてゐた、丁度黒板の左に掲つてゐるヴントの写真を眺めて居ると、突然『君ジエームスが死にましたね』と隣りの人に話しかけてる人がある、自分はドキッとした、その後に続いた会話はよく覚えて居ないが何でも要するにジェームスが死んだと云ふのである。プラグマチズムを発表し『多元的宇宙』を著はし今や此大なる心理学者が円熟し来つた思想を以て組織的人生観を見る日の目のあたりに近いて居るのに、運命は彼を死の国に拉し去つたと云ふのである、思想に飢えたる自分には『晩年のジエームスが事業』と云ふ事が宛らロミオがジユリエツトに逢う折の心の如く期待されて居たのである。自分はペンを持つて『ハーヴアートのジエームスが死んだ!?　うそだうそだ、信じられない事だ！』と書いた、かくて自分の福来博士変態心理学の筆記の第一頁は此文字を以て始まつてゐる。心理学教室でジエームスの訃音に接しヴントの顔を眺めてた時彼の死を聞き、心理学を始めて学ばんとする時、近世の心理学を生んだジエームスの逝去を耳にした事は自分にとツては偶然としては奇異なる経験である、ヴントは今や年老いて彼が声は不明にさえなつたと云ふ、自分は今ジエームスを失ひたる此世に於て、世の人と共に此老いたる大哲学者の健康を切に祈りたいと思ふ」（柳）。

運命とは皮肉なものである。あれほど期待した「変態心理学」を柳は東京帝国大学で学ぶことはできなかった。なぜなら、福来友吉が東京帝国大学で行なった透視実験（千里眼実験）で批判され、福来はやがて休職に追い込まれ、退職を余儀なくされるからである。[7]

ここで、柳が言うヴィルヘルム・ヴント（Wilhelm Max Wundt、一八三二〜一九二〇）は実験心理学の祖とされるドイツの心理学者で、ウィリアム・ジェイムズ（William James、一八四二〜一九一〇）は、プラグマティズムの哲学者、心理学者として著名で、宗教学の分野では古典的な名著『宗教的経験の諸相』を著していた。

そのウィリアム・ジェイムズは、柳が東京帝国大学で「変態心理学」の授業を受ける少し前の明治四十三年八月二十六日に享年六十八歳で死去したのだ。ウイリアム・ジェイムズはハーバード大学医学部を卒業し、最初、同校で解剖学と生理学を教えていたが、やがて心理学と哲学を担当するようになり、最後は哲学の専任教授となった。一八九四年から一八九六年までの間、ウィリアム・ジェイムズは、一八八二年にロンドンで設立されたイギリス心霊科学協会（The Society for Psychical Research）の会長を務めている。一八八五年にはアメリカ心霊科学協会も設立され、イギリスの支部として活動したが、このアメリカ心霊科学協会の会長も務めた。実は、ジェイムズの父であるヘンリー・ジェイムズは宗教研究家でもあったが、十八世紀スウェーデンの神秘思想家スウェーデンボルグの崇拝者であり、ウィリアムは小さい頃からその影響を受けていたのである。

十九世紀末にイギリスを中心に盛んになった「心霊科学（心霊研究、Psychical Research）」は、宗教現象や宗教的観念を徹底的に否定し迷信とみなす自然科学に対して、科学的方法論を持った「新しい科学」として登場してきた。フランスの哲学者アンリ・ベルクソンもその「新しき科学」に関心を持ち、イギリス心霊科学協会の会長を務めたこともある。

ウィリアム・ジェイムズが死去した直後に、『白樺』六〜七号に連載された「新しき科学」は世に出、その翌年、柳はそれを『心霊と人生』として出版するが、「変態心理学」はスキャンダルに見舞われることになり、柳は失望と挫折の中で、ウィリアム・ブレイクの神秘思想と芸術と詩の中に活路を見出し、「神秘道」に行き着いた。

④ 柳宗悦の思想形成と「民藝」運動

先に述べたように、生涯を貫く柳の思想は「万有神論」（Pantheism）にあった。森羅万象に神宿るという八百万的な万有神観が、無名の陶工たちの無心のものづくりの中に神宿る美を感得し、「民藝」運動として結実する。

こうして、最初期の「心霊研究」がウィリアム・ブレイクの「神秘主義研究」を介して、美の世界、木喰上人から「民藝」の世界へと通じていった。つまり、心霊研究↓神秘思想・神秘道研究↓民族文化美の研究と評価（朝鮮文化美、アイヌ文化美、沖縄文化美）↓民藝美の研究と評価と運動↓仏教美の研究と評価（美信一如論、妙好人論）と突き進んでいったのである。

たとえば、柳の「民藝」論として看過できないのが、「下手物の美」という逆理である。柳は言う。「今眺めてゐる一枚の皿に就ても云ふ事が出来る。それは貧しい『下手』のものに過ぎない。奢る風情もなく、華やかな化装もない。作る者も何を作るか、どうして出来るか、詳しくは知らないのだ。（中略）だが、凡てを知らずとも、彼の手は速かに動いてゐる。名号は既に人の声ではなく神の声だと云はれてゐるが陶工の手も既に彼の手ではなく、自然の手だと云ひ得るであらう。彼が美を工風せずとも、自然が美を守ってくれる。彼は何も打ち忘れてゐるのだ。無心な帰依から信仰が出てくる様に、自ら器には美が湧いてくるのだ。私は厭かずにその皿を眺め眺める」[8]と。

そして、「無学」「無心」が生み出す「美」を次のように称揚する。

「無学な職人から作られたもの、遠い片田舎から運ばれたもの、当時の民衆の誰もが用ひしもの、下物と呼ばれて日々の雑具に用ひられるもの、裏手の暗き室々で使われるもの、彩りもなく貧しき素朴なもの、数も多く価も廉きもの、この低い器の中に高い美が宿るとは、何の摂理であらうか。あの無心な嬰児の心に、一物をも有たざる心に、知を誇らざる者に、言葉を慎む者に、清貧に悦ぶ者達の中に、神が宿るとは如何に不可思議な真理であらう。同じその教へがそれ等の器にも活々と読まれるではないか」（「雑器の美」）。

このようなかたちで「神秘道」が「民藝」を見る柳のまなざしに活きていることを知ることができる。また、「器を知らざるに終るは愚也／器を知るに及ぶは賢也／器を忘るるに至るは聖也」とかのキャッチフレーズ的な言い方の中にも、肯定神学→否定神学→神秘神学∴愚→賢→聖という否定性を契機とした弁証法的思考を見ることができる。

また、次の言い方も同様である。

「私は希望ある解答を次の三つの道に見出そうとするのである。或は三つの段階と云ふ方がよいかも知れない。さうして是等の三段を経由する事によつて、始めて真の工芸道に達する事が出来ると信ずるのである。

一　修行 Discipline　自力道
二　帰依 Surrender　他力道
三　協団 Communion　相愛道」

このような自力道→他力道→相愛道という柳の弁証法的な三段論法は重要な局面で繰り返される。自力も他力もともに活かす。肯定も否定もともに活かす。自力即他力、肯定即否定、究竟、即如。いつもその論は、このような次元へと駆け上ってゆく。

最晩年の「美の法門」論も同様である。「仏の国に於ては美と醜との二がないのである」[9]、「一切のものはその仏性に於ては、美醜の二も絶えた無垢のものなのである」、「人が美しいものを作るといふが、さうではなく仏自らが美しく作つてゐるのである。否、美しくすることが仏たることなのである。美しさとは仏が仏に成ることである。それは仏が仏に向つてなす行ひである。それ故仏と仏との仕事なのである。念仏は、人が仏を念ずるとか、仏が人を念ずるとか云ふが、真実には仏が仏を念じてゐるのである。一遍上人の言葉を借りれば、『念仏が念仏する』のである。『名号が名号を聞く』のである。凡て正しきものは、仏の行ひの中の出来事に過ぎない。美しきものは、仏が仏に回向してゐるその姿なのである」、「美も亦『即』の法界にあることが分る。それは個人の如何に左右されない。才なき者も愚な者も、悉くその法界のさ中に活きてゐるのである。それ故この法性に在らば何人も美に居る人以外ではない。拙な者も拙なままで美に結縁されてゐるのである。洩れなく誰にもさう仕組まれてゐるのである。これが『無有好醜』の悲願である。／かかる美の法界を説き、この法界への往生を説くことが美の法門である」。

このような超論理的な論理構成は「神秘道」の時代からの柳のお手の物である。その意味で、柳は生涯「神秘道」の宗教哲学者として生きたといってよい。生涯にわたる「即如」の宗教哲学者として生きた。

この柳の宗教哲学が必然的に「民藝」という物を招き寄せたといえる。柳は、根源を思考（志向）した宗教哲学者である。そして、言葉と言葉を超えるところ、すなわち「究竟」世界を探究した。そこに宿る「自然美」を愛で、それを愛でる「無心」や「無名」を称揚した。

柳の哲学には物と心、精神と物質というデカルト以来の西洋哲学の二元論の打破が仕組まれている。柳の立場は、言うまでもなく、一如論（即如論）であるが、その思想構造は、学習院時代の師であった西田幾多郎や鈴木大拙と酷似している。西田が西洋哲学の枠組みを踏まえて思索を展開し、鈴木大拙が西洋的思考や宗教と対峙しつつ東洋・日本の仏教的思考を紹介し展開したのに対して、柳はその二元論の超克を「民藝」という物＝心＝美として、生活の中の具体的実践として示したという点に柳の真骨頂があるといえよう。

第三節　岡本太郎「シャーマニズム」論

岡本太郎（一九一一〜一九九六）を有名にしたのは、大阪万国博覧会のシンボルタワー「太陽の塔」

と「芸術は爆発だ！」という言葉である。どちらも、「爆発」的な表現であるが、その「爆発」の中に、岡本太郎の宇宙的なシャーマニズム感覚がある。

岡本太郎について、「あるとき、突如彼はシャーマンになる」と言ったのは、岡本太郎の秘書で養女となった岡本敏子である。その言い方では、岡本太郎が「シャーマン」になるが、彼自身は「シャーマン」や「シャーマニズム」に強い関心と憧れを持っていた。

「シャーマン」とは何者か？　それをわたしは、「ワザヲギ＝俳優・鎮魂神楽師」と呼ぶ。「シャーマニズム」とは何か？　それをわたしは、「見えないモノを視、聞けない声を聴き、魂を飛ばし、憑依させるワザ」と定義する。

そして、「宗教」とは何か？　それをわたしは、「宗教とは、聖なるものとの関係に基づくトランス技術あるいは超越の技法である」と規定する。

このような観点から、「見えないモノを視る」者としての岡本太郎の「ワザヲギ」を見つめ、「シャーマニズム」をめぐる岡本太郎とミシェル・レリスとフランス民族学・社会学の展開を探ってみる。

①岡本太郎の「民藝」評価

岡本太郎は、「日本再発見　出雲」の項で次のように述べている。長文だが、引用しておく。

こういう文化に対する見当ちがいの、さらに残酷な例を他の場所でも見とった。それはこの地方でかなり根をはっている民芸調である。

出雲民芸紙の作家、安部氏宅に案内された。手漉きの強みを高度に発揮した優れた技術で、見事な紙がすき上げられていた。白くまだらのや、繊維が縦横にはしって、すけて見えたり、また海藻を配して浮き上らせたもの、五色の雲のように模糊とした横段をとおしたもの、こまかい四角な紙吹雪を散らしたものなど、いささかひねりすぎのきらいはあるが、無地の色とりどりなのをまじえて、美しい。

和紙の特性をいちだんと研究し、押し進めたその努力と成果は見上げたものだ。だがアクセサリーがよくなかった。民芸調なのである。たとえば、『出雲民芸紙』と木版調でボテッと印刷したレッテルをはったのなど見せられると、とたんに中身のよさがすっとんでしまう。またどうして『民芸紙』なんて妙な名前をつけたんだろう。ここでも「文化」と同じように、『民芸』という言葉がまだハイカラなポーズになっているらしい。

また布志名焼、袖師窯、湯町窯など、窯場も幾つか廻ってみたが、ここでも民芸運動がわざわいしている。気どって、新鮮さがない。

ところで、ここで見せてもらった昔の布志名の〝夜づくどっくり〟や〝まんじゅうむし〟など、つまり今日の民芸のもととなった本来の民衆芸術のよさに感嘆した。おおらかで、すじがとおっている。見えや気どりのない、必要なだけの形をしていながら、生活的なふくらみがある。色も、いわば土地の素材から自然に出てくる、ありあわせの色。それが冴えている。どこがいいと特別にとり上げてはいえないが、しかし充実している。

これらのよさは、でき上がりの結果なんか鼻もひっかけない、気にしていない凄さである。こういういわば自然に出てきたものに芸術家はいつでもほとほと感心してしまう。もちろん、民芸作家にだってそのよさは十分わかっているのだ。しかしどんなに巧妙にたくらんでも、その純粋さ、そのような感激はとても作り得ない。

なぜだろうか？ ――彼らは結果を目的にしているからだ。民芸なんて枠をきめて、効果を前もってねらっている以上、民芸らしいものはできようが、芸術の凄みとか、豊かなふくらみというものは出てこないのだ。素朴さをねらえば、素朴ではなくなり、生活的な、香り高い土の匂いは鼻もちならない泥臭さに変わってしまう。だから民芸作家たちはみんな、自信があるような無いような、中途半端で、困ったような顔をしている。

彼ら自身も近ごろようやくそれを自覚してきたらしく、行きづまりを嘆く深刻な訴えを聞いた。地方の真面目な人たちが、こういうところにひっかかって苦しんでいるのは、まことに気の毒だ。

私はかつての民芸運動の功績を否定はしない。地方の工人たちがまったく自覚せず、持ち伝えてきた豊かな自然を、卑下して捨て去ってゆく。それを、待ちなさい、君たちはこういうすばらしさがある、と自覚に高めて伸ばしてゆくという運動は、まさに正しい。

悲劇はその指導者たちが、芸術家ではなく、〝芸術主義者〟、ディレッタントだったところにある。彼らの善意にかかわらず、地方の素朴な人たちに、指導者自身が持っている芸術に対するコンプレックスを植えつけたのだ。作家、芸術家という幻影を抱きはじめ、自分の作っているものは価値のあるものだと自負しはじめたとたんに、新鮮さがひっこんでしまい、民衆芸術の素朴さを失って、彼らの指導者と同じように、エセ芸術家になってしまうのである。

民芸運動の全面的な失敗はそこにある。それはあらゆる土地で、純粋な民衆芸術を生かしたようで、実は亡ぼしている。指導者のディレッタント的な甘さが、まだそれに気がついていないだけの話である。(10)

実に、歯に衣着せぬ岡本太郎らしい評言である。その評言は言い得て妙だ。当たっている。「民芸」のよさも、「民芸調」の中途半端な制作と商業主義がもたらした堕落と空洞化も、岡本太郎の言うとおりであろう。

だがそれでもわたしは、「民芸」運動の提唱者の柳宗悦を単なる「ディレッタント」だとは考えない。

それよりももっと深い思索と運動を展開した宗教哲学者であり、文明批評家であったと考える。

岡本太郎も優れた宗教哲学と文明批評を持っている。だが、彼の創造する芸術にはどうも「民芸調」にも類似した〝岡本太郎調〟があるのではないか？「民芸なんて枠をきめて、効果を前もってねらっている以上、民芸らしいものはできようが、芸術の凄みとか、豊かなふくらみというものは出てこないのだ。素朴さをねらえば、素朴ではなくなり、生活的な、香り高い土の匂いは鼻もちならない泥臭さに変わってしまう。だから民芸作家たちはみんな、自信があるような無いような、中途半端で、困ったような顔をしている。」という「民芸」に対する評言は、そのまま岡本太郎の作品と彼自身にも当てはまるように思う。岡本太郎の作品には〝岡本太郎らしい〟ものはあっても、「芸術の凄み」とか「豊かなふくらみ」というものを感じない。世の人がいかに評価しようが、わたしはそう感じてしまう。

だが、岡本太郎の言葉は違う。「凄み」と「豊かなふくらみ」がある。そこに、岡本太郎だけではなく、岡本敏子の介在があったかもしれないと思うのは邪推かも知れないが、ある程度当たっているではないかと思う。岡本太郎自身は、彼が言うほどには「爆発」していないのである。

②岡本太郎の「シャーマン」および「シャーマニズム」論

一般に、「シャーマンshaman」とは、神や精霊など目に見えない超自然的存在と直接交信する特殊な霊的能力を持った宗教的職能者と考えられている。ミルチャ・エリアーデ（一九〇七〜一九八六）ら宗教学者は、シャーマンに「脱魂ecstasy」型」と「憑依possession型」を区別した。わたしはその二類型を「鳥シャーマン」（垂直性飛翔型）と「蛇シャーマン」（水平性侵入型）と呼んでいる。[11]

その「シャーマン」や「シャーマニズム」について、岡本太郎は次のように述べている。

「沖縄には日本の原始宗教、古神道に近い信仰が未だに生きている。のろはその神秘的な女性の司祭、つまりシャーマンである。各島・各村々にかならずのろがいて、宗教的儀式や祭りをつかさどる。沖縄列島では『のろ（祝女）』、先島では『つかさ（司）』というが、役割は同じだ」[12]、「神はこのようになんにもない場所（御嶽のこと—引用者注）におりて来て、透明な空気の中で人間と向き合うのだ。のろはそのとき神と人間のメディウムであり、また同時に人間意志の強力なチャンピオンである。神はシャーマンの超自然的な吸引力によって顕現する。そして一たん儀式が始まるとこの環境は、なんにもない故にこそ、逆に、最も厳粛に神聖にひきしまる」、「沖縄のウタキ（御嶽）は神のおりる場所だが、しかしまったく変哲もない、森の中の小さな広場で、その真中に石ころが二つ三つ、落葉に埋れてころがっているだけ。祭壇も、偶像も、何もない。そこにかえって強烈な神秘があった。（中略）高度な世界宗教では、はかることの出来ない、信仰の姿。そしてそれはまた、いわゆる未開社会の原始宗教とも、何か質の違う、――あえて言うなら、きわめて日本的な神聖感につらぬかれた、無垢な信仰だ。それが素肌のまま生きているのを感じた。／われわれの生命の諸言的な姿、感動の根は、そこにあるのではないか。私という個人をこえて、民族の底にあるものを触発される思いだった」。

ここで岡本太郎は二つのことを指摘している。ノロやツカサと呼ばれた「メディウム」の「シャーマン」性と、彼らがその「シャーマン」性を発現する場所としての「御嶽」の「神聖」についてである。

簡単に言えば、神を降ろす人がシャーマンであり、神が降りる場所が御嶽である。そのシャーマンの持つ「超自然的な吸引力」によって神が御嶽に顕現する。御嶽には何もない。何もないことによって、「神」が「アル」、「神秘」が「アル」。そのような逆理を、柳宗悦も膝を打って受け入れるだろう。そのとおり！　と。

日本国中の「手仕事」を隈なく見て歩いた柳宗悦にも似て、岡本太郎も北海道や東北から沖縄までの日本列島を隈なく歩いて、列島を貫く「神秘」と「いのち」と「シャーマニズム」を見て取っていく。その列島のシャーマン性は、沖縄のノロやツカサだけではなく、東北の修験者にも現われる。岡本太郎は言う。「さて修験の問題へ飛躍しよう。／除外されながら、なお破れない者の積み重なりは、やがて当然のごとく一つの伝統として外に形成される。部落のモラルが相互強調であり、あたたかく、事無く、生産物の蓄積の上に眠っている。そういう惰性に対して、こちらはつねに身を投げ、危険に己れをさらす。いわば孤独な人たちが、不知の世界に神秘をもとめ、一つの世界観のもとに結集したら、――「山の人」の伝統が成り立つだろう。／彼らはそれ自体神秘であるのに、山野の霊威をも身に担うのである。自然の呪力は人格の上に重ねあわされて、強烈な精神力として、シャーマン的霊妙を体現する。／私はここにもっとも純粋無垢な日本的神秘を感じとるのだ。／だが、これはもちろん、きわめて原始的な、素朴な姿である。このような危機の信仰が、やがて「修験道」となり、強固な伝統として発展して行くには、当然別な要素が加わらなければならない。／修験道は「行」である。秩序ある、そして苛烈な精神力の鍛錬が前提になっている。己れを捨てること、己れに徹底的に過酷であること。……水垢離。水断ち。五穀を断つ木食行。山にこもって、けわしい崖をよじ、渓流をわたり、先達に叩かれ、滝に打たれ。――羽黒修験はことに荒行をもって聞こえている」[13]。

女であろうが、男であろうが、ノロであろうが、修験者であろうが、岡本太郎は、「二重性」を持つ「秘密」や「神秘」への参入者を「シャーマン」[14]と呼ぶ。「己れに徹底的に過酷」に「生命の秘密」や「世界と存在の神秘」に挑み続けるのがシャーマンであると言う岡本太郎的なコンテキストにおいては、確かに、岡本太郎も「シャーマン」であり、「神秘との交通者」ということができる。

先に、「シャーマン」とは「ワザヲギ＝俳優・鎮魂神楽師」であると述べたが、ここで、わたしなりの「シャーマン」論を展開する。

① シャーマンとは、「フクシン」である。その「フクシン」とは、第一に、複身、第二に、複心。つまり、いくつもの身体といくつもの心を持つ者だ。

② 次に、変身（変心）可能性に開かれている者。つまり、「フクシン（複身・複心）化」できる身心変容者である。

③ そのような「フクシン化」を、古代日本の古語では、「ワザヲギ」と言い、それに「俳優」という漢字を宛てた。古代日本の古語では、「シャーマン」とは「ワザヲギ」をする者を言う。それは、「神懸り」し、神霊や精霊の魂を呼び出し、動かし、身に振り付けたり、引き剥がしたりできるワザを持つ者の謂だった。

④ その「ワザヲギ＝俳優」の漢字を、分解すると、「人に非ざることに（＝俳）、優れたる者（優）」、すなわち、異類・異界・異人との交通・交歓・交流・交歓において優れた能力を持つ者とな

る。

⑤　そのような、「異種間・異類間・異次元間・異界間コミュニケーション」ができる者、それを「ワザヲギ＝俳優」とするなら、「四次元」への参入に挑んでいた岡本太郎も、そのメンバーの一人であったといえる。

⑥　そのような「ワザヲギ」として、「祭り」や「神楽」や「鎮魂」がある。祈りは、基本的に一人で行なうものだが、祭りは、基本的に地域の仲間や家族など、みんなで行なうものである。祈りは霊性の基盤であるが、祭りは公共性の基盤である。その祭りには、待つ――神々のおとづれを待つ行為としての祭り、奉る――供え物を奉る行為としての祭り、服ろう――大いなる存在と意思に従う行為としての祭り、真釣り――真の大いなる均衡・バランス・調和としての祭り、の四つの意味の位相がある。祭りとは、神々と自然と人々との交歓によって大いなる循環と調和を導く民衆的知恵と生活技術であり、魂の力をもって、平和と平安と幸福を招き入れるワザヲギである。こうして、祭りは、何モノかの訪れを待つところから始まる。それは、深い、「耳のそばだて」であり、神々や自然や先祖の声に耳を傾け、その場に到来するものを待ち受け、そこに到来した大いなるモノに、心からの感謝の供え物を奉る。大いなる存在の「声」に従い、讃え、調和と美と喜びをもたらすこと、それが、祭りである。

「シャーマン」とはこのような文脈における「タマフリ＝鎮魂」「神楽」「遊び＝楽」の「ワザヲギびと」なのである。そこにおいて、「シャーマン」は、「見えないモノ（兆）」を視、「聞こえない声（音・兆）」を聴き、「異次元情報」をもたらすメッセンジャーとなる。この「見えないモノを視、聞けない声を聴き、魂を飛ばし（脱魂し）、憑依させるワザ」としてのシャーマニズムとは、このような「シャーマン」の「身心変容技法⇕世界変容術」がもたらす出来事・現象であるといえよう。

③岡本太郎の「シャーマニズム」論の源泉としてのミシェル・レリスとフランス民族学・社会学

実は、岡本太郎は、「トーテミズム」や「シャーマニズム」の概念と現象をフランス民族学[15]（人類学）・社会学から学んだ。もちろんこの時、真っ先に挙げなければならないのは、第一に、岡本太郎の師に当たるマルセル・モース（一八七二～一九五〇）である。エミール・デュルケム（一八五八～一九一七）の甥でもあったモースは、フランス社会学のみならず、「フランス民族学（人類学）の父」であった。第二に、「シャーマン」に憧れ秘密結社を主宰したジョルジュ・バタイユ（一八九七～一九六二）、そして第三に「自動記述（オートマティスム）」を提唱したシュールレアリスム運動の指導者のアンドレ・ブルトン（一八九六～一九六六）。彼らは、「シャーマニズム」の理論とその文学的表現を示したといえる。

しかし、彼らよりももっと注目すべきなのは、ミシェル・レリス（一九〇一～一九九〇）とアンドレ・マッソン（一八九七～一九八七）である。岡本太郎は、この二人から強烈なインパクトと影響を受けているとわたしは考える。

岡本太郎は、ミシェル・レリス（「ミッシェル・レイリス」と表現）のことを、わずかに、次のように触れている。

「パトリック（シュールレアリスムの詩人、パトリック・ワルドベルグ）はドイツ侵入善後逃れて、アメリカに渡ったが、デリベラシオン《フランス解放》とともに、アンドレ・ブルトンと相携えてパリに帰った。その第一夜、電燈のつかない一室で蝋燭の灯を囲み、ピカソ、ブルトン、ジャン・ポール・サルトル、ミッシェル・レイリスと印象的な会談で夜をあかしたと語っていた」、「マルセル・モース教授の弟子になって、一時は絵を描くことをやめてしまった。／パリ大学、民族学科の授業はほとんどミューゼ・ド・ロッムで行われた。豊かな資料、精密な科目の構成、私はここでの勉強に充実感をおぼえた。／マルセル・モースの講義はとりわけ幅ひろく、深い手ごたえがあった。教授はフランス民族学の大きな柱であり、父のような存在だ。フィールドに出たことのない民族学者として有名だが、その目くばりは人間社会のあらゆる事象に行きわたり、言いようなく鋭い。／一九五〇年になくなったが、去年、このモース教授のことで私はちょっと面白い経験をした。／有名な贈与論をはじめとして、その業績は世界的に知られているのに、モースは戦前は一冊も著書を出していない。その講義や論文をあつめた本が出たのは戦後、なくなるちょっと前である。この人の偉大なイメージを何とかあらためて行きかえらせたいと、パリ大学の民族学教授で、映像記録の専門家であるジャン・ルーシュが企画をたてた。／「マルセル・モースの肖像」と題するフィルム・ドキュメント。しかし教授を直接描くことは出来ないので、モースの薫陶を受けた弟子を写して、その背後に師の像を浮びあがらせようというユニークな発想だ。／ミシェル・レイリス、構造主義で有名なレヴィー・ストロース、それに私の三人を写すという。ルーシュが日本に来た時、私のアトリエでカメラを回した。／私の分だけ出来上がった。三十分のフィルム、はじめから終わりまで私がしゃべりつづけ、自分では見ていてテレくさくなってしまうのだが、これがイタリアのアゾロの国際映画祭に出品され、昨年（一九七五年）の七月、賞をとってしまったのである。五十四ヶ国が参加した中から選ばれたという。私には信じられない思いだった」（「自伝抄」）。

一九〇一年にパリで生まれたミシェル・レリス（Michel Leiris）は、詩人のマックス・ジャコブ（一八七六

〜一九四四）に師事し、画家のアンドレ・マッソンと出会って一緒に一九二四年、シュールレアリスム運動に参加した。そして、一九二五年にマッソンの挿絵による第一詩集『シュミラークル』、一九二七年に第二詩集『基本方位』を上梓するが、一九二九年にはシュールレアリスムと袂を分かってジョルジュ・バタイユの主宰する『ドキュマン』に参加した。この頃、彼は、神秘主義思想（カバラ主義、チベット苦行僧の修行等）から影響を受け、チベット僧の修行方法に精通していたという。

だがノイローゼとなり、バタイユに勧められて、民族学者マルセル・グリオール（一八九八〜一九五六、一九四三年から一九五六年までソルボンヌ大学民族学教授、主著『水の神――ドゴン族の神話的世界』『青い狐――ドゴンの宇宙哲学』せりか書房）を団長とするダカール＝ジブチ調査旅行（一九三一〜三三）に書記兼文書係として参加したが、これがミシェル・レリスの決定的な「シャーマニズム」体験となり、彼自身、その後、民族学者（人類学者）となっていく原点にもなった。

この間の日記ともフィールド記録とも告白文学ともいえる作品が、一九三四年に出版された『幻のアフリカ』である。これは、物議をかもした問題の書である。それは、この「記録」があまりにも度を越して私的であり、赤裸々であったからだ。当然といえるが、この本の出版のせいでレリスはグリオールと絶交状態となっている。

たとえば、このような記述。

一九三一年一一月二日　夜。夢精、ほんのわずかエロティックな夢を見たあと、心ならずも射精して夢は終わる。突然のセックスの出現。僕はセックスのことなどすこしも頭にないと思っていたのに。／黒人の女が僕の眼に、現に刺激的に映らないのは、女たちがいつも裸でいすぎるからだし、また、黒人の女との性交は社会的なものと何一つかかわらないからだ。白人の女と性交することは、つまり、その女を多数の因習から引き離し、肉体的な点からしても、もろもろの制度の観点からしても、裸にすることだ。こういうことは、制度が僕たちのとはとても異なっている女とではありえない。ある点では、それはもう《女》でないと言う言い方が適切だ[16]。

一九三二年七月一七日　僕は一つの夢に感動し、ほとんど涙ぐむ。いくつかの移動や、複雑な出来事のあとで、少女といっていいZと再会し、彼女が奥の友人の一人と関係していることを確認する。これは、あまり彼女を放っておいた僕のせいなのだ。僕は二言三言弁解する。彼女はすぐに僕のところに戻ってくる。しかし僕の上には悔恨が重くのしかかる……。とりわけ僕は深い憐れみを覚える。

一九三二年七月一八日　さまざまな事柄が明らかになる。僕の神経症の大方は、避妊をあまり考えすぎるため、中途半端で不完全な交接しかできない習慣から来ている。薬の使用に対する嫌悪と、堕胎への恐れとは、僕を馬鹿げたジレンマに追い込む。マルサス主義を捨て去ることもできず――僕のペシミズムと結びついた倫理的な理由のため――、かといって、尻込みもせずに薬を使って敢然とこの主義を実行することもできないため、奥は自分を男と感じなくなっている。僕は去勢された存在なのだ。結局、ここに僕のすべての問題がある。これが、僕の旅行をする理由であり、うんざりする理由であり、ある時期、かなり下らない酔い方をした理由でもある。

一九三二年八月八日　僕はいつも性交を多少とも呪術的な行為とみなし、ある種の女たちからは神話のようなものを期待し、娼婦たちを女占師扱いしてきた……。だから僕は、この謎めいた遣り手婆（エチオピアのシャーマンのこと）のことを思うとき、愛情のまじった敬意を覚える。今日、そして僕たちの国に祭式上の淫売がもはや存在しないとはなんと残念なことか！

このような「記述」が、フランスの最初の本格的なアフリカ調査団の公式の「記録」として出版されたとしたら、グリオール団長でなくても、大変困ったと思うだろう。レリスの『日記』の一九三六年四月三日に、「表面は知的に見えても、あくまでも下劣な感情をもって書かれた作品だ」とか、「この不幸な本が出版されてまもなく二年になる。そして教授連のあいだでは、話題となるあり方はいつも決まっている。モースはわたしが『文学者』であり『真面目ではない』とはっきり言う。彼はまた入植者のあいだに潜入する民族誌家にとってきわめて危険な本あったとも言う」[17]と記されているのは、ある意味では当然である。これには、マルセル・モースも民族学担当の教授連中も頭を抱えてしまったのではないだろうか。

その上、エチオピア（アビシニア）の呪具や祭具などを購入（略奪？）し、運ぶ際のいざこざや隠蔽などが実に赤裸々に描かれているので、「入植者のあいだに潜入する民族誌家にとってきわめて危険な本」と言われるのも無理はない。そんな、計算ずくでないようで、緻密に計算されているような、無意識のようで、極めて意識的・意図的なこの『幻のアフリカ』は、実に画期的な問題の書である。特異な詩人で告白文学の達人であるレリス以外には誰もこのような本を書くことはできなかった。

岡本太郎が一九三四年以降にマルセル・モースの下で民族学を学んでいた時、この物議をかもしたスキャンダラスな本を読まずに過ごしたと考える方が不自然であろう。佐々木秀憲学芸員の教示によると、現在、川崎市岡本太郎美術館が所蔵している岡本太郎旧蔵のフランス語書籍中のミシェル・レリスの著書は、LEIRIS, Michel / Miroir de la Tauromachie / G.L.M. / 1938 / Acephale nouvelle serie cahier ; n. 1とLEIRIS, Michel / L'age d'homme / Gallimard / 1946 / 署名本とLEIRIS, Michel / L'afrique fantome / Gallimard / c. 1934 / 8th. Ed. / Gallimard / c. 1934 / 8th. Ed. は、一九五〇年の第八版で、当該書籍はフランス綴じで四十ページ目以降は切り開かれていないという。また本には下線・傍線・書込み・栞などは全く施されていないとのことである。

したがって、結論として、岡本太郎が『幻のアフリカ』の初版を読んだかどうかについては、確認できる資料がないということになる。一九六〇年代のエッセイの中で、岡本太郎はパリからの帰国に際し書籍と雑誌を計「約二千冊」持ち帰ったけれども東京大空襲で焼失したと回想しているが、その書籍と雑誌が如何なるものであったかは全く資料が残されていないのでわからない。岡本太郎が一九三四年頃、レリスの『幻のアフリカ』を読んだという決め手はない。

ではあるが、わたしは、岡本太郎が、この時期に、『ドキュマン』なども含め、ミシェル・レリスの「憑依」論を読んでいたと推測する。そして、その「シャーマニズム」の「憑依」現象についての関心は、バタイユを始め、神聖社会学研究会やアセファルのメンバーにも共有されていたと考える。

岡本太郎は、『黒い太陽』の中で、「バタイユはすでに準備していたのである。彼の夢を――表には、コレージュ・ド・ソシオロジー・サクレ（神聖社会学研究会）をつくり、その裏では無条件にとけ込みある同志だけが結集して、純粋に精神的な秘密結社を組織するつもりだった。彼はさまざまの運動を展開していたが、よりきびしく、深い結束を目ざしていたのだ。／月二回、サン・ミッシェル通りの大きな本屋の奥まった部屋で会合をもった。バタイユを中心に、クロソウスキー、レイモンド・アロン、ジャン・ヴァル、ミッシェル・レイリス、ジュリアン・バンダ、ド・ルージュモン、カイヨア、コジェフ等、毎回のように参加して突っ込んだ討論が行われた。／中心テーマは「正なる神聖」と「邪なる神聖」との弁証法。その研究である。／社会にはその時代に力を持ち、権威と認められた公の神聖がある。と同時に、それに挑み、くつがえす信念と闘いがある。既成勢力から見ればそれは邪であり、犯罪者だ。だが挑む側から見れば、これこそ絶対の神聖なのだ。／論理の弁証法的究明と掃除に、いずれ現実に、この惰性的社会を変革することがわれわれの目的だった。／バタイユが言ったことがある。『われわれのねらっているのは、癌のように、痛みのない革命だ。』」と。[18]

ミシェル・レリスはこのバタイユが主宰する「神聖社会学研究会」に積極的に参加することはなかった。それは、「神聖社会学研究会」がアフリカで本物のシャーマニズムや憑依儀礼を見てしまったレリスにとっては大変観念的で子供じみた振る舞いに見えたからかもしれない。

レリスは、『幻のアフリカ』の一九三二年九月一二日等の記録に、ゴンダル滞在中にザール信仰の女指導者のもとへ通い、供犠や「憑依」現象を間近に繰り返し観察・体験したことを記述している。その記録の生々しさは衝撃的である。一九五八年には、この観察をもとに『ゴンダルのエチオピア人における憑依とその演劇的諸相』（『日常の中の聖なるもの』所収、思潮社、一九八六年）を発表した。

レリスは、アフリカから帰国後、詩人および作家として活動しつつも、民族誌研究の道に進み、マルセル・モースの下で民族学を学び、生涯、人類博物館に勤務し、アフリカ部門の責任者を務めたのである。小説家としての自伝的作品としては『成熟の年齢』『ゲームの規則』全四巻などがあり、民族誌の分野では先に引いた憑依現象に関する著作『ゴンダルのエチオピア人における憑依とその演劇的諸相』などがある。[19]

ミシェル・レリスは、岡本太郎とは、マルセル・モースの兄弟弟子であるだけでなく、ピカソやマッソンとも大変親しかったが、岡本太郎はレリスから大きな影響を受けたのではないかとわたしは考えている。だが、強烈な対抗心とおそらくは嫉妬のあった岡本太郎は、ミシェル・レリスのことはおくびにも出さなかった。このあたりが真相ではなかったろうか。

レリスの『幻のアフリカ』は実に問題の書である。千頁を超える膨大な記録ではあるが、ここには、夢や自分のオブセッションや極めて主観的な人物評など私的な記述と、その日に起こった出来事の公的な記録が混在していて、読者を戸惑わせると同時に、惹き込む魅力に満ちているからだ。これは、フィールドノートとして、実に興味深い画期的な「等心大」の記録であると高く評価できる。[20]

『幻のアフリカ』は確かに「シャーマン」や「シャーマニズム」についての実見録といえるが、同時にそれは、その虚妄性について、詐術的側面について、「幻」の位相を意識して書かれているという点でも画期的である。「真のアフリカ」とか「本物のアフリカ」ではなく、「幻のアフリカ」(L'Afrique fantôme) と題されているところに、ミシェル・レリスの批評がある。

岡本太郎は、このミシェル・レリスとアンドレ・マッソンに、「羨望」と「嫉妬」とを感じていたのではなかったろうか。ミシェル・レリスと岡本太郎は、ほぼ同時期に民族学者マルセル・モースのもとで「民族学(人類学)」を学ぶが、互いの著作でほとんど言及することがなかった。これは、あまりに「不自然」な行為である。二人は、意図的に、互いを「無視」していたのだろうか。

それには、「理由」があったはずだ。それは、岡本太郎がミシェル・レリスとその師であり友人の画家アンドレ・マッソンに「羨望」と「嫉妬」を感じていたからと推測する。加えて、ミシェル・レリスは、一九三〇年からピカソ論を書いている。また、一九二六年からマッソン論を書いている。

「彼の多くの作品においてすでにはっきりとあらわれている太陽は、マッソンにとって、自身「強迫観念（オブセッション）」と形容してはばからない、そして、彼をスペインに定住させる（とりわけ太陽を動機にして）前、一九二五年以降毎年南フランスの地中海沿岸地方に彼を滞在冴えるに至った一種の固執である。マッソンの芸術（そのなかに主として『昼の表現』と『夜の拒絶』を見るべきである）において、太陽のテーマが、もっとも恒常的なテーマの一つと思われる一方、夜と月のテーマは、ごく後期になってからしか、しかもごくわずかな絵においてしかあらわれない」[21]。

「考えることなく描く画家たち――しかも大方がそうだ――がいる。描く前に考える人たちもいる。そしてたぶんそのほうがいくらかはましだろう。最後に何人かの、考えるために描く人たち――そしてマッソンは、そのなかに入る――がいる。絵画は彼らにとって、探究の方法であり、彼らをとりまくものと一層密に接触するための手段であり、人々と事物を一層鋭く意識し、それらに意味を与えるためのあり方である。（中略）／それゆえマッソンは、こうした古典由来の図像の埒外において、『無頭人（アセファル）』なるものを考案する。これは、頭のない人間、理性のくびきを脱することなしには到達しえない、すべて共謀によって作りあげられた人間を意味する『無頭人』という同名の雑誌のテーマの絵となった」（「神話」）。

「『自然の神話』（一九三八年）、『存在の神話』（一九三九年）、『象徴的人間』（一九四〇年）と題された一連の作品によって、マッソンは、神話の絵解きからまったく脱し、そのデッサンを個人的な思考のために有効な道具とすることに成功する」（同）。

ミシェル・レリスのこのアンドレ・マッソン評は、日本の美術評論家が岡本太郎の作品に寄せた批評として読んでもおかしくないような親和性がある。「無頭人（アセファル）」とは、アンドレ・マッソンの筆による、「右手に燃える心臓、左手に刀、腹部に迷宮、性器にスカルをもつ無頭の怪人」であった。このアンドレ・マッソンの「無頭人」に「顔」を付けると、岡本太郎の「太陽の塔」になる。

ミシェル・レリスのピカソ論も、「無頭人」の表紙画を描いたアンドレ・マッソン論もみな、岡本太郎が激しい対抗意識を燃やして意識せずにはいられなかった。岡本太郎にとってはそのような激しく挑発する存在がミシェル・レリスだったのではないか。

しかしながら、岡本太郎の全著作において、ピカソについては繰り返し語られ、乗り越えるべき存在などと語られるのに対して、同時代の先行者であったアンドレ・マッソンとミシェル・レリスについての言及はあまりに少なく、不自然なほどだ。

とりわけ、そのシュールレアリスム論、アフリカ論、民族学、すべてにおいて岡本太郎の遥か先を行っていた十歳年上の詩人・民族学者のミシェル・レリスとその師のアンドレ・マッソンに、岡本太郎は激しいライバル意識を持っていた。いや、羨望と嫉妬を抱いていたかもしれないと思う。特にパリ時代にあっては。

ミシェル・レリスの「義父」（彼は死ぬまで「義兄」と偽って通した）のカーンワイラーは、ピカソだけではなく、シュールレアリストたちの画商でもあったし、フランスアヴァンギャルド芸術の最大の理解者でありサポータでありプロデューサーの一人だった。ミシェル・レリスは、臨むと望まぬとにかかわらず、フランスアヴァンギャルド芸術の真っただ中にいた輝ける星だった。負けず嫌いの岡本太郎が激しい対抗心を抱いたとしても何ら不思議はないどころか、それはほとんど必然だったのではないだろうか。

晩年、「マルセル・モースの肖像」と題するフィルム・ドキュメントで岡本太郎のインタビューを撮った、パリ大学の民族学教授で映像作家のジャン・ルーシュは、ミシェル・レリスが絶交したアフリカ調査団長で、その後、マルセル・モースの後を継いでパリ大学ソルボンヌの民族学の筆頭教授となったマルセル・グリオールの弟子であった。これもまた奇妙な因縁である。

こうして、岡本太郎が「シャーマン」であったかどうかについて、結論としては、「対極主義者」岡本太郎評らしくないが、「シャーマンでもあり、でもなかった」という曖昧なものとなる。その「でもなかった」部分が、鋭い「批評家」、わけても「文明批評家」としての岡本太郎だった。

先に述べたように、わたしは岡本太郎の芸術作品を評価できない。凄いともよいとも思えない。アンドレ・マッソンやピカソの方がはるかに凄いと思う。

けれども、シャーマン、伝統、神秘、秘密、透明な渾沌、宇宙、四次元をあくことなく探究した岡本太郎の探究精神と批評精神と文章は、誰にも真似の出来ぬモノであったとは思う。それが、いくらかは、岡本太郎の言葉を書き留め、記録した岡本敏子との「共作」であったとしても、である。

第四節　神秘道とシャーマニズム

柳宗悦と岡本太郎から何を「聴き取る」ことができただろうか？

柳宗悦の「神秘道」論は、ウィリアム・ジェイムズの『宗教的経験の諸相』から大きな刺激を受け、最新の「心霊研究」として福来友吉の研究から刺激を受けていた。しかし、柳が東京帝国大学哲学科心理学専攻に進む直前に、ジェイムズは死去し、福来は失脚していき、柳は独自の宗教哲学的探究を進めるほかなかった。それが柳の生涯にわたる「神秘道」の宗教哲学の探究になり、その過程で「神秘」の美的具現として「民藝」を見出した。それが、柳の「神秘道」であった。

それに対して、岡本太郎は戦前のパリでミシェル・レリスや最新のアフリカ研究の「憑依現象」に強烈な刺激を受けた。もちろん、ジョルジュ・バタイユからも。しかし、戦争を挟んで、その「シャーマニズム」論はいったん封印された。

しかし戦後、岡本太郎は、ミルチャ・エリアーデの『シャーマニズム』論を読み、さらに広く深く「シャーマニズム」問題に関心を持ち、再び「シャーマン」および「シャーマニズム」と出会った。これら二つのインパクトと観点をもって沖縄や東北の民俗儀礼や修行をつぶさにまなざしていった。

この二人の共通点は、第一に、「自動書記」への着目であった。第二に、それに関連して直観および想像と創造の秘密と力の探究と実践。それは、言い換えると、潜在能力の再アセスメントであった。かくして、第三に、両者両様に、芸術・芸能による「身心変容」の形と有効性を浮彫りにした。柳宗悦は「神秘道」として、岡本太郎は「シャーマン」の「神秘」ないし「神聖エネルギー」として。

二人ともに、生涯、「神秘」に魅せられつづけたのである。そしてこの「神秘」なるものこそ、世阿弥の「身心変容技法」である「申楽」を通して表出される「幽玄」や「妙」であり、「花」であった。「秘すれば花」とは、その「神秘」顕現をこそ能のいのちと心得る世阿弥の魔術・魔法にほかならなかったのである。

柳宗悦も岡本太郎も、直接世阿弥について語ることはない。だが、彼らがみな「神秘」の発出と発動に取り憑かれた人たちであったことを懐かしくも興味深く思う。彼らの言葉はどこかきわめて超越的なのである。

第七章

神話的時間と超越体験

第一節　超越の回路――両義性の場所から

わたしは小さい頃から「世界の果て」を見てみたいと思い続けてきた。この世界の果てはどうなっているのか見てみたいという欲求に駆られ、いつしか聖地巡礼を行うようになっていた。わたしにとって「聖地」とは「この世の果て」の一つの形であり、窓口だった。

十八年前、パリのセーヌ川の中州のシテ島の尽端に立って、夜のセーヌの流れに見入り、周りの夜景を眺めているうちに、不意に「ここは世界の果てだ」という思いがこみ上げてきて、俄かに世界が深い陰影を持ち始め、フェードアウトとフェードインを、ロングショットとズームアップを同時に行っているような、遠近法の錯乱に陥った。

この不思議な感覚錯乱は、ロートレアモンやアルチュール・ランボーの詩篇に見られるシンタックス（統辞論）やセマンティックス（意味論）の解体と再編にも似て、花の都パリに異空間の孔を開けてくれる機会となった。以来、セーヌはわたしにとって「世界の果て」の端末となった。パリ・セーヌは「世界の果て」の端末あるいはアクセスポイントの一つとなり、いつもその場所に奇妙なノスタルジーを感じるようになったのである。

それを別のことばで言うと、わたしは「超越」や「神話的時間」に一貫して興味を抱いてきたということでもある。わたしにとってセーヌは「超越」や「神話的時間」に参入していく回路となったということである。

「世界の果て」とはこの世とあの世との境に至るということであるが、それは二つの世界を同時に参入しつつ離脱するような、両義的な位置に立つことであるといえる。ある意味ではどっちつかずであるが、ある意味ではどっちにも属しているという中間者。その中間者はある時は媒介者となり、ある時はエトランゼ（異邦人）となり、ある時は離反者・裏切り者となる。まさしく、ヤヌスや鵺のような存在。それが両義的人間の位置であろう。

「超越」というシーンにかかわるシャーマンなどは、そのような両義的・両性具有的人間である。一方は神の側に、あるいは霊の側に、他方は人の側に、あるいは肉の側に。その両サイドにいて激しく振幅しながら生死の境を往来する。そんな越境者としての「超越」の技法、その技法の一端をこの章で考えてみたい。

第二節　超越の技法としての笑いと「サニハ」と心理臨床

「超越」とは何か？

文字通り、「こえる」ことである。「超」も「越」も、ともに「こえる」と訓む。「超越」が文字通り、「こえる」ことを意味するとしたら、いったい何をこえていくのだろうか。

一つは、「自己をこえる」。もう一つは、「世界をこえる」、ということであろう。

「自己をこえる」ことには、神秘体験や変性意識状態や性の変容（両性具有化や無性化）などが含まれ、

「世界をこえる」ことには、異界（他界・霊界・冥界）遍歴とか極楽往生とか宮沢賢治の『銀河鉄道の夜』のジョバンニの旅などが含まれる。この二つはもちろんまったく独立した別物ではなく、相互にインターフェースし合っている。「自己をこえる」ことが自己を作り上げている、あるいは自己を支えている日常世界を「こえる」ことであったり、「世界をこえる」ことが世界の中に布置されている自己のありようを「こえる」ことだったりするからである。両者は無関係であるどころか、互いに緊密につながりあっているのである。

それでは、「超越」にはどのような技法があるだろうか？　最初に、超越の技法としての笑いについて、日本神話を材料として考察してみよう。

『古事記』『日本書紀』『古語拾遺』の中に、天の岩戸神話と呼ばれる神話伝承が記載されている。それぞれ少しずつ内容を異にしているのだが、総合して言えば、次のようになる。[1]

「高天原」と呼ばれる聖なる他界（天つ神々の世界）に「天の岩戸」と名づけられた洞窟があった。ある時、高天原の主宰神である太陽神・天照大神は、弟神スサノヲノミコトの乱暴に耐えかねて、その天の岩戸にさし籠もってしまった。すると世界は暗黒に包まれ、もろもろの災いが起こったので、神々は相談して天の岩戸の前で祭りを行った。天の香具山から取ってきた真榊の神籬を立て、それに鏡や紙垂を取り付け、厳かに祝詞を奏上した。そして、アメノウズメノミコトが手に笹葉を持ち、ウケフネを踏み轟かして踊った。ウズメは踊っているうちに、だんだんトランス状態に陥り、「神懸り」して、胸乳と女陰（ホト）を露わにした。それを見て神々は花が咲くように笑い、その笑い声に引かれて、天照大神が顔を覗かせ、世界に光が戻った。

こうして、アメノウズメは日の神をふたたび岩戸の外に連れ出し、復活させることに成功したのである。洞窟開顕の直接の引き金は「笑い声」であった。この笑いのことを『古事記』は「咲ふ（わらふ）」と「咲」の字を宛てているが、絶妙の配字であろう。そこでは笑いは、世界転換となっている。それまで暗黒だった世界に輝きが笑いとともに戻ってくる。その瞬間はあたかも花が咲くような「咲き笑い」の瞬間である。それが、次元転換となり、暗黒から光明へと大転換していく。ここでは笑いは、「世界をこえる」超越の初動となっている。

この神話は、「天の岩戸」という女陰を象徴する空間で、自らの乳房と女陰を露出する所作によって、太陽神の復活を導く生命力の更新の物語といえる。そこで生命の源としての穴である女陰を開示することは、太陽神の復活に欠かせない儀礼的所作となる。つまり、洞窟は女陰であり、女陰開示は洞窟の開けを意味するメタフォリカルな関係にあるということだ。

『古事記』ではアメノウズメの女陰開示のわざは「神懸り」と表記されているが、『日本書紀』では、「顕神明之憑談（かみがかり）」「俳優（わざおぎ）」の語が当てられている。この「わざをぎ＝俳優」とは、神の魂を招きよせる振る舞いを指す。一方、平安時代初期に成立した『古語拾遺』にはこのわざが「神楽」であり「鎮魂」であると記され、「凡て（すべて）、鎮魂の儀は、天鈿女命（あめのうずめのみこと）の遺跡（あと）なり」と記載される。ということは、「鎮魂」のワザがアメノウズメの「わざをぎ＝俳優」の重要部分をなし、それがやがて「神楽」となり、芸能化していくということである。[2]

超越ということに絡み、ここで注目したいのは、洞窟と神懸りと神楽の相関関係である。洞窟とは魂の暗夜、生命の死、それゆえに、誕生以前の未発の状態を意味している。洞窟が開いて光が差すということは、新しい生命の誕生を象徴している。そうなるためには、神懸りとなり、「たまふり＝鎮魂」して、魂の強度を高めなければならない。そのたまふりの絶頂において、神の魂が寄り付き強度を高める「神座＝かみくら」が生じる。その「神座＝かみくら」の語が短縮されて、「かぐら＝神楽」となった。「超越」が「世界をこえる」ことで世界を変える力と契機になるとしたら、「神楽」も「俳優」も「神懸り」もみな超越に導く技法といえる。というよりも、それらはみな超越体験のかたちなのだ。

ここで、「神懸り」に関連して指摘しておきたいことがある。それは、『古事記』や『日本書紀』における神功皇后の神懸りについてである。神功皇后すなわち「オキナガタラシヒメ（息長帯日売）」は、夫の仲哀天皇の弾く琴の音に誘導されて、「帰神」（＝神懸り）状態に入る。問題は、この時、神功皇后の神懸りを判定したのが「沙庭」（『日本書紀』では、審神者、さには）と呼ばれる役職であり、その役を果たしたのが建内宿禰（『日本書紀』では、武内）であったことである。『日本書紀』では、神功皇后は「斎宮」に入って自ら「神主」となったと記されている。「神主」とは神霊を迎え入れることによって「自己をこえる」霊的力能を持った者をいう。

「さには」とは本来聖なる庭、つまり「沙庭＝斎庭」を意味した。そのことは、建内宿禰が「沙庭に居て」と『古事記』に記されていることから明らかである。その神事を行う聖なる庭（祭場）としての「沙庭＝斎庭」から、やがてそこでの神聖言語・神託言語の判定を行う者としての「審神者」に「さには」の指示対象が変化してゆく。『日本書紀』ではこの「審神者」の表記が用いられおり、しかもそれは武内宿禰ではなく、中臣烏賊津使主（なかとみのいかつおみ）とされる。ここでは武内宿禰は琴弾きの役目を担っている。

わたしは、この聖なる庭から、そこに発生する象徴や予兆や神聖言語を解釈し判定する者としての意味を持つ「沙庭＝審神者」が、心理臨床の場におけるカウンセラーや臨床心理士に類似していると考えてきた。優れたカウンセラーや臨床心理士は、彼／彼女自体が聖なる庭となって、一種の「神主」

としてのクライアントが発する象徴や神聖言語（妄想を含む）を引き出し、解釈し、フィードバックする力とはたらきを持っている。とすれば、この「沙庭（斎庭）＝審神者」力とその機能を磨き、高めることがカウンセラーや臨床心理士に不可欠の修行となる。彼らあるいは彼女たちは、さまざまなかたちを持つ超越の目撃者なのである。

第三節　超越の技法としての「穴・孔開き（＝アナーキー）」の発見と掘削

前節で見た天の岩戸という洞窟は、岩の空洞であり、洞穴である。そこが「穴」であることが重要になる。なぜならば、超越とは穴―孔の発見とそこからの上昇―下降という回路を辿ることがしばしばあるからである。

例を挙げてみよう。ルイス・キャロルの『不思議の国のアリス』（一八六五年）と宮崎駿の『となりのトトロ』（一九八八年）を事例として考察してみる。

『不思議の国のアリス』は、主人公の少女アリスがピンクの目をした白いウサギを見つけて、そのウサギを追いかけていくうちに、「穴」に落ち込むことから異界遍歴が始まる。そこで「穴」に落ち込むことは超越による世界転換、すなわち「世界をこえる」体験となっている。(3)

アリスは「穴」に落ち込んで、まったく未知なるアナザーワールドを経巡ってゆくが、それは原題通り、ワンダーランド体験であった。アリスはウサギがチョッキのポケットから懐中時計を取り出して時間を確認して慌てているのを見るのだが、そんな不思議な光景を今まで一度も見たことがなかったので、「好奇心のかたまり」となって、サギを追って野原を横切り、ウサギが「ウサギの穴」（the Rabbit-Hole）に飛び込むのを見て、後先のことを何も考えることなく、ウサギに続いて穴の中に飛び込んでいったのだ。

この「ウサギの穴」は最初、トンネルのようにまっすぐだったが、突然下りとなり、「深い井戸」のような穴を落ちていった。その落下はとてつもなく長い時間で、アリスは落下している間に眠ってしまい、夢を見たほどである。そして、山の上に落ち、白いウサギを追いかけていくうちに、アリスの身体は小さくなったり（十インチまで縮小）、大きくなったり（九フィートまで伸長）する。つまり、「世界をこえる」体験ばかりではなく、「自己をこえる」体験もしたのだ。伸縮自在の変容する身体。アリスは不思議な自己変容（身体変容）の体験を持ったのである。

おそらくこの『不思議の国のアリス』の影響を受けていると思われる人気アニメが宮崎駿監督の『となりのトトロ』（一九八八年）である。

この作品は引越しの場面から始まる。父と娘二人の三人が郊外の新しい土地へ引っ越し、オンボロだが和洋折衷の不思議な家の中で「ドングリ」を発見する場面から物語は進展していく。ちなみに、ドングリは縄文人の主食で、縄文土器はドングリのアク抜きをするために造られ始めた。したがって、ドングリの発見は、「縄文発見」という含意を持っている。

主人公は二人の姉妹だが、妹のメイという四歳の女の子が庭で一人遊びをしている時に「世界をこえる」体験が起きる。底の開いたバケツ「穴」から周りの風景を眺めやっているうちに、メイは「見っけー！」と叫ぶ。庭の一角に「ドングリ」が落ちているのに気づいたのである。彼女は近づいてドングリを拾おうとすると、あちこちに落ちていて、それを次々に拾っていくうちに、バケツ「穴」が不思議な被写体を捉えたのだ。それは、見えるようで見えないモノだった。よく見ると見え、いつしか消えてしまう。半透明の小さな動物。その小動物がひょこひょこと歩いていくのだ。追いかけると床下に隠れてしまったので、待ち受けていると、もう少し大きい同じ動物と二匹が出てきたので、喜んで後を追うと、先頭の動物が担いでいた袋からポロリと「ドングリ」がこぼれ落ちた。さらに後を追うと、動物たちは森の中に逃げ込み、木の根道を伝って巨大な楠木の根元までやってきた。

その楠の巨木には注連縄が張り巡らされていた。二匹の不思議な動物はその楠の根元の「穴」から中に入っていったようである。メイがその「穴」を覗き込むと、中に「ドングリ」が一個落ちていた。それを取ろうと手を伸ばそうとした時、身体のバランスを失ってメイは真っさかさまにその「穴」の中に落ち、緑の苔がいっぱいの不思議な洞に出た。そして、その巨大なムロ（洞）の中ですやすやと眠っている親「トトロ」と出会ったのだ。

ここで考えてみたいのはこの「穴」と、「穴」のある場所である。少女メイは不思議な動物が逃げ込んだ「穴」を見つけ、その中に落ちた。それは、ピンクの目をした白いウサギが「ウサギの穴」に入っていったのを追いかけていって、その中に落下していったアリスとまったく同じ経路であった。ウサギがトトロに、またその「穴」の中に「ドングリ」が落ちていたところが違うくらいである。

宮崎駿監督が『不思議の国のアリス』の愛読者であるかどうかはともかく、大事なところは異界参入や異界遍歴のきっかけに「穴に落ちる」というモチーフがあるということである。これは後で検討する『神道集』の「諏訪縁起」にも出てくるだけでなく、古今東西、世界中に広がっている異郷訪問譚の神話素の一つである。

「超越」には大きく、①上昇的超越（天界遍歴など）、②下降的超越（地獄・地界遍歴など）、③水平的超越（極楽往生、補陀絡渡海、ニライカナイからのマレビト来訪など）の三種があるが、その中の下降的超越の典型例が「穴に落ちる」という超越形態である。アリスもメイ（「May＝五月」と「冥」の含意があるかもしれない）も、落下という下降的超越をすることによってこの世的な次元からこの世ならざる空間にダイビングしていったのである。それはこの世的な三次元レベルでは確かに落下という下降であるのだが、この世ならざる空間においてはこの世の下降があちら側での上昇であっても何らおかしくはない。

アリスとメイの「穴」への墜落・潜行は、ハートの女王やトトロやこの世ならざるモノたちとの出会いをもたらす。『不思議の国のアリス』の第一章の章題は「ウサギの穴に落ちて」（〝Down the Rabbit-Hole〟）というが、この言葉はやがて未知の世界への冒険の道行きの門出を表現する代名詞的な言葉となってゆく。アリスもメイもこのアドヴェンチャー的な道行きにおいて、その世界（異界）のヌシ的な存在（ハートの女王やトトロ）と出逢ったのである。

こうして「超越」に際しては、「世界をこえる」という世界転換のみならず、超え出た先でその異世界の存在（それが神や仏や精霊や死者や宇宙人である場合もある）と出会い、それによって多大な変化や変容を蒙ることになる。

もう一点、『となりのトトロ』で注意しておきたい点がある。それは、巨大な楠に至る道に、日常の道と非日常の道＝霊的回路の二種の道があることが明確に表現されている点である。最初メイがトトロを追いかけていった道は後者の霊的回路であった。それはトトロの通る道で、人間が通ることのできないスピリチュアルな道だった。メイはトトロを目撃して追跡したばかりに、その霊的回路に異物として侵入してしまったのである。

それゆえに、二度目に、父と姉の皐月と一緒に同じ道を辿ろうとしてもその道を辿ることができなかった。これは日常の山道であって、そこからは巨大な楠の「穴」に至ることはできない。その道を辿っても、元の庭の別の場所に戻ってくるだけである。

ところが、この映画の最後の方で、行方不明になったメイを助けたい一心でトトロに会って助けを乞おうと、姉の皐月が庭の山道の入口で祈りを捧げて入っていくと、その道は日常の道ではなく、霊的回路に次元転換した道に変容していた。皐月はこうしてトトロの棲む巨大な楠の中に入っていって事情を話し、それによってメイを見つけ出すことができた。

この二つの道、マテリアルな日常の道とスピリチュアルな非日常的な霊的な道＝回路との二種が描き分けられていることに注目したい。これはさまざまな神話や昔話における異郷訪問譚において、同じ道を辿ろうとしても二度とその目的地の異郷（異界）に行き着くことができなかったという話があるのと共通している。

ところで、「天の岩戸」神話をはじめ、『不思議の国のアリス』においても、また『となりのトトロ』においても、なぜ「洞窟」や「穴」が重視され、それが「超越」の契機となったり、象徴的な意味を付与されたりすることになるのだろうか。わたしはそれを人類史の記憶の最古層に眠っている体験の集積によるものだと考えている。未だ家を持たなかった時代の人類は、森を住処とし、洞窟を住処とした。とりわけ、洞窟は雨露をしのぐことができ、風や禽獣から身を守ることもできた。その中で火を焚けば、獰猛な動物たちも近寄っては来られなかったであろう。

さらに、自己の誕生の記憶も洞窟や穴と結びついている。どのような人間も皆母から生まれてくるが、その母の子宮が一つの身体洞窟であり、そこに新たな生命が宿り、時満ちて産道という「穴」を通ってこの世に出てくる。その産道体験をどのような人も内蔵している。

このような人類史的な最古層の記憶に連なるような物語が『神道集』に記載された「諏訪縁起」である。十四世紀に安居院（あぐい）という下野に住む天台僧が編んだ『神道集』というテキストができてくる。この『神道集』には、「熊野縁起」や「北野天神」など、神々が祀られるに至る由来が語られるのだが、それが『古事記』や『日本書紀』とはまったく異なるまことに奇想天外な物語群なのである。『神道集』の最後の巻に「諏訪縁起事」という一巻がある。[4] それが諏訪の神が祀られるに至る縁起譚なのだが、その神が『古事記』に記載されている建御名方神とはまったく異なる神で、甲賀三郎諏訪（よりかた）という人物である。

この甲賀三郎は近江国甲賀郡の人で、大和国の国司となって赴任した時に見初めた春日姫と結ばれるが、巻狩りをしている間に、春日姫を天狗にさらわれてしまう。そこで三郎は必死で愛する妻の春日姫を探すのだが、全国津々浦々を探し回っても見つけることができない。しかし、信州蓼科の地を探すのを忘れていたのに気づき、そこに行くと、東北の隅に巨大な楠があり、そこに大きな「洞穴」があった。中を覗くと、春日姫の着物と髪の毛が落ちていた。そこで、『となりのトトロ』のメイと同様、三郎は藤蔓を縄代わりにしてその「穴」に入っていってようやくにして春日姫を探し出すことに成功したのだが、姫が「面影」という鏡を忘れたのでそれを取りに帰ったところから三郎の苦難の長い長い地底国遍歴が続くことになる。三郎は兄の次郎にだまされて、春日姫を奪われてしまう。

結局三郎は、楠の根元の「穴」から入り込んで、好賞国、好湛国、草微国、草留国、雪降国、自在国、蛇飽国、道樹国、好樹国、陶倍国、半樹国など、七十三の人穴と七十二の国々を経巡り、その後、十三年の間、維縵国で維摩姫と仲睦まじく暮らし、終いに艱難辛苦のあげくようやくにして維縵国から千日間の旅の末に信濃国の浅間嶽から地上に出てくるが、驚いたことには、出てきた時には蛇の姿になっていたのである。

そこで、仏壇の下に姿を隠し、様子をうかがっていると、十数人の僧たちが『法華経』を読経し始め、夜中になって老僧たちがこの地域の昔物語を始めたのだが、それが何と自分の話だったのだ。甲賀三郎は、老僧たちの話から、どうやら維縵国の衣装を着ているらしいということを理解する。そして、石菖を植えている池の水に入って東方に向かい、「赤色赤光日出東方蛇身脱免」と三度唱えてから水の底を潜って上がってくると、真裸の日本人に戻れると知る。その教え通りのことを実行すると、自分の周りにものすごい蛇の抜け殻が落ちていた。

この老僧たちとは、実は、白山権現、富士浅間大菩薩、熊野権現、そして、日吉・山王・松尾・稲荷・梅田・広田など王城鎮守の大明神たちであった。こうして三郎は地上に戻り、その後、春日姫は、中国南方の平城国で「神道の法」を授かり、虚空を飛ぶ神通力を身に付け、三千世界を見通して、空を悟る智慧の徳を獲得したのである。こうして、甲賀三郎は氏神の兵主大明神とともに信濃国に戻り、諏訪大明神（本地は普賢菩薩）となって上の宮に出現し、一方、春日姫は、下の宮（本地は千手観音）となって現れたという。実に奇想天外な不思議な話ではないだろうか。

興味深いのは、人間の姿に戻る呪文を教えてくれた十数人の老僧の中に天照大神が入っていないことである。ではあるが、日本を代表する神々が僧侶姿で出てきて、その神々が教えてくれた呪文によって甲賀三郎は人間に戻ることができたのである。そして甲賀三郎諏訪は諏訪明神の上社の神として祀られ、妻の春日姫は下社の神として祀られたというのだ。艱難辛苦を嘗めた人間が最後に神として祀られる。自分を陥れ、妻を奪った兄の次郎さえもが神（下野明神）として祀られる。自分には好意的だった長兄の太郎も赤城大明神として祀られる。

ここには「超越」と変身ないし自己変容の関係が実にファンタスティックに物語られている。人が神になる、神が人になる、あるいは動物になる（たとえば蛇になるなど）ということの変化・変身・変容の妙変のありさまが。神化と人化と動物化。この対極にあるかにみえる変身の動力が「超越」へと向かわせる動力なのである。

第四節　上昇的超越と下降的超越と水平的超越

「神化」は、先に述べた分類で言えば「上昇的超越」に当たり、「人化」や「動物化」は「下降的超越」に当たる。「超越」が向かう先は異世界であり、そこに至る過程で何がしか異人化せざるをえない。そこで、「超越」には異界とメタモルフォーゼ（変身、変形）が憑いて回ることになる。

古語に「もの狂い」とか「もの憑き」とか「憑き物」とか「物の怪」という言葉がある。「モノ」はこの場合、物質から霊性までをすべて内含している。物から魂までを包み込んでめまぐるしい身心魂編成の仕立て直しをしているさまが「もの狂い」ということなのだろう。『神道集』などの怪異な縁起譚を「もの語る」語り手自身がその「もの語り」の場において「もの狂い」的な、すなわち別のことばで言えば「神懸り」的な状態に入って、入神の境地で甲賀三郎の物語を熱く語りつくしたのであろう。

甲賀三郎諏訪は、地底の異国を経巡っているうちにみずからも異人化し、最後に蛇の姿となり、そこから神の姿へと上昇的超越を果たす。しかし先にも述べたように、それは単純に上昇とばかりいえるものではなく、同時に下降でもあるのだろう。

このように、甲賀三郎は異様なるものへと変身し、存在転換を果たした。彼は「穴」を通ってさまざまな異界を遍歴し、全く違う世界を体験して、帰還できた時には元の世界における同一性を保っていることができなかった。向こう側へ往ったことによって、異人・異神となった。彼はいつしか大地のヌシとしての蛇に変じていたのだ。この甲賀三郎の異界遍歴は人類の最古層の意識と世界への旅だったのかもしれない。

それは、日本とは別の世界、東南アジアかオセアニアかアメリカ大陸かわからないが、そうした異世界に入り込んで、旅し、異様な経験を積んで元の世界に戻ってくるマレビト体験だった。そしてそこから戻ってきた時には昔の自分とはまったく違った自分になっていた。異界体験はそこを訪れた者に変化の刻印を押さざるをえないのである。

『神道集』のようなテキストは、本地垂迹説などの神仏習合文化を背景にして生まれてきたが、それは『古事記』や『日本書紀』が内包していた古代神話の世界観とはまったく異なる中世神話を表現している。中世神話とは、鈴木大拙が『日本的霊性』で主張したような「大地性」と[5]、もう一つ、根源性にある。中世に出現した神道神学運動である伊勢神道も吉田神道も「元・本・源・宗・一」を希求した。甲賀三郎の物語すなわち諏訪縁起は、日本中世という、古代律令体制の崩壊した時代に新たに生み出され、語り出された根源神話の一つである。それは記紀神話の秩序を根こそぎ超越してしまっている。

先に述べたように、「超越」には、一つは甲賀三郎物語がそうであるような「穴」の中に落ちていくという形式を持つ「下降的超越」と、その対極にある宮沢賢治の童話「よだかの星」や「銀河鉄道の夜」やムハンマドの「夜の旅」の体験に見られるような「上昇的超越」がある。

ムハンマドは天使ガブリエルに導かれて、神（アッラー）の元に旅してゆく。「夜の旅（アル・イスラー）」と呼ばれるその天界遍歴は、遷都（ヒジュラ）の前の年の七月二十七日の夜に、マッカのマスジドから天馬に乗ってエルサレムのマスジドに至り、そこから昇天し、第一天でアーダムに会い、第二天でヤヒヤーとイーサーに会い、第三天ではユースフに、第四天ではイスハークに、第五天ではハールーンに、第六天ではムーサーに、第七天ではイブラーヒームと会い、さらには主の玉座に至って神より直接言葉を受け、一日に五回の礼拝を捧げる赦しを得たという。『クルアーン』第十七章「夜の旅」の冒頭には、「かれに栄光あれ。そのしもべを、（マッカの）聖なるマスジドから、われが周囲を祝福した至遠の（エルサレムの）マスジドに，夜間、旅をさせた。わが種々の印をかれ（ムハンマド）に示すためである。本当にかれこそは全聴にして全視であられる」とある。[6]

このムハンマドの「夜の旅」は「上昇的超越」体験の典型例だといえる。天馬に乗って天空を飛翔し、諸天を経巡り、神の玉座の御許に至り、直接に言葉を賜る。これは、ミルチャ・エリアーデが『シャーマニズム』の中で分類した「脱魂型（ecstasy type）」のシャーマンが体験する脱魂的飛翔に共通するものである。

日本でそうしたタイプは、『古事記』では死んだヤマトタケルの魂が白鳥となって西の空に飛んでいったという記載や、先に引いた『神道集』の中の「北野天神縁起」において、[7]日蔵上人が「笙の岩屋」修行している時に頓死し、十三日目に生き返って、臨死体験の間に三界（欲界・色界・無色界）と六道（地獄・餓鬼・畜生・修羅・人・天）輪廻の世界を遍歴していったことが記されているが、これは「下降的超越」と「上昇的超越」の両方を体験したものと考えることができるだろう。

これらの「上昇的超越」と「下降的超越」の物語における「超越」とは、今までと違う非日常的な世界、すなわちこの世界（この世）に対して異世界的な、別次元的なところ（あの世や異郷など）へと越え出、踏み越えていくという物語である。

さてここでは、「超越」という語を、異世界を旅する物語的な現象として説明しているが、このような上昇・下降の二種を「垂直的超越」の物語群だとするならば、もう一つ考えられるのが「水平的超越」の物語群である。

この「水平的超越」にはどのようなシンボルやメタファーが使われるだろうか。それにはたとえば、橋を渡るとか、門を潜るとか、扉を開くという表象が出てくる。その鳥居や宮殿や都城の門の内と外、あるいは村境の道祖神のあるところからこちら側（村の内）とあちら側（村の外）を仕切るものとそれを越境する行為や現象が物語られる。内と外とはまったく異なる世界とされ、境界から先はこちら側とは違う世界であった。その境界を示す門や橋を超える水平移動が繰り返し語られ、その二つを渡す乗り物ないし運ぶものとして船がシンボライズされる。船は海坂という境界を越えてゆく水平移動の乗り物である。

たとえば、『古事記』上巻には、少名毘古那神は「波の穂より、天の羅摩の船に乗りて」寄り来たり、山幸すなわち火遠理命は竹で編んだ「間なし勝間の小船」で海神の国（いわゆる龍宮）に至り、神武天皇の兄の御毛沼命は「波の穂を跳みて、常世の国に渡り」、またもう一人の兄の稲冰命は「妣の国として、海原に入」ったと記されている。常世の国や海神の国や妣の国や根の国やニライカナイへの往来は船だったのである。さらには龍宮城に行く浦島太郎伝説だと亀の背に跨って行くとされるが、あるヴァージョンではそれが船に乗ってともされ、亀もまた一種の船のメタファーである。いずれにせよ、船や亀や魚に乗って水平移動していく「水平的超越」の物語群も数多く存在するということである。

これら、「垂直的超越」(上昇的超越、下降的超越)も「水平的超越」もともに、「空間的超越」であるが、タイム・トリップやタイム・スリップのような「時間的超越」も存在する。

第五節　神話的時間と超越

これをよく物語るのが浦島太郎伝説である。浦島伝説は一面では、亀や船に乗って龍宮へ行くという「水平的・空間的超越」の物語であるが、『御伽草子』の一つでは、帰ってきたらすでに七百年もの時が過ぎており、決して開けてはならないと言われていた玉手箱を開けると一挙に老人の姿になってしまうという「時間的超越」の物語でもあった。龍宮城での三日間がこちらの世界での七百年に相当したというのである。このように、「空間的超越」と「時間的超越」の二種の「超越」のかたちを、誰にでもわかりやすく大変面白いストーリーで語っているという点で、浦島伝説は出色の物語といえる。

ここで、神話的時間について若干の考察を加えておこう。エリアーデがつとに指摘したように、神話的時間とは始源とその反復として、常に回帰する無時間的構造を持っている。つまり、現在が始源のかの時と融合してしまうような「永遠の今」の時間が神話的時間である。そこでは時間は超高速で動いているようでもあり、まったく絶対静止の中にあるようでもあり、その両極が一つに合体しているという、矛盾の弁証法的統一が果たされているのである。それは現実にはありえないようでありながら、宗教体験、神秘体験、至高体験、詩的体験、芸術体験などの場面でしばしば起こりえる「時間的超越」のかたちである。

それは因果律の法則や先後の関係に根ざす直線的時間とは異なる不定形・無定形時間である。混沌としているが、決して無秩序でも無構造でもあるわけではない。無限と有限とは互いに入れ子のように、ウロボロスの蛇のように食い込み合っている。頭と尻尾という対極でありながら、頭が同時に尻尾になっているという姿（なぜなら頭が自分の尾っぽを銜えているから）。このような回帰する、円環する時間を神話的時間と呼ぶ。

日本仏教ではそのような神話的時間を、仏教的なコスモロジーと宗教体験の文脈において「即」とか「速疾」とか「頓」と表現した。空海の説いた「即身成仏」や「三密加持」も、禅で言う「頓悟」や「即心是仏」も、この身このままこの心において、今ここで即時に、瞬時に、仏とあいまみえ、それどころか自身がそのまま仏そのものに成る（成仏）という吾身観である。このような瞬時性は、この身はそのまま仏であるという天台本学論にまで発展する。

空海が存在世界のすべての心の段階（十住心）を解説した著作が、淳和天皇の勅命によって著した『秘密曼荼羅十住心論』である。その大部な真言密教の教義書をコンパクトにわかりやすくまとめたのが『秘蔵宝鑰』であるが、その「序詩」には仏教的な観点からの神話的時間のありさまが表現されている。

悠悠たり、悠悠たり、太だ悠悠たり、

内外の縑緗千万の軸あり。
杳杳たり、杳杳たり、甚だ杳杳たり、
道をいひ、道をいふに、百種の道あり、
（中略）
生れ生れ生れ生れて生の始めに暗く、
死に死に死に死んで死の終りに冥し(8)

この宇宙という想像もつかない無始無終の空間と時間の中でいのちが誕生し、そのいのちがさまざまの迷いと悩みの中でもがき、苦しんでいる。そのいのちの来し方行く末というのは、どのように心の目を深く凝らしてみても、「生れ生れ生れ生れて生の始めに暗く、死に死に死に死んで死の終りに冥し」という不明不測のありさまであるが、しかしそうした生死の迷いと狂いの流れの中に実は法身大日如来の秘密曼荼羅心（＝身）が内在し、また顕在しているのである。真言密教によってその最深奥の秘鑰を開くことができる。そのことを解き明かしたのが本書『秘蔵宝鑰』である。こうして、「『秘密金剛は最勝の真なり』とは、この一句は真言乗教の諸乗に超えて究境真実なることを示す」と宣言してこの書は結ばれる。

空海は、根本的には、人がその「自心」の本性の秘密荘厳を如実に知ることができればみな即身に成仏できるにもかかわらず、衆生はその存在の本質と秘密を悟らずに惑い苦しんでいる。如来はしかし、実はこの存在の本質と秘密の中に自性して存在しているのである。そのことは、真言密教の修法である「三密加持」をすればよくわかるだろう。そこで空海は「三密加持すれば速疾に顕る」と強調し、ここにおいて、衆生の身口意の三業と如来の身口意の三密が神秘的な融合（unio mystica）の時を得、衆生と如来の秘密が「入我我入」し、相同し、融合すると説くのである。

空海は主著の一つである『即身成仏義』の中で「三密加持」について次のように述べている。「如来の大悲と衆生の信心とを表す。仏日の影、衆生の心水に現ずるを加といひ、行者の心水、よく仏日に感ずるを持と名づく。行者もし能くこの理趣を観念すれば、三密相応するが故に、現身に速疾に本有の三身を顕現し証得す」。

「加持」の「加」とは、大日如来の光が衆生＝行者の心に映じ現象するさまを言い、それに対して、「持」とは、行者の心の水面にその光曇りなく感受感応して映し出すさまを言う。これが「加持」の本質であって、これはいわゆる「加持祈祷」などという時の呪術的なおどろおどろしい非合理な世界ではまったくない。「加持」とは仏との神秘的合一そのものを表す言葉なのである。そこにおいては、無始無終の永劫の中で、無時間的な神話的時間が如来と行者の間で現出しているのである。空海は、この存在世界の秘密の本質的「理趣」をよくよく「観念」すれば、「三密相応」して「現身」にすぐさま法身・報身・応身という「本有の三身」を顕現・体得・証明すると主張する。これがすなわち、「即身成仏」なのである。

「三密加持」という時間においては、この世的な衆生の直線的時間は超越されている。この「時間的超越」において無時間的な非円環的な神話的時間が現出する。永遠の今の只中に自足する。

しかしながら、このような秘密の時間にこの糞尿にまみれた衆生の身体が直ちに参入することにはいかに「観念」を凝らしても容易いことではない。空海が言うようには「速疾」には現れないのだ。その証拠に真言密教を行じる僧侶でそのような「加持」力を体現していると思える人があまりにも少ないではないか。とりわけ、末法思想がリアリティを以って迫ってきた鎌倉時代にはこのような神秘的な「観念」論は実感を伴わない実現不可能な自力修行の門だと考えられた。

そのような自力を放棄した絶対他力の境位において初めて如来とあいまみえ、救い取られると親鸞は説いた。その境地が「横超」という語に凝縮する。親鸞は自力の教えは縦に飛ぶ世界であると言う。それに対して、絶対他力の称名念仏の世界は「横飛び往生」であると主張する。確かに、天台の十界論も空海の十住心論も縦のヒエラルキー的な存在世界の階層構造を前提にしている。その意味では、そこでの「超越」のかたちは「垂直的超越」となる。しかし、絶え間ない天変地異や戦争や疾病に見舞われ、修行するなどという心の余裕も何もない時代状況の中で、そんな「観念」は何の役にも立たない。リアリティを失っている。そうした時に、「ただ念仏して」「専修念仏」という境位が現れてくるのである。源信や空也や良忍によって説かれた念仏が、法然において「ただ念仏して」というかたちを取った時、それは時代の心を捉えるものとなる。ここでは難しいことは何も説かれることはない。ただただひたすらに念仏せよと説かれるだけである。それに従う門徒が「一向宗徒」となる。

確かに、存在世界にもいのちある衆生においても、いろいろな心の段階があるだろう。だが、そんな世界の階層構造を打ち破って阿弥陀如来は衆生救済を発願し、そのはたらきに身を投じ、休みなくはたらき続けてくださる。それだから、自力修行で縦に垂直的に行く成仏の道ではなく、自力修行のはからいをすべて捨ててポンと横っ飛びする極楽往生の世界が立ち現れるのだ。この十万億土の彼方にあると言われる極楽浄土が「南無阿弥陀仏」の一言において、一挙に結ばれるというのである。

このように、阿弥陀如来の救済構造は、自力的なはからいを全部捨てて、ポンと横飛びするところに成立する。すべてのはからいを捨てたところで、横から、あちら側とこちら側とがぐっと一つに結ばれ、包み込まれていく。そういう横飛びの救済が、親鸞の説いた往生の考え方である。これが他力の本願だと親鸞は説くのである。

親鸞は『教行信証』の中で次のように述べている。[9]「獲信見敬大慶喜、即横超截五悪趣」、すなわち、「信を獲れば見て敬い大きに慶喜せん、すなわち横に五悪趣を超截す」と。これについて、『尊号真像銘文』には、「『獲信見敬得大慶』というは、この信心をえて、おおきによろこびうやまう人というなり。大慶は、おおきにうべきことをえてのちに、よろこぶというなり。『即横超截五悪趣』というは、信心をえつればすなわち、横に五悪趣をきるなりとしるべしとなり。即横超は、即はすなわちという、信をうる人は、ときをへず、日をへだてずして正定聚のくらいにさだまるを即というなり。横はよこさまという、如来の願力なり。他力をもうすなり。超はこえてという。生死の大海をやすくよこさまにこえて、無上大涅槃のさとりをひらくなり。信心を浄土宗の正意としるべきなり。このこころをえつれば、他力には義なきをもって義とすと、本師聖人のおおせごとなり。義というは、行者のおのおののはからうこころなり。このゆえに、おのおののはからうこころをもったるほどをば自力というなり。よくよくこの自力のようをこころうべしとなり」と釈義されている。

また親鸞は、「『横』はよこさまをいふ。よこさまとふは如来の願力を信ずるゆゑに行者のはからひにあらず。五悪趣を自然にたちすて四生をはなるるを横といふ。他力と申すなり、これを横超といふなり。横は竪に対することばなり、超は迂に対することばなり、竪はたたさま、迂はめぐるとなり、竪と迂とは自力聖道のこころなり、横超はすなはち他力真宗の本意なり」、「超はこえてといふ、生死の大海をやすくよこさまに超えて無上大深奥のさとりをひらくなり」、「横超とはすなはち願成就一実円満の真教、真言これなり」、「横超とは、本願を憶念して自力の心を離る、これを横超他力と名づくなり」と述べている。また、『教行信証』化土巻十二の一七四には、「横超とは本願を憶念して自力之心を離る、是を横超他力と名くるなり。斯れ即ち専中の専、頓中之頓、真中之真、乗中之一乗なり。斯れ乃ち真宗なり。已に真実行之中に顕し畢んぬ」とある。

このように、「横超」とは順序や段階、すなわち自力の「竪超（じゅうちょう）・竪出」とは違って、一挙に横っ飛びをすることなのである。凡夫が凡夫であるままに仏に救い取られて極楽往生し成仏するのである。この成仏可能性はひとえに阿弥陀如来の本願にあるのだが、それは自力ではまったくなく、ひたすらなる絶対他力の本願である。親鸞は「いずれの行もおよびがたき身」であるがゆえに、他力にお任せする以外に末法の凡夫の救いはないと確信したのである。

さて、こうした考えは、「横超断四流」という概念に集約される。親鸞は『教行信証』信巻3―73でこう言う。「横超断四流といふは、横超とは、横は竪超・竪出に対す、超は迂に対し回に対するの言なり。竪超とは大乗真実の教なり。竪出とは大乗権方便の教、二乗・三乗迂回の教なり。横超とはすなはち願成就一実円満の真教、真宗これなり。また横出あり、すなはち三輩・九品・定散の教、化土・懈慢、迂回の善なり。大願清浄の報土には品位階次をいはず。一念須臾のあひだに、すみやかに疾く無上正真道を超証す。ゆえに横超といふなり」と。

ここでは、「横超」の「横」は「竪超・竪出」に対置されており、「超」は「迂」や「回」に対置されている。また、「竪超」は「大乗真実の教」とされ、「竪出」は「大乗権方便の教、二乗・三乗迂回の教」とされる。そして、「横超」は、「願成就一実円満の真教、真宗」であって、「一念須臾」の間に速やかに「無上正真道」を「超証」するというのである。

この「横超」、すなわち横っ飛びという概念は瞬時性を孕んでいる。「横超他力」は、「専中の専、頓中之頓、真中之真、乗中之一乗」と言うのだから、大変便利であり、奥の手である。とりわけ、「頓中之頓」とあるところに注意したい。それはとにもかくにも分布の悟りであると同時に超高速の悟りということなのである。

また、「真に知んぬ。弥勒大士は、等覚の金剛心をきわむるがゆえに、龍華三会の暁、まさに無上覚位をきわむべし。念仏の衆生は、横超の金剛心をきわむるがゆえに、臨終一念の夕、大般涅槃を超証す」とあるように、親鸞は『教行信証』において徹底的に阿弥陀如来による救い＝「頓中之頓の悟り＝極楽往生を証明しようとするのである。それはある面では西洋中世のキリスト教神学における神の存在証明やキリストの神性と人性を巡る議論にも通じるテンションである。

これが踊り念仏の一遍になると、そこにさらに身体性や舞踊性や演劇性が加わってくる。そこにおいて、「超越」は踊り念仏に現われ出る。一遍は信州の佐久を旅しながら念仏札を配っていた時、突然念仏の最中に踊り始め、恍惚の境地に入っていったという。これはイスラーム神秘主義のスーフィズムにおける神名連祷である「ズィクル」や旋回舞踊にきわめてよく似ている[10]。一遍は踊り念仏踊りを始める前、次のように念仏の境地を詠んだ。

唱ふれば仏もわれもなかりけり
　南無阿弥陀仏の声ばかりして

しかしその歌はある禅僧（国燈禅師）に、まだまだ信不徹底と指摘され、さらにみずからに問いかけ、この歌を次のように詠み直して自足を得たという。

唱ふれば仏もわれもなかりけり
南無阿弥陀仏なむあみたぶつ(11)

この二つの歌の違いは下の句の「なむあみたぶつ」一語だけである。「南無阿弥陀仏の声ばかりして」と詠んでいたのを「南無阿弥陀仏なむあみたぶつ」と「なむあみたぶつ」を重ねただけである。「声ばかりして」ということばが消えることによって、最後の一点で未だ対象化され続けていた念仏と阿弥陀如来が一挙に主客未分の一如の境位に躍り出る。もはやそこには「仏も我」もなく、ただただ「南無阿弥陀仏」の念仏があるばかりである。意味は削ぎ落とされ、「それ」に成り切っている。

それによって、「超越」の深度と強度が増している。また、「超越」の一挙性が押し出されている。親鸞ならばこれを横っ飛びの救い＝悟り、すなわち「横超」と言ったはずである。「超越」の深度、あるいは強度とは、別のことばで言えば、「捨てる」という境地の深さと強さである。また、「お任せする」という境地の純度と一途さである。

あらゆるものが対象化できないところに行き着いた。それを一遍は「南無阿弥陀仏が往生するなり」とも言い換えている。これこそが、宗教体験の中に現われ出る神話的時間、永遠の今である。そしてそれは空海の「即身成仏」思想の延長線上にある。

第六節　申楽＝能における超越の音楽と舞踊

さて、このような「超越」と神話的時間の体験が室町時代に世界史的に見て一つ稀有なる演劇的な形式を確立した。それが世阿弥によって大成された「申楽」である。

世阿弥の著した能楽修行のための書『風姿花伝』の第二章は「物学条々」と題されている。[12] そしてその「物学」とはそのまま和訓的に「ものまね」と読んでいる。「物を真似る」ということが自己超越の一つの形であることを先に見た。それはアメノウズメノミコトの「わざをぎ＝俳優＝神懸り＝鎮魂＝神楽」であった。「ものまね」とは、したがって、神を真似る、自然を真似る、死者を真似る、生者を真似るということであり、真似る行為が「俳優」であり、また自己超越としての自己変容である。世阿弥は「物まね＝俳優」が神懸りというシャーマニスティックな身心魂技法に連なることを明確に意識していた。

実際、世阿弥は物真似の奥義が老人の真似にあると指摘しているが、この老人すなわち翁こそが日本人の原型的な神の表象であったことを見れば、それが「神を真似る」、つまり「神を招く」わざであり、ついには「神懸り」に行き着くことが見えてくる。

『風姿花伝』の冒頭で世阿弥は、「申楽延年の事態、その源を尋ぬるに、あるひは仏在所より起り、あるひは神代より伝わるといへども、時移り、代隔りぬれば、その風を学ぶ力及び難し」と述べ、その「申楽」の始まりには三つの起源伝承（神道的起源、仏教的起源、家伝的起源の三つ）があると主張している。

一つはいうまでもなく、天岩戸におけるアメノウズメノミコトの神懸りに始まる「神楽」である。加えて、『風姿花伝』「第四　神儀云」には、仏教的起源譚も記されている。それはこういうものである。祇園精舎での釈迦如来の説法に際し、提婆達多が一万人の「外道」を連れてきて、彼らが木の枝や笹の葉に幣を付けて踊り叫んだので、説法ができなくなり、そのため舎利弗が「後戸」で鼓や笙を用意し、阿難の才覚と舎利弗の智慧と富樓那の弁舌で六十六番の「物まね」をしたところ、外道たちはこれを見て静かになったので、その間に釈迦が説法供養を宣べることができた、というものである。第三の伝承は、秦河勝が聖徳太子の命により、神代と仏在所の「吉例」に倣い、六十六番の面を作らせ、紫宸殿で舞わせたところ、天下が治まり、国が静かになったので、聖徳太子がその「神楽」の文字の示す偏を取って旁だけを残し、「神楽」から「申楽」に転じたもので、したがって、「申楽」は「神楽」より分かれ出たものであるという。このように、「申楽」が神道の「神楽」から由来し、さらには仏教の後戸での説法「物まね」が加わり、さらに先祖の秦氏が天下泰平の舞踊技法として行ったものだと位置づけられているのである。そこにはアジア的な宗教文化の深域が塗り込められている。

世阿弥は後年、『花鏡』において、「見所（客席）より見る所の風姿は、我が離見なり。然れば、我が眼の見る所は、我見なり。離見の見にはあらず。離見の見にて見る所は、則ち、見所同心の見なり。其時は、我姿を見得するなり。我姿を見得すれば、左右前後を見るなり」と述べ、「我見」と「離見」と「離見の見」との三者の弁証法的統合を実践課題と説いている。これは自己超越的な統合を志向するものであろう。

この「離見の見」は、神懸りを判定する「審神者」の位置と似ている。それは「神懸り」そのものに成り切るのではなく、また単に傍観者として客観的に離れてみているのでもなく、「憑かず（即かず）離れず」見つめている眼であり、そのような眼はまた心理療法家と共通するといえるのではないだろうか。

かくして、能＝申楽は、古代の「神楽」と同じではない。またアメノウズメの「俳優」や「神懸り」と同じではない。それを一つの起源とはしていても、そこに禅や踊り念仏の思想や技法が加味されている。そもそも「観阿弥」とか「世阿弥」とかの「阿弥」号自体が踊り念仏の宗派である時宗の法名であった。とすれば、世阿弥には踊り念仏の系譜も脈々と流れているということであろう。

世阿弥は独自の修行論とともに世界にも類例を見ない独創的な霊的演劇様式を作り上げた。とりわけ「夢幻能」と分類される曲においては、「諸国一見の僧」が出てきて、その土地に縁ある鎮まり切らぬ死者の霊を呼び出し、その霊に思いのたけを謡わせ舞わせ、それによって鎮魂供養を果たす形式が練り上げられた。

この時、この独自な演劇舞踊空間にまことに神秘不思議な独自な音楽が伴奏される。この楽、すなわち能囃子は実に得意な音楽性を持っている。第一に横笛である能管の旋律とその楽器の構造。第一章第四節で詳述したように、それはあえて乱高下するいびつな乱調の響きが奏でられるように制作られている。その響きと旋法は縄文時代の遺跡から発掘される「石笛」と呼ばれる穴の空いた自然石の（人工的に穴を開けたものもある）発する響きに酷似する。

それは縄文の石笛を「真似」た楽器なのだ。それはまさしくトランス・ミュージックであり、鼓（大皮）の奇声のような掛け声とともに自己超越を促しやすい音響世界を現出させる。つまり、能囃子はトランスを誘発する響きを奏でているということだ。石笛は古くは神降ろしや死者の魂呼ばいに用いられたものであり、奇声のような囃子はトランス状態で発せされた声であり、あるいは動物たちの鳴き声を「物まね」した声である。そのような音と声によって自己超越を果たし、アメノウズメや釈迦や先祖の秦河勝という始源の神話的時間に瞬時にして遡行するのである。

ところで、宮沢賢治の童話「サガレンと八月」の中で、石笛のことが出てくる。主人公の少年がオホーツクの海辺で「孔石」(「穴石」とも表記)と呼ばれる穴の開いた石を拾う。宮沢賢治は石が大好きで採集していたが、それがトランス的な物体であることを誰よりも深く体験していた。重要な点はこの石に「穴」が開いているということだ。「穴＝孔」とはこちらとあちらとを繋ぐ通路であり、チャンネルである。

その宮沢賢治は『銀河鉄道の夜』の中で、ジョバンニに「夜の旅」を体験させている。その「夜の旅」とは銀河鉄道に乗って、天空でありまた霊界でもある天上世界を遍歴していく旅であるが、その列車の中で死んでいったカムパネルラと会う。そして互いに「ほんたうのさいはひ」を一緒に探しに行こうと誓い合い、その直後に銀河の真っ黒い「孔」を見る。

「あ、あすこ石炭袋だよ。そらの孔だよ。」カムパネルラが少しそっちをされるやうにしながら天の川のひとところを指しました。ジョバンニはそっちを見てまるでぎくっとしてしまひました。天の川の一とこに大きなまっくらな孔がどほんとあいてゐるのです。

その底がどれほど深いかその奥に何があるかいくら眼をこすってのぞいてもなんにも見えずただ眼がしんしんと痛むのでした。[13]

この「天の川」の「孔」とは何であろうか。この「孔」を目撃した直後、カムパネルラは突然消え去り、ジョバンニは独りぽっちとなり、探し回ったがどこにも友はおらず、気がつくと泣きつかれた元いた丘の上の野原で目が覚めたのだった。

いったいジョバンニは「銀河鉄道」に乗って、何処へ行っていたのだろうか。河合隼雄はこの「銀河鉄道の旅」が臨死体験であることを指摘したが、ジョバンニは間違いなく「霊界」および「神仏界」に旅しているのである。ムハンマドの「夜の旅」と同様に。また、日蔵上人の六道遍歴と同様に。

その霊的旅の途上で見た銀河の中の「天の川」にある「孔」が、あの世とこの世との分岐点となっている。その「孔」は、次元回路としての「孔」であった。それはアリスやメイや甲賀三郎が落ち込んだ「穴」と同じ、アナザーワールドに通じるスピリチュアル・ホールだった。

そこにおいて「超越」と神話的時間が体験されるのだが、しかしその体験は同時に自分の一人ぼっちであることと、宇宙の中での自己の使命を自覚する深い孤独の体験でもあった。ジョバンニは確かに「世界の果て」、この世の果てを見たのである。わたしもまたジョバンニにならって、この世ならざる「孔」を覗き込み、「世界の果て」に降りていって、超越の岬に立って幽玄の境をさ迷い続けるのである。

第八章

トランス身体の探究

——宗教における行と身体

第一節　「こころは嘘をつく。が、からだは嘘をつかない。しかし、たましいは嘘をつけない」

「こころは嘘をつく。が、からだは嘘をつかない。しかし、たましいは嘘をつけない」。これは、宗教における行と身体という問題を考える際、わたしが座標軸として設定する心身魂関係ないし三者間構造である。

このような関係性に思い至ったのは、十年あまり前、運動中に左膝を骨折し、その痛みと不安に苛まれながらリハビリしていく過程で、「嘘をつく心」と「嘘をつかない体」の違いをいやというほど思い知ったことにある。怪我をしてみると、焦る心は、早く治りたい、早くよくなりたい一心で、無理やり過剰な自己流リハビリに励み、いっときの充実感と満足感に浸る。しかしその「無理」は必ず体にたたり、まことに見事なまでの反応として、翌朝に腫れや痛みや異物感となって膝に撥ね返った。体は実に正直だ。それに対して、心はいつも幻想や希望や願望を追い求める。自己満足を得ようとする。打ち寄せる不安の波を解消するために無理して行うリハビリテーションが、その目的とするところとは正反対に体を痛めつけ、その結果ますます不安を高める仕儀となる。そのような悪循環に陥ったのだ。

ジグムント・フロイトがいみじくも指摘したように、心とは巧妙にもさまざまな「加工」と「隠蔽」を試みるものである。[1] 無意識に衝き動かされる心は「検閲」や「加工」を施し、自分に都合のいい解釈と説明を加える。しかしそのような都合のいい〝解釈〟も〝説明〟もともにはじきとばしながら、体はひたすら〝それ〟としてありつづける。体は正直だということは、そのような、隠蔽しようのない剥き出しの自律性に拠るものである。これは体には心の原理とは違う体の自律システムがあることを意味している。

フリードリッヒ・ニーチェは「身体はひとつの大きな理性だ。ひとつの意味をもった複雑である。戦争であり平和である。畜群であり牧者である」、また「あなたが『精神』と呼んでいるあなたの小さな理性も、あなたの身体の道具なのだ。わが兄弟よ。あなたの大きな理性の小さな道具であり玩具なのだ」と『ツァラトゥストラはこう言った』で主張したが[2]、この、身体を「ひとつの大きな理性」と見る見方は、アジアにおいて発達したヨーガや座禅や気功やわが国のさまざまな芸道・武道（武術）の身体観と修行法に照らし合わせる時、実にリアルな説得力を持つ。精神こそが理性であるという啓蒙主義的・主知主義的理性主義の思い込みを大胆果敢に打ち破ったニーチェは、精神＝理性などというちっぽけな精神主義では潜在する人間の意志と力を目覚めさせ、人間が自らを超えてゆくことができないと道破したのである。

嘘をつき、都合よく情報や力を隠したり加工したりする心という小さな精神＝理性の声にではなく、そんな小器用なことをせずに、まっすぐに堂々と歩む大いなる身体＝理性の声に耳傾け、従うべきだとニーチェは説いた。そしてそれは、遊戯する小児の身体の柔軟で自由な創造性に倣いつつ、同時代のこわばった思想的閉塞を突き抜ける、虚無を見据えた鋭く深い自由なる意志の行使であった。

わたしは十七歳の時から意識的に聖地巡礼をし、二十二歳の時に一週間の断食・断水をし、またその頃から龍笛や横笛の修練に励み（後には石笛や法螺貝なども）、三十歳から滝行を始め、三十六歳で「魔」

あるいは「魔境」を体験し、四十六歳以降「神道ソングライター」を自称し以来三百曲余の歌を作詞作曲して歌うようになった。そのような自分自身の体験と先行する宗教者・修行者の思想や実践や体験を照らし合わせながら考察を加え、〝宗教における行と身体〟という本章のテーマに「世阿弥と身心変容技法」という観点と絡ませつつ問題提起をしてみたい。

第二節　「行」と「教育」「研修」「自己開発セミナー」との違い

二〇〇七年十月二十二日付け読売新聞朝刊に比叡山の回峰行者・星野圓道師（延暦寺大乗院住職）の「堂入り」行満のニュースが報道された。戦後十二人目だという。昨年二〇一五年十月にも十三人目の「堂入り」行満者が誕生した。

七年間で千日間、比叡山の峰々や京都市内をめぐる回峰行が始まったのは、最澄の弟子で天台座主第三世を務めた円仁の弟子の相応の時からであるという。この行は、『法華経』に描かれた、すべての衆生に仏性を見出して礼拝した常不軽菩薩の精神を体現する日本天台宗独自の修行とされ、五年間で七百日間の回峰の行を終えた行者は、東に琵琶湖を見渡せる眺めのよい無動寺谷の明王堂で「堂入り」と呼ばれる凄絶な行事を行なう。

堂入りは九日間にわたり、正味七日半の断食・断水を敢行する籠りの行である。しかもその間不眠・不臥で、なおかつ不動明王の真言を十万回唱える荒行中の荒行である。以前堂入り後の回峰行者の健康状態を診察した医師が、回峰行者の瞳が瞳孔散大していることに驚いたという。なぜなら、①呼吸停止、②心臓停止、③瞳孔三大は、伝統的な死の三大兆候とされていたからだ。回峰行者の身体の一部は死の兆候を示している。「行」とはかくもいのちがけなのである。実際、回峰行者の腰には死出紐と降魔の剣が付けられているが、それは生身の不動明王を現すとともに、行半ばにして中断やむなき時は自らその剣にて生命を断つ覚悟の死装束であると言われている。そのような行を比叡山は開発し、実践してきたのだ。

わたしも二十二歳の大学生の時に正味一週間（七日間と半日）、水も飲まない完全断食を行ったことがある。普段より熱心に毎日大学に通ったが、東横線の横浜駅の一つ隣の反町駅から渋谷駅まで毎朝夕通いながら、日一日と体が思うように動かなくなる事態をつぶさに実見した。階段なども、手すりにつかまりながらそろりそろりと這って上がるようなありさまで、今は日蓮宗大荒行堂正中山遠壽院の住職（荒行傳師）をしている同級生戸田日晨がそんなわたしを見て「鎌田君、死臭を発してるよ」と言ったのが忘れられない。顔は土色、痩せこけて、当時五十一キロくらいだった体重が一週間で四十一キロくらいまで激減してきた。死の危険は充分あった。死んでもおかしくはなかった。実際、四日目、横浜の路地を歩いていて、心臓に激痛が走り、一時間以上動けなかった。狭心症か心筋梗塞か、いずれにせよ、心臓に障害が起こったのである。その時は、このまま死ぬかもしれないとひそかに死を覚悟したが、その危機を脱することができた。この一週間の断食の間、毎朝夕、水垢離を取り、天に祈り、毎朝、パンツ一枚になって写真を撮り（使用前・使用後の証拠写真のように）、断食日記をつけた。悟りや解脱を得たいと思ったが、得られなかった。

しかしながら、そこで得た体験的確信が二つあった。一つは、気は実在するということ、もう一つは、仙人も実在するということであった。つまり、仙人は気を食べて生きる存在であると確信したのである。そのような「気」がリアルに実在し、それを身体エネルギーに取り入れることができることをわたしは身を以って体感した。そして、缶ピースを持ち歩くほどのヘビースモーカーであったわたしが、断食後、五十メートル以上先から煙草の臭いがしてくると、体がそれを避けるほどに変化した。わたしにとっては、これがもっともわかりやすいドラスティックな変化であった。それは、「心変わり」ではなく、「体変わり」であった。その劇的な変化は自分でも俄かに信じられないほどだった（一八年前、声が聞えてきてその日から酒を断ったが、その変化もこの断食時の変化に似ている）[3]。

この日本の荒行を代表する比叡山の回峰行や自分自身のいくらかの体験から、「行」とはいのちがけである、少なくともそのような危険性を持っていると実感するようになった。むしろ、そのような危険域に突入するという非常事態に接地していることこそが、「行」をして「行」たらしめる非日常的要素であり、トランスに向かう超越の回路である、と。「行」の目的には、解脱を求めてとか、神仏と一体になるとか、衆生済度とか、霊能や霊験を得ようとするとか、さまざまあろうが、「行」の特質として〈いのちがけ〉ということが挙げられる。

「グランドファーザー」と呼ばれたアメリカ先住民リパン・アパッチ族の長老ストーキング・ウルフは、シャーマンの道を行く過程で「死をも恐れない」覚悟を定めたという。「彼はその試練の中で、自分がシャーマンとなるにふさわしい人間であることを自分自身にも造物主にも証明しようとし、また、この道を行くためなら死も恐れないこと、この大きなヴィジョンのためには自分の持つすべてのものを捧げ、体さえも犠牲にする覚悟であることを、すべての創造物に対して示そうとした」というのである[4]。

このいのちがけの「行」に対して、「教育」は安全を第一とする点で大きく異なる。特に現代の学校教育では安全第一を優先しすぎて、リスクを伴うさまざまな実践が困難になっているという問題を生み出している。いのちがけの危険も問題があるが、安全第一主義も硬直化すると大いに問題である。ある種の身体的体験・体得には危険はつきまとうものだから。

大峰山の山上ヶ岳で西の覗きや胎内潜りや蟻の戸渡りや平等岩めぐりを行った時も、先達の教えてくれる通りにしないと確実に死ぬと思った。とりわけ、平等岩めぐりでは手と足をどこにかけてどう動くかを先達が指示してくれるが、その通りしないと、体はどうにもこうにも動けなくなり、まっさかさまに絶壁を落下して間違いなく即死すると思われた。関西地方の若者は十四〜五歳で山上ヶ岳でこの行をして一人前になるとされるが、それはまさにいのちがけであり、イニシエーション的な擬死体験であった。このような加入儀礼や通過儀礼の中にもいのちがけの「行」が組み込まれている。

「行」ばかりではない。たとえば、諏訪の御柱祭のような祭礼行事においても危険はつきもので、時には死に到る場合がある。とりわけ、急斜面を御柱となる木に跨って落下する木落としの場面などで、木の下敷きになって死ぬことや怪我をすることもある。現に、三十年近く前、見学していたわたしたちに向かって横滑りして方向転換した木が猛スピードで落ちてきて、わたしの隣りで見学していた人に直撃し、救急車で運ばれたことがあった。こうなると、祭りを実施する方ばかりではなく、見学する側もいのちがけになる。別の言い方をすると、生死のエッジ（際）に直面・直接することによって、逆説的にいのちの活性化やたましい次元（スピリチュアル次元）への潜行ないし飛行を図るのである。

このように、「行」はいのちがけであるのに対して、「教育」は安全第一を旨とするという対照性がある。また、「行」には自己放擲ないし自己超越の契機があるが、「教育」や「研修」や「自己開発セミナー」は自己確立・自己改造を第一とする。さらには、「行」は短期的な効率や成果を求めるよりも、長期的な人格の陶冶や解脱を求めることが多いが、「教育」や「研修」や「自己開発セミナー」は効率第一・成果第一主義を謳うことが多い。

こうしてみると、「行」は、安全や効果や効率や成果や自己を脱臼し、問い返す存在論的転回を内在させるという特色を持つといえる。

第三節　「行」をして「行」たらしめるもの――「行」の本質

それでは、そこまで危険を冒しながらなぜ「行」をするのか。いのちがけの「行」をすることで何を得ようとするのか。先に述べたが、悟りや解脱や超能力や神秘体験を得ようとして「行」に励むということはままある。瞑想や断食や断眠、寒中の滝行など、極限まで追い込む身体を痛めつける苦行や荒行を行うことによって行者は何を得るのか？　一言で言えば、力や智慧、あるいはある意識ないし身心の境位である。

間違いなく、行者は誰しも死に直面し直接する。この死への不安や恐怖をまっすぐに受け止めることが出発点であろう。それは一度の覚悟によって乗り越えられるような単純なものではなく、行の進展の過程で繰り返し襲い掛かってくるものであるだろう。しかしどの時においても、常に「自己」の状態や境位が試され、測られていることは間違いない。

古代ギリシアにおけるピュタゴラス学派やストア学派、プロティノスによって大成された新プラトン主義、またキリスト教グノーシス主義諸流派などはそれぞれの行の方法論と体系を持っていたと思われる。[5] たとえば、ギリシア中部のメテオラ（ギリシア語で「空中に浮いている」の意味のメテオロスに由来するという）にはギリシア正教の修道院があり、十五〜六世紀には二十四もの修道院が建てられていた。六百メートルにも及ぶ巨大な岩山に洞窟を掘り、修道士はそこに籠もって断食や祈りに励んだという。四十年近く前に訪れたことがあるが、修道士たちの修道生活の激しさと厳しさをひしひしと感じた。また、二十年前に訪ねたアイルランドの大西洋沖の絶海の孤島スケリグ・ビフィールにもカトリック教会の修道院があり、そこで凄まじい修道生活に打ち込んだというから、キリスト教やユダヤ教密教カバラなどでもそれぞれの修行の方式があったと思われる。古代ケルトのドルイドと呼ばれた賢者たちも長期にわたる厳しい修行に耐えたことが知られている。[6] そのような修行はどのような宗教文化にも程度の差はあれある。

さて、死を目前にし、それに直面することによって、生死の境を行き来し、それによって自己超越、トランス、メタモルフォーシス（変容）を体験することがある。また、自然やいのちを自然たらしめいのちならしめる大いなる存在や力、また超越的存在（神仏・精霊など）や聖なるものとあいまみえる体験を持つことがある。あるいは深層的根源的本来的自己の豁然たる開けを体験することがある。梵我一如や即身成仏や神（天）人合一を体験することがある。

人はなぜ「行」をするのか。危険の程度の差異はあっても、リスクを冒してまで求めるものがあるからである。それが、自己の内により確実な拠り所や不動心を求めてのことか、それとも自分探しや自分を変えたいという自己の改造欲求かはいずれにしても、「行」による自己変革か自己超越を求めることには変わりはない。

先に述べたように、「身体はひとつの大きな理性だ」と指摘したニーチェや、意識の底に奥深い「無意識」の層とはたらきを見出したフロイトやユングは、二十世紀という時代が内在させた身体性の回復ないし希求というテーマの先駆者だったといえる。こうした身体知の開発とボディワーク型アプローチが一九六〇年代後半以降に台頭し、ニューエイジやカウンターカルチャーなどのスピリチュアル・ムーブメントを生み出し、それは意識や理性に拠り所を置いたモダンの次に来るオルタナティブなポストモダン的知と考えられた。暗黒舞踏、禅、密教、シャーマニズム、先住民文化などへの関心は、そうした身体知への底深い関心の現われであった[7]。動物や人間の残した足跡からその時の状況や心理状態までも読みとるアメリカ先住民の「トラッキング」なども、身体知が内在させる奥行きを垣間見せるものであったといえる[8]。

しかしながら、そうした身体知とボディーワーク・ワークショップ型アプローチは、一九九五年三月二十日に起きた地下鉄サリン事件―オウム真理教事件によって過度な危険視を生み出した。その清算はいまだ終わってはいない。それから二〇年以上が経ったが、二十一世紀を数年過ぎた頃から美輪明宏や江原啓之らを中心として「スピリチュアル系」の流行という揺り戻しが来た。しかし二十世紀後半に広がりを見せた身体知の探究は深まりを見せているとは言い難い。むしろ、昨今の状況は、安易な占い嗜好やオカルト趣味や俗流神秘依存に流れている。

第四節 「行」の歴史と諸相——狩猟技術からの展開と身体技術

ところで、ここで迂遠ながら、「行」というものがどのようなところから起こってきたのかを考察しておきたい。わたしはそれを獲物を取るためのいのちがけの闘いから始まると考える。食料となる動物を見つけ、追いかけ、野山を歩き、走り、弓矢を射、石器や青銅器や鉄器で打ち据え、突き刺し、切り、捕らえるという動物との格闘の中から「行」が始まったと考える。

つまり、狩猟・漁猟技術の向上のための修練や儀式が「行」として独立していくのである。巨大で、力のある動物に立ち向かうためには適切な判断力や迅速な身体運動を発揮しなければならない。そのために男たちは常日頃から修練に励まねばならなかった。それが、一方では武道・武術やスポーツになり、もう一方では宗教的な「行」や瞑想になっていった。ショーヴェやアルタミラやラスコーの洞窟壁画に描かれた野牛やシャーマンの姿などを見れば、それが洞窟内での男たちの秘密結社的なシャーマニズム的儀礼や行が行われていた可能性が見えてくる。

こうして、狩猟・漁労における動物たちとのいのちがけの戦いや捕獲を通して、自然への畏怖や讃仰が高まってくる。同時に、巨大で獰猛な大型動物を前にして動じることのない自分自身を練り上げるために自己とのたたかいへと向かう。成道前の釈迦やいろいろな修行者の瞑想時に獰猛な動物が姿を現して襲い掛かってきたという伝承や記録があるのも故なきことではない。

かくして、自己の心の制御・コントロールへ向かい、夢見や瞑想や観想が生まれてくる。そのような集中や制御はやがて禅や止観を生み、歩行や走行は山岳跋渉や修験道を生み出した。もちろんそれには長い歴史と文化的諸条件があってのことである。

先に少しく触れたアメリカ先住民の動物や人間の足跡を追跡する「トラッキング」の技術もそうした太古からの狩猟技術を継承しつつそれに洗練を加えたものだといえるだろう。トム・ブラウン・ジュニアはそうした技術を、「大地に根ざして生きるすべての人びとの技術だった」と一般化して述べ、「この地上で生きているものは、みなものを食べなければならないことを、まず理解しなさい。生きるためには大地からものをもらわなければならない。どのようにしてもらうかによって、害悪になるかケア・テイカーになるかが決まるのだ。自然の恵みを受けるときは、まずそれを賛美し、心で深く感謝しなさい。私たちが生きるためには、ほかのものの命を犠牲にしなければならないからだ。自然を破壊するのではなく、自然に利益をもたらすように、心して命をいただきなさい。未来のことを考えて、子どもや孫にすばらしい財産を残すことだ。自然の創造物を、もっと立派な形にして後世に残さなければならないのだ。そうすれば私たちは大地のケア・テイカーとしての運命をまっとうしたことになる」というコヨーテ・サンダーの教えを紹介している(9)。

　コヨーテ・サンダーが述べているように、「生きるためには大地からものをもらわなければならい」し、「ほかのものの命を犠牲にしなければならない」。わたしたちが生きるためには食しなければならないが、食するとは、生命を殺害し、その命を「いただく」ことである。その命をいただく行為の一環として狩猟行為があり、それは単なる食料獲得のための労働ではなく、いのちがけの呪術的かつ宗教的行為であった。実際、マンモスや熊のような巨大で巨力な動物を射止めるためには、その狩猟行為に自己の全存在をゆだね、最大限の集中と狩猟技術を駆使し、死をかけて臨まなければならない。それは、ある意味では、いのちの交換であった。その全存在を賭けた掛け値なしの交換があるからこそ、その交換は祝祭的な交歓にもなりえた。狩猟行為は、したがって、それ自体きわめて呪術的――宗教的行為となる。それはまさに、食うか食われるかの闘いであり、祈りであり、祝祭だったのである。

　「行」の発生はこうした狩猟・漁労におけるいのちがけの行為が元になっている。そしてそのいのちがけの行為は、自然の仕組みを精妙につかみとる注意深い観察や認識に支えられていた。こうして、自然を知ることが自己を知る（制御する）ことに通じる回路のあることを、みずからの身体知を通して確認していったと考えられるのである。

日本列島においては、そうした自然知・身体知の探究から列島の自然の特質を生かした滝行などが発達してくる。これは、国土の七十五％を山岳や森林として有する日本列島の風土の中で発達したユニークな行の体系であり伝統である。それは、水圧という重力作用を全身に受けることによって、その逆に、脱重力と身心の解放や伸展をつぶさに感受する身体技法であった[10]。那智の滝によく表されているように、そこでは滝自体が神聖なものと考えられ、その滝の神聖な息吹やエネルギーを身に受け、汚れを削ぎ落とし、身心の浄化をはかり、自然界や霊的世界との深い感応道交を体験・体得することが求められた。森や山に分け入ってゆく山林修行の中から、その森や山の神聖感覚を全身心に感受し、霊性浄化と生命力強化をはかる修行法が発達していったのである。

第五節　「行」による身心変容

こうした「行」による自然との感応や身心の変容について、例えば空海は『聾瞽指帰（三教指帰）』の中で、「阿国大瀧嶽に躋り攀ぢ、土州室戸崎に勤念す。谷響を惜しまず、明星来影す[11]」と述べ、後年、真言宗第八祖として日本に密教を招来し、この「身」を以って成仏することを説いた『即身成仏義』の中では、「六大無礙にして常に瑜伽なり。四種曼荼各離れず。三密加持すれば速疾に顕はる。重重帝網なるを即身と名づく[12]」と説いている。

地水風空識の六大は相互に相即相応し相関し合っており、互いに相依し結び合っている。大曼荼羅・三昧耶曼荼羅・法曼荼羅・羯磨曼荼羅の四種曼荼羅も同様に互いに不即不離の関係にある。そのような森羅万象が相関相依の関係にあるわけだから、大日如来の身口意の三密が衆生の身口意の三業と照応すれば、如来の身体性は今まさにここに顕現示現する。互いが互いに網のように絡まり結ばれ合っていることを「即身」と言い、その「即身」において行者の身体性と如来の身体性とは照応融合の中にあって、互いに引き合い結ばれあって、成仏することができる。と、このように、空海は説くのである。

また、『秘密曼荼羅十住心論』においては、十の意識段階（心の状態）と即身成仏との関係あるいは身心相関性を解き明かしている。[13] 空海の三密行は大日如来やその使者としての不動明王と一体・一如となる、いわゆる神秘的合一（unio mystica）の行であり、それが即身成仏という思想と実践として行じられたのである。

日本の思想の多くは、身を以って確認し、体験し、体得・体現する行的・身体知的実践を伴うか、そうした体験的契機に支えられている。空海の即身成仏論、禅、能、武道・武芸・武術など、すべてがそうである。日本の念仏もまたそのような身体知的方向を深化させた。観想念仏から、六字の名号を唱える法然や親鸞の称名念仏に至り、さらに一遍の踊り念仏に至る過程がそれである。

一遍は熊野本宮で熊野権現の「信不信をえらばず、浄不浄をきらわず、その札を配るべし」という夢告を体験して信心の深まりを得る。[14] そして、信州佐久の地で、念仏を唱えているうちに、歓喜雀躍の念が湧き起こり、おのずと踊り念仏を始めたという。念仏が口から体全体に行きわたった瞬間である。まさにそれは、アメノウズメが天の岩戸の前で踊りを踊っているうちに神懸りして胸乳と女陰（ほと）を露出し、神々が口々に「天晴れ（あはれ）、あな面白（おもしろ）、あな手伸し（たのし）、あなさやけ、おけ」という囃し言葉を唱え、[15] それが鎮魂・神楽の発祥となったように、念仏踊りはまさしく念仏神楽といい得る身体知の発現であったといえよう。

一遍は、「よろづ生きとし生けるもの、山河草木、吹く風、立つ浪の音までも、念佛ならずといふことなし」と述べ、また、「となふれば仏もわれもなかりけり南無阿弥陀仏なむあみた仏」とも詠っているが、[16] 森羅万象すべてが念仏の現れであり、表出であると感受していたのである。それは念仏といういとなみの全身心的表現であった。

第六節　トランスする身心と層を成す身体——あるいは、反復という身体技法

一遍の踊り念仏を例にしてみると、念仏を反復することによってトランスする身体が発現していることがわかる。一遍は言う。「本より念と声と一体なり。念声一体といふはすなはち名号なり。（中略）念仏の下地をつくる事なかれ。総じて行ずる風情も往生せず。声の風情も往生せず、身の振舞も往生せず。心のもちやうも往生せず。ただ南無阿弥陀仏が往生するなり」と。[17] 念仏によってもたらされる歓喜雀躍のエクスタシー境位が示されているのである。

ここで注目したいのは、念仏が短句の反復という形式を持っていることの意味と力についてである。短い言葉を繰り返し念唱することによって、意識の強度と境位をスライドさせ、トランスさせてゆくことができる。そのトランスの極を一遍は「ただ南無阿弥陀仏が往生するなり」と言い切ったのであ

る。

反復という技法は意識と身体の状態を調整し調律するはたらきを持つ。一定のリズムを持った単調に思える繰り返しが、退屈ではなく、恍惚をもたらすことがあることは興味深い事実である。それは、打ち寄せる海の波や川のせせらぎ、規則的に打ち続ける心臓の鼓動音などが身体を緩め、緊張を解きほぐし、それによって深い定や三昧に誘導することがあることと共通している。

ところで、このようなトランスする身体とは、超越し越境していく身体であるが、それはある場面ではメタモルフォーシス（変容・変身）として現れる。ここで、見える身体と見えない身体を区別することも可能である。つまり、物質的な肉体である見える身体と、微細身や精妙身などの見えない、透明化された身体のレベルが想定されているということである。こうした身体グラデーションについて、神智学のスクールにおいては、肉体、エーテル体、アストラル体、メンタル体、コーザル体などと区分している。(18)

第七節　言葉とイメージ――ズィクルと念仏と瞑想

ここで、聖なる短句によって身心境位をトランスに導く行として、イスラーム神秘主義のスーフィズムにおける「ズィクル」（唱名）と念仏を取り上げておこう。

念仏は六字の名号と言われるが、六音を一気に発声しつつ、それを何度も何度も繰り返す。その唱え方にはさまざまな方法があるが、とりわけ多人数で念仏を唱和する時の迫力とユニゾン的ハーモナイズにはエクスタティックなまでの誘引力がある。

しかし、この念仏以上に短い聖句で反復する唱名法がスーフィズムの「ズィクル」である。わたしはドイツのミュンヘン郊外のキムジー湖に浮かぶフラウ島の聖ベネディクト会の修道尼院のジムで、スーフィー指導者の導きで共にズィクルを行じたことがあるが、大変驚いた。というのも、「アッラー」という神名だけの単純な繰り返しを連唱するだけにもかかわらず、とてつもなく深く静かな海底に導きいれられるような聖なる静けさ、寂静という状態の一端をつぶさに体験させられたからである。

井筒俊彦は『イスラム思想史』（岩波書店、一九七五年）の中で、このズィクルについて次のように述べている。「ズィクルとは『唱名』の意であって、詳しく言えば、コーラン第三十三章の神命に従って『アッラーハ！』『アッラーハ！』と絶えず休みなく神の聖名を呼び、いわば『ただ念仏して』というように、無念無想の瞑想三昧に没入することである。元来、イスラームの正統的宗教法の規定するところによれば普通の信者は全て一日五回定時の礼拝を行わねばならぬことになっているが、初期の修行者達はこのような儀式的外形的礼拝だけではあきたらず、深い信仰を有する人は昼夜を分たず神の名を唱え続けなければならないとした。この唱名こそ、イスラーム神秘道における最も基本的な典礼的要素であって、今日に至るまでスーフィズム諸集団の行事の中核をなしている」[19]。

井筒はここでいみじくも念仏とズィクルとの共通性を指摘しているが、スーフィズムのズィクルは、「アッラー」とか「ラー・イラーハ、イッラーッラー」とかの聖短句反復による極度の集中により、トランス・恍惚・エクスタシーに導きいれるマントリックな技法であるといえる。修行者はズィクルにより「ファナー」（消滅・消融）に至るという。ここには、言葉とエロス、あるいは、「行」とエロスとの力動的な関係性と活用の形がある。つまり、こうした連唱の「行」はエロス的な力動を原動力としながら、そこからの超越を果たすことを可能にしているからである。密教における三密加持と真言陀羅尼との関係と、それによってもたらされる神秘的合一（unio mystica）の体験の境位において共通するものがある。井筒は前掲書において、「禁欲的修業は、行者が自己の魂を清浄にし、その表面を遮蔽する曇りを払掃して、恰も明鏡の物を映すごとくに神の姿を魂に映し、神を識り、最後に神と合一するための手段であると見做されることになった。この重大なる思想的転向を醸成し激成したものこそ、ほかならぬプロティノス的な流出論とその動的神秘哲学だったのである。神、すなわち至高至聖の『存在者』は全存在界の中心にあって燦爛と輝く光源であって、この光源から脈動しつつ迸出する光の波は悠遠宏大な宇宙に降り灑ぎ、明滅交錯して五彩に映えわたり煌く。故に人もまた内面に向って冥想を深め、物質的被覆を一枚ずつ破棄し脱ぎ棄てて行くならば、次第に聖光が直接にその魂を照徹して、遂には現象的存在の帳りは全て取りはらわれ、魂は神的光源そのものの中に消融し、忘我奪魂、神人瞑合の妙境を窮めることができるであろう、という考えである」[20]と述べているが、神の光明の中に没入し、自己を消滅させるスーフィズムの「禁欲的修業」が新プラトン主義の「動的神秘哲学」の影響下にあることを指摘している。

井筒によれば、このズィクルには独特の唱え方があるという。香を焚き、胡坐を組んで坐り、最初に左乳の先端の辺か臍下丹田に意識を集中しながら「ラー（絶対に存在しない）」と長く伸ばして唱え、次に左胸から右肩に意識を移し、さらに右肩を越して後ろに投げ出すような気持ちで「イラーハ（神は）」と唱え、続いてすぐさま右肩から左胸の方に戻しながら「イッラッラー（アッラーのほかには）」と唱えるのだが、身体部位を一巡したところで裂帛の気合を込めて最後の「アッラー」という言葉を、「ハンマーで杭でも土にうち込むような気合いで、自分の心臓のまっただなかにうち込む」のだという。

このようにして、「心臓のなかに衝撃的な力でうち込まれたアッラーという言葉は、魂をその自然の眠りから呼び覚まし、自分自身のなかにひそんでいる深み、つまり意識の深層を自覚させると想定され」ているというのである。[21]

空海が若年の頃、虚空蔵求聞持法を修め、虚空蔵菩薩の真言を百日間に百万遍唱え続けたように、こうしたズィクルを何遍も繰り返し、幾日も幾年も続けることによって、「意識の第三層、カルブ(qalb)、心、つまり超感覚的認識の器官、粗大な感覚的器官とはまったく違った精緻な内面的器官であるカルブが発動し始め」、その「カルブの門」が開かれると、「神的な光がいずこからともなく差し込んできて魂に浸透し、ついに魂は溢れるばかりの光明にひたされ」て、「純粋光明の領域において行者は自分の第二の『われ』、真我に出会い、そしてそれと完全に一体とな」り、こうして「現成した新しい『われ』」は、「内面の人」とか「光の人」とかと呼称されるという。

興味深いのは、このズィクルの唱名法が胸や心臓や肩などの身体部位と密接に連動している点である。これはまさに、密教的な「身・口・意」の三業＝三密の用い方と軌を一にしている。繰り返しの身体性が定式化されているのである。

こうしたズィクルや念仏と共通する連唱法にギリシャ正教の「ヘシュカズム」がある。それは、「キュリエ・イエス・クリステ、ヒュイエ・トゥ・テウ、エレイソン・メ（主イエス・キリスト、神の子よ、僕を憐れみ給え）」とか、「キュリエ、エレイソン（主よ、憐れみ給え）」という祈りの語句を繰り返し唱える連祷法である。落合仁司は『ギリシャ正教　無限の神』において、「ギリシャ正教のヘシュカズムとは、このヘーシュキア、静寂の境地を様々な行法の助けを借りて達成しようとする試み」であり、また「イスラームのスーフィズムや仏教の密あるいは禅と極めて近い試み」であると指摘している。[22]

たとえば第七章でも触れた念仏においては、こうした境地の究境は「南無阿弥陀仏が往生する」境涯であり、またそれは、「よろづ生きとし生けるもの、山河草木、吹く風、立つ浪の音までも、念佛ならずといふことなし」と一遍がいうように、森羅万象が念仏を唱えているという三昧の境地である。一遍はこの境地を最初「となふれば仏もわれもなかりけり南無阿弥陀仏の声ばかりして」と詠むが、ある僧にその信心と心境の不徹底を突かれ、

となふれば仏もわれもなかりけり南無阿弥陀仏なむあみた仏[23]

と詠み直したのであった。はじめの歌では「声ばかりして」という「声」がまだ対象化されて外にある。しかし、詠み直した「南無阿弥陀仏なむあみた仏」の歌では、すべてが「声」の中に、「声」としてのみあり、「声」と一体化してある。「仏もわれも」、ただただ南無阿弥陀仏という念仏の海の中にいて、その声の大海に包まれて念仏と一体化し、往生する南無阿弥陀仏の波となって念仏の海をたゆたい、溶けている。この溶融がスーフィーのいう「ファナー」（消滅・消融）である。

「南無妙法蓮華経」という題目の連祷を編み出した日蓮も、同様の境涯を、『法華初心成仏鈔』の中で、「一度妙法蓮華経と唱れば、一切の仏・一切の法・菩薩・一切の声聞、一切の梵王・帝釈・閻魔法王・日月・衆星・天神・地神・乃至地獄・餓鬼・畜生・脩羅・人天一切衆生の心中の仏性を、唯一音に喚顕し奉る功徳無量無辺也。我が己心の妙法蓮華経を本尊とあがめ奉リて、我が己心中の仏性南無妙法蓮華経とよびよばれて顕ハれ給フ処を仏とは云フ也。譬ば籠の中の鳥なけば空とぶ鳥のよばれて集マるが如し。空とぶ鳥の集マれば籠の中の鳥も出テんとするが如し。口に妙法をよび奉れば我身の

仏性もよばれて必顕れ給ふ」[24]と述べている。題目はすべての仏菩薩や神々や一切の衆生の仏性を呼び出し、顕現させる途方のない妙力を持っていると主張される。まさに万能の至高の聖句が題目なのである。

第八節　西行の詠歌行（和歌即陀羅尼）と世阿弥の能楽修行（夢幻能・物まね・物狂い身体）

日本の中世に展開した、このような一言志向（選択・専修主義）は、やがて「和歌即真言陀羅尼」、「詠歌即造仏像」という和歌即陀羅尼観を生み出す。西行はそれを、「此の歌即ち是れ如来の真の形体なり。されば一首詠み出でては、一体の仏像を造る思ひをなし、一句を思ひ続けては、秘密の真言を唱ふるに同じ。我れ此歌によりて法を得ることあり。若しここに至らずして、妄りに此の道を学ばば、邪路に入るべし」[25]という。また心敬は『ささめごと』の中で、「本より歌道は吾が国の陀羅尼なり」、「歌道はひとへに禅定修行の道」、「歌道即身直路の修行也」[26]と述べている。ここでは、「歌道」はまぎれもなく、真言陀羅尼行にして「禅定修行」でありまた「即身直路の修行」なのである。

このような歌道修行観は、室町時代の世阿弥によって大成された能楽（申楽）にも引き継がれている。世阿弥は『風姿花伝』の冒頭で、「古きを学び、新しきを賞する中にも、全く風流を邪にすることなかれ。ただ言葉賤しからずして、姿幽玄ならんを、承けたる達人とは申すべきか。先づ、この道に至らんと思はん者は、非道を行ずべからず。ただし歌道は風月延年の飾りなれば、もっともこれを用ふべし」[26]と諭し、「年来稽古條々」には七歳から、十二〜三歳、十七〜八歳、二十四〜五歳、三十四〜

五歳、四十四〜五歳、五十有余歳までの特質と「稽古」の仕方や注意点について述べているが、「行」の観点から見て大変重要な指摘が含まれている。各時分の「花」や「幽玄」に触れた後で、最後の「五十有余」の条の末尾に、「およそ、その比、物数をば早や初心に譲りて、安きところを少な少な(＊＊)と色へてせしかども、花はいや増しに見えしなり。これ、誠に得たりし花なるが故に、能は枝葉も少く、老木になるまで、これ散らで残りしなり。これ、目のあたり、老骨に残りし花の証拠なり」[27]と書きつけたのは、修行者の功徳とも栄光とも後光ともいうべき相を示して余りある。またそれほど世阿弥が常々「稽古」を大事にし、修練を怠らなかったという証左であろう。

世阿弥が大成したこの「申楽」の中核をなすのが「夢幻能」と呼ばれる鎮魂舞踊である。それは死者の霊を呼び出し、その霊の思いのたけを謡わせ、それによって鎮魂・鎮撫する一演劇舞踊形式だが、その際に大変不思議な楽を奏する。この楽すなわち能囃子における特異性とはまず第一に能管の構造とその奏法の特異性が挙げられる。それはあえて調和ある旋律を吹くことが出来ないように、むしろいびつな乱調の揺らぎある響きが奏でられるように作られている。西洋音楽的な観点からすれば、それは実に不協和音的な旋律を奏でる楽器なのである。

第一章でも言及したが、わたしはこの旋法が縄文時代の「石笛」と呼ばれる穴の空いた自然石の発する響きに由来するという仮説を持っている。[28]国学者の平田篤胤が「天磐笛」を発見した経緯を弟子の宮内嘉長と石上鑒道が記した『天磐笛之記』という著述によると、文化十三年(一八一六)、平田篤胤は鹿島・香取両宮を参拝し、そのあと玉ヶ崎明神、猿田神社、妙見宮、八幡宮に詣で、石笛を発見して「天磐笛」と名づけたという。そして篤胤は、この石笛は神より賜ったものだと直感し、大切に江戸に持ち帰って自宅の神棚の前に捧げ置き、朝毎の神拝の際には必ず吹き鳴らし、大事にしたという。明治期に「神道霊学」を大成した本田親徳(ちかあつ)は「鎮魂帰神」の行に石笛を用い、大正期の大本の出口王仁三郎や浅野和三郎もまた石笛を用いて「鎮魂帰神」を行じた。三島由紀夫は大本を批判して飛び出した神道天行居の友清歓真についての取材を基に『英霊の聲』を書き、そこで「帰神(かむがかり)」のことを描写している。盲目で白皙の美青年「川崎君」が「神主」となって「帰神」の儀式が行われるのだが、「審神者」が「神韻縹渺」と石笛を吹くと、美青年の表情が次第に変化し、入神状態となって、本人とはまったく異なる声音(こわね)で、二・二六事件で処刑された磯部中尉や特攻隊員の霊の声を語り出す。第一章でも引用したが、その石笛の音色について、三島は、石笛の音色(ねいろ)」を「心魂をゆるがすやうな神々しい響き」とか、「清澄そのものかと思ふと、その底に玉(ぎょく)のやうな温かい不透明な澱みがある」とか、「肺腑を貫ぬくやうであつて、同時に、春風駘蕩たる風情に充ちてゐる」とか、「古代の湖の底をのぞいて、そこに魚族(いろくず)や藻草(もぐさ)のすがたを透かし見るやうな心地がする。又あるひは、千丈の井戸の奥底にきらめく清水に向つて、声を発して戻つてきた谺をきくやうな心地がする」[29]とか、述べている。毎朝、神棚に向かって石笛を奏するわたしは、この三島由紀夫の石笛の音色の記述に同感する。石笛には、確かに、天地人を貫く力強くも霊妙不可思議な響きがある。

　この石笛の響きが旧石器時代から用いられており、それが縄文時代にも継続して使われ、中世の能管にその響きが受け継がれたとわたしは考えているが、注目したいのは、何よりもこの自然石である石笛の音がトランスを誘発する響きを奏でるという点である。石笛は古くは神降ろしや死者の魂呼ばいに用いられたと考えられるである。その名残りが平田篤胤の天之磐笛の吹奏や、「霊学」を実践した大正期の大本教や一部の神道系新宗教で行われた「鎮魂帰神」における石笛の吹奏である。とすれば、世阿弥が着目したであろう響きとその響きによって支えられた夢幻能世界は、単に中世に発生した演劇的芸能であるばかりではなく、縄文時代からの神祭りや死者儀礼にまで遡行するものと考えられる。
『風姿花伝』の冒頭で世阿弥は、「申楽延年の事態、その源を尋ぬるに、あるひは仏在所より起り、あるひは神代より伝わるといへども、時移り、代隔りぬれば、その風を学ぶ力及び難し」と述べ、その「申楽」の始まりには三つの起源伝承（神道的起源、仏教的起源、家伝的起源の三つ）があると主張している。一つはいうまでもなく、天岩戸におけるアメノウズメノミコトの神懸りに始まる「神楽」であるが、「第四　神儀云」には、仏教的起源伝承も記されている。祇園精舎での釈迦如来の説法に際し、提婆達多が一万人の「外道」を連れてきて、彼らが木の枝や笹の葉に幣を付けて踊り叫んだので、説法ができなくなり、そのため舎利弗が「後戸」で鼓や笙を用意し、阿難の才覚と舎利弗の智慧と富楼那の弁舌で六十六番の「物まね」をしたところ、外道たちはこれを見て静かになったので、その間に釈迦が説法供養を宣べることができたというものである。第三の伝承は、秦河勝が聖徳太子の命により、神代と仏在所の「吉例」に倣い、六十六番の面を作らせ、紫宸殿で舞わせたところ、天下が治まり、国が静かになったので、聖徳太子がその「神楽」の文字の示す偏を取って旁だけを残し、「神楽」から「申楽」に転じたもので、したがって、「申楽」は「神楽」より分かれ出たものであるという。[30]
このように、能という日本独自の歌舞音曲の様式には底深い宗教文化の流れが溶け込んでいる。世阿弥はさらに『花鏡』においては、「見所（客席）より見る所の風姿は、我が離見なり。然れば、我が眼の見る所は、我見なり。離見の見にはあらず。離見の見にて見る所は、則ち、見所同心の見なり。其時は、我姿を見得するなり。我姿を見得すれば、左右前後を見るなり」[31]と述べ、「我見」と「離見」と「離見の見」との三者の弁証法的統合を実践課題として提起していてまことに興味深い。能＝申楽という演劇舞踊音楽は、独自の修行論とともに、世界にも類例を見ない独創的な霊的演劇様式を作り上げたのである。

第九節　神道行法――浄化儀礼としての禊と鎮魂帰神法

神社神道にははたして「行」と呼べるものが存在するのか？　常識的には、存在しないというのが妥当な回答であろう。神道には悟りを開くとか解脱するという目標はなく、したがってある理想的境位に向かっての禁欲的な行というものはないといえるからである。

しかし、中世の吉田神道になると様相が異なってくるし、近代の神道系新宗教になるとよけいに違ってくる。さらに一歩掘り下げて、物忌み、斎戒などを厳密に考えていけば、そこには献身・浄化やいのちがけの自己変容につながる側面も見えてくる。祝詞を繰り返し唱える千度祓いや万度祓いや禊などの実修は行的様相を帯びてくる。

神道天行居の開祖友清歓真は、禊について独自の見解と修行法を開発した。禊には「表の禊」と「裏の禊」の二種があり、前者は水による身心浄化であるが、後者は音による身心および世界浄化であるという。友清はさらに「音霊」と「言霊」とを区別し、人間の口から出る音声ないし音霊が言霊で、あとの一切の音声は音霊であるとする。また、宇宙そのものが音霊で、人間には地津魂(クニツタマ)の耳と天津魂(アマツタマ)の耳の二種があり、皮膚にも毛髪にも足の裏にも耳がある、つまり全身に耳があるという。こうして、友清歓真にとっては、聴覚とは単に五感（視・聴・嗅・味・触）の一感覚ではなく、根本感覚とも全身感覚とも呼びうるものとなる。この「音霊は即ち数霊」で「惟神（かむながら）なる自然的規律」である。ピュタゴラスにとって音楽が霊魂の浄化（カタルシス）の技法であったように、友清にとっても「音霊法」は浄化（カタルシス）の技法である。そして、ある一定の規則的な音を聞く＝耳に注ぐ（みそぎ）「音霊法」という行法を提唱した。

友清は言う。「音霊の法は自他の病気を直すとか霊眼を開くとかいふことを主目的として居るのではなく、祖国の神に対する正しい信心を土台として我が直霊を蔽ふところの狭霧を祓ひ根本神性に帰り顕幽不二の清明心を徹見することが主眼でありますから本末を間違へてはなりませぬ。（中略）われらも毎朝神前で祓への祝詞を唱へ、又た閑ある毎に音霊の耳注（みそぎ）を修して、日に日に新たにして又た日に新たにせんといふ大覚悟を要するのであります」[32]と。また『古神道秘説』において、「むかしヨハネはヨルダンの河畔に水を以て洗礼を行ひ、その次ぎに来れる予言者は謂はゆる火と聖霊により洗礼を行ひましたが、今や我等は祖国の神の使徒として天が下に音霊の洗礼を行ふべく相信相愛の同士と共に旅立ちのラツパを吹き鳴らすものであります。しかも是れ実に神々の経綸による最後のラツパでありますが」、「修法の根本を正しい神の信仰と音霊の修行において居るのが吾党の本領であり特色であります。音霊を以て我を清め、他を清め、家を清め、国を清め、天地を清め、一切世界を清めんとするものであります」[33]と主張するのである。

このように、大本の鎮魂帰神法を含め、神道天行居の音霊法など、神道系新宗教教団においては独自に編成された神道行法が開発・実習されたのである。

第十節　修験道と歩行する身体

――奥駈けと峰入りあるいは直行と回行、あるいは海に向うことと山に入ること

日本列島の宗教文化に列島独自の修行法を練り上げて成立してきた宗教文化が修験道である。

修験道とは、起伏が多く奥深い日本列島の山岳地帯を跋渉することを中核とした厳しい修行により十界修行を果たし、大自然と一体化して菩提心を得、自らの仏性や神性を開顕せしめる修行体系で、それは日本列島の風土の中で生まれた独自の習合宗教文化といえる。出羽三山、大峰山、英彦山、伯耆大山、日光男体山、白山、戸隠山、比叡山など、列島の自然と化現して現われ出る神仏への讃仰と身心対話によって深い叡智と力（法力・験力・霊力）を獲得しようと修行するユニークな習合宗教文化が修験道である。それは、日本型の自然智・身体智の探究であり、また自然智・自然力の獲得を目指す修行の体系である。

わたしは修験道の霊山の多くを独りで登拝してきたが、日本人がいつ頃からか保持してきた海上他界観や山上他界観に基づき、海に入る修験道と山に入る修験道の二類型があるのではないかと考えるようになった。具体的に言えば、吉野から熊野へと奥駆け修行する吉野熊野の修験道（大峰修験道）には、身体は山を練り歩いているのだが、心とたましいは山上から海上へと翔け渡っていく入法海の境位があり、それが例えば補陀洛渡海のような、渡海上人が南方遥か海上の観音浄土に入ってゆく代受苦修行を生み出し、もう一方で、湯殿山の即身仏の上人のように、山に入ること、すなわち土中入定

する代受苦修行を生み出すに至ったのではないかと考えるようになった。海に直行する道においても、山を回行し回帰する道においてもいずれも海という母胎と山という母胎に入って死と再生すなわち擬死再生を果たすことには変わりはないのである。

最近だけでも、わたしが歩いた修験の山々は、出羽三山、伯耆大山、日光男体山、白山、戸隠山、八ヶ岳（赤岳）、英彦山、比叡山などだが、修験道の修行場となる山岳のほとんどに美しいブナ林があることに注目したい。そのことは、そこに豊かで清らかでおいしい水があり、その水で禊や滝行ができる浄めの場所があるということを意味している。

また、修験の山々は法螺貝が鳴り響く空間である。谷が深く、尾根が美しいが、細くて険しく、その起伏のため法螺の響きが複雑に反響しエコーする。とりわけ、伯耆大山の元谷から吹いた法螺の響きの大反響には驚愕した。その急峻にして森厳なる空間にはカミやホトケと感応道交しやすい霊的次元回路の立体交差路が立ち現われ、行者はその中に身口意霊のすべてを使って参入してゆく。大峰修験（吉野熊野修験）の奥駈け道、出羽三山修験（羽黒修験）の峰入り道もいずれもそうした次元回路となっており、列島の他界観と深く立体交差しているのである。

みずから修験者としての体験を持つ内藤正敏は『鬼と修験のフォークロア』の中で、「湯殿山の即身仏の本質的な思想は、自らの肉体を飢餓化して祈ることだった」と主張し、さらに、「湯殿山の即身仏は一世上人の海号が示すように、空海入定伝説の弥勒信仰の影響を受けている。五十六億七千万年後に弥勒菩薩が衆生救済に下生してくるまで、入定して身心を保ち、弥勒菩薩の手助けをしようという仏教的な救世主信仰である。しかし飢餓にあえぐ人々にとって、そんな遠い未来の救世主より、今すぐ弥勒菩薩が必要だった。そうした民衆の期待に応えて生まれたのが湯殿山の即身仏であった」（34）

と結論づけている。また、岩木山、恐山、戸隠山、富士山、立山、伯耆大山、石鎚山、求菩提山、英彦山、日光二荒山などの修験道の「霊山」では、それぞれの地形や景観に合わせて「山岳空間の思想化」が図られていると指摘している。[35]

内藤が指摘するような社会史的条件やコスモロジーは納得のいくものであるが、それではなぜ「土中入定」という代受苦修行の発想が生まれたのかがさらに掘り下げなければならない。内藤は「修験道は大自然を神として拝む。(中略)修験道の霊山には、〝視える自然〟の背後に、〝視えない自然〟が隠されている」[36]と指摘しているが、補陀洛渡海や土中入定は「大自然を神として拝む」ばかりではなく、大自然そのものと一体化していこうとする修行の極北を示すものではないか。そして、その修行のプロセスにおいて、海や山という〝視える自然〟の背後に観音浄土や大日胎蔵世界という〝視えない自然〟が二重写しのように透視されていたのではないか。

もう一つ、修験道が重要であるのは、それが縄文時代以前からの狩猟採集技術を継承しつつ、世界観的組み換えや体系化を図った点である。たとえば、空海は猟師姿の狩場明神と出会い、その導きで高野山という霊地を得た。また、出羽三山の開祖とされる蜂子皇子(能除太子)は「羽黒山縁起」によれば隆待次郎という猟師と出会い[37]、立山の開祖とされる佐伯有頼も弓矢を持って白鷹を追いかけ、山頂の洞窟で阿弥陀如来と不動明王と相まみえ、英彦山では豊後国の猟師の藤原恒雄が白鹿を射殺したのを三羽の鷹が介抱して蘇生させたのを目の当たりにして名を忍辱と改めて修行し阿弥陀如来(北嶽)・釈迦如来(南嶽)・観世音菩薩(中嶽)の仏菩薩の垂迹神と出会うという縁起譚が伝えられるのも、そこに山岳民の狩猟採集技術や生活形態や神祇信仰を伝来の仏教が組み込み、組み替えていった歴史があるからであろう。

そうした在来の信仰と技術と伝来の信仰と世界観と修行体系が組み合わされる中から修験道という独自の習合宗教が姿を現すのである。そしてその修行体系と宗教文化には太古からの狩猟技術とそれを支えた世界観が内包されている。

第十一節　「行」と身体の座標軸と現代の宗教性、そして東山修験道の実践

二十世紀思想の核心には、人間の存立基盤を問うという問題意識があった。そこで、無意識（フロイト、ユングなど）、身体（ニーチェ、メルロ＝ポンティ、ドゥルーズなど）への探究が試みられた。それはしかし、思想や哲学や学問の領域ばかりではなく、大衆文化生活の中にも現われ出た。それが島薗進の指摘した「新霊性運動」[38]においても切実な欲求や求道となって現れていた。自己の内により確実な拠り所を求める自己の改造欲求（自分探し、自分を変えたい）の一つとして、オルタナティブなライフスタイルの探究の一つとして、気功やヨーガや瞑想や諸種のボディーワークは実修された。だが、先に述べたように、一九九五年に生起したオウム真理教事件がそうした実修や探究に逡巡と混乱を与えた。

そうした流れを踏まえて、わたしは二〇〇八年の秋以降、「東山修験道」と称する「歩行（ほぎょう）」実践を始めた。あるきっかけから京都の東山に出入りすることになり、その奥深さに驚き、それを機に修験道という宗教文化を改めて見直し、みずから「東山修験道」の開発と確立を志したのである。

たとえばその「歩行」は、夜歩く、独りで歩く、懐中電灯も地図も持たずに歩く、森を見る、山を見る、川を見る、街を見る、湖を見る、動植物を見る、森を聴く・嗅ぐ・触るという五感と六感を総

動員しつつ野生の中に潜り込む生態学的歩行である。この「東山修験道」では、地図もコンパスも懐中電灯も持たないという登山の三大タブーを破るので大変危険である。

だがあえて、このタブーを破ることこそ、野生の身体的深層感覚を働かせるための前提なのである。夕方や夜、とりわけ、新月の夜などに、地図もコンパスも懐中電灯も持たずに瓜生山や狸谷や比叡山への道などを歩くことによって、普段はたらかせていない深層的身体感覚を目覚めさせるである。修験道で登拝時に唱える「六根清浄、懺悔懺悔」をそのような形で身体化する、その時、暗闇の中で森は光の中にある姿とは異なる貌を以って巨大な、得体の知れぬ宇宙のような存在として立ち現われる。この歩行の中で、畏怖と深遠と崇高を感じる瞬間がしばしばある。

わたしはこの「東山修験道」を「身一つ修験道」あるいは「身の丈修験道」と位置づけている。それは、人工的な助けをできる限り排除して「身一つ」で歩行しようとしたら何ができるかという問いと実践である。

本当は、「身一つ」を実践するために、裸でまた裸足で山を歩きたいのだが、そうすることができない。それが軽犯罪法違反であるというよりも遥か以前に、身体それ自体が「身一つ」そのままでは一歩も山に入ることができないという事実である。まず裸足で歩くことができない。小石や木切れを踏みつけると、足の裏が痛くてやがて傷だらけになる。まさに無力の極みである。ソクラテスの「無知の知」ではないが、この無力の測定・自覚こそ「東山修験道」の原点である。伝統的な密教教学の言葉を使えば「即身」に近づくということである。この身・この時において、現成し、生起する姿をくまなく、ありのままにみつめること。

そのような目で見つめると、どんな人間も「身一つ」では生きられない事実に気づく。そして、実に不必要な身体武装をしてきたことに気づかざるをえない。鉱物も植物も動物もみな「身一つ」で生きている。だが人間だけが自然界のその流れに反して「身二つ」にも「身三つ」にもなりながら生きている。それをあえて「身一つ」に近づけ「身の丈」に近づけるところから等身大の人間の位置と日常生活を考え、組み替えてゆく。それが現在わたしが取組んでいる「東山修験道」のかたちなのである。[39]

終章

世阿弥力顕現

——臨機応変力の探究と練磨

ここまで、世阿弥の「身心変容」と「身心変容技法」をめぐる思想とワザとその系譜を考察してきた。その世阿弥の「身心変容技法」を一言でいえば、「幽の技法」と言うことができる。見えないモノを視る。聞こえないモノを聴く。そのような「幽霊力」とでもいうべきモノの存在を世阿弥はかいま見させ、顕現させた。

その世阿弥最晩年の著述は、『却来花』である。永享五年（一四三三）、世阿弥七十一歳の時の著作である。それは、次のように始まる。

当道の芸跡の条々、亡父の庭訓を受けしより以来、今、老後に及んで、息男元雅に至るまで、道の奥儀、残りなく相伝終わりて、世阿は一身の一大事のみを待ちつるところに、思はざる外、元雅早世するに因(よ)て、当流の道絶えて、一座すでに破滅しぬ。さるほどに、嫡孫はいまだ幼少なり。やる方なき二跡の芸道、あまりにあまりに老心の妄執、一大事の障りともなるばかりなり。たとひ他人なりとも、その人あらば、この一跡をも預け置くべけれども、いまだ向上の大祖とは見えず。芸力の劫積り、年来の時節到りなば、定めて異中の異曲の人とやなるべき。それまではまた、世阿が世命あるまじければ、恐らくは、当道に誰あて、印可の証見をも顕はすべきや。ただし、元雅は、金春ならでは、当道の家名を、後世に残すべき人体あらずと思ひけるやらん、一大事の秘伝の一巻を、金春に一見を許しけるとや。

ここで七十歳を過ぎてすべての奥儀相伝を嫡男元雅に授け、もう死ぬのを待つばかりであった世阿弥は、思いもかけず、自分より先に息子元雅を喪い、自分の芸流が絶え、一座も破滅してしまったと悲嘆に暮れている。

だが、ここに、「芸風の性位も正しく、道も守るべき人」の金春太夫禅竹がいるが、将来大成して名人となるとは思えない。だから、当流の奥儀の体現者はいない中で、やむなく「元雅口伝の秘伝」であるこの一書を「後代の形見」として記し残し置くと言う。

その「形見」ともなる奥儀とは、「無用の事をせぬと知る心」と「却来風」であるという。無用のことはしない、これが「能の得法」、すなわち悟りであるという。これは初期『風姿花伝』「第一　年来稽古条々」の「五十有余」に記された芸境の「せぬならでは手立あるまじ」の境位を、中期の代表作『花鏡』の「せぬ所が面白き」を経て、さらに徹底深化させたものである。

『花鏡』「万能綰一心事」には次のようにあった。

見所の批判にいはく、「せぬ所が面白き」などと云ふことあり。これは為手の秘するところの案心なり。まづ、二曲を初めとして、立ち働き、物まねの種々、ことごとくみな身になす態なり。せぬ所と申すは、その隙なり。このせぬ隙は何とて面白きぞと見る所、これは油断なく心を綰ぐ性根なり。舞を舞ひやむ隙、音曲を謡ひやむ所、そのほか、言葉・物まね、あるゆる品々の隙々に、心を捨てずして、用心を持つ内心なり。この内心の感、外に匂ひて面白きなり。かやうなれども、この内心、ありと、他に見えては悪かるべし。もし見えば、それは態になるべし。せぬにてはあるべからず。無心の位にて、わが心をわれにも隠す案心にて、せぬ隙の前後を継ぐべし。これすなはち、万能を一心を綰ぐ感力なり。

「せぬ所」の「面白さ」とは、「申楽」のもっとも過激なアブストラクトの「物学＝物まね」である。これは、「油断なく心を綰ぐ性根」とか、「あるゆる品々の隙々に、心を捨てずして、用心を持つ内心」とか、「わが心をわれにも隠す案心」とか、「せぬ隙の前後を継ぐ」とか、「万能を一心を綰ぐ感力」とか、さまざまに言い換えられ、言い継がれている事態である。

「せぬ」ということは、単に「しない」ことではない。気を抜かず、油断なく「心をつなぎ」、すべての身体能力や作法を「一心」で繋いでいる事態である。最大限にはたらいていて、外見的には何もしていないように見える。百％フル活動していて、〇％のように見える完全矛盾の融合態。卜部兼友が『神道秘説』の中で、「神道の玄旨とは、円満虚無霊性」と極言したこととも共通する即非の論理（鈴木大拙）である。そこでは、「無心」は「一心」と成り、「一心」という「有心」は「無心」である。

このような禅的パラドックスの言説の中で、『花鏡』の有名な対象化されない無差別全体知としての「離見の見」も成立する。

このような「せぬ所」とか「無用の事をせぬ」とかの境位が、「却来風」とも呼ばれる「風」位である。そしてこの「却来風の曲」は「無上妙体の秘伝」、「口外なき秘曲」で、元雅ただ一人の相伝であったが、早世したゆえ「紙墨」に載せておくという。「却来風」とは、「望却来、却来不急」と説明される。「却来」を望んで、「却来」を急がない、つまり、望まないということ。望んで望まない。急いで急がない。求めて求めない。探して探さない。そのようなダブルバインドな逆理の即のままでいること。

このような禅の公案のような事理を、「無上妙体の秘伝」として書き記しておくのだから、世阿弥の執念も半端なものではなかった。

永享六年（一四三四）、世阿弥は佐渡に流罪になる。その二年後の永享八年『金島書』が書かれた。

これは、興福寺の薪能を思い作った小謡に七篇の小謡を添えたもので、この七篇の小謡「若州」「海路」「配所」「時鳥」「泉」「十社」「北山」は、永享六年の離京から泉に転居するまでの事跡を題材としているのだが、その謡のトーンは悲嘆よりも法楽に満ちているように見える。流罪という否応ない境遇であるにもかかわらず、自らの境遇と環境を楽しんでいる様子が窺え、透明感と明澄さに貫かれている。その謡は、目前の情景を刻み、記録文学のようである。「初心忘るべからず」の「却来」であるかのように。

妄執のような執着が消え、「金島」の景色の中に透明に昇華されているかのようでもある。まぎれもなくこれは、世阿弥が描いた終末の風景であるが、実は新たな時の始まりと再生を意味しているかのようである。

「泉」では、「泉の水も君住まば、涼しき道となりぬべし、涼しき道となりぬべし」と謡い閉じ、最後の「北山」では、「当国の神秘結界」を巡礼し、天照大神（大日如来）、伊弉諾（熊野権現）・伊弉冊（白山権現）など神々を詠唱讃嘆し、神仏の祝意の内に日本があることを余すことなく謡い切っている。

そもそも我が朝秋津洲と申すは、粟散辺土の小国なりと申せども、天地開闢の国にして、天照大神の御末、正しく日統を戴くこと今に絶えせず。

しかれば国の名を問へば、神道において様々なり。まづ日本国とは、青海原の海底に、大日の金文現はれ給ひしより、後代に名付けし国とかや。しばらくこれを惟れば、その品々も一ならぬ、八島の浪の寄々に、粗粗語り申すべし。(中略)

そもそもかかる霊国、かりそめながら身を置くも、何時も他生の縁ならん。憂しや代雲水の、住むに任せてそのままに、衆生諸仏も相犯さず。山は自ら高く、海は自ら深し。語り尽す山雲海月の心、あら面白や佐渡の海、満目青山なほ自ら、その名を問へば、佐渡と云ふ、黄金の島ぞ妙なる。

それ治まれる代の声は、安んじて以て楽しめり。これ誠にその政事和げばなり。天地を動かし、鬼神を感ぜしむ。二月の初申なれや春日山、峯響むまで、いただき奉ると詠ぜしは、げにも故ある道とかや。又二月や、雪間を分けし春日野の、置く霜月も神祭りの、今に絶えせぬは、国安楽の神慮なり。しかれば小忌衣、二月第二の日、この宮寺に参勤し、□の歌を謡ふも、さぞ御納受はあるらん。

しかれば興福寺の、西金・東金の、両堂の法事にも、まづ遊楽の舞歌を整へ、万歳を祈り奉り、国富み民も豊かなる、春を迎へて年を積む、薪の神事これなりや。それば北野の天神も、名は大唐に留まり、会は興福に納まるとの、御願文もあらたにて、十二大会の初めにも、この遊楽をなすことの、当代の今に至るまで、目前あらたなる、神道の末ぞ久しき。

これを見ん残す黄金の島千鳥跡も朽ちせぬ世々のしるしに

永享八年二月　日

沙弥善芳

この『金島書』としてまとめられた七篇の小謡はいずれもすばらしい出来映えである。「初心」が「無心」に通じ、複式夢幻能が日常性へと回帰する、まさに最晩年の「却来風」を謳っていると思える。四年前の元雅の訃報に接して見せたあのあられもない悲嘆の残響はここには一滴もない。そのように見える。後継者を喪った人が書いたとは思えないこの澄み切った明るさ。

世阿弥最晩年の『金島書』ほど肺腑を抉る美しい歌はない。世阿弥最晩年の傑作である。

「時鳥」の中では、「げにや花に啼く鶯水に棲む蛙まで、歌を詠むことまことなれば、時鳥も同じ鳥類にて、などか心のなかるべきと覚えたり」と、『古今和歌集』仮名序を踏まえて謡われ、ホトトギスの声と心に思いを致している。確かにこの中には、「声も懐し時鳥、ただ鳴けや鳴け老の身、われにも故郷を泣くものを」と悲嘆も謡われてはいる。しかし、先にも引いたように、その悲嘆はいつしか諦念の浄化を得て、「泉の水も君住まば、涼しき道となりぬべし、涼しき道となりぬべし」と謡い閉じられていくのである。

とりわけ最後に置かれた「北山」の「当国の神秘結界を尋ねおく」と始まり、「そもそも我が朝秋津洲と申すは、粟散辺土の小国なりと申せども、天地開闢の国にして、天照大神の御末、正しく日統を戴くこと今に絶えせず」とつながるところなどは、「大日本は神国なり。天祖はじめて基をひらき、日神ながく統を伝へ給ふ。我国のみ此事あり。異朝には其たぐひなし。此故に神国と云ふなり」と始まる北畠親房の『神皇正統記』の本歌取りだと考えられる。

とすれば、最後の最後まで世阿弥は南朝的な文脈における「天下（泰平）の御祈祷」を奉仕し続けていたということになるだろう。極めて臨機応変でありながら、終始一貫している世阿弥の生涯と思想、そこに「無心」と「一心」の統合を見るのは美しすぎるだろうか?

「申楽」という「芸能」に生涯を賭けて求道の果てに行き着いた「金島」とはまさに世阿弥が見た「世界の果て」「この世の果て」であるが、同じにそれは、「日本の中の日本」の「金島」であり、その「日本の精髄」を世阿弥は確かに乱世に「花」開かせたのである。その「世阿弥力顕現」をこの唯今「現代大中世」を生きるわれわれの「幽霊力」と「知恵」として受肉し超越していきたい。

注

第一章

(1) 世阿弥が最晩年に作った複式夢幻能の「鵺」のあらすじは以下の通りである。三熊野詣途中の「諸国一見の僧」(ワキ)が芦屋の浜辺に至り、日がとっぷりと暮れたので、土地の者に一夜の宿を貸してほしいと頼んだが、よそ者を泊めてはならないという掟のために断られてしまい、やむなく僧は夜ごとに幽霊の出る堂に泊まるはめとなる。幽霊の出る堂にいると、鵺の「霊」(シテ)が漁夫の姿で現れる。僧は怪しく思って漁夫に正体を尋ねると、鵺の霊は塩焼きをするただの漁夫をどうして疑うのかと反論してくる。僧はしかし不審の思いを解かず、忙しいはずの漁夫がどうして暇そうにしているのかと重ねて訊くと、鵺の霊は「葦の屋の灘の塩焼きいとまなみ黄楊の小櫛もささず来にけり」(『伊勢物語』八十七段)の歌を謡いながら、僧の「法の力」で自分の「心の闇」を弔ってほしいと依頼し、ついにおのれの正体を明かす。その正体とは、近衛天皇の世に源頼政に退治された鵺であった。鵺は退治された時の無念の様子を物語り、僧に弔いを頼み、最後に「月日も見えず暗きより、暗き道にぞ入りにける。はるかに照らせ山の端の、はるかに照らせ、山の端の月と共に……」と謡いつつ、夜の海の波間に消えてゆく。「心の闇」を持ち、「暗き道」に入った「鵺」に、「山の端の月」は煌煌と静かな光を照らし出す。「鵺」の原素材は『平家物語』で、鵺は「頭は猿、尾は蛇、足手は虎の如くにて、鳴く声鵺に似たりける。恐ろしなんども、愚かなる形なりけり」(クセ)と謡われる、猿の頭と狸の胴体と虎の手足と蛇の尾を持つキメラ的動物である。夜毎、清涼殿に出没して近衛天皇を悩ませた。

(2) 高桑いづみ『能の囃子と演出』音楽之友社、二〇〇三年。

(3) 広瀬量平以外にも上山春平も同様の見解を述べている。上山春平「石笛考」『季刊　人類学』六―三、京都大学人類学研究会、一九七五年。

第二章

(1) 「六十六番の物まね」の「六十六番」について、表章『大和猿楽史考究』(岩波書店、二〇〇五年)の中で、多武峰(談山神社・妙楽寺)では、「六十六番猿楽」と呼ばれる「延手風邪の行事」が正月に僧徒の手によって行なわれていたようだと指摘している。この「六十六番」の和については、観世音菩薩の「三十三身」の倍数であるという金春禅竹の『明宿集』での説明のほか、日本の国の数(今の都道府県の数)が「六十六ヶ国」であったことと関連するという説明や、また『叡岳要記』にある平安京遷都の延暦十三年(七九四)の延暦寺落慶供養に秦氏の楽人が「六十六人」参加したとの記述があることと関係するなど諸説ある。表章は、これらの説を紹介した上で、『明宿集』に、多武峰寺(妙楽寺・談山神社)では毎年正月に古来の風習に従って「六十六番ノサルガク」を演じるとあり、またそこには「神変奇特（神ベンキドク）」の翁面があって、修練を積んだ演者がその面を掛けて「一臈の位」に着くとあることを指摘し、「六十六番の猿楽をつづめて〈式三番〉が成立したとの論には、翁面の関与する多武峰六十六番猿楽の影響が想像される」と述べている。

（2）「唐船」のあらすじは次のようなものである。——九州箱崎の某が唐との船争いの際祖慶官人という者を捕らえ、牛馬の野飼いとして使用人の仕事をさせていた。一三年経って、唐に残されていた二人の子供が父の祖慶官人を慕って日本まで渡って来た。祖慶官人は、しかし、この日本の九州の地で二人の子を儲けていた。その二人の子と共に野飼いの仕事から戻て、唐から来たわが子と対面した。そして、箱崎某の許しを得て父を唐に連れ帰ろうとしたら、日本の子がそれを引き止め、引き裂かれた祖慶官人はついに海に身投げしようとした。その顛末を見て、箱崎某は、日本で儲けた二人子供も子唐で儲けた二人の子供も共に一緒に故国の唐に連れ帰ることを許可したので、この父子五人は船中で喜びの楽を奏しつつ唐へと帰っていった。

第三章

（1）①宗教的場所論（聖地研究）としては、『聖トポロジー——意識と場所Ⅰ』『異界のフォノロジー——意識と場所Ⅱ』（ともに河出書房新社、一九九〇年）、『場所の記憶——日本という身体』（岩波書店、一九九〇年、後に『聖なる場所の記憶』講談社学術文庫、一九九六年）、『聖地への旅——精神地理学事始』（青弓社、一九九九年）、『ケルトと日本』（鶴岡真弓と共編著、角川選書、二〇〇〇年）、『聖地感覚』（角川学芸出版、二〇〇八年）、『京都「癒しの道」案内』（河合俊雄との共著、朝日新書、朝日新聞出版、二〇〇八年）、『日本の聖地文化——寒川神社と相模国の古社』（編著、創元社、二〇一二年）、『究極　日本の聖地』編著、（KADOKAWA、二〇一四年）②宗教的言語論（言霊思想研究）としては、『神界のフィールドワーク——民俗学と霊学の生成』（青弓社、一九八五年、後にちくま学芸文庫、一九九九年）、『記号と言霊』（青弓社、一九九〇年）、『元始音霊　縄文の響き』（CDブック、春秋社、二〇〇一年）、『霊性の文学誌』（作品社、二〇〇五年、後に『霊性の文学　言霊の力』角川ソフィア文庫、角川学芸出版、二〇一〇年）、『超訳古事記』（ミシマ社、二〇〇九年）、『遠野物語と源氏物語』（編著、創元社、二〇一一年）、『古事記ワンダーランド』（角川選書、二〇一二年）、『歌と宗教——歌うこと。そして祈ること』（ポプラ新書、二〇一四年）③宗教的人間論（翁童論）として、『翁童論——子どもと老人の精神誌』（新曜社、一九八八年）、『老いと死のフォークロア——翁童論Ⅱ』（新曜社、一九九〇年）、『人体科学事始め』（読売新聞社、一九九三年）、『身体の宇宙誌』（講談社学術文庫、一九九四年）、『翁童のコスモロジー——翁童論Ⅲ』『エッジの思想—翁童論Ⅳ』（ともに新曜社、二〇〇〇年）、『霊的人間——魂のアルケオロジー』（作品社、二〇〇六年、後に『霊性の文学——霊的人間』角川ソフィア文庫、角川学芸出版、二〇一〇年）、『思想の身体〈霊〉の巻』（編著、春秋社、二〇〇七年）、④宗教的文化変容論（神仏習合論）として、『宗教と霊性』（角川選書、一九九五年）、『神道用語の基礎知識』（編著、角川選書、一九九九年）、『霊性のネットワーク』（喜納昌吉との共著、青弓社、一九九九年）、『神と仏の精神史——神神習合論序説』（春秋社、二〇〇〇年）、『神道とは何か』（PHP新書、二〇〇〇年）、『ウズメとサルタヒコの神話学』（大和書房、二〇〇〇年）、『霊性の時代』（加藤清との共著、春秋社、二〇〇一年）、『平田篤胤の神界フィールドワーク』（作品社、二〇〇二年）、『神道のスピリチュアリティ』（作品社、二〇〇三年）、『呪殺・魔境論』（集英社、二〇〇四年）、『神と仏の出会う国』（角川選書、角川学芸出版、二〇〇九年）、⑤宗教的物体論（モノ学・感覚価値論）として、『モノ学の冒険』（編著、創元社、二〇〇九年）、『モノ学・感覚価値論』（晃洋書房、二〇一〇年）『講座スピリチュアル学』全七巻（BNP、二〇一四〜二〇一六年）、『世直しの思想』（春秋社、二〇一六年）などを上梓してきた。キーワードは、翁童論、場所の記憶、生態智、身心変容技法などである。

（2）新垣義夫「宜野湾市の洞窟」『宜野湾市史』第九巻資料編自然、二〇〇〇年三月三一日発行。

第四章

（1）ただし、最近の洞窟壁画研究の中には、従来型のシャーマニズム的な呪術と洞窟壁画とを安易に結びつけることに対しては批判的ないし慎重な見解もあり、この点については丁寧な検証と議論が必要である。たとえば、小川勝「呪術説の諸問題——洞窟壁画の解釈をめぐって」『鳴門教育大学研究紀要第二三巻』二〇〇八年、など。小川は同論文の冒頭部で、「厳密な研究の観点からすれば、呪術説も数ある仮説のうちの有力な一つにすぎない」（三二五頁）と述べている。なお小川にはこれに先行する、「洞窟壁画『解釈』の試み——統合研究による表象論にもとづいて」『鳴門教育大学研究紀要第二一巻』二〇〇六年、また近年、「構造主義的解釈の諸問題——洞窟壁画の解釈をめぐって」『鳴門教育大学研究紀要第二七巻』二〇一二年、などの論考がある。

（2）古くは、本居宣長の『古事記伝』を始め、最近では倉野憲司や西郷信綱の全注釈など、多数の注釈書や解釈書、研究書がある。『増補本居宣長全集』六合館、一九〇二年。倉野憲司『古事記全註釈』三省堂、一九七四年。西郷信綱『古事記註釈』ちくま学芸文庫、二〇〇五年。鎌田東二『超訳　古事記』ミシマ社、二〇〇九年。鎌田東二『古事記ワンダーランド』角川選書、角川学芸出版、二〇一二年。

（3）「トランスする身体の探究——宗教における行と身体」（『宗教研究第三八二号』日本宗教学会、二〇〇八年三月刊、本書第八章）において、わたしは〈「行」の歴史と諸相——狩猟技術からの展開と身体技術〉と題する一節で次のように書いた。「それでは「行」はどのようなところから起こってきたのか。「行」の起源、わたしはそれを、獲物を取るためのいのちがけの闘いから始まると考える。食料となる動物を見つけ、追いかけ、野山を歩き、走り、弓矢を射、石器や青銅器や鉄器で打ち据え、突き刺し、切り、捕らえるという動物との格闘の中から「行」が始まったと考えるのである。／つまり、狩猟・漁猟技術の向上のための修練や儀式が「行」として独立していくのだ。巨大で、力のある動物に立ち向かうためには適切な判断力や迅速な身体運動を発揮しなければならない。そのために男たちは常日頃から修練に励まねばならなかったであろう。それが一方では武道・武術やスポーツとなり、もう一方では宗教的な「行」や瞑想になってゆく。ショーヴェやアルタミラやラスコーの洞窟壁画に描かれた野牛やシャーマンの姿を見れば、洞窟内で秘密結社的なシャーマニズム的儀礼や行が行われていたと考えられる。／狩猟・漁労における動物たちとのいのちがけの戦いや捕獲を通して、自然への畏怖や讃仰が高まってくる。同時に、獰猛な大型動物を前にして動じることのない自分自身を練り上げるために自己とのたたかいへと向かう。成道前の釈迦や修行者の瞑想時に獰猛な動物が姿を現して襲い掛かってきたという伝承や記録があるのも故なきことではない。／こうして、自己の心の制御・コントロールの技法の開発から夢見法や瞑想や観想が生まれてくる。そのような集中や心の制御は禅や止観を生み、歩行や走行は山岳跋渉や修験道を生み出してゆく。アメリカ先住民の動物や人間の足跡を追跡する「トラッキング」の技術もそうした太古からの狩猟技術を継承しつつそれに洗練を加えたものである。トム・ブラウン・ジュニアはそうした技術を、「大地に根ざして生きるすべての人びとの技術だった」と一般化して述べ、「この地上で生きているものは、みなものを食べなければならないことを、まず理解しなさい。生きるためには大地からものをもらわなければならない。どのようにしてもらうかによって、害悪になるかケア・テイカーになるかが決まるのだ」というコヨーテ・サンダーの教えを紹介している。わたしたちが生きるためには食しなければならないが、食するとは、生命を殺害し、その命を「いただく」ことである。その命をいただく行為の一環として狩猟行為があり、それは単なる食料獲得のための労働ではなく、いのちがけの呪術的かつ宗教的行為であった。実際、マンモスや熊のような巨大で巨力な動物を射止めるためには、その狩猟行為に自己の全存在をゆだね、最大限の集中と狩猟技術を駆使し、死をかけて臨まなければならない。それはいのちの交換であった。その全存在を賭けた掛け値なしの交換があるからこそ祝祭的な交歓にもなりえた。狩猟行為はしたがって、きわめて呪術的―宗教的行為となる。それはまさに、食うか食われるかの闘いであり、祈りであり、祝祭だったのである。／「行」の発生はこうした狩猟・漁労におけるいのちがけの行為が元になっているとわたしは考える。そのいのちがけの行為は、自然の仕組みを精妙につかみとる注意深い観察や認識に支えられていた。こうして、自然を知ることが自己を知る＝制御することに通じる回路のあることを、みずからの身体知を通して確認していったと考えられるのである」。

（4）二〇一二年一二月六日に行なった第八回身心変容技法研究会において、わたしは「〈吾に辱見せつ〉を考える～『負の感情』の発生と鎮め方～古事記からのアプローチ」を発表し、その発表レジュメを身心変容技法研究会HPに掲載しているが、これについては、後日、別稿をまとめ発表する予定である。

（5）この点については、次のJAXAの論考を参照されたい。鎌田東二「宇宙体験と宗教体験、そして、宇宙研究と宗教研究の間」『宇宙航空研究開発機構（JAXA）研究開発報告　宇宙時代の人間・社会・文化』宇宙航空研究開発機構、二〇一二年三月刊。

（6）戸川安章「拾塊集の研究」『國學院雜誌』第四十七巻七号、國學院大學、一九四六年七月刊。内藤正敏『民俗の発見Ⅱ　鬼と修験のフォークロア』法政大学出版局、二〇〇七年。

(7) 宮家準「羽黒山の松例祭」(『仏教の社会的機能に関する基礎的研究——日本仏教を中心として』所収、古田紹欽編、創文社、一九七七年)。本節の松例祭についての記述は、自身のフィールド調査を宮家の論考と参照させながらまとめた。また、宮家準『羽黒修験——その歴史と峰入』(岩田書院、二〇〇〇年)も参照した。
(8) 岸木英夫『宗教現象の諸相』要書房、一九四九年。戸川安章「羽黒修験の入峠修行」『宗教研究第一三六号』日本宗教学会、同『新版 出羽三山と修験道研究』佼成出版社、一九八六年。
(9) 竹本幹夫「天女舞の研究」『能楽研究』第四号、一九七七年。

第五章
(1)「スサノヲの到来展」の開催趣旨は以下の通りである。「大地を揺るがし草木を枯らす荒ぶる魂と和歌の始祖としての繊細な美意識を兼ねもつスサノヲ。スサノヲは地震や雷、嵐といった破壊的イメージとして表象されますが、同時に既存のものを原点にもどし、新しい世界を開くはたらきとして想起されます。破壊と創造、猛々しさと繊細さといった相反する性格を合わせもつスサノヲは漂泊の神でもあり、日本人の深層に潜み、その潜在意識を支配しています。ときとしてスサノヲは天災として顕現しますが、見落としてはならない点は芸術家に霊感をあたえるその力です。／本展は、スサノヲの多面的な性格を探ることによって日本人の深層に迫るものです。和歌の始祖としてのスサノヲのはたらきを具現する出口王仁三郎と大本歌祭、ならびにスサノヲに始まる漂泊の精神の体現者としての西行法師や松尾芭蕉、円空らを通じて、うたとさすらいにより成就される祈りや表現を探ります。それとともに、異界を探求した平田篤胤の軌跡を辿り、彼によって提唱された幽冥界を訪ねることにより夜見国とその統治者としてのスサノヲを考察します。さらには、古層の神と感応して作品を遺した岡本天明・金井南龍、また現代作家の作品を一堂にすることにより、彼らの創造する感性にスサノヲに通じる自由な精神の発露を見出そうとするものです」。
(2)『五輪書』に「実の道」と「直道」は次のように記されている。「世の中に、兵法の道をならひても、実の時の役にはたつまじきとおもふ心あるべし。其儀におゐては、何時にても、役にたつやうに稽古し、万事に至り、役にたつやうにをしゆる事、是兵法の実の道也」。「心のそむけば、其身はよき道とおもふとも、直ぐなる所より見れば、実の道にはあらず。実の道を極めざれば、少し心のゆがみに付けて、後には大きにゆがむもの也」。「直ぐなる所を広く見たてざれば、兵法の達者とはなりがたし」(以上、地之巻)。「直通の心、二刀一流の実の道をうけて、伝ゆる所也」(水之巻)。「我実の道を得て敵にかゝりあふ時、敵何ごとにてもおもふ気ざしを、敵のせぬ内に見知りて、敵のうつといふうつのうの字のかしらをおさへて、跡をさせざる心、是枕をおさゆる心也」。「兵法の直道世にくちて、道のすたるもとい也。剣術実の道となつて、敵とたゝかひ勝つ事、此法聊か替る事有るべからず。我兵法の智力を得て、直ぐなる所をおこなふにおゐては、勝つ事うたがい有るべからざるもの也」(火之巻)。「他の流々、芸にわたつて、身すぎの為にして、色をかざり花をさかせ、うり物にこしらへたるによつて、実の道みあらざる事か」(風之巻)。

「我道を伝ふるに、誓紙・罰文などといふ事を好まず。此道を学ぶ人の智力をうかゞひ、直なる道をおしへ、兵法の五道・六道のあしき所をすてさせ、おのづから武士の法の実の道に入り、うたがひなき心になす事、我兵法のおしへの道也」(風之巻)。「武士は兵法の道を慥に覚へ、其外武芸を能くつとめ、武士のおこなふ道、少もくらからず、心のまよふ所なく、朝々時々におこたらず、心意二つの心をみがき、観見二つの眼をとぎ、少しもくもりなく、まよひの雲の晴れたる所こそ、実の空としるべき也。実の道をしらざる間は、仏法によらず、世法によらず、おのれおのれは慥かなる道とおもひ、よき事とおもへども、心の直道よりして、世の大がねにあわせて見る時は、其身其身の心のひいき、其目其目のひずみによつて、実の道にはそむく物也。其心をしつて、直なる所を本とし、実の心を道として、兵法を広くおこなひ、たゞしく明らかに、大きなる所を思ひとつて、空を道とし、道を空とみる所也」(空之巻)。

第六章

(1)これについては、鎌田東二『歌と宗教――歌うこと。そして祈ること。』(ポプラ新書、ポプラ社、二〇一四年)を参照されたい。

(2)これについては、鎌田東二+津村喬『天河曼陀羅――超宗教の水路』(春秋社、一九九四年)、鎌田東二+喜納昌吉『霊性のネットワーク』(青弓社、一九九九年)、鎌田東二+細野晴臣『神楽感覚』(作品社、二〇〇八年)を参照されたい。

(3)鎌田東二『神道のスピリチュアリティ』(作品社、二〇〇三年)に、〈自分の耳と「魂の本能」を信じて行くしかない。そしてそれは、「十四の心の耳」を持つことだと思う。どういうことか。/「きく」という言葉を漢字で書く場合、「聞く」と「聴く」の二つの書き方がある。「聞く」のほうは、「門」の中に「耳」がある。つまり、肉体という門の中に耳を入れること。これは通常の聞き方だと言える。/それに対して、「聴く」の方は、「耳」偏に「十四の心」と書く。そこで、十四歳の心を持って耳を傾けるのが「聴く」ことだとわたしは解釈するのだ。もちろん、この解釈は漢字の時宜解釈として古いわけでも正しいわけでもない。正統的な漢字解釈ではない。しかしながら、「聴く」という感じが発する切実な響きの中に、「十四歳」の少年少女の危ういけれどもひりひりするような純な「心」の「耳」を思い浮かべ、いつもその耳を忘れずにいたいと思うのだ。/(中略)十四歳が境界年齢だからだ。自我の境界状況が生まれるエッジの年齢だからだ。だからこそ、昔から十四歳から十五歳が元服の年とされ、その名残が今も義務教育の終る年として設定されているのである。十四歳から十五歳は、このように、自我の確立期における境界線の年齢である。/とすれば、「十四の心」とは、実にデリケートで変容しやすい、エッジの「心」である。「聴く」という行為においては、そのようなデリカシーを持たなければ、本当に声なき声を聴き取ることはできないだろう。〉と記した。

(4)近年、柳宗悦と岡本太郎について二つの展覧会とシンポジウムが相次いで行われた。大阪日本民芸館記念講演会「柳宗悦と宗教」国立民族学博物館二〇一三年六月十六日企画展:「岡本太郎のシャーマニズム」展　川崎市立岡本太郎美術館　二〇一三年四月二〇日〜七月七日〈岡本太郎は、第二次大戦後の日本において、芸術分野のみならず様々な分野で活動を展開しました。多面体とも称される岡本の活躍をめぐって、一九九六年に没して後、研究が活発化しています。／しかしながら、岡本の作品に込められた意味を理解するための研究は、まだ端緒についたばかりです。というのも、岡本の思想的背景の解明が、不十分であるからです。／岡本の思想的背景としては、これまで、戦前に留学（一九三〇〜一九四〇）したパリ大学ソルボンヌ校で師事した民族学者マルセル・モース（一八七二〜一九五〇）や哲学者アレクサンドル・コジェーヴ（一九〇二〜一九六八）からの影響、秘密結社アセファルにて行動を共にした思想家ジョルジュ・バタイユ（一八九七〜一九六二）からの影響などが言及されてきました。／しかしながら、岡本の多岐にわたる創作活動に関し、モース、コジェーヴ、そしてバタイユらの著作からでは説明のつかない部分が少なからずあり、戦後、岡本が修得した思想や知識についても考察する必要があると考えられます。／ところで、岡本は、一九五〇年代初めころよりシャーマニズムへの関心を示し始めます。川崎市岡本太郎美術館は岡本旧蔵書の欧文書籍を三九一冊所蔵していますが、その中でも、ルーマニア出身の宗教学者ミルチャ・エリアーデの著作『シャーマニズム——古代的エクスタシーの技法』（一九五一）が、岡本の興味をシャーマニズムへと向かわせた最も注目すべき書籍であると考えられます。／本展覧会では、岡本が作品に込めた意図を解明する手がかりとして、岡本旧蔵のエリアーデの著作等に着目し、一九四〇年代から晩年までの岡本作品の意図解明を試みます。〉◆学術シンポジウム「岡本太郎におけるミルチャ・エリアーデの影響」日時：二〇一三年六月一六日（日）出席者：奥山倫明（南山大学教授）＋近藤幸夫（慶應義塾大学准教授）＋江川純一（東京大学宗教学研究室研究員）司会：佐々木秀憲、於ガイダンスホール、後援：美学会、協力：慶應アートセンター／南山大学宗教文化研究所◆記念講演会 日時：二〇一三年六月二三日（日）講師：鎌田東二（京都大学こころの未来研究センター教授）。

（5）『柳宗悦全集』第二巻、筑摩書房、一九七二年。また柳は、「神の観念を離れて、吾々は宗教を思ふ事は出来ぬ。而も神の観念は究竟性と云ふ事を離れては味をなさぬ。（中略）宗教性と云ふ事と究竟性と云ふ事とは不可分離の関係にある。故に宗教哲学の根本問題は究竟性の問題であると云ひ得るであらう」（「宗教の理解」全集第三巻一一三頁）とか、「神に関する此小さな本を、今神の御許にゐる吾が子（三男宗法のこと。生後三日で亡くなる）に贈る。短かかりしお前の一生を、此書に於て紀念する事は、お前の父のせめてもの希ひである。（中略）／お前のお母さんはお前を抱きしめて泣き悲しんだ。生前お前に子守唄すら聞かせて上げる折がなかつたからと云つて、棺にお前を納める時、シューベルトの曲を書き写してお前の胸の中に入れておいた。私がその紙きれを開いて見た時、終わりの方に「之を神様に唱つてお頂きなさい」と記してあつた。お前の二人の小さな兄さん達も同じ唄で幾年かの宵を過ごしてきたのだ。／神様の膝の上で遊んでゐてくれ。そこから遠くに離れてくれるな。そこよりも安全な場所はない。そうして私が仕事を終へて、お前の所に行く日が来るのを待つてゐてくれ。お前のお母さんも同じ様に云つてゐる」（「神に就て」）、『神が神を見たらどうであらう。私が見る神と神が見る神とは違ふ筈だ。そうして前者よりも後者の方が一層本質的だ。神に帰て神から神を見なければならない。之が最も基礎的な理解を私に与える』、「神の観念を離れて、吾々は宗教を思ふ事は出来ぬ。而も神の観念は究竟性と云ふ事を離れては味をなさぬ。（中略）宗教性と云ふ事と究竟性と云ふ事とは不可分離の関係にある。故に宗教哲学の根本問題は究竟性の問題であると云ひ得るであらう」（「宗教の理解」）などと述べている。

（6）『柳宗悦全集』第一巻、筑摩書房、一九七二年。

（7）この点については、拙論「『こころの練り方』探究事始めその四～井上円了と元良勇次郎から福来友吉までの『心理学』探究を中心に」『モノ学・感覚価値研究』第八号（二〇一四年三月刊、京都大学こころの未来研究センター）に詳述したので、参照されたい。

（8）『柳宗悦全集』第八巻『工芸への道』「下手ものゝの美」三頁、筑摩書房、一九七二年。

（9）『柳宗悦全集』第十八巻「美の法門」筑摩書房、一九七二年。

（10）『岡本太郎著作集第四巻　日本の伝統』「日本再発見　出雲」講談社、一九八〇年。

（11）鎌田東二『宮沢賢治「銀河鉄道の夜」精読』岩波現代文庫、二〇〇一年。

（12）『岡本太郎著作集第五巻　神秘日本他』「沖縄文化論　『何もないこと』の眩暈」講談社、一九八〇年。

（13）『岡本太郎著作集第五巻　神秘日本他』「修験の夜」講談社、一九八〇年。

（14）「生命の秘密は日常と断絶した、いわば近寄りがたい森の奥、峰の頂に秘められている。人はこの人間を超えて、そして人間を支える『神聖』の根源を見届けようとする。しかしそれは同時に禁じられた聖域である。それにふれることは禍いであり、危機なのだ。あえて秘密に参入するのは選ばれたものでなければならない。／そこにシャーマンの役割がある。日本の山岳信仰では修験者である。／修験道の発生は遠い歴史の暗闇の中に隠されている。しかし、そもそもの修験者はシャーマンだったに違いない。直覚的に原像を定めるしかないのだが、狭い部族の生活の中から、はみ出す特異な存在が、身を捨てて山に行く。火のもと、水のもとへ、日常のあらゆるものを離れて、自然の中にわけ入り、孤独の中に困難な試練に身をさらす。そしてそれをのり超えるのだ。／シャーマニズムは本来北方・中央アジア一帯の土着の信仰をいうのだが、ひろく見れば北極圏から南太平洋にまで、一種共通の神秘的雰囲気をうち出している。シャーマンは普通人とは明らかに区別される。超人間的な修行を行うことによって強い呪力をおびた存在である。天と地との交流、死霊・生霊への働きかけ、禍いをとり除き、豊穣を招きよせ、秩序を整える。祭りのときに太鼓をたたき、歌をうたい、共同体全体を一種のトランスの状態にひき込む。その存在自体、秘密にとざされてはいるが、同時に極めて民衆的であり、生活的な働きをもっている。／この筋は明らかに修験道にも貫かれている。独自な自然信仰と結びついたシャーマニズムである。しかしこの原始宗教がやがて社会の発達とともに、変質する。国家権力が強大に組織されて行くと、それとぶつかり、からみあう。それは具体的には古代王権の確立の時期ではないかと思われる。修験道の伝統的な始祖、役小角は奈良時代になってもまだ強烈なシャーマンの面影を伝えている。従って統一国家の体制とは相容れない。捕われて流罪となるが、山を駆けという話などは象徴的である。その後、このシャーマニズムは密教と合体し、階級社会における一つのシスティムの中に組み込まれる、というよりはうまく身をひそめてしまう。／鳥越憲三郎氏の『神々と天皇の間』（朝日新聞社）によると、神武から応神まで、古代の天皇家で位についたのは全部二男であるという。二男が欠けると順次弟に行き、長男が天皇になったのは一人っ子の場合だけだ。それは長男は祭事を主宰し、神として生活して結婚しない。二男から二男へと皇位が継承されてゆくのだという。興味ある研究である。私に言わせれば、つまり長男はシャーマンとなり、もっぱら神秘と交流して精神の世界の方に君臨する。『政（まつりごと）』というような俗的実務は弟にまわされたのだろう。これは正しいと思う。こういう説は私のような長男として生まれてきたものには、何か妙に響いてくるものがあるのだ。／人間集団の中核には神聖のモメントがある。その聖なるものと儀礼を司る聖職者、呪術師がいる。アジア文化圏の民衆生活においては、それはシャーマンであり、日本もその世界に含まれている。／応神・仁徳くらいまでは天皇家といっても大和の一画を統治する一部族にすぎない。諸々方々にそのような部族が定住し、シャーマンがいたのだ。」、「シャーマンは本来狭い部族共同体の制約からぬけ出た自由で無償の存在である。とざされた社会の中に、それを超えた神秘との交通が、彼らをとおしてひらけている。こういう二重性こそが人間社会の不思議さだったのだが。」、「修験道の思想、本質は明らかに仏教以前の風土に結びついた、シャーマニスティックな原始信仰である。仏教によって汲み上げられたのではなく、仏教がその上にかぶさり、おんぶしている。それでも、裂け目は最後までなくならない。修験道は仏教のように整然と体系化された教義や、壮麗な社殿・仏閣をもとうとしなかった。民衆の傍らに、秘密を保ちながら、ともにある。きわめて生活的な、異様な呪力をもって、今日なおその余韻を伝えている。それが修験教にならず、修験宗という体系にならなかったということは、ピープルの生活感がそうさせなかったといえると思う。／修験道は庶民の生活にとけ込んでいた。あたかも火・水が聖なる対象であると同時に、生活のなかのしたしいふくらみであったように。／ところで、火と水の生命力、無限性、熱気と冷気は人間生活を支配し、潔める。その神秘をひらく儀式、祭りがある。そしてそれを媒介する修験者。――シベリアやチベットのシャーマンは凍る水に身を沈め、火焔の中をわたり、火を呑むという苛烈な儀式、修行を行う。修験道も滝壺におりて激しい水に打たれたり、禊をし、また「火渡りの行」など、その無限の刺激によって入神するのだ」（『岡本太郎著作集第六巻　美の呪力』「聖なる山＝祭りの根源」「火の祭り」、講談社、一九八〇年）。「神道のはじまりというのは、広い意味でいえばシャーマンだと思うのです。神道というと、とかく国粋主義・日本主義でかたづけられやすいですけれども、シベリアから太平洋までひろがるアジア的な伝統というものを、考えなければいけない。それと日本独特の自然信仰、山岳信仰が根本にあるのじゃないか。部族の中にいつもシャーマンという神秘な存在がいて、天と地の霊と交流して、人間社会の神秘的な面をつかんでいた。／最近、天皇家次子相続説がありますね。長男は、神に仕える祭事に専念したんだと。つまりシャーマンになったんだというふうにぼくは解釈するわけです。つまり、古代の生活で人間がもっとも神聖とし、中核に求めていたものは、神秘との交流であって、実用の方面は、つまり政（まつりごと）とか、その他の実際的な日常の問題は次男でいい、十分まかなえると考えたのじゃないか。なにも天皇家というふうな大きな部族を考える必要はないので、同じようなシステムの部族が、無数に日本の国土の中にいて、それぞれ独自の生活をしていた。そういう一つ一つの中に超自然的なものとの結びつき、交流を担ってきた宗教的な存在、つまりシャーマンがいたわけです。それが次第に時代とともにお互いの交流をもって、やがて修験道のもとになるようなものが出てきたのじゃないか。それから階級社会ができることによって、また強力な官僚的な支配勢力というか、大和朝廷みたいなものが出てくることによって、あるいは仏教渡来で、逆に刺激され統合されて、修験道の形をとったのじゃないかと思うのです。（中略）／つまり、シャーマンが、社会的な状況で、その社会が拡大されたり統合されていくうちに、表の世界に絶望して、山に逃れてしまう場合もあるし、とくに天皇家が力をもってくるとなると、官僚的なシステムで、捨てられたり拾われたりするものが出てくる。シャーマンのある部分はアウトロー的な存在になっちゃうわけですね。最後まで大和朝廷というような官僚システムに帰属しないで戦う修験道と、逆に大和朝廷に迎えられて一つの官僚的な権力になる修験道と、両方ある。その官僚的になった修験道が、神道になったのかどうか。つまりオフィシャルな神道とシャーマニズムの関係についてお聞きしたいと思うのです」（『岡本太郎著作集第九巻　太郎対論』、「神と祭りに見る始原」石田一良との対談、一九七〇年）。「たとえば、火と水の信仰は世界中にありますね。火と水というのは、もっとも生活に身近なものです。水を三日飲まないと人間は死んじゃうので、また火というのも人間の生活に密着している。太陽信仰の方がずっと後期のものだと思うのです。むしろ水と火が根源的なものだと思うのです。／そういう、いちばん生活に身近なものこそ神聖な存在になるのです。真水を汲んだり、火をおこすという、自分が勝手に作ったりコントロールできるもの、その反面に、それを逆に自分を超えた存在として神聖化するということがある。そして、火と水、つまり神秘と交流できるのは、特別な選ばれた人、シャーマンであるわけです。／彼らは、超自然と交流しながら、ものすごく民衆生活の中にくい入るわけです。ぼくの言いたいことは、部族の中からはずれるということは、同時にもっとも強力に部族の中に入っていく、と同時に出ていくという、非常に弁証法的な言い方だけれど、それが神秘であって、そういう二重的な存在が、シャーマンであると思う」、「本来的にいえば、自分の祭りでしょう。自分と自分が根源で出会って、だからぼくはちょっと疑問に思うのです。いったいどこまで宗教とか神とかということをいうべきか、どこまで生命における遊びであるというべきかということを、実は大変疑問に思っているのです」、「己れを超えた己れというものと対決したところでの遊び」、「人間は分断された己れを求めている。それが己れに帰ることですよ。始源に帰ることです。そのために神というのを前提にしたということ。それが、また官僚システムになって、神さまという、まったく自分と縁のないものにしたのは――わかるけれど、そもそも宗教の無限の誤りだな。ところが、ヨーロッパの人は、こういうことといわない。キリストというのにひっかかっているから、マテリアリズム・デアテクティークとか、ヘーゲルの弁証法とかいっているけれど、なにか、いつもポイントはキリストのまじないにひっかかっていますよ。意識していないけれど、ハイデッガーだろうがサルトルだろうが、みんなそのリアクションの感じが強い。そういった意味じゃ、なんのこだわりもない神道出身のわれわれには、もっと世界観を平気で広げる可能性があると思うんだけれども、どうかな」、「ぼくは非常に困っちゃうのは北方的なものに魅力を感じるのに、その癖また南方的なものに情熱を感じる。だから、北方系と南方系がぼくの血のなかには融合することなく絡み合っているんじゃないかと思う。日本の文化は、北方系と南方系の二つの複合ですよ。たとえば、ぼくは沖縄へ行ってえらい感動した。沖縄には、黒潮がずっと南の方からも来ているだろう。その黒潮に乗って沖縄から日本にずっと入ってきた。たとえば伊勢神宮は、そもそも日本の天皇家のものじゃなくて、沖縄のシャーマニズムと同じものだったと思う。このあいだ遷宮をやったけれども、いまでもあそこの下には石ころが置いてある。(中略)沖縄のウタキと同じものだと思う。それがある時点から皇室の専有物になって、その系列に入っただけの話」(「稲作文明を探る」司馬遼太郎との対談)。

(15)『岡本太郎著作集第八巻　黒い太陽』講談社、一九八〇年。フランス民族学については次のような記述もある。「私は一八のときに、印象派や立体派の絵画に魅せられてパリに渡ったんです。当時の日本は、権威主義的な暗い気配が暮らしの中にも美術界のにも横行していて、若者には耐えがたい重さだった。芸術というのは上流階級の大人や知識人にしかわからないものだ、若者に何がわかるかといった常識がまかり通っていたんです。そういう縛られた芸術館から解放されたい、もっと現職のきらめく知的冒険に満ちた自由な世界で存分に生きてみたいと思ってパリに行ったわけです。／パリの日々は感動の連続でしたし、前衛芸術運動に加わったりもしましたが、芸術という演繹的な世界認識とは違う、もっとつっこんで人間全体の生きる意味をまるごとつかみたいと思って、パリ大学で哲学や社会学をやり、やがて民族学を勉強するようになった。民族学というのは、哲学や芸術とは正反対のメソードなんですね。哲学や芸術は自分の主観で世界をとらえるという、いわば演繹的なものですが、民族学は人間の生きる意味を、外的な諸条件、他から自分のところに迫ってくる生の証しとしてつかみとる。その無言の証しから機能されてくる人類の太古からの意志というものは、『私の自然』とは正反対のものだ。そのことに気がついたわけです。自分の抱いていた芸術による世界認識とはまったく別な世界観をつかみたいと思って、民族学を学んでいたんです」(『岡本太郎著作集第九巻太郎対論』「縄文文化の謎を解く」江坂輝彌との対談)。

(16) ミシェル・レリス『幻のアフリカ』岡谷公二他訳、平凡社ライブラリー、二〇一〇年。

(17)『ミシェル・レリス日記2』千葉文夫訳、みすず書房、二〇〇二年。一九三六年四月三日。

「約三週間半ばかり前、もしくは一ヶ月前のことになるが、チャーチ宅で、ジャン・ポーランがわたしに言ったこと。／『幻のアフリカ』を各図書館で購入するように促す手紙を教育省宛に書き送ったところ、断りの返事が戻ってきた。以下のような調査報告の抜粋が引用されていた。「表面は知的に見えても、あくまでも下劣な感情をもって書かれた作品だ」と。／この不幸な本が出版されたまもなく二年になる。そして教授連のあいだでは、話題となるあり方はいつも決まっている。モースはわたしが「文学者」であり「真面目ではない」とはっきり言う。彼はまた入植者のあいだに潜入する民族誌家にとってきわめて危険な本あったとも言う。心の奥底では、厄介事が身に降りかかることになろうとも、自分に与えられたこのような犠牲者の役割に、かなり自尊心をくすぐられる。たぶん自分には居場所をえて落ちつこうとする弱み、真面目な人間の、場合によっては模範的な公務員になろうとする弱みがあったにちがいない。ただし、いかに努力しようがそうはならなかったのだし、おそらくは本質はそこにある。民族誌家の友人たち（ドゥニー・ボームなど）は、わたしが次にどんな本を書くのか心配している。真実を言おうとすることにはたしかに長所があるのだと考えて誇らしく思わねばならない……」。

（18）『岡本太郎著作集第八巻　黒い太陽』講談社、一九八〇年。

（19）邦訳には、『黒人アフリカの美術』（新潮社、一九六八年）、『ミシェル・レリスの作品』（全四巻、思潮社、一九七〇〜七二年）、『夜なき夜 昼なき昼』（現代思潮社、一九七〇年）、『闘牛鑑』（現代思潮社、一九七一年）、『幻のアフリカ』（河出書房新社、一九九五年、平凡社ライブラリー、二〇一〇年）、『オランピアの頸のリボン』（人文書院、一九九九年）、『ピカソ・ジャコメッティ・ベイコン』（人文書院、一九九九年）などがある。

（20）『幻のアフリカ』には、「なぜ民族誌学の調査はしばしば僕に警察の尋問を思わせたのだろう。人々の風習に近づいても大して人々に近づくことにはならない。彼らは、調査の前も後も同じようにかたくなに自分を閉ざしている」、「僕は憑依者たちを研究するよりは憑かれたい。《女ザール》の詳細を科学的に知るよりは、《女ザール》を身体で知りたいのだ。抽象的な知識など、僕にとっては二の次の者でしかない」、「自己放棄しなければならない場合にあって、観察者の非人間的な立場を守らせる民族誌学に対する恨み」、「彼女たちの演じる劇に加わり、彼女たちの生き方に直接触れ、体当たりで直接ぶつかる必要がある。民族誌学など糞くらえだ！」などの記述がある。

（21）ミシェル・レリス『デュシャン、ミロ、マッソン、ラム』「伝記抄」岡本公二編訳、人文書院、二〇〇二年。

第七章

（1）『古事記』『日本書紀』は岩波古典文学大系本に拠る。また、『古語拾遺』は岩波文庫に拠る。

（2）鎌田東二『神道のスピリチュアリティ』作品社、二〇〇三年。

（3）ルイス・キャロル『不思議の国のアリス』柳瀬尚紀訳、ちくま文庫、筑摩書房、一九八七年

（4）『神道集』近藤喜博編、角川書店、一九五九年。貴志正造訳『神道集』東洋文庫94、平凡社、一九六七年。

（5）鈴木大拙『日本的霊性』岩波文庫、一九六〇年。

（6）『コーラン』井筒俊彦訳、岩波文庫、一九八〇年。

（7）『神道集』近藤喜博編、角川書店、一九五九年。『神道集』近藤喜博編、角川書店、一九五九年。

（8）『弘法大師空海全集』第一巻、筑摩書房、一九八〇年。

（9）『親鸞全集』第二巻、春秋社、一九八五年。親鸞『教行信証』岩波文庫、一九六〇年。

（10）鎌田東二「トランスする身体――宗教における行と身体」『宗教研究』第五八八号、日本宗教学会、二〇〇八年三月刊、本書

第八章。

（11）『一遍全集』第一巻、春秋社、一九八八年。

（12）世阿弥『風姿花伝』岩波文庫、一九八〇年。

（13）宮沢賢治『銀河鉄道の夜』岩波文庫、一九六五年。鎌田東二『宮沢賢治「銀河鉄道の夜」精読』岩波現代文庫、二〇〇一年。

第八章

（1）フロイト『夢判断』改訳、上下、高橋義孝訳、新潮文庫、二〇〇五年。同『精神分析入門』上下、高橋義孝他訳、新潮文庫、一九九七年。

（2）ニーチェ『ツァラトゥストゥラはこう言った』上下、氷上英廣訳、岩波文庫、一九六七年。

（3）鎌田東二『翁童論——子どもと老人の精神誌』新曜社、一九八八年。同『呪殺・魔境論』集英社、二〇〇四年。

（4）トム・ブラウン・ジュニア『グランドファーザー』飛田妙子訳、三二頁、徳間書店、一九九八年。この書に書かれたストーキング・ウルフがたとえこの書の通りに実在したのではないとしても、そこで描写されている「行」のありようは他の宗教文化にも共通する普遍性があると思う。

（5）井筒俊彦『神秘哲学』二分冊、人文書院、一九七八年。同『イスラム思想史』岩波書店、一九七五年。同『意識と本質』岩波書店、一九八三年。『ナグ・ハマディ文書』全四冊、荒井献・大貫隆他訳、岩波書店、一九九七〜九八年。荒井献『原始キリスト教とグノーシス主義』岩波書店、一九九七年。井筒俊彦は、前記『神秘哲学』第二部第四章「プロティノスの神秘哲学」において、「ウパニシャッドやヴェーダーンタの梵我一如は体験的にはプロティノスの脱自観照と内面的にきわめて著しい親近性を示す。だが、それだからといって、直ちにプロティノスの脱自的ヌースの観照が、ブレイエの主張するように印度的宇宙体験の輸入再生であるときめこんでしまうことも早計にすぎる。イオニアの自然学からプロティノスに至るギリシア哲学の連綿たる流れの下に、神秘主義的体験の基底を徹見し得る人にとっては、そしてプラトンやアリストテレスに於いてヌースがいかにダイモン的であるかを知っている人の目から見れば、プロティノスの知性論は少しも非ギリシア的であるという印象を与えはしない。ブレイエがこの知性論を、伝統的ギリシア思想から絶対に説明することのできない純然たる外来要素と見做し、それの歴史的源泉を探って、ついにウパニシャッドの宗教思想にまで至ったそもそもの端緒は、この博識のフランス哲学史家が、彼のいわゆる『ギリシア的合理主義』なるものの本質を生きた姿に於いて捉えていないことにあると私は思う」（二一七頁）と述べているが、新プラトン主義やグノーシス主義に対するインド思想やインド的瞑想法の影響は夙にブレイエが指摘した以上に大きく深いものがあったのではないか。それのみか、イエスの思想や荒野での修行などの修行法にもインドからの刺戟があったのではないか。

（6）ミランダ・ジェイン・グリーン『図説　ドルイド』井村君江訳、東京書籍、二〇〇〇年。鶴岡真弓他『ケルトの宗教——ドルイディズム』岩波書店、一九九七年。

（7）鎌田東二『神界のフィールドワーク』ちくま学芸文庫、一九九九年（初版は一九八五年）。同『宗教と霊性』角川選書、一九九五年。島薗進『精神世界のゆくえ』東京堂、一九九六年。同『スピリチュアリティの興隆――新霊性文化とその周辺』岩波書店、二〇〇七年。

（8）トム・ブラウン・ジュニア『トラッカー』斉藤宗美訳、徳間書店、二〇〇一年。同『グランドファーザー』飛田妙子訳、徳間書店、一九九八年。同『ハンテッド』さいとうひろみ訳、二〇〇三年。『グランドファーザー』において、トム・ブラウン・ジュニアは、「グランドファーザー」と呼ばれるアメリカ先住民リパン・アパッチ族の長老ストーキング・ウルフの三つの使命について、次のように記している。「第一の使命は、古代から伝わる重要な三つの技術、すなわちサバイバル（生き延びること）と、トラッキング（動物や人間の足跡を追うこと）と、アウェアネス（鋭敏な認識力と警戒力）の技術をできる限り学び、保持し、後世に伝えることであった。そのためには体一つで大地とともに生きることが求められたのである」（一五頁）。

（9）トム・ブラウン・ジュニア『グランドファーザー』徳間書店、一五頁、一一二頁、一九九八年。

（10）鎌田東二『老いと死のフォークロア――翁童論Ⅲ』新曜社、一九九〇年。同『呪殺・魔境論』集英社、二〇〇四年。上記著作の中で、滝行について言及している。

（11）『弘法大師空海全集』第六巻、筑摩書房、一九八四年。

（12）『弘法大師空海全集』第二巻、筑摩書房、一九八三年。

（13）『弘法大師空海全集』第一巻、筑摩書房、一九八三年。

（14）『一遍上人全集』橘俊道・梅谷繁樹訳、春秋社、一九八九年

（15）『古語拾遺』西宮一民校注、岩波文庫、一九八五年。

（16）『一遍上人語録』大橋俊雄校注、岩波文庫、岩波書店、一九八五年。

（17）『昭和新纂　国訳大蔵経』時宗聖典、宗典部第八巻、東方書院、一九二九年。

（18）A・E・パウエル編著『神智学大要全5巻』仲里誠桔訳、たま出版、一九八二～八三年。ルドルフ・シュタイナー『神智学』高橋巖訳、イザラ書房、一九八一年。

（19）井筒俊彦『イスラム思想史』岩波書店、一九七五年。

（20）井筒俊彦『イスラム思想史』岩波書店、一九七五年。

（21）井筒俊彦「イスラーム哲学の原像」『井筒俊彦著作集5　イスラーム哲学』中央公論社、一九九五年。

（22）落合仁司『ギリシャ正教　無限の神』九六頁、講談社選書メチエ、二〇〇一年。落合は同書で、スーフィズムにおけるズィクルと密教における真言陀羅尼やマントラとの共通性に触れ、ヘシュカズムにおける①顎鬚を胸に付け、自分の臍を凝視する身

体姿勢、②呼吸法、③心臓への意識の集中の三点を指摘し、このような心身技法に支えられた「イエスの祈り」は、密教の身口意の三密行や禅の調身・調息・調心と相通ずると述べているが同感である。
(23)『一遍上人語録』大橋俊雄校注、岩波文庫、岩波書店、一九八五年。
(24)『昭和定本　日蓮聖人遺文』第二巻、総本山身延久遠寺、一九五二年。
(25)目崎徳衛『西行』吉川弘文館、一九八〇年。『筑土鈴寛著作集』第1巻「宗教文学」せりか書房、一九七六年。
(26)『風姿花伝』野上豊一郎・西尾実校訂、岩波文庫。『日本古典文学大系66　連歌論集　俳論集』木藤才蔵・井本農一校注、岩波書店、一九六一年。
(27)同上、二二頁。
(28)能管の源流に石笛があるということは、哲学者の上山春平や作曲家の広瀬量平によっても主張されているが、その説にわたしも基本的に賛成である。付け加えておけば、わたしは二〇歳頃から龍笛を始め諸種の横笛を毎日欠かさずに四十年近く吹いてきて、十五年ほど前に石笛と出会い、やはり毎朝欠かさず神棚の前で吹き続けてきて、石笛と能管との響きの共通性、その音の世界の連続性を感じとってきた。そして、楽器としての能管の構造の不思議さと、その音のパワフルであり繊細でもある霊妙な複雑さに関心を持ち、石笛との共通性と連続性を確信するようになったのである。詳しくは、鎌田東二編『思想の身体〈霊〉の巻』（春秋社、二〇〇七年）、同『元始音霊　縄文の響き』（CDブック、春秋社、二〇〇一年）を参照されたい。石笛や縄文時代の楽器と音楽については、土取利之『縄文の音』青土社、二〇〇四年、が詳しい。
(29)『英霊の声』（『三島由紀夫全集』三十巻収録）、新潮社、一九七二年。
(30)『風姿花伝』野上豊一郎・西尾実校訂、10、岩波文庫。
(31)『世阿弥能楽論集』小西甚一・翻訳、たちばな出版、二〇〇四年。
(32)『友清歓真全集第1巻　霊学筌蹄』参玄社、一九七二年。
(33)『友清歓真全集第巻　古神道秘説』参玄社、一九七二年。
(34)内藤正敏『民俗の発見II　鬼と修験のフォークロア』法政大学出版局、二〇〇七年。
(35)同前。
(36)同前。
(37)『神道体系　神社編三十二』「出羽三山」の項参照。
(38)島薗進『精神世界のゆくえ』東京堂出版、一九九二年。鎌田東二『神界のフィールドワーク――霊学と民俗学の生成』創林社、一九八五年、ちくま学芸文庫、一九九九年。
(39)詳しくは、鎌田東二「東山修験道」（科研「モノ学・感覚価値研究会」ホームページ「研究問答欄URL：http://homepage2.

nifty.com/mono-gaku/」を参照されたい。また、修行において直面する「魔」や「魔境」の問題については、鎌田東二『宗教と霊性』（角川選書、一九九五年）、および同『呪殺・魔境論』（集英社、二〇〇四年）を参照されたい。

あとがき

今となっては「時効」のようなものであるが、実はわたしの処女作は『水神傳説』（泰流社、一九八四年）と題する創作である。詩集とも小説とも神話伝説ともつかぬ、まさに「鵺」やキメラのようなその処女作の扉の献辞に世阿弥の「秘すれば花」を引いている。そして、主人公の少年はその「秘すれば花」の遥か後裔という設定になっている。

書き表わすことが同時に何事かを隠し葬ることになることの確執を世阿弥はよく分かっていたのだろう。「秘すれば花」とはたいへん含蓄の深い言葉である。

折口信夫の大著『古代研究』全三巻は、圧巻が中味の論文ではなく「あとがき」に当たる「追い書き」であった。普通、「あとがき」などは、長くて四百字詰め原稿用紙で十枚までだろう。「追い書き」にはそれが何と五十枚はある。その読むに絶えないような感傷的な跋文はくどくどと女々しい言葉が書き連ねてあるのだが、しかし、『古代研究』全頁の中でももっとも心に響く切ない「歌」なのである。

「この書物、第一巻の校正が、やがてあがる今になつて、ぽっくりと、大阪の長兄が、亡くなつて行つた。さうして今晩は、その通夜である。私は、かん〳〵とあかるい、而もしめやかな座敷をはづして、ひっそりと、此後づけの文を綴つてゐるのである。夜行汽車の疲れをやすめさせようと言ふ、肝いり衆の心切を無にせまい為、この二階へあがつて来たのであつた」という文章から始まり、「かうして、死んで了うた後になつて考へると、兄の生涯は、あんまりあぢきなかつた。ある点から見れば、その一半は、私ども五人の兄弟たちの為に、空費して了うた形さへある。／昔から、私の為事には、理会のある方ではなかつた。次兄の助言がなかつたら、意志の弱い私は、やっぱり、家職の医学に向けられて居たに違ひない。或は今頃は、腰の低い町医者として、物思ひもない日々を送つてゐるかも知れなかつた。懐徳堂の歴史を読んで、思はず、ため息をついた事がある。百年も前の大阪町人、その二・三男の文才・学才ある者のなり行きを考へさせられたものである。秋成はかう言ふ、境にあはぬ教養を受けたてあひの末路を、はりつけものだと罵つた。そんなあくたいをついた人自身、やはり何ともつかぬ、迷ひ犬の様な生涯を了へたではないか。でも、さう言ふ道を見つけることがあつたら、まだよい。恐らくは、何だか、其暮し方の物足らなさに、無聊な一生を、過すことであつたらうに。養子にやられては戻され、嫁を持たされては、そりのあはぬ家庭に飽く。こんな事ばかりくり返して老い衰へ、兄のかゝりうどになつて、日を送る事だらう。部屋住みのまゝに白髪になつて、かひ性なしのをっさん、と家のをひ・めひには、謗られることであつたらう」などと際限なく自傷行為のような悲傷は続く。

だが、ここまで赤裸々に長々と心境吐露されると、異様な熱力に魅かれて、単なる「古代研究」というところから、折口信夫という魂の荒野へ引きずり込まれ、スサノヲのように行方知らずに各地を遍歴させられることになるのである。

わたしは世阿弥と折口信夫に同質のサウンドを聴く。その独創的な修辞と理論と思想。また他者の追随を許さぬ創作。魔術的な力で読者を、観る者を吸引する。

わたしにとっては、長年、世阿弥と折口信夫は関心事の中軸にあったが、しかしその周辺をうろつくだけで本格的に取り組むことはなかった。しかし、齢六十五に至り、死出の旅も視界に入ってきたので、そろそろこの二人に正面衝突してみなければと思うようになった。

まずは古い方からやっていこう。というわけで、七年前の二〇〇九年に世阿弥の著作を隅から隅まで輪読する研究会を始めた。月二回、飽きることなく世阿弥の全著作を紐解きながら、世阿弥の面白さと凄さを身に染みて感じ入った。特に最晩年の『金島書』を読んだ時には涙が止まらないほど感銘を受けた。

三島由紀夫の『豊饒の海』全四巻の最終巻「天人五衰」の最後の副主人公ともいえる本多繁邦が辿る奈良の月照寺への道行を連想した。「末期の眼」が見る実にリアルでクリアーであるが、同時にどこかハレーションを起しているような奇妙な幻想性・夢幻性を感じさせた。

世阿弥はどのような「眼」を持って佐渡に渡ったのか？ 世阿弥の佐渡とは何であったのか？ 『金島書』はわたしには驚きの書であり、魅惑の書であった。世阿弥の全著作の中でももっとも共感でき、魅かれたものが『金島書』だった。そこには、「天下の御祈祷」が確かにあった。「魔縁」を退け、「福祐」を招く心があった。

なぜ流罪となった七十四歳の世阿弥がこのような澄明な謡を謡うことができたのか？ そこに世阿弥が生涯追求してきた「申楽」の精髄があった。そう感じ入った。その一貫性に頭を垂れた。そして不屈なのか、未踏なのか、誰もが辿り得なかった道を初めて踏み分け入った先駆者への畏敬と尊敬の念を抱いた。世阿弥の凄さと面白さが半端なく響いてきた。

本書はそんなわたしの世阿弥論の序章に過ぎない。たいへん粗削りな論述ではあるが、精魂を込めた。これを節目として新たなスタートを切りたい。そんな思いで、本書を上梓する。

本書の導き手となってくれた世阿弥研究会のメンバーと青土社の菱沼達也さんに心からお礼申し上

げたい。わが「現代申楽＝能舞」の同志である観世流為手方河村博重師にも心から感謝申し上げたい。最後に、これまで多大なご厚情を賜ってきた観世流観世清和宗家、天河大辨財天社柿坂神酒之祐宮司、談山神社長岡千尋宮司、そして京都大学こころの未来研究センターの同僚スタッフ各位に甚深なる謝意を表したい。

雁ならば往け日輪の島へすぐ　時が逆巻き身を隠す前に

鎌田東二拝

二〇一六年一月一一日

参考文献

『風姿花伝』野上豊一郎・西尾実校訂、岩波文庫、一九五八年
『岡本太郎著作集』全九巻、講談社、一九七九～八〇年
『柳宗悦全集』全二二巻、筑摩書房、一九八〇～九二年
『世阿弥能楽論集』小西甚一編訳、たちばな出版、二〇〇四年
天野文雄『翁猿楽研究』和泉書院、一九九五年
天野文雄『世阿弥がいた場所――能大成期の能と能役者をめぐる環境』ぺりかん社、二〇〇七年
石黒吉次郎『世阿弥――人と文学』勉誠出版、二〇〇三年
魚住孝至『宮本武蔵――「兵法の道」を生きる』（岩波新書）岩波書店、二〇〇八年
梅原猛『観阿弥と正成』角川学芸出版、二〇〇九年
小田雄三『後戸と神仏 中世寺院における空間と人間』岩田書院、二〇一一年
表章『大和猿楽史参究』岩波書店、二〇〇五年
川村湊『闇の摩多羅神』河出書房新社、二〇〇八年
高木訷元『空海――生涯とその周辺』吉川弘文館、二〇〇九年
高橋睦郎『遊ぶ日本』集英社、二〇〇八年
中沢新一『チベットのモーツアルト』せりか書房、一九八四年
中沢新一『精霊の王』講談社、二〇〇三年
西平直『世阿弥の稽古哲学』東京大学出版会、二〇〇九年
能勢朝次『能楽研究』謡曲界発行所、一九四〇年
町田宗鳳『森女と一休』講談社、二〇一四年
三島由紀夫・安部公房「二十世紀の文学」『安部公房全集20』新潮社、一九九九年
柳田国男『石神問答』一九一〇年

山折哲雄『「教行信証」を読む――親鸞の世界へ』岩波書店、二〇一〇年
ミシェル・レリス『幻のアフリカ』岡谷公二他訳、平凡社ライブラリー、二〇一〇年
河合俊雄・鎌田東二『京都「癒しの道」案内』（朝日新書）朝日新聞出版、二〇〇八年
細野晴臣・鎌田東二『神楽感覚』作品社、二〇〇八年
鎌田東二『神界のフィールドワーク』青弓社、一九八五年
鎌田東二『記号と言霊』青弓社、一九九〇年
鎌田東二『宗教と霊性』角川選書、一九九五年
鎌田東二『ウズメとサルタヒコの神話学』大和書房、二〇〇〇年
鎌田東二『エッジの思想』新曜社、二〇〇〇年
鎌田東二『翁童のコスモロジー』新曜社、二〇〇〇年
鎌田東二『元始音霊　縄文の響き』（CDブック）春秋社、二〇〇一年
鎌田東二『宮沢賢治「銀河鉄道の夜」精読』（岩波現代文庫）岩波書店、二〇〇一年
鎌田東二『平田篤胤の神界フィールドワーク』作品社、二〇〇二年
鎌田東二『神道とスピリチュアリティ』作品社、二〇〇三年
鎌田東二『呪殺・魔境論』集英社、二〇〇四年
鎌田東二『聖地感覚』角川学芸出版、二〇〇八年
鎌田東二『神と仏の出会う国』（角川選書）角川学芸出版、二〇〇九年
鎌田東二『超訳　古事記』ミシマ社、二〇〇九年
鎌田東二編『モノ学の冒険』創元社、二〇〇九年
鎌田東二『現代神道論――霊性と生態智の探究』春秋社、二〇一一年
鎌田東二『世直しの思想』春秋社、二〇一六年
鎌田東二企画・編『講座スピリチュアル学』全七巻、BNP、二〇一四～二〇一六年

初出一覧

*すべて初出論考に大幅な加筆修正をしています。

序章　書き下ろし
第一章　書き下ろし
第二章「絵馬のコスモロジー」（『観世』二〇〇六年一二月号）、「大和の国の祭礼と申楽と細男の舞い」（『観世』二〇一〇年七月号）、「「布留」と「心の道」」（『観世』二〇一一年八月号）をもとに再構成
第三章「身心変容技法生成の場としての洞窟」（『身心変容技法研究第1号』京都大学こころの未来研究センター、二〇一二年三月）
第四章「身心変容技法の起源とその展開に関する試論」（『身心変容技法研究第2号』京都大学こころの未来研究センター、二〇一三年三月）
第五章「『身心変容技法』としての歌と剣——身心変容技法研究試論」（『身心変容技法研究第4号』京都大学こころの未来研究センター、二〇一五年三月）
第六章「芸術・芸能とシャーマニズム——柳宗悦の「神秘主義」論と岡本太郎の「シャーマニズム」論を中心に」（『身心変容技法研究第3号』京都大学こころの未来研究センター、二〇一四年三月）
第七章「神話的時間と超越体験」（『心理療法と超越性』横山博・甲南大学人間科学研究所編、人文書院、二〇〇八年三月）
第八章「トランスする身体の探究——宗教における行と身体」（『宗教研究第355号』日本宗教学会、二〇〇八年三月）
終章　書き下ろし

著者 鎌田東二（かまた・とうじ）

1951年徳島県生まれ。國學院大學文学部哲学科卒、同大学院神道学専攻博士課程単位取得満期退学。岡山大学大学院医歯学総合研究科社会環境生命科学専攻単位取得退学。現在、上智大学グリーフケア研究所特任教授。放送大学客員教授。京都大学名誉教授。京都伝統文化の森推進協議会会長。博士（文学）。専門とする領野は宗教哲学、比較文明学、民俗学、日本思想史、人体科学など多岐にわたり、縦横無尽に学問領域を行き来し、独自のあたらしい観点から多様な研究を打ちたてつづけている。石笛・横笛・法螺貝奏者。神道ソングライター。フリーランス神主。著書に、『神と仏の精神史』（春秋社）『神界のフィールドワーク』（青弓社）『翁童論』（新曜社）『謎のサルタヒコ』（創元社）『宗教と霊性』（角川選書）『超訳古事記』（ミシマ社）『神と仏の出逢う国』（角川学芸出版）『歌と宗教』（ポプラ社）『世直しの思想』（春秋社）など多数。

世阿弥

身心変容技法の思想

2016年4月 1日　第1刷印刷
2016年4月15日　第1刷発行

著者――鎌田東二

発行人――清水一人
発行所――青土社
〒101-0051　東京都千代田区神田神保町1-29　市瀬ビル
［電話］03-3291-9831（編集）　03-3294-7829（営業）
［振替］00190-7-192955

印刷所――ディグ（本文）
方英社（カバー・表紙・扉）
製本――小泉製本

装幀――鈴木一誌＋山川昌悟

ISBN978-4-7917-6913-1　C0090